精读名著——德国文学

《精读名著》编委会　编

中国画报出版社·北京

图书在版编目(CIP)数据

精读名著. 德国文学/《精读名著》编委会编. --北京:中国画报出版社, 2017.2

ISBN 978-7-5146-1399-5

Ⅰ. ①精… Ⅱ. ①精… Ⅲ. ①文学欣赏-德国 Ⅳ. ①I106

中国版本图书馆 CIP 数据核字(2017)第 004955 号

精读名著——德国文学　　《精读名著》编委会　编

出 版 人:于九涛
责任编辑:郭翠青
助理编辑:魏姗姗
责任印制:焦　洋
出版发行:中国画报出版社
(中国北京市海淀区车公庄西路 33 号　　邮编:100048)
开　　本:32 开(880mm×1230mm)
印　　张:12
字　　数:321 千字
版　　次:2017 年 2 月第 1 版　　2017 年 2 月第 1 次印刷
印　　刷:北京通州皇家印刷厂
定　　价:36.00 元

总编室兼传真:010－88417359　版权部:010－88417359
发　行　部:010－68469781　010－68414683(传真)

目　录

前　言

摆在读者面前的这套书，是世界文学名著的精缩版。其特点是“精缩”与“原汁原味”兼顾：既不是介绍性的，也不是摘录式的，而是保持原著结构的完整，并遵照原著的叙述角度和人称，最大限度地体现作品原貌。每部名著精缩为1万字左右，这个篇幅既减小了阅读压力，也使原汁原味成为可能。

这套书的另一特点是权威性。编委会由当前西方文学研究界的顶级专家组成，以确保选目的精度和成文的质量。可以说，这套书体现了目前国内同类书的最高水准。

丛书总计8册，每册涵盖该国（区域）的经典作品。选目兼顾“代表性”和“可读性”，即综合了学术标准和通俗标准。体裁上以小说为主，以诗歌、戏剧为辅。

每册第一部分，是五千字左右的绪论，对该地区的文学史做梳理，以使读者有一个提纲挈领式的把握。文风以学术准确性为基础，尽量做到轻松愉快、可读性强。

据有关机构统计，中国人年平均阅读量是4本书，即使在受教育程度较高的一线城市，每人每年读书量也不超过10本，如此算来，普通人要想了解世界文学名著，即使只读其中的200本左右，也需要20年时间。另外，某些名著的篇幅是很长的，比如《悲惨世界》有一百多万字，部分内容对于中国人来说很是晦涩、无趣，即使硬着头皮读完，也往往因为篇幅过大、阅读周期过长，而无法把握故事情节。

为了让普通读者更切实可行地阅读世界文学名著，我们编著了这套书。如果能实现这个愿望，我们会非常欣慰。

绪 论

歌德和康德

我们都知道德国盛产高深玄奥的哲学家,他们的大部头著作一般人是没有胆量硬碰硬地读下去的,更别说什么解读、阐释、发挥了。而即便在德国的乡村田野,也常常会有这样的情景:夕阳西下,有妇女闲坐在庭院的草坪上,手捧一本砖头一样厚重的书,全神贯注地阅读,旁若无人,独自一人沉浸在思考的愉悦当中。

她手中捧着的可能是康德、黑格尔,当然,也有可能是《浮士德》《布登勃洛克一家》,但无论如何,不管是哲学著作还是文学作品,"德国制造"大都以深沉厚重、善于思辨著称。一个家庭妇女竟能如此平静自然地把自己的精神投入到大部头著作中去,这情景本身就足够震撼人心的。

伟大的心灵肯定是相通的,唯其如此,一位哲学家和一位文学家之间的距离,要比他与蹩脚的三流哲学家之间的距离小得多。歌德曾感慨说:"康德没有注意到我,尽管我本着自己的性格,却走上了一条类似他所走的道路。我在对康德毫无所知之时就已经写出《植物变形学》,可是这部著作却完全符合康德的思想。"而在康德的居处,这位严谨得有些死板的哲学家在自己的房间内挂起的却是卢梭的肖像。卢梭是哲思的,但无疑更是感伤的、浪漫的、激情的、诗意的。

如果说歌德、卢梭代表的是诗学、感性，那么康德则是哲学、思辨，人类心智的两极，反倒在至精至微的地方是相通为一的。歌德不乏严谨的科学探索精神，康德同样有超凡的敏锐直觉。本来，诗性思维和理论思维是矛盾的、冲突的、相克的，但一个强大的无所不在的浪漫精神竟能将二者统合起来。

歌德和康德是一体的，能够包容二者的就是俯瞰人类精神困境的悲悯情怀。人类个体为自己立法，依凭自由意志去决定人间的行为。这一情怀是博大的，也是极其浪漫的，可以具化为严明清晰的逻辑推理，也可以生成或低沉或灵动的歌唱。

德国文学有时会显得素朴、笨拙，甚至有些生硬，但绝对不肤浅，而是一种大浪漫。这种浪漫精神是内敛的、平整的、厚实的，有时甚至是收缩的，一如德国境内一望无际的大平原和黑森林。德国文学的根就扎在泥土深处，一群农民耕作在田野中，夜晚仰望星空，凝视内心深处，歌吟，思索，抒写。

这就是德国文学。

德国文学的起源

就整个欧洲而言，德国文学无疑属于“晚熟”类型。

欧洲的中古历史分为三个阶段。初期(5 至 11 世纪)为封建社会形成时期；中期(12 至 15 世纪)为封建社会全盛时期；末期(16 至 17 世纪中叶)则是封建社会衰亡、资本主义产生时期。在初期的前几个世纪中，散居在欧洲各地的蛮族尚无文字记载的文学，所谓的德国文学还是一片荒芜。

其实，一直到 16 世纪，德国还是一个封建统治下的落后农业国，政治上四分五裂，经济发展形不成合力。

自西罗马帝国灭亡到文艺复兴，一千余年，欧洲各国分立，屡屡以兵戈相见。德国的地理位置很特别，它居于欧洲的中部，四周都被其他民族围绕。如何保全自己的生存权利，就必然地成为德意志这个民族的根本性问题。于是，这一族群中须养成一种奋斗的精神、尚武的风气。德国文学的源头——英雄史诗《尼伯龙根之歌》，就集中赞美了勇武的精神和忠义的气节。

这部产生于公元1200年前后的叙事诗，篇幅很长，约九千五百多行，分为上下两部，上部名为“齐格夫里特之死”，下部为“克里姆希尔特的复仇”。史诗的情节主要基于这样一段史实——公元437年，日耳曼人在莱茵河上游建立的勃艮第王国遭到匈奴人的毁灭。英雄们围绕尼伯龙根宝物进行了一系列的斗争，封建主之间展开了激烈的流血冲突。

尼德兰王子齐格夫里特早年曾杀死怪龙，占有了尼伯龙根族的宝物。他爱慕勃艮第国王巩特尔的妹妹克里姆希尔特的美貌：

她是勃艮第国中最美貌的佳人，
她是绝世的美女。任何人都会承认：
不管是什么帝王和权贵，要想娶妻，
如能娶到这样的美女，一定万分中意！

齐格夫里特于是向她求婚。

巩特尔曾在齐格夫里特的帮助下打败敌人，并娶冰岛女王布仑希尔特为妻。至此，巩特尔才同意齐格夫里特和克里姆希尔特的婚事。

后来，布仑希尔特与克里姆希尔特发生纠纷，她得知巩特尔是依靠齐格夫里特的力量才赢取了自己的芳心，感觉受到了莫大的侮辱，于是设计让侍臣哈根杀死了齐格夫里特。齐格夫里特死后，哈根把尼伯龙根宝物沉入了莱茵河。

克里姆希尔特寡居十三年，为了复仇，她同意嫁给匈奴王。又一个十三年过后，她开始对勃艮第人大肆杀戮，巩特尔和哈根相继被杀。哈根临终前，拒绝说出尼伯龙根宝物的藏匿之处，宝物不知所终。最后，勇士希尔德布兰特不能容忍克里姆希尔特的残暴，也将其杀死。

故事的结局很悲惨:武士都死了,两个王国覆灭了,尼伯龙根宝物也不见了。

武士们的荣华都已经在死亡中葬送。
大家都替他们感到烦恼和悲恸。
国王的盛宴就此以痛苦收场,
世界上的快乐,到后来总是变成忧伤。

忠诚的价值却得到了无限的推崇。即便是那个阴险狡诈的臣仆哈根,对主人也是无限忠诚的,他可以为了自己的主子去放冷箭、杀无辜、喝人血,竭尽所能。光明磊落、耿直憨厚的齐格夫里特,同样忠诚、勇敢、心地纯洁,被誉为“德国青年的代表”。

无论是反映社会生活的广度和深度,还是在艺术上取得的高度,《尼伯龙根之歌》都是前所未有的,这使它成为中世纪德国文学的代表作。歌德曾评价说,《尼伯龙根之歌》是经典的,不可复制的,像《荷马史诗》一样。不过,对现代读者而言,这部诗歌体著作在形式上读起来稍显生疏,有别于今天的阅读习惯,就不再入选本书。

16 至 17 世纪德国文学

17 世纪的德国人文主义者,以文学为武器来反对诸侯的分裂统治,反抗罗马天主教会对德国人民的压迫,唤起大众的民族意识。但他们撰写著作采用的语言大都是拉丁文,而不是人们在日常生活中使用的德语。这使得他们的作品与普通民众存在着相当大的距离。

马丁 · 路德是德国宗教改革运动的领袖,1517 年—1533 年他根据人文主义学者对古代语言文字研究的成果,用德国人民的语言把希伯来文和希腊文的《圣经》译成德文。最广大的农民、平民阶层借此而能阅读并引用《圣经》中的章句。这对促进德国语言文字的统一产生了重大影响,奠定了德国文学语言文字的基础。

马丁·路德撰写过不少鼓舞人心的赞美诗，还写下许多论辩性质的散文和寓言，开创了现代德国散文的先河。

文艺复兴时期，随着城市经济的发展，民间文学相当繁荣，其中最著名的民间故事书是《梯尔·厄伦史皮格尔》和《浮士德博士的生平》。前者写的是觉醒的农民，用自己的机智战胜贵族、僧侣，愚弄行会的师傅。后者的主人公浮士德和魔鬼订约，把自己的身心卖给魔鬼，魔鬼则答应为他服务二十四年，满足他所有的愿望。博学多闻的浮士德博士和魔鬼上天入地，一刻不停地追求人世间的乐事。

教堂已经地覆天翻，塔楼已成为灰烬，
市政厅笼罩着恐怖，壮丁们牺牲了头颅，
少女们受着污辱，只要是视线所及之处，
总是兵燹、瘟疫和死亡，使我们胆战心惊。
……
可是我还没谈到，比死亡更厉害的事情，
比瘟疫、大火、饥馑更可怕的事情：
有许多人的灵魂的宝物也已经被夺去。

格里菲乌斯的这首诗作撰写于 1636 年，三十年的战争已经进行了十八个年头。德国境内可谓哀鸿遍野，民生凋敝，文化滞后。文学创作在这个黯淡的时代里退去了光辉，丧失了力量，市民出身的作家大都依附于宫廷，寄食于公侯门下。附庸风雅的宫廷成为文学活动的中心，人们以追随外国风尚为能，把法国、西班牙、意大利文化树为榜样。受此影响，作品的内容大都贫乏孱弱，处处充斥着华丽的辞藻、离奇的比喻和堆砌的典故。这一时期的德国文学成为一种“形式的游戏”。

17 世纪后半期，小说家格里美尔斯豪森创作出流浪汉小说《痴儿西木传》，才为德国文学赢得了相当大的世界声誉。这部小说叙写了主人公一生的遭遇，反映了德国三十年战争时期的社会情况，极具巴洛克文学的特点：夸张、浪漫，且充满神奇的梦幻。同时，它又超越了流浪汉小说的局限,是德国现实主义小说的先驱。

这部小说共分六部,在第五部,主人公曾来到过中国,后经意大利回到德国,决定过退隐的生活,言语中透露出沉重的悲伤:

再见吧,世界,因为对你不能信任也无所希望;在你的广厦里过去的业已消失,现在的正在我们手中消逝,将来的还没有开始,最巩固的在衰落,最坚强的在破碎,最永恒的在结束,致使你是死者中的一个死者,在百年之内你使我们没有一个小时的生活。

后来,远方的世界让他无比向往,于是就航海到一个海岛上,在那里以劳动为生。

17 世纪的诗人们为纯洁优化德国文学的语言,做了大量的工作。但处于分裂状态的德国还没有产生出一位"世界级"的作家,德意志民族文学还远称不上杰出,尚不能与英国、法国、西班牙文学并肩。但德国追赶世界文学的脚步并没有停下来。

"狂飙突进"运动

1770 年,歌德和赫尔德尔在斯特拉斯堡相见。这标志着"狂飙突进"运动的开始。

"狂飙突进"是德国文学史上第一次全国性的运动。"狂飙突进",因作家克林格尔的同名剧本而得名。赫尔德尔是"狂飙突进"运动纲领的制定者和精神领袖。他早年学医,后研习神学和哲学,1769 年在巴黎结识狄德罗,回国后又与莱辛(1729—1781)和歌德相识。正是赫尔德尔引导歌德学习荷马和莎士比亚,收集和学习民歌。也就是在这一时期,歌德写出了感情真挚、旋律优美的抒情诗篇《五月之歌》:

自然多明媚，
向我照耀！
太阳多辉煌！
原野含笑！

千枝复万枝，
百花怒放，
在灌木林中，
万籁俱唱。

“狂飙突进”运动时期的许多作家、批评家，于1770至1771年间聚集在地处法德边境的斯特拉斯堡。他们一致崇尚感情，要求自由和个性解放，深受卢梭“返回自然”思想的影响，歌颂理想化的自然秩序，赞扬淳朴的儿童和劳动人民。

1773年，歌德的《铁手骑士葛兹 · 冯 · 伯里欣根》是“狂飙突进”运动的第一部具有代表性的作品。歌德的《少年维特之烦恼》、席勒的剧作《强盗》和《阴谋与爱情》是表现“狂飙突进”运动精神的力作。

莱辛一生致力于以编辑者或政论家的身份谋求独立生存，但也不免要为一个普鲁士将军充任秘书，晚年还要从一个公爵那里接受俸金。但是，莱辛保卫真理的热情，反封建、反正统教会的斗争从未衰落停歇。1772年，《爱米丽雅 · 迦洛蒂》首次上演，此时已经属于“狂飙突进”的时代。莱辛虽然没有参加到这一运动中，但他的作品和精神则受到“狂飙突进”诗人的普遍欢迎。例如，歌德《少年维特之烦恼》中的主人公在临死前的一个读物，就是莱辛的剧本《爱米丽雅 · 迦洛蒂》。由此可见莱辛的作品的影响力有多大。

人们说如果不提歌德，不提莎士比亚，不提但丁，就写不成一部世界文学史。的确如此，歌德连同他的作品在德国文学传统中早就被认为是无可比拟的，不可复制的。同样，在德国文学史中，提到歌德，就不能不提到另一位天才——席勒。

歌德在诗作《人性的界限》中写道：

是什么把神
同人区别开来？
神好比是
一条永恒的河流，
他面前流过许多波：
波浮起我们，
波吞没我们，
于是我们下沉了。

歌德，对于德国文学而言无疑属于“神”一样的伟大作家。由于“狂飙突进”运动的理想与德国的社会现实之间存在巨大距离，到18世纪80年代中叶，这一运动逐渐消歇，接近尾声。就在德国的许多思想家、文学家在时代的波浪中“下沉”之际，歌德和席勒携手开创出德国文学史上的古典时期。

1794年，歌德与席勒订交。席勒在给歌德的信中说道：“最近和您的一些谈话使我整个思想都活跃起来了。”

歌德和席勒两个人一老一少密切合作，在魏玛共同主办剧院，主编文艺杂志，相互鼓励通力合作，创作出许多优秀的作品，从而把德国文学提升到全欧洲的先进水平，奠定了德国文学在世界文学中的地位。

1796年，两人合作写出了四百多首警句诗《馈赠》，歌德创作出《威廉·迈斯特的学习时代》《赫尔曼与窦绿苔》和《浮士德》(第一部)等经典作品。席勒在这一时期则完成了规模宏伟的历史剧《华伦斯坦》以及《奥尔良姑娘》《威廉·退尔》等剧作。

席勒在德国古典文学中的地位仅次于歌德，是德国文学史上的第二座丰碑。席勒最著名的诗作是经贝多芬谱曲后唱遍全世界的《欢乐颂》，成就最突出的是他的剧作，素有“德国的莎士比亚”之称。

1805年5月，席勒去世，因为家境贫窘，被草草地葬在魏玛的一个大墓里。歌德对席勒的死万分痛心:“我失去了席勒,也就失去了我生命的一半。”多年后,歌德亲自去找寻席勒的遗体,但已无法辨别出来,只求得一个头骨。歌德死后,根据他的遗言,他与席勒的头骨长眠在一起。

19 至 20 世纪德国文学

18 世纪末,德国浪漫主义文学运动在文坛上出现。

施莱格尔兄弟、蒂克、诺瓦利斯等人以耶拿为中心,出版杂志《雅典娜神殿》,宣传自己的文学主张。这一时期的浪漫主义运动没有持续多长时间。1805 年以后,又有一批新的浪漫主义作家和学者先后聚集在海德尔堡,他们同气相求,一起创办刊物,形成了后期的浪漫主义,中心人物是阿尔尼姆和布伦塔诺。他们收集大量的民歌和童话然后整理出版,这给当时德国的诗歌注入了新的血液。格林兄弟曾和浪漫主义者有来往,他们收集编写的《儿童与家庭童话集》成为经典的世界儿童文学名著。

德国浪漫主义的代表作家是霍夫曼。他的小说作品具有神秘色彩,往往通过荒诞离奇的情节,写出自然和人生中所谓“夜的方面”——阴暗玄秘的氛围——人并没有能力主宰自己,幽灵的力量支配着人的生活。

19 世纪 30 年代,德国开始工业革命,进程虽缓慢,却也很有力。资产阶级的力量逐渐增强,工人阶级随之成长起来。“青年德意志派”应运而生,他们是 1830 年法国七月革命后在德国成长起来的作家的总称,以进行鼓动性的社会批判见长。

19 世纪前期,海涅和毕希纳的创作代表着德国文学的最高成就。毕希纳以法国大革命时期罗伯斯庇尔和丹东两派之间的冲突为背景,创作了著名的剧作《丹东之死》。他肯定罗伯斯庇尔的革命坚定性,同情丹东之死,同时也谴责丹东放弃革命,沉湎于个人的生活享受。

1848 年革命失败后,叔本华的悲观哲学开始对文学界产生巨大影响。一大批作家走上了逃避现实的道路,脱离时代和社会的地方文学风行一时。这一时期最大的作家是施托姆。

普法战争后,德国自上而下统一了全国。虽说普法战争对德国而言,开辟了一个有世界历史意义的新时代,但这一时期的德国文学并没有取得足以傲视其他欧洲强国的成就。这一时期,德国文学有所谓的"模拟文学"流派,他们在撰述作品时一味模仿古典文学,缺乏创造性。自然主义运动也在这一时期开启,它的代表作家是霍普特曼。

自然主义运动大胆地暴露社会黑暗,打破沉闷艺术创作氛围,事无巨细地描述现实生活,但对艺术构思的价值认识不足。霍普特曼以自然主义的表现手法,逐步走上象征主义、现实主义的道路,从而取得了极高的文学成就。例如《沉钟》中出现的"钟"的意象就极富象征意味。中国现代文学团体"沉钟社"的名字就来自霍普特曼的这部名剧,这个文学团体以剧中铸钟者坚韧不拔的精神自勉。

进入到 20 世纪,德国文学在尼采的主观唯心主义哲学和法国象征派的影响下,形成了自己的现代主义文学流派:19 世纪末、20 世纪初出现印象主义和新浪漫主义,以及第一次世界大战时期产生的表现主义。1933 年希特勒取得政权,接着是法西斯统治和第二次世界大战。大部分进步作家被迫流亡国外,形成了"流亡文学"。

里尔克是德国新浪漫主义的代表,代表作品有诗集《祈祷书》《杜伊诺哀歌》等。他的诗歌作品注重韵律,比喻奇特,在精细的雕琢中流溢神秘的色彩。

现代派虽盛极一时,但取得最大文学成就的还是批判现实主义。这一时期的代表作家有亨利希·曼、托马斯·曼和黑塞。托马斯·曼和亨利希·曼兄弟二人的长篇小说都反映了德国在时代进程中的社会矛盾和人性冲突,但两者有显著不同的艺术风格。前者主要接受的是俄国现实主义风格尤其是列夫·托尔斯泰的影响,后者倾向于法国现实主义传统,在风格、语言上受法国作家的影响较深。

第二次世界大战以后的德国文学流派纷繁,风格各异,呈现出多元化的格局。德国作家黑塞、伯尔、格拉斯、穆勒等先后获得诺贝尔文学奖,证明了深沉厚重且富有思辨精神的德国文学在世界文学中有着不可或缺的地位。

德国制造出来的精神产品并非一开始就那么独特优异。其实,德国文学在很长的时期内一直处于追赶他国的状态。正因为长时期思想文化上的滞后,德意志民族最能博采众长化为己有。例如,莎士比亚对德国文学就有深远而重大的影响,有学者曾评论说,没有莎翁的直接影响恐怕就没有德国戏剧的登堂入室。但在同一时期,莎翁对拉丁民族尤其是法国的影响就要小得多。在歌德那里,我们更是可以看到多种文化思想艺术因素的综合:古希腊古罗马的文化艺术、基督教的人道主义、文艺复兴时期的人文主义以及东方的哲学思想等等。正是这种海纳百川的精神,再加上歌德自己的创造才能和不懈的努力,才使得这位天才成为世界级的大文豪。

德国文学是谨严精审的,绝不会流于浅薄皮毛。宗教改革家马丁·路德曾告诫世人,不可在外在仪式和教义那里去求得宗教的实质,而要从人的精神的深处去发现宗教。我们解读德国文学作品,同样需要沉静下来,在作品的深处去发现德国文学,品味德国文学的魅力。

爱米丽雅·迦洛蒂

戈特霍尔德·埃夫莱姆·莱辛(1729—1781),德国启蒙运动时期的剧作家、美学家、文艺批评家。在德语文学的发展中,他的经典剧作和戏剧理论占有重要的地位。其中,创作于1772年的《爱米丽雅·迦洛蒂》就是莱辛最为著名的剧作之一。

《爱米丽雅·迦洛蒂》的故事发生在文艺复兴时期的意大利,赫托勒亲王爱上了爱米丽雅。但是,爱米丽雅就要和阿皮阿尼伯爵举行婚礼了。在宠臣玛里内利的帮助下,亲王如愿以偿地把她抢了过来。但他并不知道玛里内利的计谋会带来如此惨重的结果……

剧中人物

爱米丽雅·迦洛蒂
奥多亚多·迦洛蒂——爱米丽雅的父亲
克劳迪娅·迦洛蒂——爱米丽雅的母亲
赫托勒·贡扎加——瓜斯塔拉省的亲王
玛里内利——亲王的侍卫大臣
卡米洛·罗塔——亲王的顾问之一
孔蒂——画家
阿皮阿尼伯爵——爱米丽雅的未婚夫

奥尔西娜伯爵夫人
柏提斯达
安杰罗
皮鲁
侍从数人

第一幕

布景:亲王的一间办公室

第一场

亲王坐在写字台旁,在堆满的信札和文件中随意翻阅着。

亲王:状子、请愿书,尽是这些让人发愁的公事。竟有人羡慕我们!——我觉得,假如世界上所有的人都能得到我们的帮助,那我们才值得人们的羡慕。——爱米丽雅?(他翻开一封请愿书,看里边的签名)爱米丽雅·布鲁内西——不是迦洛蒂。她要求这么多,不过看在她叫爱米丽雅的分儿上,我就批准她吧!(签字,按铃,一个侍从走了进来)

侍从:这儿有一封伯爵夫人奥尔西娜的信。

亲王:奥尔西娜的信吗?放桌子上吧。

侍从:她昨天到了城里,信差还等着回信呢。

亲王:如果需要回信,我会派人送去。(侍从出)我亲爱的伯爵夫人呀!——不错,我相信曾经爱过她!说不定,是真心的。但是——这早已成为了过去。

第二场

画师孔蒂、亲王

孔蒂：王爷，您吩咐我画的那幅画像，我已经带来了。我还带来了一幅不是王爷吩咐我画的画像，这幅画像值得您一看。

亲王：我想不起来，吩咐您画的是谁的画像？

孔蒂：伯爵夫人奥尔西娜。

亲王：是的！——可我的委托被您拖得太久了吧。

第三场

亲王、孔蒂拿着两幅画像，把其中一幅放在一把椅子上。

孔蒂：（把另一幅放正）请王爷考虑到我们艺术的界限。很多非常吸引人的美，完全隐藏在艺术的界限之外。

亲王：好极了，孔蒂！您的手法，您的艺术。——这太过于夸奖她了。

孔蒂：我的王爷！——作为画家，我们总以为完成的作品会在爱它的人身上找到他订画时的热情。我们用爱情的眼光绘画，所以您也要用爱情的眼光来评价。

亲王：说得很好！孔蒂——可是您怎么不早一个月把它送来呢？——把它放一边吧，我想看看另一幅是什么？

孔蒂：（把画像拿了过来）值得欣赏的艺术有很多，可比这个更值得欣赏的对象，肯定不会再有了。

亲王：那一定是某位艺术家的太太吧？——孔蒂！我看到了什么？这是您的大作吗？还是我想象中的作品？——这是爱米丽雅·迦洛蒂啊！

孔蒂：什么？王爷，您认识这位天使吗？

亲王：（企图极力镇静，仍目不转睛地盯着画像）不很熟！不过在一次晚会上，我见过她的母亲。——我也认得她的父亲，一个上了年纪的武夫，虽然骄慢，倒是一个心地忠厚的好人！

孔蒂：我发现，您的灵魂完全在您的眼睛中间，我最喜欢这样的灵魂和眼睛了。

亲王：亲爱的孔蒂，像我们这样的人怎么敢相信自己的眼睛呢？只有画家才真正懂得怎么判断美丽。

孔蒂：难道每个人的感情都要首先等待一位画家的判断吗？我必须对您说一句话：作为一个画家，我生平最大的幸福，就是爱米丽雅·迦洛蒂坐下来让我画她的画像。她整个儿形象，从那时起，就成了我对女性美的唯一研究对象。

亲王：您这种对于女性美的研究，除了使它也成为我的研究之外，我还有更好的事情能做吗？——那一幅画像您带回去，做一个精致的画框。我要把它挂在走廊里——但是这一幅要留在这儿，我要把它放在手边。孔蒂，我非常感谢您，去开一张账单给我的财政大臣吧！——您要多少，就开多少吧，这是您这两幅画的酬劳。

第四场

亲王、玛里内利

玛里内利：王爷，伯爵夫人奥尔西娜昨天回到城里来了。

亲　　王：您同她谈过吗？这儿已经放着她的一封信了，不过我对它一点儿好奇心都没有了。我快要和马萨公主结婚了，这类事情就此暂停。

玛里内利：假如只是因为这件事，奥尔西娜也该知足了，就像王爷满足于自己的命运一样。

亲　　王：我的命运肯定比她要艰苦得多。我的心变成一个国家的利益的可怜的牺牲品。她的心，她可以拿回去，但是不要违背自己的意愿送给别人。

玛里内利：为什么要拿回去呢？伯爵夫人要问：假如只是因为政治，而不是爱情，王爷才会结婚，那她干吗要把心拿回去呢？在这样一位夫人的旁边，情人总还可以看见自己的位置。她不怕为此牺牲，她只怕——

亲　　王：一个新的情人。怎样？玛里内利，您想说这是我的罪证吗？

玛里内利：王爷，请不要把我和那个傻女人混为一谈，我不过是出于同情才借用她的话。她昨天感动了我，她开始还假装心平气和的样子，很快，她就带着一种最快乐的表情来谈论最悲伤的事，然后又用一种最凄惨的神色去叙述最滑稽的笑谈。她现在躲到了书本里，这些书本恐怕会给她的生命带来最后的打击。

亲　　王：如果因为爱情她变傻了，那么没有爱情，她迟早也会变傻的。——好了，关于她，我们也谈够了。城里还有其他新闻吗？

玛里内利：伯爵阿皮阿尼今天要举行婚礼——其实算不上什么新闻。

亲　　王：阿皮阿尼……我知道，玛里内利，您不喜欢他，同样，他也不喜欢您。不过，他的确是一个值得尊敬的青年，漂亮、富裕，名誉也很好。我希望认识他。

玛里内利：恐怕来不及了。他没有打算在宫廷谋出路，他要带着自己的夫人去皮埃蒙特山里去，在阿尔卑斯山上打猎，养土拨鼠。他订了一门门第不相当的婚事，这足以葬送他的前程。

亲　　王：别谈门第吧！这些粗俗的礼节。告诉我，是哪个女子让他做出这样大的牺牲？

玛里内利：爱米丽雅·迦洛蒂。

亲　　王：爱米丽雅·迦洛蒂？绝对不可能！

玛里内利：是的，殿下，您为何这么激动，难道您认识这位爱米丽雅·迦洛蒂吗？

亲　　王：（跑过去把那幅画像拿给玛里内利）是这位吗？你说一句"正是她"吧！一刀刺进我的心里吧！

玛里内利：正是她！今天要变成阿皮阿尼夫人了。婚礼在萨比奥内塔附近她父亲的庄子上秘密举行。大约中午时分，伯爵和母女两人，还有几位朋友，要动身前往那里。

亲　　王：叛徒！这到底怎么回事？我爱她，我崇拜她。你们可能很早就知道了！为什么这么阴险，一直等到现在，才来告诉我？假如这次我饶恕了您——那么我的罪恶绝不会饶恕我！

玛里内利：王爷，我再三起誓，如果我对这个爱情知道一点儿，天使和神明就不要再理我！

亲　　王：玛里内利，请您原谅我。（投到了他的怀抱里）请您可怜我。如果您能，请救救我。

玛里内利：只要不是木已成舟，就会有办法。（想了一会儿）王爷，您愿意给我自由行动的权利吗？你会允许我所做的一切事情吗？

亲　　王：一切能扭转现状的事情，玛里内利，我都会准许您！

玛里内利：那么不要耽误时间了，您立刻到多赛乐行宫去吧。到萨比奥内塔的路要经过那里。王爷，您不是因为大婚要派一位使臣去马萨吗？您就派一位伯爵去吧，让他今天就必须动身。

亲　　王：太好了！您带他来见我吧。

第五场

卡米洛·罗塔(拿着一些文件进来)、亲王

亲　　王：这儿有爱米丽雅·迦洛蒂——我是说——布鲁内西的请愿书。我虽然已经批准了，您还是往后推推吧，或者不管它，随您意思办就好了。

卡米洛·罗塔：不能随我的意思办，殿下。

亲　　王：还有别的事吗？有什么文件要我签字吗？

卡米洛·罗塔：有一份死刑判决书要签字。

亲　　王：我很乐意。拿来吧！

卡米洛·罗塔：(吃了一惊，注视着亲王)我是说，一份死刑判决书。请您原谅，我没有把它带来，可以搁到明天的。

亲　　王：还会这样！您收起来吧，我得出门了，罗塔，咱们明天再谈吧！

卡米洛·罗塔：(摇着头收拾文件下)很乐意？签一份死刑判决书很乐意？就算是一个谋害我独生儿子的犯人，我也不想在这个时候给他签字。这个“很乐意”，真是伤透了我的心！

第二幕

布景：迦洛蒂家里一个大厅

第一场

奥多亚多·迦洛蒂(骑着马跑进院子)、克劳迪娅·迦洛蒂

奥多亚多：早安，亲爱的！——爱米丽雅在哪儿？是不是在忙着打扮？

克劳迪娅：忙着安慰她的灵魂，她去听弥撒了。

奥多亚多：独自一人吗？

克劳迪娅：这几步路——

奥多亚多：就算一步路，也能让人失足！

克劳迪娅：亲爱的，不要生气，进来休息一会儿吧。

第二场

皮鲁、安杰罗

皮　鲁：天哪，安杰罗，是你吗？你怎么敢再露面？上次你犯了杀人案以后，法庭已经宣布你不受法律保护了，还在悬赏你的人头。

安杰罗：你总不至于想领取这份赏金吧？有一件事情我想问问你，刚才迦洛蒂老头骑马进城，他想干什么？

皮　鲁：他就是逛逛，他的女儿今晚就要结婚了。你别在这待太久，

会被他撞见的。你当心,他可是一个好汉!

安杰罗:我怎么会不知道,我不是在他手下当过差吗?新郎新娘什么时候动身呢?

皮　鲁:估计是中午时分。

安杰罗:有很多人陪着吗?马车是谁的?

皮　鲁:就一辆车,是伯爵的。只坐母亲、女儿和伯爵三人,还有几个做证婚人的朋友。

安杰罗:这就糟了!除了车夫,还有个领马的,不过也好——

皮　鲁:真奇怪!你打什么主意?新娘戴的首饰可不值得你动手。

安杰罗:可新娘本人值钱啊!

皮　鲁:安杰罗!看在上天的分上——(安杰罗下)唉!要是被魔鬼抓住了一根头发,你就别想有好日子过了!

第三场

奥多亚多、克劳迪娅、皮鲁

奥多亚多:我快要等不及让这位高贵的年轻人做我的女婿了,他每个地方都让我喜欢,特别是他能回到山中老家过日子。

克劳迪娅:我们从此不是要失去心爱的独生女儿了吗?

奥多亚多:失去她?别把你对她的爱和她自己的幸福混在一起!你从不考虑给女儿一种良好的教育,你想让她住在城里,接近宫廷,远离疼爱你们的丈夫和父亲。

克劳迪娅:可是,只有在这里,爱情才会将天生一对儿的人撮合到一块,伯爵才能找到爱米丽雅。

奥多亚多:因为结果是好的,你就觉得做得很对吗?好了,现在事情结束了,就让他们搬到纯净的地方去住吧。伯爵在这儿能干什么？让他卑躬屈膝，和玛里内利这种人钩心斗角争宠吗？——皮鲁！

皮　　鲁：我在这儿。

奥多亚多：把我的马牵到伯爵家门口，我要在那儿上马。（皮鲁下）克劳迪娅，有一件事你完全没有想到，因为我们女儿的事，他同王爷闹翻了。王爷恨我——

克劳迪娅：没你想象得这么严重吧？我不是告诉你，王爷见过我们的女儿吗？

奥多亚多：王爷吗？在哪儿见过？

克劳迪娅：上次在格里马蒂宰相家中的晚会上，王爷对女儿便显得很客气，对她的活泼和伶俐非常心醉，还不停地称赞她的容貌。

奥多亚多：你竟然这么高兴告诉我这些！哦，克劳迪娅！克劳迪娅！你真是一个爱慕虚荣、愚笨的母亲啊！

第四场

爱米丽雅·迦洛蒂（从教堂回来）、克劳迪娅

克劳迪娅：孩子，你看到谁了？

爱米丽雅：王爷。我刚跪下去，开始祈祷，他就紧紧地靠了过来。他叫出我的名字，谈着美丽，谈着爱情，还对我发誓。我当时唯一能祈祷的，就是让天使把我变成聋子。

克劳迪娅：孩子，当你认出是他的时候——我希望，你还是镇静的，狠狠鄙视他一眼。

爱米丽雅：我第一眼认出他，没有看第二眼，就逃开了。

克劳迪娅：上帝！上帝！要是你爹知道这件事情会怎么办？你现在去休息吧，我的孩子，把刚才的事情，当成一个梦吧。

第五场

阿皮阿尼伯爵、前场人物

阿皮阿尼：（沉思着，眼睛瞪着前面，越走越近，爱米丽雅迎着他跑来）我最心爱的人！

爱米丽雅：伯爵大人，怎么这样庄重？难道今天不值得高兴吗？

阿皮阿尼：今天的日子，要比我整个一生更有价值。这种幸福本身让我有点儿不习惯，就像小姐所说，变得庄重了。（见到爱米丽雅的母亲）啊，夫人！您也在这儿！不久我就能更加亲密地叫您了。

克劳迪娅：这是我的荣幸！爱米丽雅，你快去收拾吧！

爱米丽雅：我只要一会儿，就能打扮好。我绝不戴那些金银首饰，伯爵大人，就像您送我的那份礼物！假如这份礼物不是您送的话，我真要对着它伤心呢，因为我梦到了它三次——

克劳迪娅：我怎么不知道，真有此事吗？

爱米丽雅：我好像在梦中戴着它，突然之间一颗宝石就变成了珍珠，可是，妈妈，珍珠代表着眼泪！

阿皮阿尼：想象力竟带出如此忧愁的思绪——

爱米丽雅：何必这样？我想出一个主意，您看怎样？您还记得第一次喜欢我的时候，我穿着什么衣服吗？

阿皮阿尼：在内心里，您从来没有改变过当时的样子，就算您不是穿着那件衣服。

爱米丽雅：那么，我就穿一件相同样式和颜色的衣服，自由自在，轻飘飘的。还有头发——

阿皮阿尼：就让它天然地卷曲，显出原本栗色的光彩。

爱米丽雅：上面还有一朵玫瑰花！对的！对的！——我就这样打扮好了站在您面前！

第六场

玛里内利(进来)、克劳迪娅(下)、阿皮阿尼

玛里内利：我的伯爵大人，我要给你说一件紧要的事。
阿皮阿尼：什么事，大人？
玛里内利：王爷因为同马萨公爵小姐婚礼的事，需要派一位使臣到公爵那里，而您正是由他选定的，今天就要动身。
阿皮阿尼：我真得要表示感谢了。我很久都没有想到，我还能为王爷办什么事。
玛里内利：我相信，那只是王爷没有找到合适的机会而已。无论怎样，您肯定会热烈地接受这次王爷的恩典吧？
阿皮阿尼：真的吗？我很抱歉，我不得不辜负王爷的一片好意。今天我要迎娶一位夫人。
玛里内利：伯爵大人，喜事可以改期。而违背主人的命令——
阿皮阿尼：主人？我应该服从这个命令，但我并不是他的奴隶。
玛里内利：我的意思是，婚礼可以推迟，新娘的父母会理解的，新娘也一定是您的。
阿皮阿尼：一定？——您说到了一定，您一定是只不折不扣的猢狲！
玛里内利：岂有此理！该死的东西——伯爵，我要求决斗！
阿尼阿皮：(一手抓住他)今天我固然要去结婚，可还是有陪您溜达溜达的时间——来吧！
玛里内利：本来想现在决斗！——不过我情愿您今天扫兴。耐心等着吧，伯爵！

第三幕

布景：多赛乐行宫的一间前厅

第一场

亲王、玛里内利

玛里内利：没用，他以最卑鄙的态度拒绝了您的恩宠。

亲　　王：就这样了？难道爱米丽雅今天就要成为他的人了吗？我曾抱多大的希望啊！——假如计策是由一个蠢材想出的，那也该让一个聪明人去做。我怎么没想到这一点。

玛里内利：我竟为这样的报酬差点儿丢掉性命！我故意惹他生气，让他对我破口大骂，然后——我要求当场决斗。我是这么想的：要么他死，要么我亡。如果他死了，我们就掌握了整个战局；就算我死了，王爷您也是胜利的，因为他不得不逃亡。

亲　　王：伯爵大人呢？他可不会容许人家再说这样的话。

玛里内利：他对我说，今天还有比拼命更重要的事，他决定在婚后第八天同我决斗。

亲　　王：同爱米丽雅结婚！这就是您给我的结果，现在——您可以走了！

玛里内利：实话说，并不是没有办法了，只要把新娘置于暴力之下——

亲　　王：假如您知道这样办，就不用瞎扯这么多了。

玛里内利：但是，我不敢担保事情的结局。不幸的事有可能会发生。（他们听见远处传来枪声）殿下，您听到枪响了吗？——现在又是一声！

亲　　王：发生了什么事？

玛里内利：我刚才所说的那件事，现在发生了。

亲　　王：是这样的吗？您真让我惊讶！筹备的手续想必——

玛里内利：非常周密！我派了一批心腹过去，在紧靠动物园木围墙的路上，同马车上的人混战起来。我的一位仆人假装营救，把爱米丽雅带到这里——这就是我的计划。（走到窗前）一个戴假面具的人骑着马跑过来了——一定是来报功的！王爷，请您离开吧。

第二场

安杰罗、玛里内利

安杰罗：（取下面具）大人，他们马上就会把她带来。

玛里内利：很好，伯爵怎么样？

安杰罗：伯爵一枪打死了我勇敢的尼可洛，我回了他一枪，如果他活着回到了车子里，我担保他不会活着走出来了。

玛里内利：（递给他一袋金币）这个算是报酬您的同情心吧。

安杰罗：大人，要是还有什么事，尽管吩咐给我。别人能做的，对我也算不上妖法。我要的报酬比任何人都便宜。（下）

第三场

玛里内利、他的仆人柏提斯达同爱米丽雅上

爱米丽雅：上帝啊！怎么就我一个人？这是什么地方？我的母亲在

哪儿？伯爵在哪儿？你没有看见他们吗？是不是有人开枪了？

柏提斯达：有人开枪吗？——可能吧！我要出去看看他们。

玛里内利：（突然走上来，假装刚进来的样子）哦，原来是小姐！什么风把您吹来了？

爱米丽雅：（吃惊）大人，我在您的府上吗？请您原谅，我们刚遭到了抢劫。——这个好心的人把我救了出来。但我的亲人还在危险之中，我得离开了。

玛里内利：小姐，您放心吧，您那些亲爱的人很快就会回到您身边了。柏提斯达，你快点儿去带他们过来。（柏提斯达下）

爱米丽雅：真的吗？他们都安然无恙吗？我要赶快去迎接他们。

玛里内利：您最好休息一下吧。我敢说，王爷一定会亲自照料令堂，并把他们带过来。他一听到消息就去营救您，还派人去追拿歹徒。

爱米丽雅：王爷！我究竟是在哪里呀？

第四场

亲王、爱米丽雅、玛里内利

亲　　王：最美丽的小姐，您在哪儿？在哪儿？——现在一切都好了！伯爵，令堂夫人——

爱米丽雅：啊，王爷，他们在哪儿？我不知道他们成了什么样子，我觉得您瞒着我——

亲　　王：放心吧，把您的手臂给我。请您赶快摆脱掉那些恐怖的想象吧！

爱米丽雅：（跪在他面前）殿下！

亲　　王：我非常惭愧！爱米丽雅，请不要拿您的疑心来折磨我。来

吧，那儿有些比较合您心意的事在等着您呢。（把她拉扯着带下去）

第五场

克劳迪娅、柏提斯达、玛里内利

克劳迪娅：（走进门来，柏提斯达正要出去）就是你！是你把爱米丽雅抢走的！——我认得你。她在哪儿？快说，你这要遭报应的家伙！

柏提斯达：这就是你感谢的话？她在一个幸福得不能再幸福的地方了。这儿的主人会把您带到那儿的。

克劳迪娅：你的主人？（看见玛里内利）呵！这就是你的主人吧？——我的大人，我的女儿在哪儿？您会把我带去吗？

玛里内利：我非常乐意，夫人。

克劳迪娅：您就是玛里内利，侯爵大人。玛里内利这个名字——伴随着一个诅咒的呼声——是临死的伯爵说的最后一句话。

玛里内利：临死的伯爵？阿皮阿尼伯爵吗？您是什么意思，我听不懂。伯爵一向都是我的朋友，他临死之际还叫知己的名字——

克劳迪娅：用那样一种腔调吗？阿皮阿尼曾是你的仇人，可关我女儿什么事啊？

玛里内利：请原谅！夫人，您来吧！您的女儿就在隔壁的房间，王爷亲自照料着她。

克劳迪娅：王爷？我这个倒霉的母亲呀！我明白了！你这个该死的凶手！为了满足别人的兽欲而去杀人的凶手！你这个拉皮条的狗东西！

爱米丽雅：（幕后）我的母亲呀！我听见母亲的声音了！

克劳迪娅：你在哪儿，我的孩子？我来了，我来了！（她冲进房间，玛里内利跟着进去）

第四幕

布景：同前幕

第一场

亲王、玛里内利

亲　　王：女儿冲向母亲，在她的怀抱中昏倒过去。母亲因此平息了愤怒。要是我没听见她讲的话，就更好了。

玛里内利：什么话，王爷？

亲　　王：伯爵，他死了。我在公正的上帝面前发誓，对于这次流血事件，我是无辜的。

玛里内利：我嘱咐过安杰罗，不止一次，让他避免伤到人。事实却是，伯爵先下手打死了人，安杰罗才因此冲动，开了枪。

亲　　王：我明白了，他的死亡，绝对是一件偶然事件，我相信您。——可是还有谁会相信？爱米丽雅？她的母亲？——社会也相信吗？人家会把我看成主犯，而您和安杰罗只是工具罢了。

玛里内利：（冷淡）很有可能。

亲　　王：玛里内利！你不该让我着急！现在我们犯的秘密罪恶，是无法治愈的。它虽然清理干净了路面，同时也把道路堵住了。所有人都会当面责怪我们——这情况是由您那个聪明的布置造成的吧？

玛里内利：那您今天早上在教堂执行的步骤，无论如何也不算是由我布置的吧？爱米丽雅和她的母亲并不知道王爷的爱情，如果我在这个基础上建造，而王爷在破坏它的根基，我还能有什么办法呢？如果您自己没有泄露秘密，还有什么问题呢？

亲　　王：真该死！（打自己的额头）我想您是对的。

第二场

柏提斯达、亲王、玛里内利

柏提斯达：伯爵夫人奥尔西娜刚刚到了。

亲　　王：快点儿，不要让她下车子。就说我不在这儿。（柏提斯达下）这个傻女人干吗要来，她怎么知道我在这儿？难道她听到什么风声了吗？

玛里内利：这对我同样是一个谜。可她不是那么容易就挡住的女人，您赶快走吧！（指着一个房间，亲王走进去）如果您愿意，可以听我们的谈话。

第三场

伯爵夫人奥尔西娜、玛里内利

奥尔西娜：这可是多赛乐啊，那些平时侍奉我的人都跑到哪里去了？等待着我的爱情和欢乐吗？——您瞧，玛里内利！我想和他谈点儿事，他在哪里？

玛里内利：王爷吗？夫人为什么会猜想他在这儿呢？至少他没料到您会来这里。

奥尔西娜：那他今天早上没有接到我的信吗？我在信中约他在这儿会面。我听说，他一小时前就坐车过来了，我觉得这足够算是回信了，因此我就来了。

玛里内利：那就太凑巧了，夫人，昨天您还远在天边，好像再也到不了王爷眼前一样。

奥尔西娜：他在哪儿？他在那间我听见呼喊和喧嚣的房间里。那是一个女人的声音，告诉我是什么事，玛里内利？——去死吧，您这宫廷的蛆虫！不管您说不说，我都要进去看看。（想走）

玛里内利：（阻止她）上哪儿去？伯爵夫人，您误会了。王爷不愿意在这里见到您，他没在等您，您的信他根本没有看。这是因为他心神不宁，并非是故意怠慢您。

奥尔西娜：（发出悲哀的声调）这真是最为无耻的安慰。他不再爱我，有别的东西走进了他的心中，驱赶了我的爱情。但为何要说怠慢呢？只要说不关心就好了。对于一个心灵，没思想或者不存在的东西它才不会关心——这就等于说它对所有东西都是关心的。这些话对您这种人是不是太过高深了？

玛里内利：非常佩服！伯爵夫人，您真是一位哲学家。

奥尔西娜：是的，我是一位哲学家。一个男人怎会爱一个思想独立的东西？一个有思想的女人和一个浓妆艳抹的男人同样遭人嫌。她应该笑，只能用笑来维持大人们的欢心。可是，我该笑什么呢？对了！笑这个巧合，王爷没有看信，还是来了多赛乐。很滑稽！——玛里内利，您不跟我一块儿笑吗？这是大人们所允许的，然而，他们不会允许我们这些笨蛋跟着一块儿思考的。相信我，“凑巧”这个字眼在侮辱上帝。万能的上帝，请宽恕我，我跟这个愚蠢的罪人把您直接的工作叫作“巧合”！玛里内利！您想办法，让我快点儿见到王爷吧！不然我就不能再见他了。

第四场

亲王、奥尔西娜、玛里内利

亲　　王：（走出房间，自语）我必须帮他的忙了。

奥尔西娜：（看到他，犹豫着是否要走上去）呵！他来了。

亲　　王：（穿过大厅，经过她身旁，往另一个房间走去）我们美丽的伯爵夫人在这儿呀！我很抱歉，夫人，今天没法接受您拜访的荣幸了！我还有客人，请您不必久等了，下次吧！玛里内利，我等着您呢。

第五场

奥尔西娜、玛里内利

奥尔西娜：（悲伤）这些打发人的话是对我说的吗？您可怜我吧，玛里内利，告诉我他要办什么事情？他要招待哪位客人？告诉我您正好要说的第一句话——我就走了。

玛里内利：亲爱的伯爵夫人，这些客人刚刚从一场灾难之中逃脱出来。阿皮阿尼伯爵——

奥尔西娜：是他吗？可惜我要揭穿您的谎话了。阿皮阿尼伯爵，刚刚死于强盗之手，连拉尸首的车子我都碰见了——难道是我在做梦?

玛里内利：您没有在做梦,伯爵的新娘、新娘的母亲,都侥幸逃到了宫里。他们的不幸遭遇让王爷很同情。

奥尔西娜：可怜又贤淑的姑娘,她的命运太悲惨了！我认识她吗?

玛里内利：爱米丽雅 · 迦洛蒂。

奥尔西娜：天哪！真是太妙了！(拍手)

玛里内利：为什么妙呢?

奥尔西娜：看着我的眼睛,您是不是也有分儿?

玛里内利：您在恐吓我,伯爵夫人。

奥尔西娜：好吧,我告诉您一个秘密。不要做声！您听！很秘密的！(将嘴靠近他的耳朵,却大声地对他叫喊)王爷是个凶手！

玛里内利：夫人,您这样讲要闯大祸的。

奥尔西娜：那就更好了,我明天要在市场上大声宣布这件事——谁反对我,谁就是帮凶。再见吧！(她刚走到门口,碰到了慌忙走进来的奥多亚多 · 迦洛蒂)

第六场

伯爵夫人奥尔西娜、奥多亚多 · 迦洛蒂

奥尔西娜：您这不幸的人！爱米丽雅是您的女儿？她真是一个不幸的孩子啊！你以为阿皮阿尼只是受伤而已吗？他已经死了！而您的女儿,会比死还要难受。

奥多亚多：比死还要难受吗？——是不是同时也死了呢?

奥尔西娜：不,她没有死！她现在将真正开始生活,最美丽、最快活的生活。今天早上,王爷在教堂和您的女儿谈话,午后,他就把她带到了这里——行宫！您瞧，这并不是一个歹徒的抢劫，而是一个小小的谋杀！

奥多亚多：这是诽谤！（疯狂地观看四周，跺着脚，口吐白沫）现在，克劳迪娅呢？那个亲爱的妈妈呢？啊，仁慈王爷的幸福生活！这万分荣幸的快乐！我现在站在匪窟的洞口。（他翻看衣服，没有找到武器）我太匆忙了，还好双手没有落在家里！

奥尔西娜：我明白了！我能帮助您！（拿出一把匕首递给他）您拿去吧！我还有一些毒药。但是毒药只是给妇女们用的，不适合男人。

第五幕

布景：同前幕

第一场

玛里内利、亲王

玛里内利：这儿，王爷，您可以从窗里看见他。他还没有平静下来，这很正常。柏提斯达听见，他让妻子立刻派车子出来接他们。他会和女儿一起请求感谢您的恩典，然后安静地把她带回城里，等候王爷对他们的同情。

亲　　王：假如他不是这样的呢？我了解他，他能抑制住愤怒就不错了。他会不会把爱米丽雅带走？留在他身边？甚至送进国境之外的某个修道院呢？

玛里内利：恐惧的爱情看得很远。就算他是那样的，我也有办法对付。除去愿望之外，不能让他再进一步了。采取世上最干净的办法！

第二场

奥多亚多、玛里内利

奥多亚多：好吧，我得冷静下来。一个老叟却有着年轻人的冲动，这难道不是世上最可耻的事情吗？但是，我如何能控制自己啊！我只能尽力挽救那被玷污的德行了。只要让凶手得不到他罪恶的果实，我就满足了。在他所有的梦境中，新娘被全身血污的新郎带到他床前，如果他还把情欲的手臂伸过去，那么，他就会被来自地狱的讥笑惊醒！（玛里内利上）

玛里内利：上校，您上哪儿去了？您一定允许把爱米丽雅送回瓜斯塔拉去吧？您只消考虑一下——

奥多亚多：（发怒）考虑！考虑！在这儿没什么值得考虑的，她必须跟着我走！

玛里内利：先生，何必动怒呢？可能我误会了，想着一些没必要的事。让王爷来判断吧。

第三场

亲王、玛里内利、奥多亚多

亲　　王：哦，我亲爱的、正直的迦洛蒂。您一定急着要见您的女儿，我正等着可爱的爱米丽雅完全恢复后，把她送回城。

奥多亚多：承蒙您的恩赐。王爷，请不要让我的孩子受这种折磨了！在城里等待她的，是朋友和仇人、同情和幸灾乐祸。

亲　　王：就因为这个把她带走，未免太残酷了吧？

奥多亚多：王爷，我知道爱米丽雅现在最好的归宿——就是离开世俗，到一个修道院。

玛里内利：殿下，您知道，我和阿皮阿尼伯爵之间的关系，我们两人的心灵怎样交流成一片。玛里内利这个名字是他临死时说的最后一个词，我是他本人指定的复仇人！假如我不去惩罚那个凶手，这可怕的声音就永远不会从我耳边消失。有人猜疑，伯爵并非被强盗袭击。

奥多亚多：（讥讽地）不是吗？真的不是吗？

玛里内利：据说是被情敌派人暗杀的，一个得宠的情敌。

奥多亚多：什么？得宠的情敌？得到我女儿的宠爱吗？

玛里内利：这当然不是。我虽然反对这句话，可是总而言之，殿下——因为在司法的天平上，最有理由的成见是没有重量的——我们不得不为了这件事，审问一下这个不幸的爱米丽雅。

亲　　王：说得很对，玛里内利。这样一来，亲爱的迦洛蒂，情况变了，您自己也听见了。

奥多亚多：上帝啊！既然这样，她应当回到瓜斯塔拉，等待最严厉的审问宣布她的无罪。（苦笑）法庭也要审问我吗？

玛里内利：我恐怕是，审讯绝对要做到郑重。母亲、女儿、父亲还要隔离起来。我很抱歉，殿下，最好把爱米丽雅送到一个特别的看守所。

亲　　王：那么我知道了，宰相的家里，是一个最规矩的看守所。您不要反对，玛里内利！迦洛蒂，您认识格里马蒂宰相和他的夫人吗？

奥多亚多：我怎么不认识？可是，我还想在事前和她见一面，我要把伯爵的死告诉她，同时为这次隔离好好安慰她。我一定要见她，殿下！请您叫她到这里来，我只要一点儿时间。

亲　王：我答应您，假如您愿意做我的朋友、指导人、父亲，我什么都能答应您！

第四场

爱米丽雅、奥多亚多

爱米丽雅：我的父亲，您在这儿吗？母亲呢？还有伯爵呢？——父亲，您为何这样慌张？

奥多亚多：你为何这样镇静呢？我的孩子，你知道现在的情形吗？

爱米丽雅：一切都完了，我们必须镇静。假如伯爵死了——就这样死了！让我们逃走吧，父亲！

奥多亚多：逃走？还有什么必要？你现在处在强盗的手中。我的孩子，你并不镇静。

爱米丽雅：我是镇静的。可是在您看来，什么叫作镇静呢？难道就是忍受一个人所不能忍受的事情吗？

奥多亚多：我的孩子！让我拥抱你吧！我以前常说：大自然本想把女人塑造成杰作，可是它用错了泥土，它抓到的泥土太柔和了，否则在你们身上，一切都比我们强。可恶的欺诈！他要把你抢去，送到格里马蒂家里去。我当时那么气愤，我已经抓住了这把匕首，（把它抽出来）想刺进他们当中一个的——心！

爱米丽雅：父亲，千万不要这样做！把这把匕首给我吧。

奥多亚多：要是你认识这把匕首就好了！我现在把它给你——拿去吧！（递给她）

爱米丽雅：就去吧！（正要刺自己，她的父亲连忙将匕首夺了下来）

奥多亚多：你这么快！——这不是你的手应当使用的东西。

爱米丽雅：有一个父亲，他为了拯救耻辱中的女儿，把最好的一把刀插进她的心——他给了她第二次生命。但这一切悲壮行为都是曾经的了，这样的父亲不会再有了！

奥多亚多：现在还有，我的孩子，现在还有！（把匕首刺向她）——上帝啊，我都做了什么！（把要倒下去的她抱在怀里）

爱米丽雅：先把这朵玫瑰花摘下吧，在暴风雨摧毁它之前——让我吻吻它，这一只慈父的手。

第五场

亲王、玛里内利、前场人物

亲　　王：我看见什么了？——您这个残忍的父亲，您做了什么！

奥多亚多：在暴风雨摧毁一朵玫瑰花之前，我把它摘了下来。是不是这样的，我的孩子！

爱米丽雅：不是你，我的父亲——是我自己——我自己——

奥多亚多：不是你，我的孩子——不是你！不要带着谎言离开。是你的父亲，是你伤心的父亲！

爱米丽雅：唉！是我的父亲——（她死去，奥多亚多轻轻地把她放在地上）

奥多亚多：你去吧！——现在，王爷！您还喜欢她吗？您的欲念还能被勾起吗？在这向您喊叫复仇的鲜血之中！（把匕首扔在他脚下)这是我血腥的罪证！我去自首，到您这位裁判官那儿——我在我们大众的裁判官面前等候您！

亲　王：(沉默一会儿，他绝望地看着尸体，然后对玛里内利)到这儿来！把它拾起来——该死的东西！——(从玛里内利手里夺过匕首)不！你的血不应该和这些血混在一起——滚吧！永远别让我看到你！——上帝！上帝啊！——只是由君主们制造的人类灾难还不够吗？为什么还要让伪装的魔鬼成为他们的朋友呢？

——剧终

浮　士　德

歌德(1749—1832),全名约翰·沃尔夫冈·冯·歌德,德国著名诗人、文学家和思想家。歌德生活在18世纪中叶至19世纪初,当时的欧洲社会正处于大动荡时期,各种变革和先进新思想此起彼伏,因此歌德作品中的反叛精神极重。歌德的作品涉及诗歌、戏剧、小说以及散文,而且都取得了极高的成就,尤其是戏剧和小说。

《浮士德》是歌德以德国民间传说为题材,倾注毕生心血创作的长篇诗剧。全剧以浮士德思想的发展变化为线索,通过他在知识、爱情、政治、美以及事业五方面的悲剧经历,讲述了浮士德对人生意义和社会理想的积极探索。

剧中人物

梅菲斯特——恶魔

浮士德——不断追求、探索的学者

瓦格纳——浮士德的助手

玛甘泪——美丽的少女,浮士德的恋人

华伦亭——玛甘泪的哥哥,军人

皇帝

宰相

军政大臣

财政大臣

内廷总监

海伦——古希腊的美人,浮士德的妻子

欧福良——浮士德与海伦的儿子

忧愁女妖

各类配角若干名

天堂序曲

天主。天兵。梅菲斯特跟上。

天使长拉斐尔、加伯列、米迦勒唱着颂歌赞颂天主的功绩,依次上来。

梅菲斯特:主啊,你经常屈尊来眷顾我,今天我就甘心当你的仆从。抱歉的是,我说不出什么慷慨激昂的赞美之词。我只知道,人们总是自己折磨自己。和你刚刚把人类创造出来时一样,他们总是本性难移。如果你没让他们变得聪明,他们也许还好一点儿。他们自称很理性,可是处事行为却比野兽残忍得多。

天　　主:除了和我发发牢骚,你再没别的话要和我说吗?难道在你眼里人世间永远都那么一无是处?

梅菲斯特:是的,我的主!那里的生活糟糕极了。人们过得很悲惨,连我都起了怜悯之心,不忍去折磨他们了。

天　　主:你知道浮士德吗?

梅菲斯特:那个博学的人吗?他好高骛远,欲望无穷,想拥有一切美好的事物,没什么能使他满足,因此正处在绝望中。

天　　主：人类只要去追求,就难免有失误。理性和智慧的引导,一定能够让浮士德找到光明的道路。

梅菲斯特：不如我们来打个赌。如果我能把他引向邪路,让他堕落,主啊,你就输了。

天　　主：好,随你!

天界关闭。

魔鬼兴冲冲地去向凡尘。

悲剧第一部

浮士德闷闷不乐地坐在自己哥特式的书斋里。

浮士德：唉,我与世隔绝,用尽一生将自己埋头在故纸堆中研究各门学问,虽说如今已是满腹经纶,但我既不能济世救民,也不见得有多聪明,我依然还是什么也不懂。学问对我已无益,我不如以这毒酒作为节日的祝福,做最后一次痛饮。(把酒杯举到嘴边。)

钟声响起,伴随而来的是复活节合唱的歌声。

浮士德：爽朗的声音让我把酒杯从嘴边移开,这种音响唤起了我儿时的记忆,让我回到生活中来,使我停止了那最后一步。

城门口聚集了各色游人,浮士德和助手瓦格纳也出城郊游。他们坐着休息的时候,一条黑色长毛犬朝他们走来,他们把它带回了书斋。

浮士德想把《新约》由希腊文译为德文，但刚开始第一句，黑狗突然变得高大可怕起来，一会儿变成了一个学者模样的人。

浮士德：那么这才是黑毛狗的本来面目？

梅菲斯特：尊敬的博士，我这厢有礼。

浮士德：你是谁？

梅菲斯特：我总是想要做坏事，却总是成为激发“善”的一部分。我不相信什么真善美，因为无论什么最终都要毁灭，简单地说，“恶”就是我的本质和天性。

浮士德：我时时刻刻都能感受到人生受到束缚的痛苦，要我这样庸庸碌碌、安贫守命地活着，我宁愿死去。但是，死也要死得痛快，死得轰轰烈烈。

梅菲斯特：那你不妨摆脱使人枯竭的寂寞，走向广阔的世界去享乐。如果你愿意和我一起到人世间去经历一番，我倒乐意当你的仆人，听你的吩咐。

浮士德：那我拿什么回报你呢？

梅菲斯特：今生我愿当你的仆役，听从你的命令，提供一切你想要的东西；但是，等到来世，你的灵魂就要归我所有，当我的仆人。

浮士德：我不关心什么来世。当这个世界毁灭时，就会产生一个新的世界，而这个新的世界跟我们已经没什么关系。

梅菲斯特：那我们不妨定个契约！我可以让你今生应有尽有，享尽快乐。

浮士德：你这魔鬼又能给人什么？让人的精神真正振奋向上的东西？还是衣食无忧，名誉地位和享用不尽的荣华富贵？或者让我看看还没有采摘就腐烂的果实？

梅菲斯特：我正是可以提供任何享受，而不必你自己劳苦奔忙。

浮士德：虚度时光、游手好闲并非我想要。如果你觉得肤浅的享乐能诓骗我,使我满足,我就和你定这个契约。

梅菲斯特：言出必行!

浮士德：绝不后悔！一旦我停止奋斗,就会变成奴隶,主人是谁都无所谓。如果我说出：请停留一下,你真美！那么你就解除仆人的职责,拿走我的灵魂,让我来为你服务！我们从哪里开始？怎么出门?

梅菲斯特：只要把我的黑色外套展开,它就能载着我们云游,开始新的人生旅程!

莱比锡的一家地下酒店,一群学生正在饮酒作乐。

学生一：(唱)飞吧,夜莺！替我问候我的小情人!

学生二：问候小情人,可少不了亲亲。

学生三：给你这个丑八怪当情人,看你还敢当众和她调情。

学生四：在座有几个情种,我们唱一首时髦的歌,给他们祝贺。大家一定要一起唱：(唱)

大耗子藏在地窖里,
肚子吃得圆滚滚,
厨娘下了老鼠药,
它到处乱窜找水饮,
乱咬乱啃还痛苦,
可怜小命要玩完,
只怕情人还在等。

合唱：(欢呼)只怕情人还在等。

浮士德和梅菲斯特上。

梅菲斯特：先要让你来到寻欢作乐的场合，看看生活多么轻松和愉快。这里乐子有很多，只要老板肯赊账，就可以纵情狂饮，无忧无虑地找快活。

梅菲斯特加入到学生们中，和他们一起唱了首滑稽歌，众人拍手叫好，开始痛饮。梅菲斯特在每个人面前的桌子上钻了个洞，然后施展法术，洞里流出了他们各自想喝的酒，学生们狂笑不已，喝得酩酊大醉。

梅菲斯特：世俗的生活多么自由，看看，他们都多快活！

浮士德：我只想快点儿摆脱这些人！

梅菲斯特带着浮士德来到了女巫的厨房，引他喝下了女巫的魔汤，浮士德顿时返老还童，变成了翩翩少年。

恢复青春的浮士德在街上散步。

浮士德：漂亮的小姐，不知我有没有这个荣幸护送您回家？

玛甘泪：我不是什么贵族小姐，而且也不漂亮，用不着护送！（转身离去）

浮士德：这小妞儿真是明艳动人，又有个性，真让人难以忘记。

梅菲斯特上。

浮士德：听好，我要得到刚才走过去的那个小妞儿。

梅菲斯特：她刚从教堂出来，对神父都没什么可忏悔的，纯洁、善良又无辜。对这样的人，我无计可施。

浮士德：我不要听这些。简单地说，如果今晚我见不到她，明天我们就分道扬镳。

黄昏，玛甘泪整洁的闺房里。

玛甘泪：今天那位先生真是很英俊，我愿拿任何东西换知道他是谁。能够那样旁若无人，他一定是出自名门。

梅菲斯特利用玛甘泪邻家的妇人，帮浮士德约了玛甘泪见面。邻家妇人的花园。玛甘泪挽着浮士德的手臂。

玛甘泪：先生身份尊贵却来眷顾我，使我受之有愧。我只是习惯待人随和，您见过很多世面，怎会欣赏我的卑微？

浮士德：你的音容笑貌、言谈举止比任何智慧都更难得。

玛甘泪：对您来说，献殷勤并不是什么难事。

浮士德：相信我，纯洁、天真的人总是认识不到自己的价值，你的谦虚才是大自然珍贵的恩赐。

玛甘泪：你对我的想念可能只有一刻，但我会永远把你记住。

浮士德：那你是否可以原谅，前不久我在街上的冒失？

玛甘泪：我一贯行为检点，没什么可指摘。第一次遇见这样的事，有些不知所措。我以为只是登徒子拿我寻开心。我当时还怨自己，怎么没发顿脾气。

浮士德：（握住她的手）这次让我把心中的话都告诉你：我愿永远和你在一起，永远，永远。

玛甘泪：（抱住他，吻了他）我对你的爱是发自内心的。

这时，梅菲斯特来叫浮士德，告诉他该分别了。两人依依惜别。

浮士德：你就不能和我多待一会儿，让灵魂和灵魂互相依偎？

玛甘泪：今晚我会为你留门，但是母亲睡眠很轻，容易被惊醒。要是让她撞见我们两个在一起，她会当场要了我的命。

浮士德：亲爱的，不用担心。这个小瓶子里的药水能让她甜睡。只要在茶水里滴上几滴，一定能让她一觉到天明。

玛甘泪：为了你，让我做什么都可以。我只怕会害她沉睡不起。

浮士德：亲爱的，如果会害人性命，我就不会推荐给你了。

玛甘泪：我的爱，见到你我就失去了自己，什么都愿意听从你，几乎没什么我不能做。

当晚，玛甘泪无意间用药过多，错手杀死了自己的母亲，非常悲痛，到圣母像前忏悔。后来，城里流言四起，人人对玛甘泪嗤之以鼻。

夜，玛甘泪的哥哥——军人华伦亭走在家门前的街道上。

华伦亭：以前，我的妹妹是人人称赞、让人骄傲的圣洁之花，可如今任谁都可以把我嘲讽。那些闲言碎语让我一身冷汗，但我却无力说那都是谎言。

浮士德、梅菲斯特上。

华伦亭：看是谁来了？我要抓住他们两个，决不让他们活着逃脱。(上前)你这该死的，到这儿来要拐骗谁？我要劈开你的头盖骨。

梅菲斯特：(冲浮士德)博士先生，到我这儿来，别退缩，拔出你的剑，我来给你指引方向。

华伦亭：你来指引？

梅菲斯特：有何不可？

华伦亭：怎么回事？难道他是魔鬼，为什么我一碰他就动弹不得？

梅菲斯特：（指引浮士德）刺向他！

华伦亭：（倒地）啊——

梅菲斯特：这家伙不行了！我们得赶快逃，已经有人在喊了。我可以游刃有余地对付警察，但对于死刑的判决却无能为力。

玛甘泪上场，哥哥在对她的满腔怨恨中死去。玛甘泪悲痛欲绝。教堂中，礼拜仪式，人群中的玛甘泪身后跟着恶灵。

恶　灵：玛甘泪，想当初你是何等的天真纯洁，而如今心中却装满了罪孽。你害你的母亲一睡不醒，可曾替她祈祷？你家门槛上流着的又是谁的血？而你的腹中，那个小家伙已经不安地蠕动、成长！圣人将弃你于不顾，清白的人都要躲开你！

玛甘泪：苦啊，我何时才能得到宁静！（昏倒）

梅菲斯特带着浮士德逃到了哈尔茨山，参加了魔鬼和女巫们的狂欢节，度过了一个下流淫荡的瓦尔普吉斯之夜。晚会结束后，梅菲斯特才告诉浮士德，玛甘泪被投入了牢狱。

浮士德：可怜的玛甘泪一直处在迷茫之中，如今身陷囹圄成了女犯！怎么会变成这样！你这卑劣的恶魔，竟向我隐瞒她日日在牢中忍受悲苦，而带我参加无聊的娱乐。

梅菲斯特：当初是谁把我找？让她落得这步田地，走向深渊的是你还是我？

浮士德：（愤怒地）去救她！带我去救她！否则我就用最可怕的诅咒，咒你千年受难。

梅菲斯特：我哪有上天入地的本领？不过我可以帮你取得钥匙，进入牢房。要把她带走得靠你自己的力量！我给你们备好魔马，让它送你们一程。

梅菲斯特和浮士德骑着魔马飞奔着来到地牢。浮士德用钥匙打开牢门。

玛甘泪：啊……啊……他们来了！到处血迹斑斑,死得好惨！

浮士德：不要喊！是我,我来救你出去。

玛甘泪：你这个没有人性的刽子手,为什么半夜来提我！我还这样年轻,难道这就要奔赴黄泉。曾经我也很漂亮,让他对我一见钟情,如今他远走他乡,我花残叶落,你还来把命催！

浮士德：这让我情何以堪,你怎么会被害成这样。

玛甘泪：你不要再催我。让我先给孩子喂喂奶！我整夜抱着他,可他们为了让我痛苦,从我手上抢走了他,还说是我把他加害！

浮士德：(匍匐在地)你的情人来解救你,让他帮你把苦难摆脱。

玛甘泪：这是他的声音！(跳了起来)是你！你来救我！所有的痛苦都不算什么了,我看到了我们初次约会的花园。

浮士德：跟我走！赶快！

玛甘泪：这么说,真的是你?

浮士德：是我！亲爱的,鼓起勇气来！我只求你快点儿跟我走！

玛甘泪：你打开枷锁,热情地抱我,你可知道我是谁?我杀死了自己的妈妈,溺死了自己的孩子。啊,这是你的手,它上面怎么沾有血迹！我怎么能出去?

浮士德：门是开着的,只要你愿意,这就可以走。

玛甘泪：我可不能出去！亡命天涯的日子有什么好?何况我的良心时刻受着煎熬。

浮士德：我会一直跟你在一起。

玛甘泪：快！快去救你可怜的孩子！他在树林的池塘里,快救他,救他，孩子在挣扎！

浮士德：醒醒吧！你很快就会自由！

玛甘泪：妈妈坐在石头上，向我泼来一盆冷水！她昏昏沉沉地坐着，好像睡了很久，她永远都不会醒，我们好借机寻欢作乐。

浮士德：看来我只能冒险把她抱走。

玛甘泪：放开我，不要这样粗暴地抓住我！

浮士德：马上就要天亮了。

玛甘泪：是啊，最后的日子来了。街头巷尾都站满了人，他们看着我被推上断头台。

梅菲斯特：（站在牢房门外）快点儿走，晨光就要出现，我的马儿在发抖。再不走，你也要无法脱身了。

玛甘泪：这是什么，快把他撵走！他是来捉我的。

浮士德：你要活着才行！

玛甘泪：我愿听从上帝的裁决！

梅菲斯特：（对浮士德）快走！要不然，我把你也丢下！

玛甘泪：天父，我是你的信徒，解救我吧！

梅菲斯特：她获得了判决！

声音：（从上）得到解救！

梅菲斯特：跟我走吧！（与浮士德一起消失了）

悲剧第二部

玛甘泪的悲惨结局让浮士德的良心深受谴责，他躺在百花盛开的草地上，痛苦又疲惫，昏昏欲睡，许多飘荡的精灵围着他唱歌跳舞。

精灵：（歌唱）

春风化雨,
滋润万物,
缓和心灵的斗争,
收拾谴责的情绪,
清除震惊的经历,
好好利用每一段光阴。
黄昏安眠,
入夜沉睡,
光阴似箭,
苦乐消亡,
看那天边的晨曦,
你的理想就在前方。

浮士德：向温柔的曙光献上敬意,
呼吸的空气焕然一新,
我的生命恢复了活力,
胸中激荡着欢欣鼓舞,
我又有了坚强的信心,
重新点燃生命的力量。

梅菲斯特来到了一座皇宫里,他害死了皇帝的弄臣,从而成为了皇帝的新弄臣。

众人私语：只不过换了个新蠢材,看来又有新灾祸。
这个来路不明之人,是怎么混进来的?
倒下的算是完成任务了,
旧的圆滚滚,新的细溜溜。

皇　　帝：各位爱卿,你们的到来带来了吉星高照。这几天寡人打算把忧愁放在一边，筹备一场化装舞会，为什么现在还要在这儿商议政事，自寻烦恼？不过既然你们已经在这里等候，寡人也愿意听听。

宰　　相：最高的德行就是公道，它受万民喜爱、景仰，只有皇上才能让他发挥功效。可是，现在国政混乱、灾祸连连，我们广大的帝国就像处在噩梦之中。看看都有些什么怪相：犯法的逍遥法外，安然无恙；告状的挤满了法庭，但法官只会逞威风。只要有后台，任谁都可以无法无天；如果势单力薄，就只能以无罪之身听候宣判。现在人民激愤，怨声载道，有冤无处诉；现在整顿朝纲，势在必行，否则陛下的尊严恐怕也会受到伤害。

军政大臣：如今正值乱世，人们都毫不顾忌律法，肆无忌惮地杀人。各方混战，百姓遭殃。士兵们吵着要军饷，可是如果拿到手，又都逃之夭夭，拿不到就发生暴动。国家本来还要靠他们保卫，现在却在受他们的威胁。这样下去，恐怕会招来内忧外患。

财政大臣：我们已经指望不上盟友答应援助我们的款项。我们让出太多的权利，都没什么留给自己。如今百姓谋生困难，党派也都只懂得顾忌自己，我们的国库已经空空。

内廷总监：皇宫的用度也出现了问题。王公大臣们挥霍无度，如今我们物质匮乏。

皇　　帝：（略作沉思，转向梅菲斯特）你这傻瓜也说说看，还有什么难题？

梅菲斯特：我可没看到什么困难。只看到了陛下威风凛凛，群臣仪表堂堂，这全有赖于陛下的皇恩浩荡。陛下仁德、理智皆强，有吉星高照，四海早晚来降，哪有什么不妥之处？

宰　　相：教会和贵族们支撑着国家，他们一次次地捍卫着统治。而巫术士却败坏着我们的秩序，而今你只会厚颜无耻地溜须拍马。

皇　　帝：无谓的争论解决不了我们的匮乏。停止说教，去想办法弄钱最好。

梅菲斯特：要找到财宝需要点儿本事，但说来也不难。每逢战争年代，国土被颠覆，不管什么人都会把财宝埋藏起来，千百年来无一例外。如今皇上是国土的所有者，那些埋藏地下的财宝理应为你所用。

皇　　帝：那就由你让这些金银财宝重见天日！还等什么，马上行动！

梅菲斯特：还是等化装舞会后再去瞧。行善才能有善报，我们必须斋戒，争取上帝的保佑，才能获得财宝。

皇　　帝：那我们先在化装舞会上尽兴地玩，再进行斋戒。

有很多侧室的厅堂，因为举办化装舞会装饰一新。舞会开始，人们化装成各种形象，有园丁、卖水果的、樵夫、醉汉、丑角、神话传说中的女神，以及人格化的品质如明智、贪婪等。还有一只大象带着寓意人物"恐惧""希望""明智"出场。浮士德化装成财神普路托斯，乘着车从空中飞来。

主持人：看哪！是谁的车辆如此豪华，飞过人群而来？

驾车少年：坐在车上的是财神普路托斯，因为皇帝陛下非常希望见到他，所以今天他本人盛装驾临。我是包含一切艺术财富的诗。

普路托斯从车上下来。

主持人：他下车来就像一位王者！眨眼间，贪欲和装着黄金的箱子就到了旁边。

普路托斯：（对驾车少年）现在你已没有了负担，赶快离开这混乱的地方到澄明的境界里去自由自在吧!

驾车少年像来时那样,退下了。

普路托斯:主持人,借用一下你手里的魔杖敲打我的锁头,是让宝贝出来的时候了。看,金冠、金链在锅里熔化、沸腾。

众人欢呼:快看!快看!熔化的黄金铸成金块四下滚动,金币四处跑。我日思夜想的东西滚到我的身边。黄金唾手可得,弯腰就成富翁。我们不如直接去抢宝箱。

主持人:你们这些蠢人,怎么这样无理取闹?难道看不出这只是幻术的玩笑?世上哪有这样好的事,你们抓住的不过是空洞,硬是蠢笨地把假象当成真。扮成普路托斯的人,快把他们轰走!

普路托斯用主持人的魔杖将金子变成了一场火,众人退后。这时皇帝化装成的牧神潘恩出场了。

普路托斯:(对主持人)无论发生什么,我们都要见怪不怪,保持豪迈的气度。

主持人:牧神潘恩慢慢被引进的火源吸引。火势时而升起,时而落下,一次次地带着岩浆涌出。牧神潘恩站在一旁兴致勃勃地看着这景象。他好奇地弯下身,不想胡子着了火,露出了真实身份,他忙把脸捂起来。我听见人们窃窃私语道:皇帝烧着了。

普路托斯:现在要开始解救了,神奇的魔杖快发挥魔力呼唤雨水来浇熄大火吧!

第二天,浮士德和梅菲斯特穿着得体地来见皇帝。

浮士德：陛下，是否已经原谅那场玩火的游戏？

皇　　帝：我很喜欢这类把戏。置身火海，让我觉得自己是火的主宰。

梅菲斯特：主上，任何事物都愿做您的仆从。您甚至还可以成为万神的首脑。

皇　　帝：说这些现在还太早。

内廷总监：（急匆匆上来）陛下，我来向您禀报喜讯：我们的欠债都已了结，高利贷也都还清。

军政大臣：（赶紧跟上前）军饷也都发放完毕，军队重新编整，士兵们士气高昂。

皇　　帝：你们总算能松口气了，满脸的愁容也舒展了！

宰　　相：（慢慢走上前）老臣有幸，能看到这份使我们转危为安的证券！（宣读）本票价值一千克朗，可以用来兑换任何金银。特此宣告！

皇　　帝：谁如此大胆，敢伪造皇帝的签名？我岂能饶恕这种罪行？

财政大臣：陛下，签名的正是您自己！昨晚，您扮演牧神潘恩，宰相率忠臣去禀奏，您当即大笔一挥。于是魔术师一夜之间就复制出千百万张。我等便加印了不同面值，好让百姓也能把圣恩分享。京城里，再不见从前的死气沉沉，现在人们个个笑意盈盈。

皇　　帝：它能像金币一样购买货物，也能用来支付军饷和俸禄。虽然我很惊讶，现在也只能认可。

浮士德和梅菲斯特在阴暗的走廊里。

浮士德：你的法术忙坏了我们，我们让他们有了钱，现在还得哄他们笑。皇帝让我把海伦和帕里斯带到他面前，他要亲眼看看这对金童玉女。赶快想办法,我可不能拖延。

梅菲斯特:这把钥匙你拿去,它是个无价之宝,跟着它你可以找到目标。

皇帝和大臣们都等在骑士厅里,浮士德出现。他用魔法钥匙升起了一股烟雾,接着帕里斯显现。

年轻贵妇:这是什么气味儿?让人如此心旷神怡!

年长贵妇:果然让人身心愉悦,是他身上散发出来的!

老贵妇:他年轻俊美,青春的芳香气息正四处弥漫。

海伦显现。

梅菲斯特:她还是出现了。尽管的确很美,但不对我的胃口。

浮士德:我的眼睛、我的心到处充斥着美。去寻找她是段恐怖的行程,但能见到她绝对是美妙的收获。我愿将我全部的崇拜和热情献给她。

梅菲斯特:冷静点儿,别忘了自己的职责。

海伦俯下身去吻睡着的帕里斯,帕里斯醒来要把海伦带走。

浮士德:这简直太过分了!我要把她带走,让她属于我。

浮士德拿起魔法钥匙碰了帕里斯一下,引起了一场大爆炸,海伦和帕里斯化为烟雾,浮士德自己也被炸晕。

梅菲斯特扛着浮士德回到了原来那间书斋。浮士德的助手瓦格纳正在实验室里进行"人造人"的实验。梅菲斯特敲门进去。

瓦格纳：(低声地)欢迎欢迎！你将看到一项了不起的工程，一个人即将被制造完成。(专注地看着曲颈瓶)升起来了！(狂喜地)这小瓶子被震得轰轰作响，一会儿混沌一会清明。我看到里面出现了一个纤细的小人儿。

新生成的小人儿荷蒙库鲁斯跟他们打招呼，梅菲斯特指着晕倒的浮士德让他显显本领。装着荷蒙库鲁斯的瓶子飞到浮士德面前，“小人儿”透视了浮士德的梦境，知道他对海伦念念不忘。于是他们带着浮士德到了希腊，度过了古典的瓦尔普吉斯之夜。荷蒙库鲁斯想要发育成有形的躯体，但是因为被美神迦拉德亚吸引，想要释放自己的情感，而碰破了曲颈瓶，最终燃成一片火光。浮士德醒来便去寻找海伦了，他感动了地狱的女主人，使得海伦得以重返人间。

在一座富丽堂皇的哥特式建筑里，海伦和浮士德一见钟情。

海　伦：(对浮士德)请你坐在我身边同我说说话，这样我才能觉得心安。

浮士德：先让我跪下亲吻你的手，我愿把所有真情向你呈现！这座城堡属于我，也属于你，我深深地崇拜你，愿当你的仆人和卫士。

海　伦：我觉得很遥远，又觉得近在眼前，但心里知道，我终于到了。

浮士德：我小心翼翼，不敢大声喘气，生怕这只是一场梦！

海　伦：我已经活过一世，但如今重获新生。人生真是风云变幻，谁承想和你有了交集，我愿和你在一起。

浮士德：别去琢磨多变的命运，只要活在快活的现在。

浮士德和海伦结成夫妻，很快他们就有了一个儿子欧福良。

海　伦：爱情无限美好，但想要品尝幸福的滋味，还得孕育下一代。

浮士德：你中有我，我中有你，这样美满的结合，使我们永不分离。

欧福良：看着我快乐地蹦跳，你们会满脸含笑。

合　唱：这对夫妇多年深情依旧，孩子是他们幸福的见证。

欧福良：我不愿在一处老实地停留，放我去冲，放我去闯！不管宇宙多么高远，我也要去找它的边际。

浮士德：我的孩子，别去冒险！如果你有个三长两短，我们剩下的就只有伤心不完。

欧福良：我的身体为我所有，我情不自禁地想去飞翔。

海伦和浮士德：天伦之乐何其难得，节制你的行为，不可再冲动！

欧福良：因为你们，我暂时控制一下自己。

欧福良追逐少女被引到高处，他不断地往高处去。结果纵身一跃，坠落在父母脚边，随即形体就消失了。

海伦和浮士德：欢乐在前，接下来的竟是灾难。

欧福良：（从地下深处传来的声音）母亲，我不想孤单。

海　伦：（对浮士德）幸福美满果然不能长远，如今爱的纽带一断，我的生命也要中断。虽然痛苦，我也只能与你分别，让我最后一次投入你的怀抱——地狱的主人，请让我和孩子在一起。

海伦消失了，她化成一朵白色云彩，托起浮士德腾空飞去。云彩降落在一块高地上，然后散开了。梅菲斯特从天而降。经历了海伦的悲剧，浮士德面对自然有了新的追求。

梅菲斯特：既然你不知满足，可曾有过贪欲？

浮士德：当然有，你不妨猜猜看。

梅菲斯特：拥有富庶的城邦，成为万人景仰的君王？

浮士德：这也没什么值得满足。

梅菲斯特：雍容华贵的宫殿，无数美人的陪伴？

浮士德：骄奢淫逸是恶劣的风尚。

梅菲斯特：难道狂热让你想要飞向月亮？

浮士德：地球就还有很多没干完的大事业。我自认有精力，干成这件惊天动地的大事。

梅菲斯特：你想建立丰功伟绩，成为一世英雄？

浮士德：我要赢得权威，掌管大事业，名望不过是过眼云烟。

梅菲斯特：希望你的愿望得以实现。可否告知我，你到底有什么样的宏愿？

浮士德：我看到了大海，潮涨时，它骄横地膨胀；潮落时，它又退回到以前。它的专横让自由精神难以伸张。我要把大海的岸边往后赶，让水域的范围缩到潮落时的大小。我已考虑清楚，请你加以协助。

梅菲斯特：这也不难。你侍奉过的皇帝只知道享乐，国家被搞得一片混乱，如今祸起萧墙，又要打仗，你来登台拜将帮皇帝打赢它！

在梅菲斯特的帮助下，浮士德帮助皇帝平定了叛乱。皇帝将海边一块空地封给浮士德作为领地。于是浮士德马上动手开始填海造田，造福百姓，建造理想的人间乐园。可是，他的封地上有一对年老的夫妇不肯搬离，使得他的宏伟计划暂时搁浅。浮士德烦闷不已，再一次让魔鬼帮他让那对老夫妇离开。

深夜，在宫殿的瞭望台上，浮士德面对沙滩。

浮士德：远处传来的歌声为什么这么辛酸？让我心里十分不安。尽管烧焦了菩提树，但我的瞭望台已快建成。我仿佛看见那对老夫妇安心地生活在新居里，安度晚年。

梅菲斯特：请原谅，事情办得不顺当。我们一直在吃闭门羹，后来连喊叫带威胁，他们就是不肯听。我们就立刻把他们赶出去，那老两口一下子就没了命。那里还有一个陌生人，跟我们恶斗后也归了西。我们就点燃稻草，给这三人来了个火葬场。

浮士德：你们这群混账，只把我的话当耳旁风，我说要换新居，不是让你们去抢！你们的蛮干要受到诅咒！

建立理想国度的美好愿望，因为梅菲斯特的蛮干成了残害百姓的苛政，浮士德受到良心的谴责。浮士德忧愁万分，忧愁女妖便乘虚而入。

浮士德：我的奋斗还没有结束，可我希望忘记所有咒语，做个自然的男子。当年在我在书斋里探索学问，也不失为一个男子汉。可如今被妖孽缠身，却不知如何摆脱。我早晚被噩梦缠身，现在只能只身站在这儿——门开启了，却没有人进来。（颤抖）是谁？

忧　愁：我一直都在，难道你不认识忧愁？

浮士德：我一生没有满足，跌倒了便建立新的希望。人世种种我都已经历一番，有才能的人总能在世界上找到自己的位置。我任何瞬间也不会满足。我知道摆脱不了魔鬼和恶灵，但你这不祥的幽灵休想抓住我。

忧　愁：人生在世，盲目便会失明，浮士德，你也会这样。（向浮士德吹了一口气）

浮士德：（失明）黑暗逼近，但淹没不了我内心的光明。我要完成我的宏伟计划！仆役们，拿起你们的工具赶紧干活，规定的任务马上干完！这样，我的宏伟设想才能早日实现。

梅菲斯特招来恶人的鬼魂，作为监工指挥这些恶鬼给浮士德挖掘坟墓。嘈杂的声音吸引了浮士德，他走出宫殿。

浮士德：各种工具挥动起来！这些互相碰撞的叮当声，让人这么愉快！那些为我服役的子民们在修筑堤坝，好圈起海水。

梅菲斯特：（旁白）筑堤挖渠，一切都是白忙。可知，海水终究会淹没大地。无论怎样，你也逃脱不了灭亡。

浮士德：监工！

梅菲斯特：有！

浮士德：用好的待遇多吸引些民夫来施工。每天向我报告挖渠的长度。

梅菲斯特：（低声）我只知道在挖墓道，哪里是在挖水渠。

浮士德：大海就要变良田，几百万人在丰腴的田野上安居乐业！一旦海浪决堤，人们就会齐心协力去堵住决口。我真想看到这些勤劳的人在一起战斗。那才是我满足的瞬间，当它消逝的，我会说：请停留一下，你真美！这个是我一生努力追寻的瞬间，因为它，我的生命才有意义！

浮士德随即倒地。按照契约，浮士德将为梅菲斯特所有。这时，一群天使降临，恶鬼们被天使的美貌迷住，迷失了自己。天使趁机抢走了浮士德的灵魂，高奏凯歌，飞回了天堂。玛甘泪在天堂迎接他们。

少年维特之烦恼

这是歌德早期最具代表性的作品,作者简介见《浮士德》部分。

《少年维特之烦恼》以书信体形式展开,开创了新的小说形式。故事的主人公维特是一位出身于富裕的中产阶级家庭的青年,热爱大自然,极具绘画天赋,因为酷爱文学,毅然告别家人和朋友,前往偏僻的乡村……

关于可怜的维特,我极尽所能收集了一切,展现给诸位。诸位必定喜欢他的品质,也会为他的遭遇洒下同情的泪水。

正在承受着他这样痛苦的人啊,希望这本书能成为你的朋友,以此慰藉你的心灵,缓解痛苦。

第一篇

一七七一年五月四日

亲爱的好朋友,我实在太高兴了。请你原谅我,虽然要与你分离,但是能够离开这里,挨过眼前的痛苦,我就会感到无比的高兴!我的朋友，我答应你以后只享受现在，决不再反复回味命运所带来的痛苦。

请转告我的母亲，我已经见过我的姑母。至于母亲交代我的事情，我会尽快办妥后，给她回信。我亲爱的朋友，请告诉我的母亲，一切都会好的。

五月十日

我的灵魂完全沉浸在快乐之中。这里，春天的早晨美得让人心醉。当太阳升起时，峡谷中会出现可爱的雾气。阳光照射下的树林、欢快流畅的泉水、千奇百怪的小草和虫子，它们让我徜徉在大自然的美景之中，让我仿佛能够感觉到天父的气息，感受到全能的上帝的博爱，是他创造了这一切。

景致是如此的美丽，在我的心中呈现出温暖的形象，映照着我的灵魂。我是多么希望能把这一切用画笔呈现出来呀。但是，我的朋友，我却无法动笔。我只怕自己会在大自然的美景和威力前断然销魂。

五月二十六日

我的朋友，你一向了解我的喜好，偏好安静的地方。我最近就发现了这样一个地方。这个坐落在山谷旁的小村落名叫瓦尔海姆，距离城市大约有一个小时的路程。在教堂前的小坝子上有两株菩提树，四周散落着村民的房子和粮仓。我喜欢在如此怡人的景致中，阅读荷马，品尝浓郁的咖啡。

一天午后，我在菩提树下碰到两个孩子。四岁大小的男孩儿静静地坐在坝子上，一双活灵活现的黑眼睛向四处张望着。男孩儿盘着的双腿上坐着一个刚刚半岁左右的幼儿。幼儿靠着男孩儿的胸膛，仿佛坐在安乐椅中一般。小哥俩与四周幽静的景色浑然一体，形成了一幅恬静的画面，让人移不开眼睛。

我忍不住拿起画笔，没有掺杂任何个人元素，把这幅迷人的场景如实地描绘了下来，没有放过任何细节。只耗费了一个小时，我就完成了画作。在我看来，这幅画的布局和构图都十分完美。这让我领悟到自然的魅力，增强了我对自然的信仰。只有自然才能如此丰富多彩，伟大的艺术家必然从大自然中汲取营养。虽然那些成法定则、清规戒律可以帮助我们避免创作出拙劣的画作，就像一个奉公守法、行事谨小慎微的小市民那样。不过，这样也会破坏我们的真实感受，使得我们无法表现出真实的一面。

五月三十日

我的朋友，我要告诉你一个青年农民的故事。

他是一个长工，在一位寡妇的家中做事。在交谈中，他总是在谈论自己的女东家。只要提到她，这位年轻人就满是赞美之词。很显然，这名寡居的女子已经不再年轻，而且在经受过前夫的虐待后，她已经打算不再嫁人。不过，从年轻人的言辞中，我意识到这名年轻的农民已经完全为之倾倒了。在他的眼中，她是如此美丽动人、惹人怜爱。他希望自己能够陪伴在女主人的身边，修补她的伤痛。

我只有一字不差地复述他说的话，才能准确地描述出他的倾慕和痴情。不！没有任何言辞能够表达他发自内心的情感。我的复述只会让这一切变得索然无味。他一直担心我会因此而怀疑他的品行。事实上，这让我尤为感动。我从未感受过如此纯洁的爱恋和渴慕。是的，可以说从未想象过这样一种情感。请不要骂我，我的内心渴望着这位单纯无邪的恋人，她让我的血液沸腾，让我染上了相思。

六月十六日

你肯定会问,为什么隔了这么久才给你写信?正如你猜想的,我过得很好。让我怎么说才好呢,好吧,直接告诉你吧,我的朋友,我认识了一位姑娘,她充满了我的心,让我无暇他顾。

她是我的天使,每个人都这么称呼自己的心上人,对吗?她是那么完美,那么聪慧单纯,那么善良坚毅。只是一句话就俘获了我的心。用这些词汇太过于空洞庸俗,根本无法展现出她真实的一面。等下次,不,我现在就要告诉你我认识她的经过。

我决定不再克制自己,我一定要去见她。现在,我要把一切细节都告诉你。还记得在前不久的信中,我曾经提到过的那位法官,S先生吗?他曾邀请我去他家做客。如果不是这次偶然的机会,我想自己必定会失去发现生命中的珍宝的机会。

这里的年轻人打算举办一次舞会。我答应了一位本地姑娘的邀请,带她和她的表姐一同前往。我雇了一辆马车,接上两位姑娘,并在前往舞会的路上顺便去接法官S的女儿,绿蒂。在路上,这位姑娘的表姐提醒我,千万不要迷上绿蒂。因为她已经有未婚夫了,只是需要回家料理父亲的后事,顺便谋求一份工作,暂时不在她的身边。

我们来到庄园门前,穿过院子,走向住室。就在门前的台阶上,我看到了她,看到了最动人的一幕。一位身材标准、身着白裙、袖口和胸前系着粉色蝴蝶结的年轻女子正在给六个年龄不等的孩童分面包。

看到我等在门边,她向我稍作解释后,便起身到屋里去取手套和扇子。原来,这六个孩童都是她的弟弟妹妹们,她需要照顾他们。就在那一瞬间,她的声音和身影完全占据了我的心灵。

在马车中,我们谈论着自己最近阅读过的书籍。我发现绿蒂的谈吐不凡。她每说一句话,都为她增添一份魅力。在交谈中,她的表情非常愉悦。我们谈论当下流行小说中女主人公的命运,谈论《威克菲牧师传》[①]……她的见解是那么独特。我们热烈地交谈着,忘乎所以,以至于把另外两位姑娘完全晾在了一旁。直到绿蒂转身与她们交谈时,我才看到了表姐鄙视的眼神。不过,我对此丝毫也不在意。

当马车停下来的时候,我已经为她神魂颠倒,像是一个梦游者。对于我来说,无论是周围辉煌的灯火还是曼妙的音乐仿佛都已经不存在了。绿蒂黑色的眼眸、伶俐的小嘴、艳丽爽朗的脸庞以及隽永的谈吐已经摄走了我的整个灵魂。

舞会开始了,大家先是成双成对地跳着舞蹈。当她和我在舞池中交错的瞬间,你可以想象得到我内心是如何的甜美。你看,她在跳舞时,是那么的专心和忘我,仿佛所有事物都在她眼前消失了一般。

我邀请她跳舞。她不仅答应了我的请求,而且坦言自己最爱跳德国华尔兹,希望和我一起跳华尔兹。当然,我欣然应允。

哦,华尔兹舞开始了!看她跳得是如此妩媚轻盈!我用手臂搂着这个可爱的姑娘,轻快地旋转着,周围的一切都消失了……哦,威廉,我是如此渴望独占这位姑娘。我宁愿粉身碎骨,也不愿怀中的姑娘再与别人起舞。你能理解我的感受吗?

当跳起第三轮乡村舞时,我们在队列中间穿过。我们的胳膊挽在一起,目光交织在一起。她那坦诚纯洁的秋波中闪现着欢愉。上帝啊,我此时的快乐只有他能体会。当我们从一位夫人面前跳过时,她对着我们轻声说了两遍“阿尔伯特”。对此,我充满疑惑。绿蒂告诉我,阿尔伯特是她的未婚夫。

是啊,在来的路上,我已经听说过她有未婚夫的消息。可是,她现在对我来说是那么的珍贵,这个消息让我心烦意乱,就连脚下的舞步都凌乱了起来。

天边不断地闪现着电光,音乐完全淹没在雷声中。姑娘们被吓坏

---

①该书的作者是英国著名作家奥利佛·哥尔斯密。这是一部当时非常流行的小说,书中描写了大量的田园生活。

了,只知道默默地祈祷。小伙子们则趁机用自己的嘴唇去安慰这些美丽的受难者。

女主人把年轻人都安排进了一间装有百叶窗和窗幔的屋子里。绿蒂请求大家坐下来,一起做游戏。在愉快的游戏中,我们度过了暴风雨。大家三三两两地回到大厅。我和她走到一扇窗户前,听着远处的雷声,看着眼前的春雨,闻着雨中空气里沁人心脾的芬芳。她看看窗外,看看我,感叹道:"克洛卜施托克[①]啊!"只是一个词,却打开了我情感的大门,我内心的感情波涛汹涌。我忍不住热泪盈眶,俯身亲吻着她的手背。我仰望着她的眼睛,看着那双眼眸中神圣的目光——高贵的诗人啊!我从此不愿再从那些俗人的口中听到你的名字。从此,整个世界都被我遗弃在了脑后,再也分不清楚白天与黑夜。

六月二十九日

我喜欢和绿蒂的弟妹们一起在地上玩耍。他们在我的身上爬来爬去,大声地笑着,大声地嚷着。一位城中的大夫看到这一场景时,对我的行为嗤之以鼻,认为这有失尊严。威廉,你知道的,孩子们是这个世界上最能贴近我心灵的人。我总是能从他们细微的小事中发现他们未来美好的品质,坚毅、刚强以及幽默。所以,我选择对大夫的行为视而不见,任其对此大发议论。

七月十三日

我没有欺骗自己,她的眼中的确流露出对我的同情。我相信自己

①克洛卜施托克(1724—1803),德国著名的爱国诗人,擅长创作颂歌。

心中的感觉,她是爱我的！你知道吗,这让我觉得自己是那么可贵,我由此开始崇拜自己。

不过,我不知道这种感觉是正确的,还是自己的幻觉。每当她提到自己未婚夫的时候,我的内心就变得颓废,仿佛一个人失去了所有的荣耀、尊严以及用来自卫的剑。

七月十六日

身体上无意间的碰触都会让我的血流加速,我想回避,同时又忍不住接受这种感觉的吸引……这种感觉让我沉醉。这些无意识的亲密动作给我带来了太多的痛苦,但是真挚无邪的她根本一无所知。威廉啊,我忍不住想冒险,你知道我指的是什么。不,我是善良的,这只是我软弱的表现,它并不意味着我的心是坏的,对吗?

七月二十六日

我无数次下定决心,不再去看她。但是,我始终无法做到。我总是在屈服于诱惑的同时,又许下神圣的诺言。

我往往会给自己找各种各样的借口和理由,为自己辩解,然后再次去找她。我根本无力抗拒,就像铁器碰到了磁石一般,无法控制自己。

七月三十日

威廉,阿尔伯特回来了,她的未婚夫回来了。尽管他是一位善良高尚的人，但是他对绿蒂的占有让我无法忍受，这种感觉似乎要撕裂我的心。

他对我十分友善，脾气也很好，而且他的身上拥有我所不具备的冷静。我对绿蒂的爱慕和赞扬不但没有引发他的醋意，反而让他更加得意，更加爱绿蒂。这让我自愧不如，如果我是他，肯定会受到忌妒这个恶魔的诱惑。

尽管她是那么迷人，我也在尽量克制自己的欲望，但是事实就是事实，我之前的所作所为是愚蠢还是头脑发昏呢？总而言之，我的快乐从此消失了。

我内心无比厌恶那些认为我应该自动离开的人，他们根本说不出什么好话来。让他们通通见鬼去吧！说实话，只要发现她一个人待在那里，我的内心就会无比甜蜜。

八月八日

亲爱的威廉，你告诉我："要么有希望得到她，要么没有任何可能。如果有希望，就努力实现它，满足自己的愿望。如果是第二种情况，那就彻底摆脱这段感情，振作起来。"但是，这只是说起来比较容易！

威廉，请原谅我！我就像一个正在忍受着慢性病折磨的病人，你又如何能让我举起刀，在一瞬间完全解决掉自己的痛苦呢？

也许，有那么一瞬间，我鼓起勇气想摆脱这一切。但是，如果真的那么简单，我想我早就离开这里了！

八月十日

我现在的日子完全沉浸在幸福之中。在这样和睦的家庭中，我有幸成为其中的一员。老人把我看作自己的儿子,孩子们把我看作是父亲。真诚的阿尔伯特会邀我去散步,我们会在一起谈论有关绿蒂的事情。其实,我们的关系十分可笑,但是阿尔伯特的亲切总是让我十分感动。

我应该还没有告诉你,阿尔伯特已经在伯爵府中谋到了一份待遇优厚的职位。由于办事精细谨慎,他在伯爵府很受器重。

八月十二日

阿尔伯特的确是一个非常好的人。昨天,在我们俩之间发生了一件事情。当时,我打算到山里去,便前去向他告别。我在他的房中看到了一把手枪,他向我讲起了自己一段关于手枪的经历。我当时脑袋里产生了一些奇怪的念头,突然拿起手枪,对准了自己右边的太阳穴。阿尔伯特见状,一把夺走了手枪。我们由此展开了关于自杀的争论。我认为不能被自杀的表象所迷惑,一旦碰到什么事情,不探究原因,只是以所谓智者的角度来做出判断,非要表明善与恶、聪明与愚蠢。这并非明智的做法。在做出判断前,应该首先好好弄清楚事情的原因。

阿尔伯特不断地用那种陈词滥调来反驳我的观点。他认为热情会让人失去理智,任何自杀的举动都是一种软弱的行为。他认为我的观点过于偏激、荒唐和空泛。我们各自举例来证明自己的观点。最终,我们谁都没法说服对方。

唉,当时我的心中充满了感慨,人与人终究是无法理解对方!我只得抓起自己的帽子离开了那里。

八月十八日

曾经,我对充满生机的大自然充满了强烈的感受,它似乎让我置身于美妙的天国之中。但是,现在它却像魔鬼一般在折磨着我。唉,仿佛一切都在消失。广大的世界仿佛是一座墓穴,随时可能吞噬掉渺小的自己。在我的眼中,天地以及创造一切生命的力量是一个庞然大物,不断地重复着吞噬和反刍的举动。

八月三十日

可怜的人哪,你不是傻子吗?你的所作所为不是在自欺欺人吗?你如此强烈地渴慕又有什么用?除了她,我的脑海中不再有其他人的身影。在我的世界中,只存在一切与她相关的东西。威廉啊,我无时无刻不渴望停留在她的身边。

坐在她身边的时候,那种心乱神迷的感觉让我无法确定自己是否还活着!如果不是她允许我在她身边纾解内心的积郁,我必定会逃开,就此离她远去!我让灌木丛的荆棘撕碎自己的衣服,刺破自己的肌肤。因为,这样会让我好受一些!我现在忍受着无休止的悲苦,只有死亡能够让我解脱!

九月十日

哦,威廉!这是怎样的一个夜晚。在你坚定了我的决心后,我不再犹豫,决定离开。此刻我想对你倾诉我心中的情怀,想在你的怀中痛哭一场。

阿尔伯特答应在晚饭后,他会陪着绿蒂一同到花园里来。当他们出现在林荫道时,我忍不住走上前去,拉住她的手,落下了自己的吻。

我满怀离愁,对绿蒂说:“绿蒂,无论是在这里还是哪里,我们都会再次相见的!”我无法再继续说下去了:“保重,绿蒂!阿尔伯特!

不管我们将来变成什么样，我们会再相见的！”

我呆呆地站在那里，目送着他们在月光下走出了林荫道。我扑倒在地上，失声痛哭。虽然还能看到她白色的衣裙，但她的倩影已不再触手可及。

第二篇

一七七一年十月二十日

我和公使于昨日抵达此地。我意识到，我的命运中总是充满了各种各样的考验。上帝啊，仁慈的你为什么在赐予我才能的同时，不多给我一些自信和自足呢？

亲爱的朋友，我完全接受你的建议，我想一切都会好起来的！

十一月二十六日

虽然有些勉强，但我已经在适应现在的生活。我很高兴，手里总是有让我忙活的事情。我在这里也结识了不少人，令人尊敬的 C 伯爵就是其中之一。他非常杰出，而且知识渊博，见多识广，待人接物也非常友善。我们在经过一次交谈之后，发现彼此能够互相理解，能够进行知心朋友似的交谈。与这样一颗伟大的心灵坦诚相见，让我感到无比温暖。

十二月二十四日

正如我所预料的那样,公使的吹毛求疵给我带来了诸多麻烦和烦恼。无论怎么做,他都能找到你的缺点,似乎谁都无法让他真正满意。很显然,和这样一个人相处完全是在遭受折磨。好在我还能从C伯爵的信任中得到一些安慰。

我的那些同事充分展现着自己身为小市民的虚荣和无聊。他们是如此在意等级,赤裸裸地表现出这种最低下的欲望,并为此斤斤计较,争先恐后。虽然我和其他人一样,清楚地了解这种等级的必要性,而且我也在享受着等级带来的好处。但是,它也在妨碍我享受这世间仅存的欢乐。

一七七二年三月十五日

威廉,我碰到了一件倒霉事。我想这次我是非离开不可了。你知道的,C伯爵很喜欢我。昨天晚上,当地贵族都正在他家中参加聚会。碰巧,我应邀到他府上吃饭。

这些贵族从我身边经过时,总是仰着他们的眼睛和鼻孔,表现出所谓的世袭风范。这让我从心底里厌恶他们,所以决定起身向伯爵告辞。此时,与我相识的B小姐走了进来,于是我留下来与她交谈。不过,我发现B小姐的表现与以往不同,显得非常紧张尴尬,不如以往那样轻松自然。其他与我相识的人,也对我非常冷漠,不愿与我交谈。随后,我意识到整个大厅中的贵族们都聚在一起嘀嘀咕咕,不知道在说些什么。

终于,伯爵走上前来告诉我,贵族们对于我出现在他们的聚会中,表达了极度的不满。我立刻明白了伯爵的意思,当即向伯爵礼貌地告别，离开了他的住所。

不知怎么的，有人风传我被伯爵赶出了宴会。这让我很不自在，随处都能感到人们同情的目光，还有一些人在不停地对我冷嘲热讽。这些混账话，仿佛一把尖刀刺进了我的心房。唉，算了，由他们去吧。

三月二十四日

抱歉，我的朋友，我实在无法再忍受这一切，所以在没有征得你们同意的情况下，我已经向宫里递交了辞呈。希望你们不会因此而怪罪我。请你在把这件事告诉我母亲时，尽量委婉一些。毕竟听到自己儿子放弃大好前程，会使得她伤心难过。

我已经答应了一位伯爵的邀请，前往他狩猎的庄园，共享明媚的春光。因此，不必担心我因此事而不见踪影。

补　记

五月五日

感谢你的来信，我已经接到了部长批准的辞呈。亲王还因此赏给我一笔不菲的解职金。明天，我就会离开此地，前往伯爵的庄园。路上可能会路过我的故乡，威廉，我想我会回到那里，重温那个可爱的家园带给我的幸福。

六月十八日

我已经顺利地完成了故乡之旅,来到了伯爵的庄园中。伯爵人虽然很好,但是我们之间的共同之处还是太少。所以,我在他那里待了一段时间后,又开始了我的四处漂泊。目前,我打算去参观一些矿井。其实我只是想距离绿蒂近一些,最终我还是迁就了自己的心。

七月二十九日

太好了!这一切都太好了!她的丈夫!上帝啊,请饶恕我的泪水和内心的妄想!

威廉,当我看到阿尔伯特的双臂将她搂在怀中时,我就忍不住浑身颤抖。威廉,我终究无法吐露我对她的情感。亲爱的朋友,我的心乱了……

八月四日

不只是我,每个人都遭受了命运带来的不幸。还记得那小哥俩吗?他们的母亲告诉我,汉斯,那个弟弟已经死了。她的丈夫虽然从瑞士回到了家中,但是不仅没有继承到遗产,还在路上染上了寒热病,受尽了病痛的折磨。这样的情况让我不知该如何安慰她,只能留下一些钱,满怀忧伤地离去。

十月二十七日

要知道,我是如此地爱她,除了她,我一无所知,我一无所有！是的,就像季节一样,我的内心也转入了秋季。所有的光景都变了,一切都如过眼烟云般,物是人非了!

在她的热情面前,即使我拥有再多的精力也终究会被吞噬。如果没有了她,我的一切都会烟消云散。

十一月十五日

威廉,感谢你的忠告和同情,请放心,我会忍受下去的。尽管这样尴尬的处境已经让我精疲力竭,但是我想能够支撑到最后。在人的命运中,谁都无法避免饮下那杯苦酒,我也无法例外。现在,我的世界正在走向毁灭,在这样可怕的时刻,我的内心在呐喊:“上帝啊！你为什么抛弃了我?”

十一月二十一日

威廉,她完全感觉不到,每当她在无意识中用那样温柔的目光看向我的时候,其实是在酿制一种毒酒。而我呢,明知那毒酒会让自己毁灭,不仅毫无怨言地接受,还满怀欣喜地一饮而尽。

昨晚,只是一句“再见,亲爱的维特!”便酥软了我全身的筋骨。这句话被我重复了无数遍,而且我会因此而无法控制地傻笑。

十一月三十日

最近,我总是会遇到让自己心神不宁的事情,我想自己注定是无法振作起来了！这天中午,我在河边散步时碰到了一个在岩石上采摘野花的青年。我和他攀谈起来。他告诉我,自己曾经有一份很好的工作,采摘野花是为了献给自己的爱人。我静静地聆听他的描述,感受那段生活带给他的幸福和快乐。

后来,他的母亲来找他。老妇人告诉我,她的儿子以前曾经拥有大好前程,不过他现在精神失常了,是个疯子。这个年轻人所说的幸福时光就是他在疯人院中神智完全失常的那段日子。

天哪,这样的事实犹如晴天霹雳一般。上帝啊！原来幸福就是妄想！您看到我的眼泪了吗？把我召唤到您的身边去吧,我这颗饥渴的心再也无法承受太多的折磨了！

编者致读者

关于我们的朋友在最后几天发生的事情,我希望能够尽可能保留更多的第一手资料。现在,我只能把从人们口中打听到的情况,如实地记录下来,插入维特留下的几封书信中,让大家了解到他所有行为的真实动机。

维特内心的平和已经被愤懑和忧郁完全打破了。他的内心和精神都在遭受着烈火一般的焚烧。他必须消耗更多的精力来压抑自己的感情,这让他失去了生气和往日的聪敏,整日里只是愁容满面。

他爱绿蒂胜过了一切,但他同时也感觉到阿尔伯特已经察觉到了自己对绿蒂不同寻常的情感。每当维特待在绿蒂房间里的时候,阿尔伯特便会走开。这一举动让维特的内心承受了更大的折磨。

绿蒂的父亲染病后，只能卧床休息。绿蒂只好坐着马车前去探望自己的父亲。维特希望能赶在阿尔伯特之前，单独陪同绿蒂回家。

当他刚刚赶到庄园时，听闻了一个消息。一位长工被杀死了。凶手就是那名被自己引为知己的年轻长工。原来，这名长工因为心怀对女主人的爱意，被女主人的哥哥强行辞退。这位寡妇后来又雇请了一名长工，并和他产生了感情，决定共度余生。忌妒使得已经为爱疯狂的长工彻底失去了理智。当维特向他高声质问原因的时候，年轻的长工表现得非常坦然："谁都别想拥有她，她也别想嫁给其他人！"

维特被这一可怕又残酷的事实扰乱了心神，联想到自己的处境，他对这名长工产生了同情。他认为这个人太不幸了，希望自己能够挽救这个人的命运。现实总是残酷的，尽管他的恳求和辩解非常委婉恳切，但是完全没有作用。无论是总管还是阿尔伯特都无动于衷，他们只是不断地告诉维特："这个人已经没救了！"维特彻底绝望了。"不幸的朋友，已经没救了！是的，我们都没救了！"

维特认为阿尔伯特对于这名长工的态度是在影射自己，这让他产生了无比的反感。也许通过这张字条，我们可以感受到他对阿尔伯特的态度："我反复告诉自己，他是一个正派的好人，可是完全不起作用，我的心混乱不堪，已经丧失了往日的公正。"

傍晚，阿尔伯特和绿蒂一起走在回城的路上。绿蒂似乎因为身边缺少了维特的陪伴，显得有些心神不宁。阿尔伯特向绿蒂提出请求，希望绿蒂能为了他们，尽量减少与维特的来往。而且，阿尔伯特有意在夫妻二人的谈话中减少与维特有关的话题。

维特因为无法挽救长工，而陷入了无尽的痛苦中。他觉得自己没有丝毫活下去的意义，自己沉浸在无边的单相思之中，品尝着苦涩的爱恋，同时也破坏了他人的安宁。他因此而迷茫，产生了对人生的厌倦。

十二月十二日

我的朋友,我现在十分不安,心神不宁。我的胸膛似乎要被那莫名的狂躁撕裂,我痛苦!我难受!我只能选择在这冬夜中发疯一般地奔跑。当我面对深渊的时候,内心突然冒出了一个念头,跳下去吧!现在所有的痛苦和不幸便会就此消失!可是,我始终还是没有勇气抬起自己的双腿。唉,我像一个苟且偷生的穷老婆子,生活毫无乐趣。

十二月十四日

威廉,我现在对自己产生了恐惧,难道我的爱是不纯洁的吗?昨晚我又一次梦到了绿蒂,她就在我的怀中,紧贴着我的胸口,我沉醉在她妩媚的眼神中,无数次亲吻着她的嘴唇。上帝啊,这个美梦让我如此销魂,我宁愿沉醉其中,不愿醒来。我知道,我已经完了,生活中毫无希望。我想,我真的应该离开这个世界了。

在不幸和痛苦的煎熬中,维特越来越坚定"自己要离开这个世界"的念头。虽然他曾因此而陷入矛盾,出现过动摇,但最终还是再次坚定了要结束自己生命的想法。

至于绿蒂,我们虽然无法确认她此时的具体情况,不过可以肯定的是这位心地善良的女子也在经受着煎熬。她已经下定了决心,要让维特远离自己的生活。

在圣诞节前的那个星期日的晚上,维特又去探望绿蒂。她当时正在整理圣诞节的礼物,她请求维特在圣诞节之前不要再来找自己,"为了我的安宁,我请求你,不要再来了!"这句话撕碎了维特的心,把他推入了一个可怕的境地。他嚷道:"好的,我再也不会来见你了!"

绿蒂意识到自己的话伤害了维特,正当她安慰维特的时候,阿尔伯特走进了房间。屋子里的气氛顿时变得十分尴尬,维特在与阿尔伯特打过招呼后，便离开了。

回到家中，维特的情绪非常激动，他在自己的卧室中失声痛哭。第二天早上，他给绿蒂写下了最后一封信。不过，从这封信的内容来看，似乎不是一次写成的。我将这封信的原貌，在下文中按照顺序分段引用。

绿蒂，我已经决定了，我要去死，离开这个世界。我现在的心情非常平和。当你读到这封信的时候，我已经被埋葬在冰冷的泥土之下。当你让我离去的时候，我内心的痛苦焚烧着我的五脏六腑。往日的快乐一一涌上我的心头，但现实是那么的残酷和冰冷，我在你的身边完全没有希望可言。

我在自己的房间里，跪在地上请求上帝赐给我泪水，滋润我饱受煎熬的心田——我要去死！它是一种信念，我承受的痛苦已经够多的了。既然我们三个人中必须有一个人离开，事情就这么定了，就让我为你牺牲吧！

十点钟左右的时候，维特让自己的仆人外出结清自己各处的账目，并收拾自己的行装。吃过饭，他骑马前往总管的住处。绿蒂最小的弟弟告诉维特，自己的哥哥们给维特准备了一张大大的新年贺卡。维特感动得热泪盈眶，亲吻了孩子们，然后骑马离去。

此时，绿蒂的心情也很复杂。阿尔伯特到城中去拜会一位朋友，当晚便留宿在那里。绿蒂一个人独坐房中，陷入了沉思。她爱自己的丈夫，他是自己和弟妹们坚实的依靠，自己离不开他。但是，与维特相识了那么久，她已经习惯了与他分享自己的一切，如果就此不再来往，那将是多么痛苦的一件事啊。虽然她不愿意承认，但是她的内心里依然希望维特能永远留在自己的身边。但这是不可能，也不允许的。她感到了从胸口传来的抑郁。

六点半的时候，维特来到了绿蒂的房中。他找出了几张莪相①的诗稿，在绿蒂的身边深情地朗读起来。

---

①莪相，古代爱尔兰说唱诗人。

这些饱含抑郁和神秘色彩的诗句让绿蒂和维特联想到了自身的不幸,两人情绪激动,泪流满面。维特更是紧紧抓住绿蒂的手,贴在自己的嘴边。诗句中的绝望让维特无法自控,他紧紧地搂住了绿蒂。这一刻周围的世界似乎已经消失,他们紧贴着彼此的脸颊,维特忍不住狂吻绿蒂的嘴唇。

绿蒂从狂乱中清醒过来,内心慌乱不堪,她推开了维特,告诉他:“维特,这是最后一次,我以后都不会再见你了!”随后便把自己锁在了房间里。维特在离开前,不断地哀求她再说一句告别的话,却始终没有得到回应。他只得怅然离去。

绿蒂,最后一次了,这是我最后一次从睡梦中睁开双眼了。原谅我!原谅我昨天的所作所为。我的天使,昨天我的内心中第一次确定了你爱着我的事实,你爱我!这给我带来了无比的喜悦和温暖。如果说这一切都是罪孽,那么好吧,让我来承担所有的惩罚。别了,我的绿蒂!永别了!我会在天父的身边等你,当你来到上帝面前时,我们将会永远在一起。

绿蒂在维特走后,坐卧不安,内心陷入了混乱当中。在丈夫回到家中后,她只得隐藏起自己的悲哀,这使得她的心情更加抑郁。维特从仆人那里得知阿尔伯特已经回家的消息后,便让自己的仆人前去请求借给自己手枪。当听到维特仆人的请求时,绿蒂的内心突然产生了一种恐惧,她取下手枪,擦去了上面的灰尘,亲手交给了仆人。她的心中充满了不祥的预感,但是她最终控制住了自己,没有向自己的丈夫坦诚一切。

当维特听说这把枪是绿蒂亲手交给仆人的时候,他认为这是自己命运的预兆,是绿蒂在成全自己完成心愿。他给自己的朋友威廉写下了诀别信,又在给阿尔伯特的信中,道出了自己的歉意。随后,他从容地销毁了一些信件,并封好了寄给威廉的包裹。他向仆人要了一瓶酒,在嘱咐仆人明天按时寄出包裹后,维特便让他离开了。

夜里十一点已过

我的内心像周围一样宁静,感谢上帝让我在最后的时刻感受到如此的温暖。亲爱的绿蒂,我身边的一切都会让我想起你,你在我的生活中无处不在。我把那张为你而作的剪影画留给你,我曾经无数次地亲吻过它。

绿蒂!如果我的死能为你带来安宁,那么我将感到无比的幸福!你曾亲手碰触过我身上的衣服,所以我希望自己下葬时依然能穿着它们。在我的口袋里放着你送我的粉色蝴蝶结,我不希望有人拿走它,就让它陪伴在我身边吧。

好了,到时间了,镇静点儿,握紧冰冷的枪柄,钟声正在敲响十二下!……别了!绿蒂!就这样结束吧!别了!

当第二天六点,仆人走进房间时,发现维特面对着窗户,仰卧在地上。他在自己右眼上方的额头上开了一枪,身旁是一摊鲜血和阿尔伯特的那把手枪。他身上穿着第一次与绿蒂共舞时穿的服装:青色的燕尾服、黄色背心和长筒皮靴。桌子上放着喝剩下的酒杯,那本还没读完的《爱米丽雅·迦洛蒂》①依然摊在桌面上。年轻的仆人吓坏了,跑到阿尔伯特家中报告了凶信。绿蒂在听到消息后昏倒在了丈夫的面前。

不仅是维特的房东,全城的人都被这个消息震惊了。老法官带着孩子们来到维特身边,亲吻着他的手,失声痛哭。在当晚的十一点之前,几名手工匠人抬着维特,把他安葬在了菩提树下,那是维特自己选定的墓地。送葬的人中没有教士,只有老法官和他的孩子们。阿尔伯特也没来,因为绿蒂伤痛过度,生命垂危……

---

①《爱米丽雅·迦洛蒂》是一部著名的悲剧,是德国剧作家莱辛的成名之作。

威廉·麦斯特的学习时代

这是歌德的另一篇具有显著成就的长篇小说,开辟了成长小说的先河,作者简介见《浮士德》部分。

《威廉·麦斯特的学习时代》中的主人公出身于富裕的商人家庭,对戏剧尤其喜爱,在四处游历和迷惘中,他接触到了莎士比亚的戏剧,展开了自己对戏剧和人生艺术的探索……

第一卷　威廉与玛丽安妮的爱情

玛丽安妮表演的戏剧已经演出很久了。人们很喜欢她扮演的年轻军官。

此时,在玛丽安妮的家中,忠心的老女仆巴巴娜已经准备好了晚餐,正热切地等待着女主人的归来。

玛丽安妮回来了,她没有理会满脸热情的老女仆,只是把带有羽毛的军帽和军刀随手扔在桌子上,脸上现出不安的神情。当巴巴娜向她介绍来自年轻富商洛尔贝克送来的礼物时,玛丽安妮神情激动地说道:"我今天不想听你说这些。在洛尔贝克回来之前,我就是我自己,我要把自己交给那个人,那个我爱他、他也爱我的人。"

巴巴娜知道女主人说的那个人是谁。他叫威廉·麦斯特,是一个商人的儿子。她冷静地提醒女主人说:"控制一下你的热情吧,这是洛尔贝克送来的信和包裹。他十四天以后就回来了!”

此时,威廉·麦斯特走了进来。两个年轻人热烈地拥抱在一起。谁又能分开这样一对幸福的爱人呢?

第二天早晨,威廉·麦斯特向自己的母亲问安。他的母亲劝他不要总是到戏院去,他的父亲对此很生气。

威廉·麦斯特向母亲辩解,并与母亲分享戏剧带给自己的乐趣。威廉想到了自己小时候收到的圣诞节礼物——能够表演木偶戏的木偶。他从母亲那里得到了钥匙,找到了封存的木偶,精心地保存在自己的房间里。

威廉深深地迷恋着玛丽安妮,在她的身上,结合了威廉对戏剧和爱情的双重热爱。只要待在她的身边,威廉总是能感到无比的幸福和快乐。

为了确保自己爱情不受父亲的干扰,威廉只在大家都休息后,才偷偷溜出家门,去和自己的爱人相聚。

这天晚上,威廉带着自己的木偶来到玛丽安妮的家中。他对主仆二人讲起了木偶戏演出时发生的故事,清晰生动的故事让美丽的女主人和她的女仆充满了兴趣,听得忘记了时间。

威廉沉浸在洋溢着快乐和幸福的爱情中,时时刻刻思念着自己的心上人。玛丽安妮也深深地爱着威廉。但是她毕竟隐瞒了自己是洛尔贝克的情人的事。她对威廉的感觉越是强烈,越害怕失去他。这让她坐卧不安,内心饱受折磨。

这天,威廉的父亲告诉他,希望他能到 H 市去收取一笔欠款。威廉非常痛快地答应了下来。他有自己的打算。通过此事,他可以得到一笔钱。然后,他就可以利用这些钱,找个地方,与玛丽安妮组成自己的家庭。

当夜晚降临,威廉来到恋人的住处,把自己的计划告诉了她。她只是和威廉紧紧地拥抱在一起,什么话都没说。恋人的反应使得威廉产生了一丝疑虑。

第二天早晨,玛丽安妮醒来后,只感到忧愁和孤独。她告诉了巴巴娜自己的苦恼,而且她觉得自己好像怀上了威廉的孩子。巴巴娜劝慰她说:“我们已经有四只空空的手了。选择洛尔贝克吧!我祝福你的孩子,他应当拥有一个富裕的父亲。”

此时,威廉已经开始了自己的第一次旅行。到达 H 市后,威廉发现那位商人正碰上了一件烦心事。他的女儿和一个演员私奔后,被抓了回来,即将面临审判。威廉从这两人的爱情中,看到了自己和玛丽安妮的身影,威廉自愿充当了调停者。经过协商,商人夫妇接受了女儿与梅林纳先生的婚姻关系,但不会准备嫁妆。另外,两人已经严重伤害了商人的脸面,他们必须离开此地,到外地独自讨生活。

解决了此事后,威廉返回了家中。这天傍晚,威廉揣着写好的求婚信,来找玛丽安妮。不过,美丽的姑娘借口身体不舒服,回绝了他深夜再来拜访的请求。而后,她又客气地请威廉离开。

有些沮丧的威廉不想勉强恋人,不过,他在离开时,顺手抓走了玛丽安妮的一条丝巾,以解相思。可怜的威廉一直在大街上游荡。深夜时分,他在远远的街角处,看到一个黑色的人影从玛丽安妮的家中走了出来。他不断地说服自己,那也许只是一种幻觉。但是,当他从口袋里掏出恋人的丝巾时,里面夹杂着一张洛尔贝克写给玛丽安妮的纸条:

我亲爱的小傻瓜,我是那么爱你!我今夜会到你家来,听我说,我不是邮寄了一套白色的睡衣吗?我希望今夜我怀里抱着的是一只白色羔羊。

第二卷　重燃对戏剧的爱火

其实,我们不应当过多地关注我们这位不幸的朋友此时的状态。

毕竟,在希望遭到毁灭后,痛苦和悲伤是在所难免的事。可怜的威廉,精神上的空虚导致他整个身心的崩溃。他患上了寒热病。还好在威廉需要的时候,来自家庭和亲人朋友的关爱,最终缓解了他身心的病痛。

康复后,威廉庆幸自己及时收到了来自人生路上的警告。对于戏剧艺术,我们的朋友已经完全放弃了。他焚烧了自己与玛丽安妮热恋时珍藏的各种小物品,以及自己创作的所有手稿。他全身心地投入到了父亲的商业经营之中。

威廉在工作中的突出表现,让他的父亲和合作者对他寄予厚望。威廉被派往外地出差,前往山地处理一些债务。

威廉第一次见识到山区的景色。无论是悬崖峭壁,还是溪流瀑布,都让威廉感到快活。在与同行人的交谈中,威廉了解到偏僻的山区竟然存在着一座剧院,而且演员都是附近工厂里的工人。这一情况让他惊奇不已。

威廉到达山地后,顺利地收取了债务。他来到由粮仓改造的简易剧场中,观看工人们的业余表演,还时不时地向演员提出一些自己的建议。接下来的几天,威廉陆续地完成了山地地区的业务。疲劳的旅行让他在来到平原上的一个小城时,决定待上几天,休息一下。

威廉在一家旅馆里住了下来,同住的还有一群表演杂技的演员。其中一个身穿丝绸小背心和紧身裤的小女孩儿引起了威廉的注意。

威廉在旅馆里结识了勒尔特司,又通过勒尔特司的介绍,认识了美丽优雅的菲琳娜。原来,两人都曾经是戏剧演员。不过后来剧团解散了,两人就留在了此地。在三人的交谈中,戏剧始终是最主要的话题。威廉发现,这似乎在无意中重新唤起了自己对戏剧的热情。

三人来到菲琳娜居住的公寓,一起观看杂技团在广场上的演出。表演结束后,威廉向菲琳娜示意那个自己特别留意的女孩儿。谁知,菲琳娜竟直接把女孩儿叫到三人跟前。威廉询问了女孩儿几个问题,得知女孩儿名叫迷娘。他觉得在迷娘的身上似乎有一种让自己百看不厌的东西。最后,威廉塞给她一把糖,让她离开了。

第二天,威廉和勒尔特司途径广场时,发现杂技团的老板正抓着迷娘的头发,用鞭子毒打她。

“放开她!”威廉愤怒地大叫着,冲过去扼住了老板的喉咙。勒尔特司则趁机夺下了老板的鞭子。

威廉决定从老板那里赎回被虐待的迷娘。最终,两人以三十个银币达成协议。不过,他拒绝向威廉透露迷娘的身世。

就在威廉拿出三十个银币交给杂技团老板后,却发现迷娘不见了。这让威廉的心中充满了不安。直到第二天,杂技团离开后,迷娘才重新出现在威廉面前。从此,迷娘便跟在威廉身边。

威廉似乎忘记了回家的时间,继续逗留在这座小城中。这天,威廉在这座小城中惊喜地发现了来此地谋求工作的梅林纳夫妇。后来,威廉又在旅店老板的介绍下,收留了一位孤独的老琴师。梅林纳趁机建议威廉资助自己,回收原有剧团的舞台道具,成立一个新的剧团。

此时,威廉的内心非常矛盾。毕竟自己曾经发誓今生不再从事戏剧的事业,但与这些新朋友结下的友谊,又的确让威廉无法割舍。最终,威廉交给了梅林纳一张三百银币的汇票。

第三卷　威廉剧团圆满成功的首演

最终,威廉还是留了下来。他开始和梅林纳一起准备建立剧团的各项事务。最让威廉感到高兴的是,由于剧团的建立,无论是梅林纳夫妇,还是菲琳娜、勒尔特司,以及可爱的迷娘,都因此而获得一份自己喜爱的工作。梅林纳更是成为了剧团的经理,负责所有的业务。

很快,伯爵及其夫人的到访给剧团带来了第一笔生意。伯爵为了招待即将到自己府邸访问的亲王,希望剧团能献上一出精彩的剧目。

过了几天,伯爵专门派来了一位自称是戏剧行家的男爵。男爵向剧团提供了表演使用的剧本,和梅林纳就表演的各项事宜进行了协商,并就相关经济问题签订了协议。男爵向剧团的所有成员保证,他们在伯爵府第进行表演期间,将会享受到良好的待遇。这一切让剧团的成员们感到了前所未有的快乐和即将获得的荣誉。

剧团的一行人坐上马车,前往伯爵的府第。伯爵热情地接待了众人,并和大伙儿亲近地聊天。在伯爵的身后站着一位气宇非凡的绅士。从他与众人的交谈中,可以明显地看出他的与众不同。威廉从男爵那里了解到,这位名叫雅尔诺的绅士是位军官,是亲王身边的亲信之人,游历丰富,对德国文学颇为精通,只是对人有些过于吹毛求疵。

戏台和布景已经搭建完毕,剧团开始进入了正式的排练阶段。男爵告诉威廉,伯爵夫人对戏剧非常感兴趣,想亲自和剧本的作者面谈。威廉也正好想借机进入贵族社会。因此,他非常精心地准备了自己的剧本。不过,为了刻意讨好亲王,伯爵对剧本提出了自己的修改意见。这让崇尚艺术的威廉无法接受。男爵向他建议,不如去请伯爵夫人帮忙。

威廉把剧本交给了伯爵夫人。伯爵夫人对剧本很满意,答应帮助说服伯爵,还提出了几点修改意见。威廉被她那双美丽的眼睛和充满善意的态度所打动,放弃了自己原有的构思,不仅接受了她的建议,并且答应了由她亲自扮演雅典娜的要求。

终于,亲王在大批随行人员的陪同下,抵达了伯爵的府第。伯爵用歌颂亲王的戏剧作为欢迎方式的做法,得到了亲王的特别赞赏。演出非常成功,亲王不仅亲切地接待了演员,而且加倍赞赏了身为编剧的威廉。

剧团的众人都沉浸在成功的喜悦中,似乎整个伯爵府的行动都在以他们为中心进行着。在接下来的演出里,大家都竭尽所能,演好自己的角色。只有威廉看到了与众人不同的一面。他发现,亲王以及随行的高级官员们并不十分欣赏自己的作品。在整个表演的过程中,他们都心不在焉,更多的时候是在讨论公务。

这一情况深深困扰着威廉,令他内心苦闷不堪。在威廉刻意地安排下,他对雅尔诺倾吐了内心的烦恼,希望得到对方的意见。雅尔诺向威廉推荐了莎士比亚的戏剧,他说:“您不妨试一试,亲眼看看那些稀奇古怪的东西并没有什么害处。您现在的做法,是在浪费时间,是一种罪过。不要抵触形式,听凭您的感情去处理吧。”

雅尔诺的表达方式虽然有些傲慢,但是威廉仍然希望自己能和他多进行交流。毕竟,威廉从他那里得到了自己梦寐以求的新思想。

几天后,剧团的演出圆满结束了。威廉带着一些自己的作品去向伯爵夫人告别。伯爵夫人送给威廉一枚镶嵌着宝石的戒指作为回礼。这让威廉有些不知所措,他最终还是跪下来,亲吻了她的左手后,离开了。

第四卷　遇到善良的女骑士

伯爵委托男爵给威廉捎来了这次演出的报酬。沉甸甸的丝织钱袋中装满了金币,这是他通过戏剧获得的收入。这使得威廉沉浸在一种兴奋的幸福之中。他忍不住提起笔,写下一封书信,把自己在精神和物质上的提高和收获告知家人。

剧团重新踏上了游历的旅程。期间,威廉一直在阅读莎士比亚的剧本。他从中感受到了戏剧带来的真正的快乐。

在路途中,威廉认为剧团应当排演莎士比亚的《哈姆雷特》,便经常利用旅行的间隙,与团员们讨论剧本和各种角色。

剧团在一个小镇上逗留了几天,进行了休整。不过,好心的当地人给剧团带来的消息,却着实让人担忧:在他们既定的路线上,有一群兵痞子正在附近活动。

所有人被召集在一起,商量这件事的解决办法。大多数人都同意要么留在小镇上,要么走另一条路。总之,要避开这场灾祸。不过,威廉并不惧怕。他告诉众人,如果因为这种不确定的传闻而改变既定的行程,必然会增加时间和金钱的开销。他又从多方面进行解释,最终稳定了众人的情绪,增加了他们的勇气。

受到威廉的鼓舞,成员们购置了一些自卫的猎刀,威廉配备了两把小手枪,勒尔特司把一支猎枪背在了身上。在准备妥当后,剧团上路了。

受到路上怡人风景的感染,大伙的心情都很好。感到困乏的众人,决定在一片林间草地附近停下来,扎营休息。就在大家享受着愉快的休息时光时,从树林中传来了枪响,一伙人从树林中冲了出来。

在惊恐和尖叫声中,成员们四下逃散。威廉和勒尔特司分别开枪,各自打死了一名匪徒。不过,在与匪徒的搏斗中,威廉被一颗子弹击中,头上也挨了一刀,倒在血泊里。剧团的财物也遭到了匪徒的洗劫。

当威廉清醒过来时,身边只有迷娘和菲琳娜的陪伴。就在此时,远处出现了一位骑着白马的女士,身后跟着几名骑士和一小队骑兵。她来到他们的身边,仔细询问了事情的经过,并决定留下一位猎人帮助他们。当这位女士把自己身上的大衣盖在威廉身上时,他仿佛在她的头顶上看到了散发着灿烂华光的光圈。

在猎人的帮助下,威廉被抬回了村子里的客店中。剧团的成员们聚集在一起,埋怨威廉当初的决定。面对这样的指责,威廉再也无法抑制心中的厌恶,与众人发生了争吵。

由于威廉需要留下来养伤,他从女骑士留给自己的二十个金币中拿出一部分,分给剧团的成员。威廉让菲琳娜和勒尔特司带着这些人和一封介绍信,去找自己的好朋友塞洛,希望能给大伙在他经营的剧团中找到稳定的工作。

经过一段时间的修养,威廉的伤势已经大为好转。他决定起身,再次踏上旅途。在威廉的脑海中,始终无法忘记救助自己的那位女士。于是,他计划先去探访这位女士的行踪,然后再到塞洛那里,与朋友们会合。

令人遗憾的是,他始终没有打探到女骑士的下落。在无奈和失落中,威廉带着迷娘和老琴师来到了塞洛的剧团。在这里,威廉受到了塞洛热烈的欢迎和塞洛的妹妹奥蕾莉友好的招待。在与兄妹俩的交谈中,威廉感到了如鱼得水般的欢畅。而且,塞洛非常赞同威廉排演《哈姆雷特》的想法,并敲定由自己饰演波洛涅斯,威廉饰演哈姆雷特,奥蕾莉饰演奥菲莉娅。

在塞洛的带领下,威廉参观了整个剧团。很显然,演技出色的塞洛是剧团的灵魂。当然,他妹妹的表演也很出色。观众们常常被她在表演中所表现出的神情打动,献上热烈的掌声。

几天后,奥蕾莉病倒了。威廉在前往探病的时候,见到了菲琳娜曾经提到的那个小男孩儿——费立克斯。从奥蕾莉的口中,威廉听到了她那段不幸的爱情故事的经过。在他的内心中,产生了对这名深情女子的同情。两人通过交谈,结下了真挚的友谊。

第五卷 剧团遭遇火灾

就在威廉为是否成为真正演员而苦恼、犹豫不决的时候,他收到了来自家乡好友维尔纳的一封信。这封信带来了一条意想不到的消息——他的父亲去世了。此时,维尔纳已经成为了威廉的姐夫,并很好地解决了老人的丧事。

这条消息让威廉对自己的父亲产生了深深的愧疚。同时,他也开始重新审视自己未来的生活。经过深思熟虑,威廉决定献身艺术,全面培养自己。他与塞洛签订了合同,成为了一名正式的演员。

就在威廉在合同上签字的瞬间,他又想起了那位女骑士为自己盖上大衣的场景。

威廉全身心地投入到了《哈姆雷特》的排演中。很幸运,他们的首场演出非常成功,这给剧团带来了不错的收入。大家在舞台上开起了宴会,众人都表演了自己的节目,进行庆祝。

第二天清晨,迷娘大声叫嚷着“着火了”,拉起屋子里的威廉,前去救火。火是从邻居家蹿过来的。地板和一小段儿楼梯已经被烧着了。奥蕾莉把费立克斯交给威廉,让他帮忙照看孩子,自己则去抢救其他东西。

威廉打算去寻找起火的源头,帮忙灭火。于是,他让老琴师带着费立克斯和迷娘到空旷的园子里,尽量远离火源。就在威廉跑着取水灭火的时候,迷娘找到他,说:“麦斯特,快救你的费立克斯,老头疯了,他要杀死费立克斯!”

威廉立即冲着花园跑去,他被眼前的景象惊呆了:费立克斯躺在地上,大声地哭叫着;旁边的麦秸和干柴已经被点着了;老琴师则站在墙边的角落里,一动不动。

迷娘抱着费立克斯,费力地躲进了园子里。威廉想把麦秸和干柴堆拉开,以便灭火。谁知,反而增大了火势。他只得拉起老琴师,跑进了园子里。

当威廉看到躲在园子里的迷娘和小费立克斯时,他突然意识到这两个孩子对于自己的重要性。他安抚着两个孩子,经过仔细地询问,威廉得知了事情的经过。柴堆上的火是由老琴师点起来的。很显然,他似乎把费立克斯当作了某种牺牲品。威廉从老人的眼神中,知道他绝对不是故意的。威廉决定隐瞒这件事的真相。

后来,在勒尔特司的帮助下,威廉把患有抑郁症的老琴师送到了一位乡村牧师那里,接受系统的治疗。当威廉再次去探望时,发现老琴师的病情已经出现了明显的好转。在那里,威廉结识了一位医术精湛又风趣的医生。应威廉的邀请,医生来到城里,为奥蕾莉进行诊治。

医生告诉威廉,奥蕾莉的病情比预想的要糟糕。医生交给威廉一份药方,并告诉他饮食方面的禁忌。此外,他还送给威廉一份名叫《一位淑女的自白》的手稿,希望通过多方面来帮助不幸的奥蕾莉。

此时,剧团里的情况已经发生了变化。与威廉不同,梅林纳和塞洛只想通过表演戏剧多挣钱,过上好日子。所以,他们决定秘密组建新的歌剧团。

从此,威廉在剧团中遭到了排挤。塞洛对待威廉的态度很冷淡,梅林纳也会时不时公开质疑威廉的观点。塞洛甚至对待自己病重的妹妹也更加地刻薄起来。

病情加重的奥蕾莉拜托威廉,把一封信转交给自己曾经的男友罗大略。几天后的一个早上,奥蕾莉去世了。在迷娘和小费立克斯的祝福中,威廉告别剧团,踏上了拜见负心人罗大略的旅程。

第六卷　一位淑女的自白

这就是医生送给威廉的手稿。它记录下了宗教信仰在主人公人生的各个阶段所产生的影响。这位善良的淑女就是下文中罗大略和娜苔莉的姨母。

八岁时,我患上咳血症。在此之前,我一直都是一个健康的孩子。在病中,母亲在床边给我讲《圣经》故事,姑母则会把一些童话和神话传说讲给我听。在那段时间里,我还看到了父亲收集的标本,学会背诵了一些诗句。

康复后,我开始大量阅读书籍。那些小说题材的故事是我的最爱。母亲更喜欢督促我多读《圣经》。母亲非常注意书籍的好坏,从不让那些下流的作品落在我的手里,我完全同意母亲的做法。对知识的渴望、自身良好的综合能力以及书中的知识,总是能在我充满疑惑的时候,让我得到准确的解答,获得真知。

我十二岁了。法语、舞蹈、绘画以及宗教课程都是我学习的内容。尤其是宗教课,它让我学会阅读更多的书籍,学会倾听,学会如何谈论问题。

就在我成长起来、逐渐成熟的时候,我面临着一场考验,母亲得了重病。在病痛折磨下,她苦不堪言。很快,她便离开了我们。父亲的身体也因为母亲的去世,变得虚弱起来。

此时,叔父来到了我们家。叔父早年失去挚爱的妻子和儿子,现在孤身一人。他想从父亲的孩子中挑选一个,作为自己的继承人。最后,他选中了我的妹妹,并为她挑选了一个优秀的男子作为未婚夫。两人会在婚后正式成为叔父的继承人。父亲也对这种安排非常满意。

我和父亲来到叔父的府邸,一起参加妹妹的婚礼。那是个奇妙的地方,我惊叹于府邸中华丽与肃穆的和谐搭配。很显然,妹妹的婚姻带给叔父很大的快乐。他表示希望自己能对侄女们有所帮助,他告诉我,他会把自己经营到最佳状态的田园转交给我们负责。

在婚礼结束后,妹妹和妹夫就搬到叔父的庄园里居住了。我们也返回到了自己的家中。我的另一个妹妹一直在帮我料理家务,以便我能专心照顾病中的父亲。不幸的是,她患上了肺炎,不到三个星期就去世了。就在举行她的葬礼前,我旧病复发,病倒了,病得很重。这一连串的打击,导致了妹妹的流产。父亲也因此而伤心落泪。我向上帝祈求,即使要承受更多的痛苦,自己一定要恢复健康,最起码也要撑到父亲过世以后。

没过多久,妹妹又怀孕了。她告诉我,她的婚姻并不幸福,经常会和妹夫发生争吵。当然,这些事不能让父亲知道。

妹妹生下了一个男孩儿。父亲撑着虚弱的身体,参加了孩子的洗礼。含笑看着孩子的父亲,看起来和平时很不一样,和蔼慈祥的表情让他像是一位仁慈的天神。几天后,父亲的病情加重。在他神志清晰、表情镇定地安排完自己的后事以后,父亲离开了我。

从此,我的生活中充满了孤独和寂寞。我改变了自己的生活方式,开始不顾身体的虚弱四处出游,和教友们保持亲密的交往。很快,妹妹又生下了一个女孩儿。我们兴奋地讨论着如何教育这个美丽的小姑娘。妹夫更希望是一个男孩儿,以便将来管理和继承自己众多的产业。

不过,他们不可能再有更多的孩子了。我不幸的妹夫在骑马的时候摔死了。不久,我的妹妹也离开了人间。我忍着悲痛,用心地照看着他们的一双儿女。此时,叔父告诉我,他会把自己所有的精力都放在两个孩子身上,让他们接受最好的教育,把他们培养成理智而善良的人。

妹妹的女儿长得和我很像,我们两人的兴趣也非常相似。我的爱全部倾注在了这个美丽的孩子身上。她的生活总是富有节奏和变化,高雅的举止和娴静的性格让她获得了众人的爱。

我一直都在观察着他们,也在思考着如何合理分配我的财产才会对这两个孩子更有益。兄妹两人长大了。我的外甥已经时常背着外祖父的猎枪,四处去打猎了。我的外甥女也已经能穿着我的衣裙,参加复活节的仪式了。

其实,我并不能随时见到他们。叔父从法国神父那里接受的教育方法不允许我经常和孩子们见面。因为他不希望孩子们接触到宗教信仰,而是希望他们按照自己的想法发展。所以,我对神的信仰越坚定,我就越无法与孩子们相见。这让我苦恼,但我不后悔。因为我坚信,如果内心没有神的保护,不知会生出怎样的一种怪物。

第七卷　威廉获得“毕业证书”

经过一路的奔波,威廉来到了罗大略的住所。这是一栋建筑风格不合规则的老宅院。在威廉的坚持下,他见到了罗大略。只不过,罗大略看过信后,让一位神父招待威廉,自己则急匆匆地出门了。

罗大略接受了一位上校的挑战,却在决斗中受了伤。让威廉感到意外的是,陪同罗大略返回家中的正是雅尔诺。也就是从这时起,威廉受到了很好的招待,如同在自己的家中一般。

一位名叫吕娣的姑娘负责照顾受伤的罗大略。当威廉去探望罗大略的时候,他正和雅尔诺谈论庄园改革的事情。罗大略努力改善农民生活状况的打算,让威廉开始转变自己原先对他的看法。

非常凑巧,前来给罗大略医治外伤的医生正是给奥蕾莉诊断病情的那位。威廉问起老琴师的近况,却无意中得知了老人隐瞒的往事。

为了让罗大略更加安静地养伤,雅尔诺拜托威廉把性格急躁的吕娣小姐送到特蕾色小姐那里。特蕾色是一位活泼可爱的小姐。那双明亮的蔚蓝色眼睛中,体现出她坦率的个性。她是一座庄园的女管家。她优雅的谈吐、丰富的知识和优秀的办事能力,都让威廉倾心不已。

从交谈中,威廉了解到特蕾色小姐与罗大略曾经是一对谈及婚嫁的恋人。但是因为罗大略在旅途中曾与特蕾色小姐离家的母亲发生过一段风流韵事,所以,罗大略最终选择了分手。在对爱情完全失望的情况下,罗大略接受了热情的吕娣小姐。

威廉告别了吕娣小姐和特蕾色小姐后,返回了罗大略的府邸。在途中,他意识到,如果迷娘和费立克斯能与这样一些优秀的人生活在一起,那该是多么快乐和幸福的事情。

于是,面对伤势已经好转的罗大略,威廉和他谈论起有关奥蕾莉的事情。威廉向他提到了奥蕾莉的儿子费立克斯,希望罗大略能承担起做父亲的责任。没想到,罗大略否定了威廉的说法,说奥蕾莉根本没有儿子。一旁的雅尔诺也表示认同,并提醒威廉,奥蕾莉身边的老女仆应当知道男孩儿的真正身世。

威廉向罗大略提出请求,希望他能帮两个孩子脱离现在的生活。罗大略应允了他的请求,还提出可以把迷娘交给特蕾色小姐照顾;至于费立克斯,威廉则可以把他带在身边。

在两人的催促下,威廉第二天一早就出发,前往城市去接两个孩子。

当威廉赶到剧场时,威廉认出这个老女仆正是玛丽安娜的女管家巴巴娜。巴巴娜交给威廉一个文件袋,并告诉他,玛丽安娜已经去世了,而费立克斯就是他和玛丽安娜的孩子。

从玛丽安娜遗留下来的书信中,威廉得知她不仅没有背叛自己,还为了自己拒绝了其他的追求者。自己当初看到的那张纸条也是巴巴娜背着她的女主人伪造的,一切都是一场误会。事实的真相让威廉沉浸在无穷的痛苦之中。

随后,当得知梅林纳和塞洛已经组建了新剧团后,威廉意识到自己已经和他们没有任何关系了。他送给巴巴娜一笔钱,作为养老金,并委托她带着迷娘和费立克斯前往特蕾色小姐的住处,自己则返回了罗大略的庄园。

罗大略离开庄园,去处理叔祖父的丧事和遗产。雅尔诺要求威廉协助自己和神父一起处理购买庄园的商业事务。当天晚上,雅尔诺告诉威廉,自己明天将会带他进入神秘的塔楼。

第二天,雅尔诺如约前来。在他的指引下,威廉独自走进塔楼。在大厅里,神父授予威廉人生旅程的"毕业证书"。威廉正式成为了"塔楼会社"的一员。神父高声宣布道:"上帝保佑你,年轻人!你的学习时代过去了,大自然宣布你满师。"

第八卷　有情人终成眷属

费立克斯被接到了威廉的身边生活,威廉意识到自己应当为他找一个好母亲,以便让他接受良好的教育。威廉想到了特蕾色小姐,认为她是最合适的人选。他把自己的情况都写了下来,希望能够得到她的情谊和帮助,要求她能认真考虑自己的请求,尽快做出决定。

匆匆赶回庄园的罗大略带来了迷娘病情恶化的消息。第二天一早,威廉便带着费立克斯赶往罗大略妹妹的住所。当见到庄园的女主人娜苔莉时,威廉突然发现她正是当年在树林里救助自己的女骑士。面对自己暗恋已久的心上人,威廉对自己向特蕾色寄出求婚信的举动有些后悔。

第二天早上,通过娜苔莉的引荐,医生向威廉介绍了迷娘的病情,迷娘患有先天性心脏病。同时,威廉也从医生那里得知了迷娘所隐瞒的身世。

按照医生的建议,为了让迷娘保持愉快的心情,威廉和费立克斯在庄园里住了下来。这给威廉近距离了解娜苔莉小姐的生活提供了绝好的机会。随着两人交往的深入,威廉意识到自己对娜苔莉小姐产生了比玛丽安娜更为强烈的爱意。但是,他毕竟已经对特蕾色小姐提出了结婚的请求,威廉陷入了对自己的鄙视和苦恼之中。

这一天,威廉从娜苔莉手中接过了特蕾色接受求婚的信函。与此同时,雅尔诺也带来了罗大略写给威廉的一封信。原来,经过查证,特蕾色的母亲不能生育,她并不是她母亲的亲生女儿。罗大略和特蕾色成婚的阻隔就此消失不见了。威廉表示,罗大略是自己敬佩的人,只要特蕾色同意,他愿意放弃。

为了早一步见到来访的特蕾色,一路的奔跑引发了迷娘的心脏病。迷娘的心脏停止了跳动。迷娘的去世让威廉悲痛欲绝。在迷娘的葬礼上,一位意大利侯爵的到访,解开了迷娘的身世之谜。原来,迷娘正是这位侯爵多年前不幸走失的侄女。这个孩子是侯爵弟弟在毫不知情的情况下,与自己的亲妹妹生下的孩子。迷娘走失后,她的母亲已经因为悲伤过度去世了,而她的父亲也因为难以承受精神上的压力而四处流浪,不知所踪。

威廉心里明白,老琴师应该就是奥古斯廷、迷娘的父亲、侯爵的弟弟。威廉决定接受侯爵的邀请,陪伴他游历德国,以排解内心的伤痛。

就在威廉准备出发前,乡村牧师带着病情已经好转的奥古斯廷来找威廉。老朋友相见,彼此都很开心。让众人没想到的是,奥古斯廷并没有完全解开心结,他早已存了自杀的心思。他为自己准备了一杯含有鸦片的牛奶，却又在最后关头心生胆怯，走到院子里想再看一看这个世界。

阴差阳错间，感到口渴的费立克斯喝下了桌子上的牛奶。这让威廉彻底乱了心神。医生也使尽浑身解数进行救治。娜苔莉更是把孩子抱在自己的怀里，和威廉守护了一夜。直到娜苔莉从小男孩儿口中得知了事实真相，所有人才松开了紧绷的神经。原来他并没有喝杯子里的牛奶，而是从瓶子里喝的。不过，奥古斯廷最终还是用剃刀割断了喉咙，结束了自己的生命。

通过这件事，威廉更是无法抑制自己对娜苔莉的爱意，可是他又不敢轻易向她表白。就在威廉陷入两难境地的时候，罗大略找到了威廉，说出了特蕾色答应与自己成婚的条件，那就是威廉与娜苔莉的结合，她要求两对新人一同举行婚礼。在旁边偷听的雅尔诺也告诉威廉，其实娜苔莉已经承认了她对威廉的感情。他对威廉叫道："两天后，你就要动身了。我的朋友，你还在犹豫什么呢？你看，你就像《圣经》中的扫罗那样，本来是要去寻找父亲的驴子，却得到了一个王国。"

威廉回答道："我不知道一个王国的价值是多少，我只知道自己得到了不配得到的幸福，世界上的任何东西都无法与它进行交换。"

强　盗

弗里德里希·席勒(1759—1805),德国著名诗人、剧作家、哲学家和历史学家。席勒与歌德都是18世纪德国文学的“狂飙突进”运动的领军人物,也是启蒙文学的代表人物。席勒一生写下了大量优秀的诗歌,还创作出了《强盗》《阴谋与爱情》和历史剧《瓦伦斯坦》等优秀的剧作。在德国文学史上,他的地位仅次于歌德。

《强盗》是席勒的戏剧处女作,反映了青年人对封建专制制度的反抗。伯爵莫尔的长子卡尔本是个优秀正直的年轻人,由于他的父亲听信了次子弗朗茨的谗言,卡尔被驱逐出府邸。这场变故激起了卡尔的叛逆心理,他变成了一名强盗首领,走上了不归路……

剧中人物

马克西米利安——当权的莫尔伯爵,老莫尔

卡尔·封·莫尔——伯爵的长子

弗朗茨·封·莫尔——伯爵的次子

阿玛莉亚·封·埃德尔莱西——伯爵的外甥女

施皮格尔贝格

施魏策尔

格林

拉茨曼
舒夫特勒——浪荡子,后来成为土匪
罗勒
柯辛斯基
施瓦茨
赫尔曼——一位贵族的私生子
丹尼尔——莫尔家的老仆人
摩色尔牧师
一位神父
强盗帮众人

故事发生在18世纪中期的德国,前后持续大约两年的时间。

第一幕

第一场

莫尔府内的大厅。弗兰哥尼亚、弗朗茨、老莫尔

弗朗茨:父亲,在莱比锡的联络员寄来了一封和哥哥有关的信,我要告诉您一个消息,是关于哥哥的事情,希望您能承受住这个打击。(从口袋里掏出信来)您认得这个联系人,做好思想准备吧,让我给您读这封信。

老莫尔:不管是什么情况,我都要听到全部的内容。

弗朗茨:(念)你曾嘱咐我收集关于令兄的任何情况,我绝对不会向你隐瞒实情。我知道你们情同手足,真的不忍心刺痛你的心,你的

兄弟是个万恶不赦的家伙——(老莫尔以手掩面)据说,他欠下了四万块钱的赌债,而且还夺去了一位银行家闺女的贞操。昨天夜里,他和七个家伙一同潜逃。

老莫尔:够了别念了!唉,我的希望全部破灭了。这个孩子啊,怎么会这样?

弗朗茨:当局已经对他下达了通缉令,人们纷纷要求惩治他,他就是卡尔!(撕碎信件)别信他的话,父亲!都别信。这个恬不知耻的卡尔!您认为他是个天才,热情、雄心勃勃、气宇轩昂,但是他带给您的却是无尽的困扰。他无情地扼杀了您伟大的父爱,您一旦离世,他就会为所欲为地挥霍您的家产,不惜毁掉老祖宗辛苦维持的显赫荣耀和清白家风,这样的逆子我觉得您不要也罢。您如果再放纵迁就他,那么一切的诅咒都会落到您的身上,让您永不得翻身。

老莫尔:可是他毕竟是我的儿子,我辛苦养育大的孩子啊!唉,老天是公平的,现在我要写信告诉他,我不再纵容他了,让他永远不要回来了,直到他变好为止。(柔情地)还是你去写这封信吧,儿子,我会心碎的,你替我写吧,但是要告诉他,我为他日夜难眠——不要让他绝望,只要他一心悔过,我会原谅他的。(悲哀地下)

弗朗茨:(得意扬扬地大笑)老东西,你永远不可能见到他了,我设下的这个圈套,你儿子一辈子都跳不过去的!我得捡起信纸,要是人们认出这封信出自我的手就糟了!大自然对我太不公平了,为什么我不是长子?为什么得不到继承权?为什么让我长得如此丑陋?为什么阿玛莉亚喜欢卡尔而不喜欢我?我必须翻身,不惜一切代价铲除障碍,成为主人!(下)

第二场

萨克逊边境的一个酒店。

卡尔·莫尔正在专心读书，施皮格尔贝格在旁边喝酒。

施皮格尔贝格：兄弟，你就打算这样碌碌无为地生活下去么？你忘记了？你曾经是个勇猛的家伙，为了对付那些老爷们，你使出了狠手段，你的壮举轰动整个城内。现在呢？你就是个窝囊废，我们必须在危难中学会成长，成为伟大的人。

莫尔：祝你好运，我必须回到父亲那里，我的阿玛莉亚还在等着我。上个星期我已经寄回了忏悔信，所有的细节都告诉了父亲。莫里茨，我们就此分开吧！

施魏策尔、格林、罗勒、舒夫特勒、拉茨曼上。

莫尔：我要找施瓦茨拿一封信，他没有说过要把一封信给我吗？

罗勒：他一直在找你，我估计就是为了这事情。

施瓦茨上。

施瓦茨：（把信给他，莫尔急急忙忙地把信拆开）你的脸色很苍白，怎么了？

莫尔：是我弟弟的字迹！

施瓦茨：施皮格尔贝格在干吗？手舞足蹈地好像在写诗，又好像犯了癫痫似的。

格林：（摇晃施皮格尔贝格）嘿！你是在做梦，还是——

施皮格尔贝格：（一直在屋子的一角装模作样，像在策划什么，然后猛地跳起来）要钱还是要命！（他抓住施魏策尔的脖子，施魏策尔从容地随手把他掷到墙上。信从莫尔的手上滑落，他跑了出去。大家都惊跳起来。）

罗勒：（在莫尔背后叫道）莫尔！你去哪里？怎么了？他的脸很惨白。

(从地上捡起信)看来是莫尔的弟弟代替父亲传话,让莫尔永远不要再回去了,莫尔的行径是不会得到父亲原谅的。如果莫尔回去,那么接待他的就将是冰冷的地窖和面包。莫尔的弟弟叫弗朗茨,他在信的最后说“永别了,我真可怜你”。

施皮格尔贝格:(悄悄溜过来)可怜的面包如何度日?看到了没有!你们愿意乞讨度日?愿意看别人的脸色生活?愿意感受炼狱的酷刑?大家听我的吧,我们应该从事伟大的事业!我们需要拿出勇气!假如你们还充溢着德意志英雄的血液,那么就来吧,我们在波西米亚的森林里建立我们的队伍——不要瞪着我,我不想看到你们丧失勇气!

罗勒:你应该不是个想把我们引入不归路的人,不过,我们别无选择。我曾想过我们一起为了赚点儿小钱,写写当下时兴的年历、评论什么,那会怎样?

舒夫特勒:我还想过,如果变成了一个虔诚的信徒,每周参加祈祷课会怎么样?见鬼。

格林:要是这么做不行的话,我们做无神论者,可以抨击《四福音书》,让那些信徒们烧掉我们的书,这样我们就出名了。

施皮格尔贝格:你们这些蠢东西!如果实行我的计划,我们将会得到永世的荣耀。

罗勒:我们是一群正义的流氓吗?莫尔在哪儿?你们知道吗?我们需要莫尔,没有了他,我们就像是没有灵魂的躯体。

莫尔:(情绪慌乱地走进房间,在屋子里激动地来回走动,自言自语)我会对敌人报以微笑。可是对于我的父亲,他不再慈爱,不再信任我,这样彻底地与我决裂,只会激起我每个愤怒的细胞。

罗勒:莫尔!与其关在冰冷的地窖,靠面包和冷水度日,还不如当个强盗。

施瓦茨:听着,和我们一起去波西米亚森林,我们要成立一个强盗帮。

施魏策尔:莫尔,你必须做我们的首领!

莫尔：我不再有父爱，不再有爱情，我已经立誓，我要做强盗，这个首领我当定了，我一定不会辜负你们对我的期望！请大家走到一起宣誓吧！

众人：（大声欢呼，向他伸出右手）首领万岁！我们宣誓：效忠和服从你，直到死去！

莫尔：大家向前进吧！无论是寿终正寝还是上了绞刑架，或者是在战场上身亡，都不会阻止我们前进的步伐。（他们下）

施皮格尔贝格：（目送他们离去，过了一会儿）你还忘记了一种死，那就是中毒身亡。（下）

第三场

莫尔伯爵的府邸里，阿玛莉亚的闺房

弗朗茨、阿玛莉亚

弗朗茨：不要躲闪我，阿玛莉亚。我难道比不上一个被父亲诅咒的人吗？我爱你不亚于爱自己，阿玛莉亚。

阿玛莉亚：你给我滚开，我只想一个人安静，不需要你假惺惺地过来说一些甜蜜的话。

弗朗茨：我知道你的心里只有卡尔，他是唯一一个能和你产生共鸣的人。

阿玛莉亚：（受感动地）是的，我爱他，全世界都知道我爱卡尔。

弗朗茨：那个没有人性的家伙，居然这样回报你的爱。你曾经送过一枚戒指给他吧？他居然把那枚戒指送给了一个婊子，他就是在这样践踏你的爱。

阿玛莉亚：你不要信口雌黄，造谣诽谤我的卡尔！我不会相信这一切的，我只爱他，你连他的一丝毛细血管都比不上。

弗朗茨：我比不上卡尔的外表，要不是外表存在这么大的差别，别人会以为我和他是同一个人。我和卡尔有着一样的爱好，我们都热爱玫瑰、音乐，我们的爱情都是这样的完美。

他在一个幽静的夜晚把我约去凉亭，那是他去莱比锡前的最后一晚。他拉住我的手说："我有种预感，我将会离开阿玛莉亚，仿佛这次的离开就是永诀。弟弟！你别离开她，如果卡尔永不回来，你就代替我，做她的卡尔，照顾她一辈子。"（跪下来吻阿玛莉亚的手）他永远不会回来了，我答应了他的请求。

阿玛莉亚：你是个骗子，他不会让你立下这样的誓言，你快点儿从我的眼前滚开！我看不起你！

弗朗茨：（用脚跺地）为了一个穷要饭的居然要这样对我！你等着瞧！（怒气冲冲地下）

第二幕

第一场

弗朗茨·封·莫尔在他的房间里沉思默想。

弗朗茨：这老头的命真是很长啊，看来我必须一炮一炮地袭击这个生命，我需要帮助他结束生命。（下定决心）干吧！（赫尔曼上场）来得很巧啊，赫尔曼！

赫尔曼：老爷，有什么吩咐吗？

弗朗茨：我记得我的父亲曾经狠狠地侮辱过你，你还记得吗，赫尔曼？你还记得阿玛莉亚小姐吧，我的哥哥卡尔从你手中夺去了她，还把你从楼梯上扔了下去。我哥哥还说人们都在背后议论你，说你是野种，你父亲一向看你不顺眼。

赫尔曼：（狂怒并跺脚）这些耻辱没齿难忘，我要把他碎尸万段！不毁掉他，我绝对不善罢甘休！

弗朗茨：作为男子汉，我想，你应该想报仇雪恨吧？拿着这些钱袋，赫尔曼。我当了主人之后，不会亏待你的。也许应该告诉你，卡尔已经被剥夺了继承权，不过老头对这个举动很后悔，阿玛莉亚也每天抱怨他。总有一天，老头会派人去寻找卡尔，要是找到了的话，我们就全完了。卡尔会娶你心爱的阿玛莉亚小姐，你还必须毕恭毕敬地为他做牛做马。到时候他大权在握，我们只能被排挤出门。

赫尔曼：不能这样，不可以让他得逞！你告诉我，该怎么做？

弗朗茨：你去乔装打扮一下，让人认不出是你，然后让人告诉老头你来自波西米亚，和我的哥哥参加了布拉格郊外的会战，是哥哥的战友，你亲眼看见他死在战场上。到时候，老头就会觉得他导致儿子的死，他会为此痛苦不已。阿玛莉亚失去了靠山，就会被我随意摆布。拿上这个小包！里面有详细的任务说明，还有能让人们消除疑虑的文件——你现在就离开这里，快点儿走！别的都交给我了，别担心了！

赫尔曼：我会尽我一切能力做到这些，再见。（下）

第二场

老莫尔的卧室

老莫尔睡在一张躺椅上。阿玛莉亚、老仆丹尼尔

丹尼尔：有人求见老爷，他说有重要的事情对您说。

阿玛莉亚：如果是来乞讨的，就叫他进来吧。

丹尼尔下。

过了一会儿,弗朗茨和伪装后的赫尔曼上。丹尼尔上。

弗朗茨：就是这个人说要告诉您一个可怕的消息。

老莫尔：你过来,告诉我一切吧。

赫尔曼：(变了嗓子)老爷！我是一个外乡人,但是我认识您,您是卡尔·封·莫尔的父亲,我想说一些关于您令郎的事情,我认识他。

阿玛莉亚：(跳起来)他还活着？他在哪儿啊？(想跑出去)

赫尔曼：他原本在莱比锡读书,离开学校后到处流浪,穷困潦倒。五个月之后,普鲁士和奥地利之间的战火又点燃了,他那个时候已经无依无靠了,觉得自己的父亲也不会接纳他了,于是就参加了这场战争。我和他在一起的日子里,他经常谈及他的父亲,谈到过去的好时光。几天之后激战开始了,那是发生在布拉格城郊的战争,他很英勇,一个子弹打穿了他的右手,最后,他在狂轰滥炸中倒下了。他临终时递给我一把宝剑,剑上还沾着鲜血,他要我向您转达,是您的诅咒驱使他奔向了战争,在绝望中他战死沙场。他在死的最后还对阿玛莉亚念念不忘。

老莫尔：是我的诅咒害死了他！他在绝望中战死沙场！

弗朗茨：天哪,你干了什么呀父亲！我的哥哥啊！

赫尔曼：这里还有一幅画,画中人和小姐长得一样。他说,这个人应该属于我的弟弟——我不了解他说这话是什么意思。你们看看这幅画,的确和小姐的肖像一模一样。

阿玛莉亚：(怒斥赫尔曼)骗子,你这个骗子啊！(使劲地抓住他)

老莫尔：(大声呼喊,抓自己的脸)是我的诅咒逼死了他！他是因我而死啊！

赫尔曼：我不能在这种悲伤的场景中待下去了,老爷,告辞了！(低声对弗朗茨说)你做得太绝了少爷。(快步下)

阿玛莉亚：(情绪激烈地追上去)别走！他最后说了什么？快告诉我。

赫尔曼：（回头叫道）最后冲天长叹地叫道“阿玛莉亚”。（下）

阿玛莉亚：不，不会的，卡尔死了——他死了——

弗朗茨：这剑上写着什么？阿玛莉亚！你看见了吗？他在临死前都想着把弗朗茨和阿玛莉亚拴在一起。

阿玛莉亚：上帝啊，真的是他写的——他没有爱过我！从未爱过！（快步下）

老莫尔：（捶胸顿足）我的儿子啊，就这样永远地离开我！他为了报复我，用死亡来证明这一切。是我亲手杀死了他，我的儿子！（对自己火冒三丈）我永远地失去了他！——是你用胡言乱语骗得一番诅咒，你把我的儿子还来！

弗朗茨：人都不在了，抱怨有什么用？您永远别想拉回他了。不要惹怒我！否则我会丢下你不管的！（下）

老莫尔：我没有了儿子、女儿，我失去了一切！孤独啊！痛苦啊！

阿玛莉亚哭肿了双眼，上。

老莫尔：是我杀害了我的儿子，我的心像被尖刀戳穿一样，我会受到天谴！

阿玛莉亚：（声调柔和）他会在天堂对你微笑，他不会怨恨你的。我真希望现在能飞向天堂，看到我的卡尔。

老莫尔：我的头很晕，眼前一片昏暗，我是不是快死了？弗朗茨在哪儿？

阿玛莉亚：（突然大叫起来）死了！全都死了！（绝望地下）

第三场

波西米亚森林

施皮格尔贝格、拉茨曼、一伙强盗

拉茨曼：我的好兄弟莫里茨，欢迎来到波西米亚森林中来，你带这么一大帮新手过来，真不错啊！

施皮格尔贝格：那当然，要挖掘与我们志同道合的人是需要花费精力和手段的，我带来的这些人都是出色的。

拉茨曼：是啊！你带来这么一批新兵，首领一定很欢迎。他现在可不是一般的人，坏人们听到他的名字后会闻风丧胆。他抢劫了钱财后，会把这些钱用来接济那些没有父母的孤儿，给穷人家的孩子提供读大学的机会，他慷慨无比，手下的人都很敬佩他。

这时，施瓦茨快步跑上。

施瓦茨：你们还站在这儿干什么？罗勒和另外四个兄弟都要被绞死了。他在牢里待了三个多礼拜，每个星期都被审判一次，他们逼问他首领在哪儿——罗勒宁死不屈。今天早上，就要对他们进行绞刑了。首领最器重罗勒了，他昨天才得知罗勒被判刑的事情，首领想以自己的命去抵罗勒，但是罗勒不肯。

施皮格尔贝格：人怎么都要死的，这种事情很正常。（哼段小曲）

拉茨曼：（猛然跳起）你们听！有三声枪响。这应该是首领！

幕后有人唱歌。

施魏策尔和罗勒：（后台）拉茨曼！施瓦茨！施皮格尔贝格！

拉茨曼：罗勒！施魏策尔！太好了！

罗勒和施魏策尔向拉茨曼迎面扑来。

强盗莫尔骑在马上。

施魏策尔、罗勒、格林、舒夫特勒和强盗帮的小卒们,一身灰尘,上场。

强盗莫尔:罗勒!你自由啦!施魏策尔,用酒好好洗洗我的战马。

拉茨曼:(对罗勒)我不是在做梦吧?你起死回生了?不是说要绞死你吗?

罗勒:没错,都快把我送到天堂的门口了,可是首领救了我。

施魏策尔:我们通过内线得到风声,罗勒的处境非常不妙。我们等着全城的人都拥挤着去看绞刑,当时,路口空无一人。首领下命令放火,我们把导火索扔进了全城的各个教堂和粮仓,不到一分钟,火势就蔓延开了,我们顺着大街小巷号叫:着火了!滚滚烈火让全城人目瞪口呆,大家慌得手忙脚乱,整个城都乱成了一锅粥。

罗勒:在我的前面已经绞死了三十三个人,很快就该轮到我了,押送我的人被熊熊火焰吓得半死,他们管不了我了。我就是趁这个最慌乱的时刻成功脱逃了。这种劫后余生的滋味让我感慨万千!莫尔!谢谢你,兄弟!

众强盗:(急上)报告首领!有几千名波西米亚骑兵在森林里到处巡逻,估计他们已经查到了我们的踪迹,他们在林子中间拉了警戒线,我们完蛋了!如果被抓住的话,就会被杀死!

莫尔下。

施魏策尔、格林、罗勒、施瓦茨、舒夫特勒、施皮格尔贝格、拉茨曼、强盗帮。

施魏策尔:太好了罗勒,你把那些军队惊醒了,这次我们要把他们收拾得片甲不留。见鬼!我们的首领在哪儿?

拉茨曼:首领,首领!

莫尔:(慢慢地自言自语)是我弄得兄弟们陷入这种困境,现在该拼命了。(大声)孩子们,我们要开始玩命了!

施魏策尔:带领我们去杀他们吧,首领!我们要把他们炸个稀巴烂!

神父上。

神父:(自言自语,一愣)我是教会的仆人,是至上的法庭派我来的,你们这群肆意放火、目无王法的家伙,我们的骑兵已经把你们包围了。

莫尔:神父大人,我是他们的首领。您接着说。

神父:你要是现在屈膝求和,最多也就是判你车裂。

施魏策尔:首领你听到没有?让我撕了他的喉咙!把他剁成肉酱!

莫尔:谁都别碰他!——(对神父说话,同时拔出剑来)听着,是我带领了他们纵火,烧了这个城市的教堂。(他伸出右手)看到了眼前这四枚戒指吗?这些戒指都是从君王的宠臣手上摘下来的,他们欺压百姓,这是罪有应得。你走吧,去告诉那定人生死的法庭,我们是不会屈服的。

神父:看来我无话可说了,(他转向强盗帮)假如你们现在把这个家伙捆绑起来交给法庭,那么这些年来你们所犯的罪行全部不予追究。你们如果担心这是圈套,那么请读一读大赦令。(他递给施魏策尔一张纸)

罗勒:(情绪激动)我们不可能这么做的!

施魏策尔:(把特赦令撕碎,把碎纸片扔在神父脸上)你快滚蛋吧!告诉那些派你来的人,这里没有任何叛徒。我们不会交出首领的!

众人:(鼓噪)我们要救首领!

冲锋号响起。人声嘈杂。他们持剑,下。

第三幕

第一场

花园里。

阿玛莉亚在弹琴。

弗朗茨上。

弗朗茨：你为何这么悲伤，老是绷着一张阴暗的脸！我现在已经成为了主人。阿玛莉亚，你过去被我的父亲视为亲生女儿，我应该延续那种爱，我是来向你求婚的，小姐。

阿玛莉亚：（火冒三丈）你是个混账！我怎么可能会让你这样的人做我丈夫！你——

弗朗茨：假如你不愿意的话，那等待你的就可能是修道院和高墙！

阿玛莉亚：好啊，只要能不看见你，我情愿在那里待着！

弗朗茨：我会逼着你嫁给我！哈哈，你现在不配做我的夫人，我要让你做我的情妇，让人们指着你骂，我现在欲火中烧，你现在马上跟我走。（想把她拉走）

阿玛莉亚：（搂着他的脖子）弗朗茨！（趁弗朗茨拥抱她时，从他的腰间拔出宝剑，疾步后退）你这个恶魔！你的魔爪休想碰到我的身体，如果你不想胸膛刺穿，那么就马上滚蛋！（她把弗朗茨赶走）啊，我多想现在就在修道院里，让这个地方庇护我，帮助我躲避这个邪恶的魔鬼。（欲下）

赫尔曼怯生生地上。

赫尔曼：小姐，我良心不安啊，每天都像活在地狱里一样喘不过气来。我要告诉您一件事情，卡尔他还活着！您的舅舅也活着——别说是我告诉您的。（急下）

阿玛莉亚：（呆若木鸡地站了许久。猛地惊醒过来，着急地跟着他下）卡尔还活着！

第二场

多瑙河畔某地。

强盗们在树下安营扎寨，马匹在山坡上。

莫尔：现在我全身像散了架似的，罗勒在这次突围中牺牲了，他是为我而死，（他擦拭眼睛）我要在这里发誓！我用灵魂发誓，绝对不会离开你们！

施魏策尔：别冲动，你还不知道将来会不会悔恨。

莫尔：我凭着尸骨发誓！绝对不会离开你们！

柯辛斯基上。

柯辛斯基：我看到了他们，莫非这就是我一直要找的人？对，就是他们——我要和他们搭话。先生们，我想，你们就是我要找的人吧？对死亡无所畏惧，受到被压迫者和穷人们欢迎和爱戴的人吧？

施魏策尔：（对首领）这小伙不错，我欣赏他。

柯辛斯基：我觉得你们不久便会成为我的兄弟。我要找的人就是你们伟大的首领——封·莫尔伯爵。

莫尔：（走近）您有什么事情来找我？

柯辛斯基：啊，首领！是悲惨的命运导致我不得不走向这条道路，我下定了决心要跟随你，我叫柯辛斯基。你别看我年轻，我不怕杀人，所有的事情我都愿意负责。我连死都不怕，还会怕什么呢？

莫尔：我还是希望你能好好考虑一下，你还这么年轻，不到万不得已，不要走上这条不归路。

柯辛斯基：你们听我讲一个悲惨的故事之后再做决定吧！我原本是个波西米亚贵族，家父死后，我就是一个大庄园的主人，我爱上了一个像天使一样的女孩阿玛莉亚，她答应了我的求婚，后天就可以娶她了，就在忙着为婚礼做各种准备时，一封信把我打入了深渊。宫廷急召我回去，让我看一封有叛国内容的信件，说那是出自我的手笔。我被无缘无故地关起来，宝剑也被人取走了。一个月之后，宫廷首席大臣告诉我，我是无辜的，于是向我宣读了释放令，并把宝剑归还给我。出狱后，我的第一个念头就是飞到我的女孩身边，可是等我到达府邸后，她已经消失不见了。最后我在宫殿里一个隐蔽的地方发现了她。原来是她救了我。该死的君主逼迫她做情妇，如果她不从，我就会死去！我愤怒地跑去了那个说媒的大臣家，想一剑刺死他。可是当我撞开房门时，却被埋伏在那儿的五六个人抓住了。我经历了一场充满耻辱的审判，他们把我驱逐出境，我的女孩阿玛莉亚就被这个可恶的封建主夺去了，那位大臣也占有了我的庄园。

莫尔：（一直激动地来回走动，迅速地跳起来对强盗们）振作起来吧，柯辛斯基！赶快收拾一下。我们现在要去法兰肯，八天之内，我们要到达那里。（他们下）

第四幕

第一场

莫尔伯爵府邸周围的乡间。

强盗莫尔、柯辛斯基在远处。

柯辛斯基：您放心吧，到时候我会告诉他，您是封·勃朗特伯爵，来自麦克伦堡，我是您的随从。您放心，我会扮演好我的角色。

莫尔：父亲！阿玛莉亚！你们的卡尔回来了！（他快步向府邸走去）我有种可怕的预感，但是，我应该勇敢面对！（他走进府邸）

第二场

府中的走廊，墙壁上悬挂着历代祖先的肖像。

强盗莫尔、阿玛莉亚上。

阿玛莉亚：真是让我诧异啊，您还能认出他的肖像？

莫尔：（望着这幅肖像出神）请原谅我！（暗自拭泪）听说他逝世了？这个伟大杰出的人。

阿玛莉亚：是的，我们美好的一切都逝去了，伯爵先生，咱们继续走吧。

莫尔：等等，右手那边的肖像是谁？他的面相不大好。

阿玛莉亚：左手的肖像是伯爵的儿子，真正的主人——我们快走吧！您不想到花园里溜达一会儿吗？

莫尔：那么右手的呢？——你哭了，阿玛莉亚？

阿玛莉亚：不，我没有。（快步下）

强盗莫尔。

莫尔：她的眼泪告诉我，她还爱我！我值得她这样掉眼泪吗？是我害死了我的父亲！我遭到了父亲的诅咒！

弗朗茨·莫尔陷入深深的思考中。

弗朗茨：这位伯爵的模样和卡尔居然那么相似，不错，这个人就是卡尔！尽管他戴着面具，那修长的脖子、漆黑有神的眼睛，分明就是他！怎么办？反正我已经深陷罪恶的泥潭，也不可能回头了。干吧！——（摇铃）——丹尼尔！

丹尼尔上。

丹尼尔：主人，有什么吩咐？

弗朗茨：那个伯爵有没有对你说过什么话？或者问过你什么？有没有提及过老爷？说他和老爷的感情就像父子一样亲密。

丹尼尔：这样的话好像听他说过一些。

弗朗茨：我一直都待你不薄吧，丹尼尔？

丹尼尔：是的，我很诚心地为你效力，主人。

弗朗茨：好的，如果你想安度晚年、不缺吃穿，最好就听我的话。明天我就不想再看到这位伯爵了！如果你做不到，那么等待你的就是塔楼的最底层，我会让你挨饿致死。你干不干？

丹尼尔：请慈悲为怀吧主人，我是个老人了，从没有干过违背良心的事情啊！我愿意做牛做马，但是要去杀死一个无辜的人，我于心何忍？

弗朗茨：我给你一天的时间考虑一下，你自己好好权衡一下吧。

丹尼尔：（沉思片刻）我愿意做，明天就做。（下）

第三场

府邸中另外一个房间。

强盗莫尔和丹尼尔分别从两边上。

莫尔：（急忙地）告诉我，小姐在哪里？

丹尼尔：请答应我一个请求！让我吻您的手！（抓住莫尔的手，迅速地观察一番后，跪倒在他面前）老天哪，我的贵族老爷莫尔！您回来了！您真的回来了！少爷您还记得吗？我照顾过您，我一向最喜欢您了，您都忘记了吗？

莫尔：（一直陷入沉思之中）我不明白您说的话。

丹尼尔：您曾经对我说过，等您长大成人后，就让我做主管，我要求您把山下村子里的那间小屋送给我，我要在那儿放上二十桶酒，到了晚年，我就可以有酒喝，您都忘记了吗，少爷？

莫尔：（扑到他的怀里）是的丹尼尔，我不想再隐瞒你，我是你的卡尔。告诉我，阿玛莉亚忘记我了吗？

丹尼尔：怎么会忘记？她一直深爱着您，当时您的弟弟散布了您已经死亡的消息，小姐痛苦得快死过去了，我现在要告诉小姐这个好消息！（欲下）

莫尔：站住，别让任何人知道，包括我的弟弟。

丹尼尔：您的弟弟？只怕他什么都已经知道了。他不希望您就这么活着，否则他的继承人身份就不保了。我宁可饿死自己，也不愿意去做一个杀手。（快步下）

莫尔：是弟弟使用狡猾的伎俩，迫使我成为强盗！他真是太毒辣了！是他让我变成了世界上最可怜的人。我不想复仇，弗朗茨，让他好好享受现在所拥有的一切吧。等我见到我的心上人，日落前我们便离开这里。

第四场

花园里

阿玛莉亚

强盗莫尔打开花园门。

阿玛莉亚：（她取出卡尔的肖像）卡尔，谁也没法抢跑我，我只会永远守护着你。

莫尔：你为何泪流满面，是为了谁而变成这样？——（他想看看那幅画像）哈！我太羡慕他了，看来你很爱他。（眼睛望着地面）他去世了吗？

阿玛莉亚：我们的爱已经逝去了，但是阿玛莉亚的爱情会一直伴随着他。

莫尔：我爱着一个姑娘，她也叫阿玛莉亚，她是不幸的，爱上了一个她不该爱上的人，我走了。（急忙跑进树林里，观察着四周）

第五场

一个夜晚。附近的森林。

舞台中间是座荒芜失修的塔楼。

强盗帮在地上扎营。

天色阴暗。赫尔曼穿过树林走来。

赫尔曼:(走到塔楼旁,瞧瞧楼门)我给你送来晚餐了,不幸的人。我怎么听到了有人打呼噜的声音,老头,有人给你做伴来了?

一个声音:(来自塔楼)赫尔曼,是不是你来了?我很饿,谢谢你给我送来食物。你看到有人来了?

赫尔曼:这真是个可怕的地方!(欲逃走)

莫尔:(令人惊恐地走了出来)站住!给我站住!你在这里干什么?你是谁?快说!

赫尔曼:糟糕!怎么办?老爷饶了小人吧。

声音:(从塔楼发出)糟糕!你在和谁说话?赫尔曼。

莫尔:(跑向塔楼)说话的人,门在哪儿?我要去解救他。(他取出撬棍,打开铁栏栅的门。从地底下走出一个瘦骨嶙峋的老人)

老人:请大发慈悲吧!

莫尔:(吓得往后直跳)啊!我是不是产生了幻觉?这是父亲的声音。他不是已经在坟墓里了吗?

老莫尔:我是你的父亲啊,孩子,我是一个活人。我每日就在这个阴暗不见天日的地方。

莫尔:这到底是哪个浑蛋干的?

老莫尔:是弗朗茨——我的儿子干的。那时候我得了一场重病,稍微康复了之后,他就带了一个人来见我。那个人说我的大儿子在战役中阵亡了,儿子在临终前说的最后一句话就是:“是我的父亲诅咒我,逼我去死的!”我听到这个消息后当时就昏倒了,他们以为我死了,就把我搬进了棺材。等我恢复了意识之后,使劲揭开棺材盖,看到我的儿子弗朗茨站在我的面前,他命令别人把我的棺材盖合上,我感到很震惊,很快便失去了知觉。等我再醒来时,我就被儿子亲手关在了这个塔楼里。

莫尔:这一切不是真的!不会是真的!(震惊地)起来,你们这些贪睡的人们！快起来（他朝熟睡的强盗们上空开了一枪）我们现在要去杀一个千刀万剐的人！他把自己的亲生父亲关在塔楼里，他即使是死一万次，都不能抹杀他的罪行！这就是我的父亲，我要告诉你们！我要为父亲报仇！你们把他活捉过来！

众强盗：（都惊跳起来，围着他）在我们有生之年还是第一次听说这种事情！一定要杀了那个恶棍！（强盗们下）

第五幕

第一场

阴森的黑夜。

弗朗茨在房间里。

弗朗茨：你没有听到外面嘈杂的声音吗？那个伯爵在哪里？

仆人：我不知道，老爷。

弗朗茨：快点儿把牧师给我找来！

摩色尔牧师上。

摩色尔：老爷，您叫我来有什么吩咐？

弗朗茨：告诉我，老天最不能容忍的罪孽是什么？

摩色尔：（意味深长地）我只知道两种。一个是杀父，一个是残害手足。

弗朗茨：（跌坐在一把椅子上）谁派你来的？你快给我滚。

摩色尔：你为什么如此暴跳如雷？（下）

丹尼尔心惊胆战地走来。

丹尼尔：老爷,外面有一群骑兵杀过来——全村人都被吵醒了。

弗朗茨：一切都晚了,我快要死了。

施魏策尔：(在巷子里)杀啊！把门撞开！他一定在那里面。

格林：我要把火扔到大厅里去,冲上去把他抓下来。

火把和石块乱飞。府邸着火,火势越来越旺。

丹尼尔：府邸着火了！救命啊！(他跑掉)

弗朗茨：(惊恐地看着他离去,少顷)他们冲过来,我现在也被重重包围了。(他扯下帽子上的带子,举剑自刎)

第二场

老莫尔坐在一块石头上。

强盗莫尔在他的对面站着,众强盗在林中走来走去。

老莫尔：(老泪纵横)饶恕他吧,孩子!

莫尔：不可能的,你会永远失去他;你也会永远地失去我,因为我是强盗。

一伙强盗低垂着头默默走来。

施瓦茨：首领！我们找到弗朗茨时,他已经自杀了。

莫尔：好的,我知道了。

新来一批强盗、阿玛莉亚

强盗们：我们抓到了一个美丽的俘虏！

阿玛莉亚：（披头散发）我的舅舅在哪儿？人们说他复活了，就在这个森林里！卡尔！舅舅！（她扑向老人）

老莫尔：我的女儿阿玛莉亚！（把她紧紧搂进怀抱）

阿玛莉亚：（奔向强盗莫尔，无比欢欣地拥抱他）我的爱人！我的未婚夫，我找到你了，可是你怎么这么冷漠？

莫尔：拉开她！把她杀掉！让我们都消失在这个世界上！（他想跑掉）

阿玛莉亚：他逃走了？为什么会这样？

莫尔：是谁把我带到了这里？父亲，是你误发的诅咒让我变成了这样！你们都去死吧，阿玛莉亚！父亲！一切都太晚了，我是强盗的首领，你们的救命恩人是一伙杀人凶手和强盗！（老莫尔听后一命呜呼）

阿玛莉亚呆滞地站立在那里，整个强盗帮惊恐不已，大家都不敢说话。

莫尔：一切都是报应，报应啊！

阿玛莉亚：（扑进他的怀里）我的恋人，我最爱的男人！

莫尔：（精神焕发起来）我爱你，我的阿玛莉亚，你也是爱我的！（他久久地亲吻她的嘴唇，两人默默地拥抱在一起）

一个强盗：（恶狠狠地出列）叛徒！你忘记了你在波西米亚森林的誓言吗？你想为了一个婊子背弃誓言吗？

众强盗：（七嘴八舌地扯开他们）你是我们的，你必须跟着我们走！你的命是我们拼死得来的，我们要你杀了她！

莫尔：（放开阿玛莉亚的手）是的，我回不了头了，快走吧，阿玛莉亚。

阿玛莉亚：我现在只求一死，杀了我吧。

莫尔：我只能亲手送你一程！（他杀死阿玛莉亚，久久地凝视她的尸体）你们满意了吧？我真是傻瓜，以为暴力能解决一切问题，可以让整个事件变得美好。最后，我还是毁掉了自己。

众强盗：夺去他的宝剑——他想自杀。

莫尔：我不会那么傻的，我现在就去法庭自首。（鄙夷地把武器扔在他们脚下）早晚有一天法庭会找到我的，我从此和你们分道扬镳，再也不躲躲藏藏了。（下）

阴谋与爱情

《阴谋与爱情》是席勒青年时代的作品，也是他的传世之作，作者简介见《强盗》部分。

《阴谋与爱情》向世人讲述了一个发生在18世纪德国的爱情悲剧。宰相的儿子费迪南与平民琴师的女儿露易丝相恋。但是，在荒淫卑劣的统治者的阻挠下，两人纯真而美好的爱情最终并没有得到众人的祝福。

剧中人物

封·瓦尔特——德意志某公国的宰相
费迪南·封·瓦尔特——少校，宰相的儿子
内廷总监
米尔福特夫人——公爵的情妇
乌尔姆——宰相府秘书
米勒——城市乐手，在某些地方被称作吹鼓手
米勒太太
露易丝——米勒和米勒太太的女儿
索菲——米尔福特夫人的侍女
公爵的一名近侍
配角若干名

第一幕

第一场

米勒是一名乐师，他正和太太待在家里，这时，乌尔姆秘书登门造访。

米勒太太：欢迎光临寒舍，秘书先生。

乌尔姆：（放下帽子和手杖，坐下来）我想见你们的女儿露易丝小姐，那个有朝一日会成为我太太的女孩。我对她是很虔诚的，希望她将来能和我在一起。

米勒太太：可是，我的女儿可以过上更好的日子，她会享受到至高尊贵，您明白我的意思吗？

米勒：（用手恼羞成怒地拧她）住口！你这个愚蠢的女人，什么叫作尊贵？我会拿自己的女儿去高攀权贵吗？乌尔姆先生，您会觉得我是这样的人吗？

乌尔姆：（从坐椅上跳起来）先生、夫人，我也可以给她很好的生活，丞相很赏识我，他给我丰厚的待遇，只要我想晋升官职，他就会不遗余力地帮助我。我对露易丝小姐的感情是真切的，我不希望她追随一个不靠谱的阔公子。您的女儿很听您的话，我希望您能劝自己的女儿，接受我。

米勒：我去年和您说过，我不会干涉女儿的选择。要是她喜欢你，她会知道自己该怎样做的。要是不喜欢你，那也是她的自由，我不想固执己见地支配女儿的幸福。但是，我会劝女儿不要嫁给您，因为您向我的女儿求爱，还要找女方的爸爸帮忙，使用这种手段，并不代表您有本事。所以，您应该明白我说的话。

乌尔姆：（拿过帽子和手杖，走出屋子）谢谢，米勒先生，告辞了。

第二场

露易丝手上拿着一本书。前场人物。

露易丝：爸爸妈妈早上好！费迪南来找我了吗？

米勒：（忧虑认真地）我但愿他从没有来过。

露易丝：（吃惊地）爸爸我理解您，可是费迪南是我的意中人，我的心只属于他，这是真的。不管您是多么反对我们在一起，我都不会改变那颗只为他跳动的心。

米勒太太：（激动地）你瞧，少校来了，我先回避一下吧。（下）

第三场

费迪南·封·瓦尔特、露易丝。

他朝她飞奔过去，她颓然地倒在椅子上。等他站在她面前时，两人无言地看着对方。

费迪南：怎么了，我的露易丝？我看出你不高兴了，我时刻能感觉到你的开心与难过。

露易丝：亲爱的，我无法对我和你的差距熟视无睹。我只是一个普通人家的女孩，是平凡而卑微的，怎么可能配得上你？你的家人不会同意我们在一起的，人们会拆散我们。

费迪南：你怎么了？露易丝，我们的爱怎么可以用家庭和出生背景来衡量？为了你，我对所有的困难都无所畏惧，我要守护着我们的爱情。

露易丝：别说了，别说了，你走吧！我的心情无法平静，我想独自待一会儿。（她冲出去，他默然地跟随着她）

第四场

相府大厅。宰相的脖子上挂着庄严的勋章，秘书乌尔姆伴随其左右。

宰相：听你说，我的儿子看上了一个乐师的女儿对吗？我知道你也喜欢这个女孩。我不会让费迪南娶一个平民的，他应该娶米尔福特夫人，我能够利用夫人取得公爵的信任。你也可以很容易地摆脱情敌了。

乌尔姆：但是您的儿子很爱这个女孩儿，他不会那么轻易放弃的。不过，我会尽我所能地帮您摆脱这个儿媳妇。

第五场

费迪南、首相

费迪南：父亲，您叫我过来有什么事情吗？

宰相：我已经以你的名义给米尔福特夫人送去了一张名片，我打算让你娶她为妻。这样，公爵会更加信任我，对我们整个家族都是有利的。

费迪南：（惊愕地往后一退）爸爸！让我娶一个特权情妇为妻，那绝对是不可能的，这样的行为很恶劣，完全玷污了婚姻的圣洁！您赐予我生命,为了报答您,我可以毫不犹豫地奉献自己的生命。但是名誉却是属于我自己的,我不想破坏掉它。

宰相:我的儿子是好样的啊!那伯爵小姐呢?她是楚楚动人的大美女,又和我们的家族很般配,你娶了她为妻子,还会有损你的名誉吗?

费迪南:(疑惑不解地看着父亲)谢谢父亲的理解,可是,我并不爱这位伯爵小姐,我不想接受您的安排,不论是米尔福特夫人还是那位伯爵小姐,都不是我会选择的结婚对象。

宰相:(怒火中烧)难道你看上了别的女人吗?我都已向公爵许诺了,所有人都知道这桩婚约,不要这么冥顽不化了,你尽快去夫人那边,不要激怒我!

费迪南:(顿悟过来)我现在就去找这个贱人!让她明白,我是不会屈服于父亲安排的。

第二幕

第一场

米尔福特夫人穿着华丽的睡衣,未施粉黛,慵懒地坐在钢琴前沉思。侍女索菲走了过来。

索菲:军官们都已经散场了,我没有看到宰相瓦尔特。

夫人:我心里很不舒坦,总是觉得自己有种负罪的感觉,不知道这是为什么。

索菲:夫人,要不您把宫里的人叫来陪陪您,大家都听从您的差遣,您就没有那么多闲心胡思乱想了。

夫人：我不需要这些谄媚的人，正因为我是公爵的情妇，他们永远只会拍着马屁，不敢对我的观点有任何异议，我讨厌和这些人接触。我把自己的名誉出卖给了公爵——这个一国之君，但是我的心依旧从属于自己，我向往一个能给予我真正爱情的男人。

索菲：您的话让我感到很诧异，我一直认为您愿意追求富贵和权利，可是您现在是怎么了？

夫人：我要和宰相的儿子——那个少校结合，在别人看来，以为这只是个权力阴谋，其实不，我喜欢那个少校，我需要爱情。这些朝廷政客想利用我，可他们并没有想到，这正是我所需要的。

第二场

君主的一个老内侍端着一个首饰盒来到米尔福特夫人面前。

内侍：这是公爵特意从威尼斯运来的宝石，作为新婚礼物送给夫人。

夫人：（打开盒子，惊讶不已）这些宝石一看就价值连城，它花费了多少钱？

内侍：（表情阴霾，黯然地擦拭眼泪）七千名青年的鲜血，他们被卖到美洲当炮灰。他们不敢有一丝怨言和疑问，否则格杀勿论。而我的儿子，也在七千名青年里面。

夫人：（来回踱步，步伐沉重）我不要这些宝石——它们沾满了罪恶的鲜血，这真是让人愤怒恶心！（内侍正想离开，她把一袋钱扔进了他的帽子）你对我如实说了真话，拿着这袋钱吧。

内侍：（不屑地把钱袋扔回桌上）我不需要这些。（下）

夫人：（目送内侍离开）索菲，我听说过这样一件事情，边境的一个城市发生了一场大火，有四百多户人无家可归是吗？你向邦主管议员传达我的指示，让他们把这些首饰卖掉，得来的钱都捐助给那四百户人家。

侍者：封·瓦尔特少校来了。

夫人：（脸色泛白地）索菲，留在这儿陪我吧，我很紧张，脑子一片空白。（少校走过前厅，进来。）

第三场

费迪南·封·瓦尔特入场。

费迪南：（缓慢而严肃地）夫人，我就开门见山地说吧，我的父亲安排夫人和我结婚。夫人是君主的女人，您侍奉过他。我是个军官，也很注重名节，我不能因为您，毁掉自己的名声。我无法相信您拥有英国人的血统，英国人生来就是自由自重的，而我看您却一点儿也不像。

夫人：（语气轻缓地）我很欣赏少校的直接，头一次有人敢这么说我，您太看得起我了，我没有那种能力毁掉您。我原谅您说这些话对我造成的伤害，但是，您否认我是个英国女人，我必须解释。瓦尔特，我并不是那种水性杨花的女人，我是一个正统的英国人，我的祖先是托马斯·诺福尔克公爵，他曾经效忠于苏格兰女王，父亲作为国王的侍卫总管，被国会控告说他犯有叛逆罪，判处了死刑，家里的财产全部没收。当时我只有十四岁。后来，我们全家都被驱逐出境，辗转来到了德国汉堡，我除了会一点儿法语和一些手工活之外，其他都不会。我过了六年的贫穷生活，直到有一天遇到了公爵，他信誓旦旦地说爱我，我仿佛找到了依靠，就把自己的青春全部给了他。公爵把我带到了这儿，在这里，我炸过牢狱、撕毁过死刑宣判书、救过很多人，我为此感到自豪。可是，皇族的热血并没有从我的身体里消退，我是侯爵小姐，是一个高贵的人，怎么甘愿做一个公爵的情妇呢？我心里一直在企盼一个男子，他能够带我离开这个罪恶深渊，能给予我真正的爱。

费迪南：（异常烦躁，试图打断夫人的话）不要再说了夫人！我已经听不下去了，您的话让我很懊悔。刚才的出言不逊也让我羞愧不已。可是有些话，我一定要和善良的您说。是我错怪了您，本想来您这里羞辱您一番，让您憎恨我，打消和我结婚的念头。（他变得有些羞涩）夫人，实话告诉您，我爱上了一个乐师的女儿，我的心里只有她。夫人，如果您往后退一步，我们都会幸福的。

夫人：（痛苦万分的表情）我们都不会幸福，瓦尔特先生！您会亲手毁掉我、您，还有那个您爱的女子。您的父亲不会放过您的，全国上下都知道我们在联姻，一旦您拒绝我，那我们就将面临悲惨的结果。您去反抗宰相吧，而我是不会放弃的！（说完，她就离开了。少校呆滞地站在原地，一声不吭）

第四场

费迪南惊慌失措地闯进露易丝的家宅里。米勒、米勒太太、还有露易丝坐在大厅。

费迪南：听说我爸爸要来你家。他没有来吧？

露易丝：发生什么事情了？快告诉我。

费迪南：（哀伤地面对着露易丝，目光沮丧，突然他激动起来）父亲、夫人，你们忍心让我伤害这个天使吗？我不会这样做的。

露易丝：夫人？米尔福特夫人是吗？听说她就要结婚了。

费迪南：（瘫坐在露易丝的脚边）她要和我结婚，但是露易丝，我只爱你。我不要让父亲的政治阴谋得逞，无论如何，你都不要离开我，露易丝！（他的手紧紧握住露易丝的手）我们不能分开，谁都无法

拆散我们。我现在就去找爸爸去！（他想去找宰相，偏偏这时，宰相来到了乐师家）

第五场

一群随从簇拥着宰相。

宰相：（对露易丝的父母）你们就是露易丝的父亲母亲吧？（对露易丝）您和我儿子认识多久了？

露易丝：我不关心他是谁的儿子，从十一月起，费迪南经常会来看我。他发誓爱我，我也很爱他。

宰相：（面露凶相地）他每次应该都给了你不少钱吧？我想，说好听点儿，你只是我儿子的一个姘妇罢了，你和妓女没有什么两样，而你这个只会拉大提琴的老头，就是个皮条客。

费迪南：（怒不可遏地跳起来）爸爸，你太过分了！怎么可以这样践踏人格呢？

米勒：（一直压抑着自己的愤怒，气得咬牙切齿）我不希望大人这样侮辱我的女儿，我也会觉得你是在侮辱我。宫廷里不会缺出卖色相的人，我的女儿也不会做那些肮脏的勾当。（坦然地走近宰相）大人，虽然您的权贵是我们老百姓没法比的，但这里是我的家，我可以随时请不受欢迎的人出去。

宰相：（怒火中烧）真是吃了豹子胆，居然敢对我出言不逊，我要把你们关到监狱里去，把这个妓女和她的老子拉到耻辱柱上示众。你们这一家人破坏不了我的计划，也挑拨不了我和儿子的关系。

米勒：我要去公爵那儿告你。（正想走开）

宰相：除非你能跨过这道门槛！想去找公爵？你门儿都没有，我一定要让你进监牢，尝尝暗无天日的感觉！

第六场

法警数名,准备来捉拿露易丝。

米勒太太:(跪倒在宰相面前)

宰相:(露出他的勋章,明示给那些法警)快点儿动手吧,不要等了!

法警们(朝露易丝扑去)

费迪南:(用身体护住她,愤怒地)谁要是敢上前一步,我就对他不客气了!(拔出佩剑,挡在胸前)我看谁有胆子来抓人。(对宰相)请不要逼我,爸爸!你真的要把我逼上绝路吗?既然你这样无情,(拔出佩剑,伤了几个法警)那我就只能替天行道了!

宰相:(怒火中烧)我倒想看看你能不能也把我伤了!(他亲自去抓露易丝,一把将她提起,交给一个法警)把她带走!

费迪南:(苦笑)爸爸!如果你非要这样逼我,就请你把我也绑起来带到耻辱柱上示众,我将抛弃我的官爵,我什么都不要了!

宰相:一起带走!你如果站在了耻辱柱旁,这些对于你来说,都没有什么意义了,我成全你!一起给我带走!

费迪南:(推开法警,一只手拉住露易丝,另一只手把佩剑朝她一晃)爸爸!您这么做何苦呢!如果您还要这样羞辱我的妻子,还不如现在我就刺死她。

宰相:随你的便!

费迪南:(绝望地看着天空,神情阴暗)父亲,您非要把我逼上此等绝路,如果您一定要让这样无辜的一家人遭受不幸,那么,我就向老百姓揭发您是怎样当上宰相的!

宰相:(惊慌失措)你——费迪南!(转向法警们)放了她!

第三幕

第一场

相府大厅。

宰相：我原本以为，亲自去乐师家把那个女孩羞辱一番，费迪南一定会妥协。现在我回想一下，当时真不该中他的计，他只是逼急了而已，但不可能出卖我的。

乌尔姆：未必啊，他为了爱情，什么事情都做得出来。您常说，他对您的日理万机并不在意。在宫廷里面，必须把各种关系理顺。他现在很年轻，并没有蓬勃的野心，也从来都不会要手段和计谋。他的个性那么尊贵，理想那么远大，完全和宫廷通例格格不入呀。大人，您必须小心。恕我直言，他看不惯您为了爬上这个宝座而要的手段，如果他不是您的儿子，想必早就把内情抖搂出来了。如果您一直这样地干涉他，会致使他厌倦您，他就有可能亲手把您送上法庭。

宰相：乌尔姆，这可怎么办啊？

乌尔姆：大人，您在朝廷里一向懂得如何办事，您难道忘了当时怎么把您的前任送上西天的吗？您和他友好地玩着扑克牌，亲切地畅饮葡萄酒，消磨了大半夜，最后大地雷开花，让他一命呜呼。您何苦与自己的儿子为敌呢？您不该硬把他们拆散，应该从那个他喜欢的姑娘入手，挑拨他们的关系，这样您儿子的心自然就收住了。其实，这件事情做起来并不难，您必须忍耐一段时间，越阻止他，他的反抗心理越激烈。您把这件事交给我来处理吧，我一定能让他们的感情变得千疮百孔。不过，千万不要让他知道我了解他的这桩感情。

宰相：你想怎么做呢？

乌尔姆：人们在恋爱的时候都是莽撞又不理性的，越是相爱，越容易出现忌妒和猜忌，在这方面，您的儿子也不例外。如果他对这个姑娘产生了不信任的感觉，那么他们的感情就会变得不堪一击。

宰相：那你的计划是怎样的呢？

乌尔姆：您耐心听我说，目前您需要按兵不动，现在不要干涉您儿子的感情，同时要想办法解决那个姑娘。我们要逼着她写一封给第三者的情书，然后要想方设法地让少爷看到这封情书。

宰相：真有你的！但是你觉得她会这么轻易地往坟堆里跳吗？

乌尔姆：请您相信我，这件事情交给我来处理。她有两个"软肋"——她的父亲和少校，我们现在不能惊动少校，只能把目标转向那个乐师。您说过在他家发生的那次冲突，拿这件事情来对付他是最好不过的方法：您作为公爵的左右手、一国人民敬重的宰相，莅临乐师的家，就相当于君主的权威；而这个乐师冒犯了您，就相当于他犯了欺君之罪，是要处死刑的。虽然他并不构成这个罪名，但是我们必须强加在他身上，让他无路可走。当然，这么做只是吓唬一下这一家子人，让他们孤立无援。我们必须偷偷地把乐师抓走，或者带走乐师的妻子，然后指控他犯了死罪，要终身囚禁。做这一切，就是为了让他的女儿看到。我们得告诉她，只有她写下那封信，才能使她的父亲获释，这样，她只能被迫就范。我敢担保，在那个时候，她肯定会钻进这个圈套的，因为她太爱自己的父亲了。

宰相：我的儿子要是得到了这个消息，岂不完了？

乌尔姆：大人放心，我会负责此事，这件事情的整个过程都会秘密进行的。我们释放这个女孩父母的条件就是让他们发誓保守秘密，确认这封信是真实的表达。您放心，这一家人很老实，他们的誓言就像生命一样珍贵。到了那个时候，姑娘已经失去了纯洁的名誉，也失去了爱情。她的家人有过这样的遭遇后，只会变得软弱。最后，那个姑娘就是我的了。

宰相：（大笑）这个主意真是妙极了，真是青出于蓝胜于蓝啊！不过我现在想知道，这个第三者应该是谁呢？（想了一下）我想，只能是内廷总监。

乌尔姆：我要是露易丝，绝对不会喜欢那种人。

宰相：他有地位、华服、钱财，一个平民百姓怎么会看不上他呢？我待会儿就叫人去找内廷总监。你去草拟一封情书，写好了就给我看一下。（朝书桌走去，坐下来签发一份文件；一位侍者过来了，宰相把文件交给他）这份逮捕令立刻交给法庭，让他们谨慎部署，秘密行动，不要打草惊蛇，千万别让任何人知道此事！还有，现在把内廷总监找来。

侍者：我们完全明白，大人！总监大人刚好路过这里。

第二场

宰相和内廷总监

内廷总监：（匆忙地）我刚好路过您的住处，最近过得怎么样啊？

宰相：我最近忧心忡忡啊，我刚要派人去找您，您就光临了。有件事情需要您帮我啊，这件事情关系到我们的前景。您已经帮我宣布了少校要和米尔福特夫人结为夫妻的事情吧？但是，这一切都可能将成为泡影啊，卡尔普！费迪南不同意我安排的这桩婚事，他心有所属啊！

内廷总监：这对于您来说不算难题吧？他难道会丢弃大好前景，违抗您的安排吗？

宰相：他冥顽不灵啊，他会向所有人暴露我们曾经做过的事情，让别人知道我们是靠什么平步青云的,他吃了秤砣铁了心要这么做。我无计可施,只能先迁就着他,你说我该怎么办?

内廷总监:(一脸蠢相)我也不知道啊。

宰相:本来,这件事还不算什么。可是我得到最新消息,内廷司酒官封·博克准备向米尔福特夫人求婚。

内廷总监:你说谁?我的死对头封·博克?我真的要崩溃了,他是个卑鄙下流的马屁精,可恶的家伙,我太讨厌他了。为什么会是他呢,到底是为什么?还不如一刀捅死我算了。

宰相:是的,我家费迪南不肯结婚,文武百官中只有他向米尔福特夫人求婚。

内廷总监:您就不能劝少校吗?真的没有别的办法了吗?不管希望多小,为了不让这个可恶的封·博克得逞,我愿意不惜一切代价阻止他。

宰相:办法只有一个,而且还得靠您实施。您必须让少校和他喜欢的女人关系破裂,一旦他对那个女人没有了信任感,我们就赢了。而方法就是:要他相信,他喜欢的女人已经变心了,和别的男人在一起了。这个男人就是你。

内廷总监:怎么会是我呢?她是贵族吗?如果是个平民,那就不行!况且我还是有妇之夫啊,我的名声怎么办?

宰相:她是乐师的女儿,是个美丽圆润的女子,天哪,您还会考虑她的出生背景?真是可笑。有妇之夫?看来我还不够了解您,相比权贵显赫的官职,您更愿意做个清白的好丈夫,看样子我们再没法谈下去了吧?那就算了!世事无常,我只能祝愿封·博克如愿以偿地当宰相了。我只能向公爵请辞了,你就好自为之吧。

内廷总监:别这样啊,我可怎么办?要是我没有了官职,我就什么都没有了。我求您了,请大发慈悲吧,您说什么我都愿意去做。

宰相:那个乐师的女儿如果给您写信并且提出和您约会,您会去吗?还有,这封信要设法让少校看到。而且您得作为这个女孩的情人，和他对着干，一切就看您的本领了。天黑前您来这儿取信，检查一下这个角色的台词。

内廷总监：我都愿意按照您的吩咐去做，会尽一切努力做到这些。我暂时离开一下，有重要的事情要去做，做完了我就到您这儿，先告辞了。

第三场

宰相与乌尔姆

乌尔姆：（递给宰相看那封写好的信）我们已经秘密地抓获了乐师和他的妻子，信也写好了，请大人过目。

宰相：（看完信之后）做得好！一切都在计划之中，现在你拿这封信给她的父亲，让他同意这个计划，并且要向上天发誓不会泄密。

第四场

米勒住所的一个房间

露易丝和费迪南

费迪南：我的父亲是不会放过我们的，我们已经处在了风口浪尖之处，露易丝，无论我们去哪里，我都希望你能和我离开这个是非之地，在一起同看日出和日落，永远不分离。

露易丝：不，亲爱的，我们不能这么自私，我不能放下自己的父母。要是离他们而去，他们将会无比痛苦，尤其是我的爸爸，他年岁已高，我怎么忍心这样做？

费迪南：多么伟大的女儿啊，多么伟大的父女之情啊！露易丝，难道你就忍心失去我吗？

露易丝：我下定了决心不会离开这里，而你，我的爱人，我只能放弃你的爱，你把宝贵的心献给更加高贵和值得你爱的女子吧！

费迪南：你用冰冷的语言挡住了火热的爱情，你肯定不爱我，你移情别恋了。如果我抓到了证据，一定不会放过你们。（愤然离去）

第五场

露易丝木然地靠在椅子上，过了一会儿站起来了，环顾四周，发现爸爸妈妈还没有回家，心中有种不祥的预感。这时，乌尔姆走进屋子，站在她的后面。

乌尔姆：晚上好，女士。

露易丝：（转身看到了他，吃惊地后退，并且鄙夷地看了他一眼）您有什么事吗？

乌尔姆：是您的父亲让我过来的。我想告诉您一件不好的事情，由于您的父亲冒犯了公爵的左右手，就如同犯了欺君之罪。我们按照公爵的命令，把您的父亲关进了监牢，并且要对他进行严惩。

露易丝：居然使用这种卑鄙的手段，天理难容啊！那我妈妈呢？费迪南呢？他们怎么样了？

乌尔姆：您的母亲在感化院接受改造，而费迪南呢？如果他违背宰相的安排，那么就会丧失财产继承权。

露易丝：说吧，你们还要耍什么手段，尽管使出来。你不要假惺惺地跑到我这里说一大堆话，我现在就去找公爵——这个决定我父亲生死的人，请他主持公道。

乌尔姆：（笑得异常心虚）您去找吧，这样做太明智了。我想，公爵一定会满足您的要求。但是您一定要付出代价的,您用自己的身体、脸蛋,完全可以拯救您的父亲了。

露易丝:(呆滞木然地站在原地,绝望地嘶喊)爸爸!女儿可以为您付出生命,可是不能葬送了尊严和贞洁。老天哪,我该怎么办啊!

乌尔姆:那我只能回去告诉那个可怜的老人,您没有办法救他了。在我来之前,他还满怀着希望告诉我,露易丝虽然制造了麻烦,但是她一定会解决这个麻烦的。看来,他的希望落空了。(说完,装出一副要离开的样子)

露易丝:(焦急地阻止他)您别走!快告诉我,我制造了麻烦,怎么可以解决它?我知道您有办法的,快告诉我!

乌尔姆:您要做到并不难,只要您和少校断绝关系。

露易丝:您是不是开玩笑?这个决定一个巴掌拍不响!爱情怎么可以说断就能断呢?而且,他不会主动抛弃我的。

乌尔姆:这个我知道,所以还需要您这一边主动断掉关系,而且您可以做到。

露易丝:难道我非要和他撕破脸皮吗?您到底要出什么坏主意?

乌尔姆:您坐下来吧,写封信给抓您父亲的人。我说什么,您就写什么。这里有纸和笔墨。

露易丝:我知道,您接下来就要做不可告人的事情了。(拿过一支笔)

乌尔姆:(口授)"大人啊,这样的日子真难受啊,一日不见如隔三秋,何况我们三天都没有见到。"

露易丝:(发愣,把笔一扔)天哪!这封信到底写给谁?你们太卑鄙了。为什么要这么折磨我?好吧,随便你们这群恶魔怎么处置,我写不下去了!(站起来,在屋子里来回踱步)

乌尔姆:(伸手去取帽子)这封信写给抓您父亲的人。好吧,既然您不愿意就算了。

露易丝:你们真是欺人太甚!好吧,都已经这样了,由不得我了,您继续口授吧。

乌尔姆："我必须躲过少校的监视，他整天都看得我很紧，昨天宰相来到我家，少校为了我，居然和他父亲为敌，他那副模样太傻了，我当时很想笑。"

露易丝：（悲愤转为绝望）多妙的话语啊！——尽管说下去！

乌尔姆："明天我就有机会出来了，您到老地方等候我，多情的露易丝在这里和您见面。"好的，结束了，收信人的姓名是内廷总监封·卡尔普大人。都写下了吗？

露易丝：我全照您说的写，一字未差。（她目光呆滞地停在写下的字迹上，最后把它递给了乌尔姆，她只觉得天昏地暗，仿佛被打进了无底深渊）

乌尔姆：还有一件事，您必须发誓绝不将此事对任何人讲，确定这封信是您亲自写的。

露易丝：一切都是罪孽啊！

第六场

宰相府大厅

费迪南·封·瓦尔特手拿一封拆开的信，飞快地读完后，心就像被掏空一样。

费迪南：天哪，天使般的肉体下，居然包裹着一颗这样毒辣险恶的心！她真的太能装了，我被她虚假的外表欺骗了，她其实是个风骚无比的荡妇！天哪，太可怕了，我一定要找他们报仇！

内廷总监：听侍者说您找我？有事吗，老弟？

费迪南：（自言自语）总监，在您检阅的时候，不慎从你口袋里掉出了一封信，这封信本不该让我看到，可是真不凑巧，被我捡到了。您自己看看吧！（把信递给总监，在总监看信时，费迪南取出了两把手枪)您看看吧,我捡到了这封信,难道没有什么奖励吗?

内廷总监:(一看形势不妙,把信往桌上一丢,想溜出去)您别冲动啊,我不认识她,和她没有一点儿关系,真的,请您相信我啊!

费迪南:瞧您这副怕死的样子,一点儿出息都没有,居然还不敢承认和她的关系!(用手枪敲了他一下,把他推出屋子)去你的,杀了你还浪费我的子弹!(费迪南沉默很久之后,脸上突然闪过了一丝可怕的表情)我要亲手把露易丝处置掉。

第七场

宰相和费迪南

费迪南:(久久凝视着他)爸爸!(激动地朝宰相走去,抓住他的一只手)我真是不知好歹,枉费了您的一片苦心啊!那个米勒——爸爸,一言难尽啊!我真的后悔当时没有听您的话,现在才知道,您所做的一切事情都是为了我。爸爸,原谅我这个不孝子,好吗?

宰相:(装出一副深明大义的样子)她是个高尚可爱的好姑娘,我觉得你没有错,对不住你的人是我,我应该成全你们的。

费迪南:不!她不是那样的好女人,什么也不想多说了,别了,爸爸!(神情吓人地冲出去,宰相跟着他)

第四幕

傍晚时分,乐师家里的一间居室。

第一场

露易丝默然地坐在房间内最暗的一个角落里。过了很长一段时间，米勒提着灯笼进来，四处照着，却没有发现露易丝，他感到很不安。

米勒：我的孩子去哪里啦？我找遍了整个城里，都不见她。老天哪，怎么办啊？

露易丝：（角落里传出说话声）那些想拆散我们的人，让我用誓言来掩盖他们的骗局，如果我死了，誓言就变得无效。爸爸，我写了封信给我的心上人，能帮我交给他吗？

米勒：（不安地）听着，露易丝！我现在就来看这封信！（读信）"有人用最卑劣的方式硬生生地拆散我们，我的嘴巴被恐怖的誓言封住了，密探无处不在。但是，我勇敢的爱人！有一种地方，可以永远摆脱誓言的约束和密探的监视。在那个地方，我才能真正地解脱。（看到此，米勒跌跌撞撞地差点儿晕倒）我的天哪！你为何要如此轻生？女儿啊！自杀是一种深重的罪孽，难道你的爱情比爸爸的泪水还要滚热吗？你是我的希望，如果你非要死不可，那么这里有一把刀，先用它戳穿我的心脏吧！

露易丝：（经过一番痛苦挣扎，略显坚定）爸爸，就这样吧，我会撕毁对他最后的纪念。（她撕碎自己那封信）快带我离开这里吧，我无法在这个城市待下去了。

米勒：好的女儿，我会带着我的琴，陪伴着你一起浪迹天涯。

第二场

费迪南和前场人物

费迪南：（走近露易丝，把写给总监的信丢在她面前）这是你写的信吧？很不巧，落在了我手上，我只想听到你的回话——是不是你写的信？

露易丝：（极其痛苦矛盾，和父亲用眼神交换了想法，果断而坚决地）是的，是我写的。

费迪南：（惊愕地，转而痛苦不堪）我真的没有想到啊，这一切发生得太突然了。我还有一个最后的请求——请你为我倒一杯柠檬水喝吧，我头很痛。（露易丝下）

米勒：（在房间来回踱步了好一会儿，终于停下来，忧郁地注视着少校）亲爱的少校，还有什么能帮您的吗？您怎样才可以不怨恨我的女儿？

费迪南：我把学吹笛子的钱给您吧，当时只是来学笛子，没有想到会付出这么大的代价。您还能帮我一个忙吗？我有个约会，但是现在我身体不适，您能不能替我去爸爸那边走一趟？

米勒：我愿意代劳，少校！

费迪南：露易丝，送送你爸爸吧！（此时露易丝端着柠檬水上，看到父亲正要离去，她送父亲出门。同时，费迪南走到桌边，把毒药倒入一杯柠檬水里）

第三场

费迪南与露易丝

她回来后，站在少校的对面，胆怯地用余光瞅着他。

他呆滞地看着外面，两人沉默不语。

费迪南：（端起装饮料的杯子喝了一口）你也尝一尝这柠檬水吧。

露易丝：唉，我担心的事情终于发生了。（有点儿不大情愿地端起杯子啜饮)这真好喝呀。

费迪南：你觉得舒服吗？露易丝？我已经在饮料里面下了砒霜。我们很快都会死去,你愿意带着谎言离开人世吗？你快把你和那个总监干的勾当事告诉我！

露易丝：(吃惊地跳起来)天哪！毒药！此时此刻我不能再等了,死亡会让所有的誓言一起随风而逝,我要告诉你一切！我是冤枉的,费迪南！那封信,是你父亲事先派人口授的,是他们逼迫我这么做的呀！我如果不这样做,我的爸爸就会有生命危险。在我快死之前,我乞求救世主宽恕这一切。(越来越虚弱地倒下去)

费迪南：(神情可怕,悲恸不已)求求你,别离开我,我的天使。这些凶手们！你们必须为此付出最大的代价！我的爱人,我要和你一起死去。(他端起了杯子)

末场

费迪南。宰相、乌尔姆和仆役数人,惊恐地冲进屋子。米勒和一些群众在幕后。

费迪南：(将杯子扔到宰相脚边)你这个凶手！

米勒：(在幕后叫喊)让我进去看看我的孩子！女儿啊,你怎么了？你在哪儿？天哪！(在露易丝旁边跌倒)

费迪南：(大声地)爸爸,你这个残忍的人,你犯了谋杀罪！怎么去还这笔孽债,你看着办吧！你的灵魂怎么都不会安宁的。

宰相：(惊恐地)是这个该死的人出的主意,所有的罪责都应该由他承担。(他向乌尔姆走去)

乌尔姆：什么？你这个过河拆桥的家伙,你就不怕我把你的黑幕全部抖出来？要死一起死！大不了同归于尽！(被法警押走)

宰相：（拦住他）你不能这样做！

费迪南：（倒下，声音断断续续）露易丝，我来了亲爱的，等我。

宰相：（迷迷糊糊中对着儿子说）看看我吧孩子，代表仁慈的上帝再看我一眼，求求你了。

费迪南：（弥留时向他伸出了手）

宰相：（站起来，对其他人说）我现在走，等候发落！

法警跟着他后面离开，剧终。

胡桃夹子

霍夫曼(1776—1822),德国一位才华横溢的作家,在小说、绘画和音乐方面都取得了一定的成就,尤其是在小说方面。他的主要作品有《胡桃夹子》《卡洛式的幻想故事》《魔鬼的万灵药水》《夜间故事》《谢拉皮翁兄弟》等,其作品大多以夸张的手法讽刺和揭露现实社会的黑暗。

《胡桃夹子》是世界著名的童话,它讲述了小女孩玛丽梦见玩偶胡桃夹子变成王子大战老鼠王的故事。

圣诞礼物

平安夜,到处都充满了欢乐祥和的气氛。

小玛丽坐在小卧室里,出神地想着自己明天可能收到什么样的圣诞礼物。她很想现在就知道结果,可是早上爸妈特意叮嘱她和哥哥福尼策,要到明天早晨才能走进摆放礼物的房间,所以她只好拼命忍着。

福尼策比妹妹还心急,可他也一直努力克制自己。

月亮高挂时,兄妹俩实在克制不住了,就偷偷地溜到放礼物的房间附近,却失望地发现大人们锁上门在里面忙活着。接着,多希佩教父抱着大木盒来了。

“大木盒里一定装了很多玩具。”玛丽高兴地说。

多希佩是市高等法院的参议员，跟玛丽的爸爸既是同事又是好朋友，还是兄妹俩的教父。他个头矮小、右眼上戴着一个黑色眼罩，还是个秃顶，总之长得很丑陋。可是，他却深受孩子们的欢迎，因为他会做各种玩具。

他每次来家里，都会带一些有趣而精致的玩具：闪着金光的小鸟、会鞠躬的玩偶、能发射炮弹的炮台……这些玩具都被妈妈放进了水晶柜子。

兄妹俩悄悄地离开了。福尼策说："教父会送我一座炮台。"

玛丽说："炮台不好玩！他会做一个碧蓝的天鹅湖，湖边有个小姑娘在喂天鹅们吃巧克力……"

"天鹅吃巧克力？"福尼策大笑着说，"就算教父真的做了一个天鹅湖，爸妈也不会让我们玩。"

虽然如此，但兄妹俩还是很想知道教父送来了什么礼物。玛丽心想："也许是一个漂亮的大娃娃。"

福尼策心想："最好是一只红狐狸，或是一批玩具士兵制服。"

突然，那个房间里传出了美妙的音乐，房门随之打开。孩子们惊喜地走进那间光芒四射的屋子，看见大人们正站在房屋中间微笑着欢迎他们，都兴奋极了。

福尼策看到那么多圣诞礼物，高兴得在房间里翻起了跟斗。

在这些礼物中，有一棵挂着金色苹果、五彩蜡烛、各式糖果等饰品的圣诞树。兄妹俩还是第一次见到这么奇异的圣诞树。

玛丽在圣诞树下找到了一个穿着中国旗袍的娃娃，还有一条绣着蕾丝边的公主裙。

福尼策在圣诞树下找到了一只红狐狸，他高兴地跳到了狐狸背上。圣诞树下还有士兵制服、新式武器等各种骑兵装备。

多希佩教父制作的新奇玩具是一座微型宫殿。宫殿里有很多小人儿，他们有的在行走，有的在边喝茶边聊天。宫殿顶端的钟楼上还站着多希佩教父！这时，宫殿里传出音乐声，那些小人儿都随着音乐跳起舞来。

福尼策仔细看了看，说："这些小人儿跳的舞太单调，我要进去让他们见识一下真正的舞蹈。"

教父笑着说："孩子，你没法儿进去。"

玛丽说："那您能不能让小人儿出来跟我们一起玩？"

"不能。"教父严肃地说。

兄妹俩顿时没了兴致，都走开了。

多希佩教父对舒伯特夫妇说："我的确需要修改一下这座宫殿的设计方案。"舒伯特先生看出多希佩有些难过，就连忙岔开了话题。

胡桃夹子

突然，玛丽在圣诞树下发现了一只小玩偶。这只小玩偶长得非常滑稽：脑袋大大的，脑后还钉着一块窄长的木板；上身长长的，下身却粗短得要命；虽然一身军装，看着却很扎眼。

玛丽捡起它，问舒伯特先生："爸爸，这个小玩偶是什么呀？"

舒伯特先生和蔼地笑着说："宝贝儿，它叫胡桃夹子。我教你们怎么用。"接着，舒伯特先生扳动那块窄长的木板，小玩偶就张开了嘴，露出两排洁白的牙齿。舒伯特先生将一颗胡桃放进小玩偶的两排牙齿中间，再轻按木板，胡桃的硬壳就碎裂了。

玛丽看到胡桃夹子比他们的牙齿厉害多了，更加喜欢它了，不禁亲了亲它。

福尼策往小玩偶嘴里塞了很多胡桃，然后用力去扳木板，结果弄掉了小玩偶的下巴。

玛丽心疼得大哭，立刻抢回小玩偶，大叫："你是坏蛋！"

"是它不够坚固，还不如让我拆了它。"福尼策说。

"不行！"玛丽赶紧把它藏到身后，"你没有同情心，连你自己的动物和士兵你都欺负。”

“它们不遵守纪律,自然要受罚。唉,这个你不懂!”福尼策说,“快把胡桃夹子交出来。”吓得玛丽尖叫起来。

舒伯特先生闻讯急忙赶来,板着脸说:“胡桃夹子受伤了,就让玛丽照顾它。福尼策,你是军官,应该知道伤员需要休养。”

福尼策惭愧地点了点头,难为情地向妹妹道了歉。

玛丽原谅了哥哥,一边掉泪一边用丝带绑住小玩偶的下巴,为它疗伤。

多希佩教父看到玛丽这么做,不禁赞许地笑了。玛丽被夸,不禁觉得很不好意思,就跑回了自己的房间。

夜静悄悄的,玛丽却怎么也睡不着,她摸索着走进一间大屋子,打开了彩灯。

屋子里有一个四层的水晶柜,上面放着很多玩具。顶层放着教父送的玩具,第二层放着各种小人书,第三层放着福尼策的动物和军队,底层放着玛丽的娃娃。这些玩具东西未经爸妈允许,是不可以乱动的。

玛丽摸黑来到这里,是要把新来的克拉拉小姐介绍给其他的娃娃。

玛丽轻轻地把克拉拉放在一张柔软、舒适的床上,让她好好地睡一觉。

舒伯特夫人发现这间屋子亮着灯,就走过来催玛丽回去睡觉。玛丽央求妈妈让她再玩一会儿。舒伯特夫人想了想,说:“好吧,宝贝儿,不过你不能玩得太晚。”

玛丽坐在专属于她的私密空间里,觉得真惬意。

玛丽看着她那些心爱的娃娃们都陪着她,现在又多了胡桃夹子这位绅士,她觉得既开心又有安全感。

玛丽小心地解开丝带,心疼地看着小玩偶的伤口,真担心他会流血过多而死,忍不住掉下了眼泪。她拿出手帕,一边擦眼泪一边给小玩偶擦伤,看见小玩偶好像感激地对她笑了笑。

玛丽把小玩偶放在小桌子上,坐在他对面轻声说:“宝贝儿,我哥哥不是有意要伤害你的,请你原谅他。我的教父什么都会,我会请他帮你治伤,你一定要坚持住啊。”

小玩偶似乎又朝玛丽微笑了一下,把玛丽乐得心里开了花儿。

没过多久,玛丽发现胡桃夹子脸色越变越差,他好像疼得直冒虚汗。玛丽立刻抱紧他。过了好久,小玩偶才慢慢平静下来。

“我的宝贝儿,你千万要挺住啊!”玛丽一边安慰他,一边带他来到水晶柜子旁边。

克拉拉小姐已经睡着了,玛丽轻轻地叫醒她说:“克拉拉,今晚你能把小床让给胡桃夹子吗?他受伤了。你既漂亮又善良,我想你一定会同意的。”玛丽说完,就把克拉拉放在了沙发上。

玛丽发现胡桃夹子流的血浸透了手帕,就用一条白丝带帮他重新包扎了一下,又把他连同那张小床一起搬到了第三层,以免娃娃们影响他休息。

玛丽正准备上床休息,突然听到一阵吱吱唧唧的厉声尖叫,吓得全身汗毛都竖起来了,一动也不敢动。

午夜大战

玛丽想起胡桃夹子,就勇敢地朝四周看去,却没有发现任何异常。可是,当她回过头时,却看到大钟上的猫头鹰在墙上投下一条吓人的黑影。那只猫头鹰似乎在反复地唱一首歌:

洪钟呀洪钟,
你走得真卖力,
嘀嘀嗒——当——

你就卖力地走吧!
当你“当当”响起时,
老鼠王的生命就到头了。

接着,大钟就敲了十一下,猫头鹰也一声不响了。

突然,玛丽发现那只猫头鹰竟然变成了多希佩教父,不禁吓得心跳加速、喉咙发干,想跑却无论如何也跑不动。

玛丽深吸一口气,仰起头大胆地问:“教父,您吓坏我了,您能下来休息吗?”可是,多希佩教父却像没听见一样。周围一片死寂,玛丽吓得呼吸更加急促了。

接着,又发生了一件非常恐怖的事。

玛丽听到房间里不时响起细碎的脚步声,看见一些绿色的小火球慢慢地靠近自己,吓得赶紧闭上了眼睛。等她再睁开眼睛时,发现那些小火球竟然是一群小老鼠的眼睛。

小老鼠们放肆地在房间里跳上跳下,最后竟然排成了一个整齐的纵队!玛丽逐渐放松了警惕,开始欣赏它们的“表演”。可是,它们排好队之后,就拼命尖叫起来。

玛丽被震得赶紧捂住耳朵。

突然,伴随着一声震天巨响,墙角裂开一个大黑洞,从洞里走出一只长着七个脑袋、头戴王冠的老鼠。

原来那些小老鼠是在迎接这只老鼠王呀!老鼠王“吱”了一声,小老鼠们就包围了玛丽。

玛丽吓得全身的血液都快凝固了,她一步步后退,不小心撞碎了水晶柜子的门,然后就晕了过去。不知过了多久,玛丽醒了,却怎么也爬不起来,不久就听到一阵歌声:

起来!快点儿起来!
让我们并肩作战,

借助神的力量打败愚蠢的老鼠王。
起来！快点儿起来！

玛丽坚强地站起来，发现水晶柜子里的那些小玩偶竟然都动了起来。胡桃夹子一跃而起，像将领似的下了一道命令：

死耗子，死耗子！
我们一定要合力除掉你们，
让你们这些强盗一个也跑不了！

胡桃夹子目光坚定地举起利剑，命令玩偶们和他一起奋勇杀敌，得到了玩偶们的热烈响应。

玛丽心中顿时充满了一股强大的力量。

一个长腿花脸的小丑最先出阵，接着其他玩偶也纷纷出去迎战。胡桃夹子跟那些用布或稻草做的玩偶不一样，他是木头做的，从柜子上跳下去可能会摔断手脚，可他仍然不顾一切地冲了下来。

就在这时，坐在沙发上休息的克拉拉跑过去接住了他。克拉拉关心地问："你没事吧？你是将领，只需要在后方指挥战斗就可以了，更何况你的伤还没好呢。"

胡桃夹子很感谢克拉拉的关心，可他还是坚持亲自作战。克拉拉满眼泪水，红着脸要送给他一条漂亮的丝带。他指着手上的白丝带，红着脸说："对……对不起，我……不能接受……"说完就去迎敌了。克拉拉无奈地笑了笑。

玛丽知道胡桃夹子喜欢自己，就羞得捂住了脸，心里非常甜蜜。

胡桃夹子刚杀上前线，就被众多小老鼠包围了，可他却毫无畏惧地说："老鼠王，今天就是你的死期！"老鼠王蔑视地发出一声阴险、恐怖的笑。

胡桃夹子镇定地对一个敲战鼓的小丑说："战友，用力地敲起鼓，鼓舞我们奋勇杀敌!”小丑立刻铆足了劲儿去敲战鼓,顿时令所有的玩偶们都精神百倍。玛丽也命令自己要像胡桃夹子他们一样坚强。

胡桃夹子根据战况,随时调整战略。不过,那些自由成性的乐手们却只顾着出风头,弄得其他玩偶都听不见胡桃夹子的命令了。胡桃夹子手一挥,怒吼道:“肃静!否则按军法处置!”乐手们这才老实。

这时,福尼策的那些骑兵和玛丽的玩偶也加入了战斗。骑兵部队毕竟经过训练,他们运来大炮,用面粉团做炮弹,击中了很多老鼠。

老鼠王怒吼一声,从黑洞里招来了更多凶狠的小老鼠,依然没有扭转战局。

玛丽身边躺着很多死老鼠,吓得她都快晕过去了。玛丽第一次经历这种战争场面,只听得刀枪声、厮杀声、炮声、乐声、哭喊声以及老鼠王的七种怪笑声混成一片。

胡桃夹子一方因力量不足而渐渐处于弱势。更不幸的是,老鼠们也弄来了一台大炮,它们用老鼠屎当炮弹,把骑兵们的新军服都弄脏了。骑兵们很爱惜自己的新军服,怎么也不肯再次发动进攻。

玛丽的玩偶也寡不敌众,伤亡惨重。

老鼠们抢占了放置大炮的高地,向胡桃夹子发出了得意忘形的笑。胡桃夹子既为战友的牺牲而悲痛,又为老鼠的嚣张而生气。他命令玩偶们立刻撤退,以免造成更多的人员伤亡。

胡桃夹子因为身上有旧伤而跑不快,被老鼠们抓住了。

玛丽一边哇哇大哭,一边说:“上帝啊,求您救救我心爱的胡桃夹子吧!”说着就脱下鞋子去砸老鼠王,正好砸在了老鼠王的脑袋上,痛得它发出了痛苦的惨叫。其他老鼠听到这声,立刻都消失了。

玛丽惊吓过度,“扑通”一声倒了下去,念叨着:“快救救我的胡桃夹子……”

玛丽生病了

玛丽醒来时,发现自己躺在明亮的卧室里,她自言自语地说:“昨天晚上是怎么回事?”

舒伯特夫人坐在床头,两眼红红地看着女儿。

玛丽抱住舒伯特夫人问:“妈妈,我的胡桃夹子呢?”

舒伯特夫人说:“宝贝儿,你生病了。你可吓坏妈妈了。你一直在说胡话,说什么老鼠王、胡桃夹子,我猜你是被吓着了。你撞碎了水晶柜子,玻璃碎片差点儿刺进你的喉咙。所幸我夜里醒来又去看了看你,发现你受伤昏睡在地,房间里一片混乱,角落里还有你的一只鞋。发生了什么事?”

“胡桃夹子带领玩偶还有骑兵一起对抗老鼠,死的死,伤的伤,好可怜!”

“上帝啊!保佑我的孩子快好起来吧。”舒伯特夫人担心地说,又请医生开了很多药。玛丽请妈妈把药分一些给胡桃夹子吃,直到听说胡桃夹子没受伤才作罢。

舒伯特夫人寸步不离地守着女儿,还讲故事给她听。玛丽不喜欢听又长又闷的故事,听得都快睡着了。就在这时,多希佩教父悄悄地走了进来。玛丽一下子睡意全消,期待地看着他。但多希佩却只说了一句话:“宝贝儿,你好些了吗?”

“教父!请您正面回答我的问题!你昨晚是不是坐到大钟上了?战争打得那么惨烈,您都不来帮帮胡桃夹子。哼!”

多希佩教父听完,先做了个鬼脸,然后唱起歌来:

洪钟呀洪钟,
你争分夺秒地走,
走了一小时又一小时!

嘀嘀嗒——当——
可爱的玩偶们呀，不要害怕，
只有勇敢才能战胜老鼠王。
洪钟呀洪钟，
你走得真卖力，
嘀嘀嗒——当——
你就卖力地走吧！
当你“当当”响起时，
老鼠王的生命就到头了。

玛丽很惊讶，因为教父以前从未唱过这样的歌，而且他还不停地甩胳膊。这时，福尼策进来探望妹妹，他看到多希佩古怪的举止，忍不住大笑起来。

玛丽生气地说：“哼，你的骑兵太差劲儿了，他们见自己的军服被粪便炮弹弄脏了，都临阵退缩了。”

福尼策听妹妹这么说，气得把那些骑兵狠狠地教训了一顿。玛丽见哥哥不但相信自己，还整顿了他的军队，这才开心地笑了。

这时，多希佩把修好的胡桃夹子拿给了玛丽，玛丽立刻高兴得大叫起来。

多希佩说：“玛丽，我已经修好了胡桃夹子，他现在已经可以打败老鼠王了，你就原谅我吧。另外，我还知道胡桃夹子的故事，你想听吗？”

玛丽立刻瞪大了眼睛，高兴地说：“教父，我并没有怪您！您快讲讲胡桃夹子的故事吧！”

多希佩说：“胡桃夹子原本有一个好听的名字，叫……叫……啊！他也叫多希佩！他曾经是一个英俊、善良、勇敢的少年，可是后来……”

兄妹俩见教父停了下来，还一脸悲伤，就好奇地催促他说：“后来怎么样了，他为什么变丑了？您快讲呀！”

多希佩说：“好，我现在正式开始讲胡桃夹子勇士和妮莎公主的故事。”

胡桃的故事

很久以前，有一位名叫妮莎的公主，她美得就像仙女一样。

国王非常疼爱这个女儿，并希望所有人都能目睹她的美丽，就邀请了世界各地的国王和王子来参加女儿的一岁生日宴会。

这个国家的香肠是世界上最美味的，所以宴会上必不可少。皇后是世界上唯一一位能够做出最美味香肠的人。

这一天，皇后正在做香肠，忽然听见身后有一个声音尖叫道：“尊贵的皇后，您做的香肠实在太香了，能给我尝尝吗？”

皇后看了看四周，什么也没看见，就继续做起了香肠。可是，那个声音却越来越近了。皇后扭头一看，只见身后站着一只头戴王冠、目光邪恶、嘴里流涎、大得出奇的老鼠王后。

皇后虽然不喜欢老鼠王后，可还是给了她一小截香肠。老鼠王后吃完香肠之后，不停地咂嘴称赞香肠好吃，把她的一家老小都吸引来了。皇后吓得当场昏倒。不一会儿，这群老鼠就吃光了灶台上的全部香肠。女总管听到鼠叫，拿着一根大木棍吓跑了老鼠群，保住了金锅里的一点儿香肠。

生日宴会如期举行。当盛大的仪式结束之后，国王就命人端上香肠，却发现每个人都只分到了一小截，不禁羞愧难当。

皇后这时已经苏醒，她抽噎着把情况如实向国王汇报了一遍。

国王气得火冒三丈，立刻找了一个人来消灭老鼠。这个人就是技艺高超的多希佩，他向国王保证自己一定能够消灭所有的老鼠。

多希佩做了一个带有机关的捕鼠笼，用香肠做诱饵。老鼠皇后识破了其中的秘密,就告诫家人不要上当。

可是,小老鼠们毕竟还小,根本不懂得其中的利害,在走进捕鼠笼里吃香肠时被困住,怎么挣扎都没用,最后累死。

老鼠王后非常气愤,立誓要为小老鼠们报仇,然后就消失了。好几个月之后,她再次出现在皇后面前,恶狠狠地说:“皇后,你们杀了我七个儿子和许多亲人,我不会善罢甘休的。你们好好看着自己的女儿吧!”

皇后吓得慌忙把这件事告诉了国王。

国王立刻调集大批人马把守皇宫的大门、窗户,以及公主的卧室,还派了六名武艺高强、怀抱大猫的女卫兵。

整个皇宫到处戒备森严,可皇宫里还是出了意外。一天晚上,小公主的摇篮里出现了一只血淋淋的老鼠脑袋,它又笑又叫,高唱着:

我是尊贵的老鼠王后,
我恨你们杀了我的亲人,
我要让妮莎变成没人敢娶的丑八怪!
哈哈哈……

她唱完后就消失了。

大家看到老鼠没有伤害到妮莎公主,心里的石头落了地,急忙过去安慰小公主,却吃惊地发现公主变成了一个脑袋奇大、眼神呆滞、身体极小、几乎没有脖子的丑八怪!

国王伤心得都要晕倒了,他认为这一切都是多希佩造成的,他火冒三丈地对多希佩说:“这都是因为你没有把老鼠全都消灭。我限你在一个月内让公主恢复原貌,不然我取你性命!”

多希佩经过三天的细微观察,发现小公主特别爱吃胡桃,就立刻去找一位天文学家帮忙,最终得知小公主中了魔咒,解除魔咒的方法就是让人咬开一颗名叫“可勒奇格”的胡桃。

国王听到这个好消息,立刻命令多希佩赶紧找到这颗胡桃。

可是,史书上说这种胡桃已经绝迹。即使找到它,也必须由一个英俊、善良、勇敢且没有长出一根胡子的少年当着公主的面咬开它,再闭着眼睛把果肉交给小公主。

国王可不管这些,他歇斯底里地命令多希佩找到这只胡桃和符合要求的少年,不然就杀了多希佩。

多希佩和天文学家立刻出发了。他们先后去了芒果王国、橘子王国、椰子王国……整整找了十五年,还是一无所获。他们老了,不想死在异乡,就偷偷地回家了。

当他们踏上阔别了十五年的乡土时,不禁感慨万千。就在他们躲避士兵时,竟然幸运地遇到了多希佩的弟弟察发里。察发里得知哥哥的遭遇后,竟然疯狂地击掌大笑说:“上帝啊!你一直寻找的那颗胡桃,就在我家!”

这颗胡桃是察发里从一个捡破烂儿的老人那里买的,它虽然漂亮却异常坚硬,怎么都打不开。

多希佩和天文学家在那颗胡桃上看见了拉丁文“可勒奇格”,证实它就是他们一直在找的胡桃,狂喜不已,准备立刻去寻找符合要求的少年。

少年多希佩

多希佩和天文学家在察发里的盛情挽留下,决定吃了饭再走,却意外地发现察发里的儿子小多希佩很像他们要找的少年!

经过一番验证,他们确信小多希佩就是那个符合要求的少年,并兴奋地决定把消息报告给国王。

这可急坏了察发里,他担心儿子根本咬不开那颗坚如磐石的胡桃。天文学家看出他的顾虑,就说:“亲爱的察发里,您就别担心了。

我斗胆告诉您，我根据天象得知，到时国王会召集许多少年去咬胡桃，可是这些少年根本就咬不开胡桃。国王无计可施，只好决定以小公主丈夫的身份作为条件去征招能够咬开胡桃的少年，而这位少年就是小多希佩。”

察发里听说他能和国王成为亲家，就高兴地答应了。

事情的进展果然如天文学家所料。于是，多希佩和天文学家就带着小多希佩来到了皇宫。

妮莎公主变得更丑了。她头顶上只有几根头发，眼睛小如绿豆，眼神呆滞无光，鼻子像并排的两粒芝麻，嘴巴裂开像一个盆，下巴上还留着白胡子，小身体佝偻着，简直丑死了。

多希佩和天文学家看了妮莎公主一眼，就不敢再看第二眼。

国王倒是很满意小多希佩这个未来的女婿。小多希佩在伯伯和天文学家的眼神鼓励下，勇敢地向公主行了礼。妮莎见小多希佩如此英俊有礼，激动得红了脸。

小多希佩很同情公主的遭遇，他发誓一定要咬开胡桃，解决公主身上的魔咒。

激动的时刻到了。小多希佩不负众望，“咔”的一声咬开了胡桃！公主吃了胡桃肉，顿时恢复了美貌，令所有人都高兴得欢呼雀跃起来。

就在这时，失踪多年的老鼠王后出现了，却被小多希佩不小心踩住了脖子，她边呻吟边痛苦地说：“小多希佩，我不甘心死在你脚下。我的儿子小老鼠王长着七个脑袋，他一定会为我报仇的，你就等着吧！我……不想……死……啊……”然后就咽了气。

小多希佩刚一抬脚，就变成了玛丽现在见到的丑八怪。

妮莎只看了小多希佩一眼，就捂住双眼尖叫：“我不要嫁给这么个怪物！来人，立刻给我赶走他！”

国王疼爱女儿，不但纵容了她的无礼行径，还忘记了自己的誓言，把多希佩、天文学家和小多希佩全都驱逐出京城。

天文学家又鼓起勇气观测了星象，得知只要小多希佩能够打死小老鼠王,小多希佩就能当上国王,并遇到一位真心爱他的美丽女子,从而得以恢复原貌。

孩子们的争论

多希佩讲完故事,许久没有再说一句话。

可是,孩子们却意犹未尽。福尼策生气地说:“妮莎可真没有良心!我要杀了那个小老鼠王,让小多希佩恢复原貌。”玛丽好奇地问多希佩:“教父,我猜故事里的多希佩就是您,小多希佩就是我的胡桃夹子,是吗?”

舒伯特夫人见孩子们这样闹腾,就制止了孩子们的无礼行为。

几天之后,玛丽恢复了健康,马上就跑去找胡桃夹子,激动地说:“亲爱的胡桃夹子,我已经听说了你的故事,你真勇敢!虽然你现在很丑,既不能说话也不能走路,可是我会好好保护你的,还会帮你打败老鼠王!”

玛丽说完,看见胡桃夹子好像对她笑了一下。不过马上又变得忧郁起来,就安慰他说:“妈妈说,你的故事是教父为了安慰我编造出来的,可我却认为它是真的。你早晚会恢复原貌的,你一定要有信心啊!”

胡桃夹子还是一脸忧郁,接着又叹了一口气,令玛丽难过极了。

突然,水晶柜子里传出一阵玩偶们赞美玛丽的歌声。玛丽听完,既高兴又害羞,简直不知道该说什么才好了。

一天,多希佩和玛丽一家在一起喝下午茶。玛丽悄悄地问多希佩:“教父,故事里的多希佩就是您,小多希佩就是我的胡桃夹子吧?”然后,玛丽又把几天前胡桃夹子大战老鼠王的全部经过复述了一遍。多希佩边听边点头,却什么也不说,急得玛丽忍不住地追问起来。

舒伯特夫妇看见女儿又无理取闹,就说她不懂事,说得玛丽既害羞又生气,只好一声不吭地坐在一边嘟着小嘴。

舒伯特夫人见女儿这么不开心,就开玩笑似的责怪起多希佩来,说他不该讲那个故事,弄得玛丽都当真了。

消灭老鼠王

冬天到了,玛丽早早地就上床睡了,可她怎么也睡不着。突然,她听到一阵歌声:

玛丽,讨厌的玛丽,
立刻交出你的糖果和面包,
不然我就杀了你的胡桃夹子!

玛丽吓得立刻跑下床去叫妈妈,却没能叫醒舒伯特夫人。

就在这时,小老鼠王又伴随着一声震天的巨响出现了,他对着玛丽发出一声嘲笑,然后就消失得无影无踪。玛丽被吓得当场瘫倒在地,直到第二天早上才安心。

玛丽没有把昨晚的事告诉任何人,因为没有人会相信。她走到胡桃夹子面前,看见他眉头紧皱,看上去更加忧郁了。

晚上,玛丽在地上、桌子上放了很多糖果,然后才去睡觉。第二天早上,舒伯特夫人发现屋里撒满了被老鼠咬掉又吐出来的糖果和面包,就训斥玛丽不该乱放东西。

玛丽虽然挨了训,却非常开心。

可是,这天晚上,老鼠王又出现了,这一次他要吃玛丽的娃娃。玛丽拿出她的娃娃,一边流泪一边亲吻她们,最后还是决定牺牲她们挽救胡桃夹子。胡桃夹子看到这一切,似乎也难过地哭了。

第二天早上,舒伯特夫人看见娃娃们一个个都被咬破了,气得尖叫,决定立刻去抓一只猫回来。

玛丽一夜都没能安睡,她看到娃娃们被咬破,马上掉下了眼泪。

福尼策看见妹妹的娃娃都被老鼠咬破了,就发誓要想办法消灭老鼠。就在这时,多希佩拿着一个捕鼠笼走了进来。

玛丽一声不吭地站着,因为她担心这个捕鼠笼也像故事里的捕鼠笼一样,不但没有抓住老鼠王,还把他们一家都变成丑八怪。

多希佩和福尼策看见玛丽有些担心,就安慰她说:“别担心了,我们一定能消灭老鼠的。”

这天晚上,玛丽刚刚入睡,就被老鼠王的动静惊醒了,她想呼救却怎么也叫不出声儿来,只好拼命忍住眼泪。老鼠王爬到玛丽的床上,在她身上边跳边叫,还对着她的耳朵唱道:

玛丽,讨厌的玛丽,
我小时候就见过那个捕鼠笼,
你们以为我会上当吗?
立刻交出你的公主裙和小人书,
不然我就杀了你的胡桃夹子!

老鼠王说完就立刻消失了。

捕鼠笼还是没能发挥任何作用,弄得舒伯特夫人非常失望,立刻叮嘱福尼策去抱一只大公猫来。

玛丽心疼地看着胡桃夹子,抽噎着说:“心爱的胡桃夹子,没想到老鼠王这么贪得无厌,要了这个又要那个,我怕我永远都无法满足他了。我该怎么办呢?”

玛丽的眼泪滴到了胡桃夹子的脸上,她连忙用手去擦,却惊讶地发现他的脸上有血迹,就掏出手帕擦掉了血迹。这时,胡桃夹子竟然睁开眼睛,用充满磁性的声音说:“亲爱的玛丽,你从来没有嫌我长得丑,还一直努力保护我,令我非常感动。请你帮我找一把利剑,我今晚就把他消灭!”说完,他就恢复了玩偶的样子,目光坚定地看着玛丽。

玛丽开心极了,立刻去找福尼策帮忙。福尼策碰巧出门了,直到天黑才回来。

玛丽立刻把胡桃夹子大战老鼠王的全部经过告诉了哥哥,请他立刻帮胡桃夹子找一把锋利的剑。

福尼策把他的骑兵们狠狠地训斥了一顿,又撤了一位团长的职,还郑重其事地把这位团长的佩剑赠给了胡桃夹子。

当天晚上,玛丽正要入睡,突然听到一阵激烈的争斗声,就立刻跑到门后面竖起耳朵听,只听见外面“吱吱”一声,然后就恢复了宁静。

玛丽不知道外面到底是什么状况,急得正要出去,突然听到敲门声,接着一个充满磁性的声音说:“善良、纯洁的玛丽小姐,我能进来吗?”

玛丽听出这是胡桃夹子的声音,就打开了门,只见门外站着一位英俊的少年,他手里的宝剑上挂着七个血淋淋的老鼠脑袋。

少年见到玛丽,马上单膝跪地,红着脸诚挚地说:“我是小多希佩。感谢你让我壮胆杀死了老鼠王。现在,我终于可以带你去游览我生活的地方了。请你接受我的邀请吧!”

玛丽红着脸答应了。

玛丽身临奇境

小多希佩领着玛丽来到水晶柜子前面,有节奏地跺跺脚。水晶柜子的门竟自动打开了,射出一道道耀眼的五彩光芒。接着,小多希佩带着玛丽踏着光芒跳进了水晶柜子。

不一会儿,他们就来到了一片广阔无边的美丽田野,向一座用糖和面包做的城堡走去。

玛丽跟着小多希佩继续向前走,突然闻到一阵香味,看到周围挂满了喜庆的彩灯,不禁回头问小多希佩:“这里是不是正准备举行婚礼呀?”

小多希佩羞涩地低下了头,说:“是为了欢迎你而准备的。”羞得玛丽立刻埋头不说话了。

就在这时,几个全身雪白的小人儿走了过来,恭敬地向玛丽鞠了一躬,说:“尊贵的玛丽小姐,我们奉多希佩王子的命令,已经在此等候多时了!”

这几个小人儿抬着他们俩向皇宫走去。路上,玛丽听到了动听的歌曲,看到了曼妙的舞姿,还尝到了金色河里的橙汁、白色湖里的牛奶、黑色河里的巧克力,还经过了裙子村……最后到达了玛丽梦寐以求的天鹅湖。

天鹅湖上碧波荡漾,湖面上漂浮着一艘用金子打造的小船,湖边有五彩缤纷的花草、系着金丝带的天鹅……总之,天鹅湖美极了。

玛丽跟着多希佩王子上了那条小金船,看见水里突然冒出两只彩色的海豚,才知道是它们在托着小金船前进,怪不得这么重的小金船都没有沉水呢。这时,十二个长得一样的小人儿来到玛丽面前,恭敬地把她放到了柔软的椅子上。

船缓缓行驶着,玛丽闻到了浓浓的玫瑰花香,还有湖水那清新的气味……两只彩色海豚边向前游边唱起了赞美玛丽善良、美丽的歌儿。

十二个小人儿一边为多希佩王子和玛丽打阳伞,一边跟着唱了起来。

玛丽羞得把脸扭向了湖面,却惊奇地发现水里竟然有一个美丽的女子正看着自己。她疑惑地对多希佩王子说:“水里有个美丽的女子跟着我们呢,她就是妮莎公主吧?她一定是希望得到你的原谅。”

多希佩王子听完,笑着说:“傻姑娘,这个美丽的女子是你自己的倒影呀。”玛丽听完,羞得更不好意思了。

小金船终于到了多希佩王子的城堡。那里四季如春,美得就像仙境一般。

人们挤满了广场,都想亲眼看看美丽、善良的玛丽。

玛丽受到了人们热烈的欢迎。多希佩王子的姐姐们带着玛丽在皇宫里四处参观,累得玛丽都快走不动了。她们看玛丽很累,就给她吃了一颗糖。玛丽吃了糖,顿时有了力气,竟然慢慢飞上了天,离多希佩王子越来越远……

美梦成真

"啊!"玛丽痛得大叫,发现自己竟从床上摔了下来,"我怎么会在自己的床上呢?"

舒伯特夫人听到女儿的叫声急忙跑了过来,微笑着说:"早啊,我的小公主! 你总算醒了。"

"妈妈,我不是跟着多希佩王子去天鹅湖了吗?"玛丽疑惑地说。

舒伯特夫人说:"玛丽,你已经长大了,别再整天分不清梦和现实了。"福尼策也劝妹妹不要老幻想。

玛丽见没人相信自己,就伤心地哭了,连下午茶都不喝了。

这时,一个与玛丽年龄相仿的男孩跟着多希佩教父走了过来,他礼貌地对玛丽说:"玛丽,我就是你的胡桃夹子,我就是多希佩王子! 谢谢你让我恢复了原貌!"

玛丽看着他,激动得说不出话来,一下子委屈得哭了。玛丽的家人没想到她说的都是真的,都既惊讶又后悔。

多希佩王子单膝跪地,诚恳地对玛丽说:"美丽、善良的玛丽,你愿意嫁给我吗?"

玛丽红着脸说:"我……愿意。"

最后,这对有情人在一起幸福地生活了一辈子。

格林童话

雅科布·格林(1785—1863)和威廉·格林(1786—1859)兄弟二人都是德国著名语言学家、民间文学研究家和历史学家。他们最为世人所知的成就便是收集并汇编完成了《格林童话》。

《格林童话》中的故事完全来自于民间的童话故事和神话传说。在经过严谨的考证后,格林兄弟不仅非常忠实地保存了这些故事的原貌,还将它们以文字的方式保存了下来。《格林童话》用朴实而优美的语言扩展了孩子们的想象,还让孩子们以最简单直接的方式了解了那些美好的品质,学会了明辨是非。例如,《青蛙王子》就告诉孩子们要诚实守信;《狼和七只小羊》的故事则让孩子们学会如何判断善与恶,如何用善良和正义打败邪恶。

儿童和家庭故事

青蛙王子

古时候有一位国王,他的小女儿非常美丽。即使是太阳见了,也会赞叹她的美丽。皇宫坐落在森林的旁边,森林里有一株老菩提树,树下有一口水井。每到天气变热的时候,小公主就喜欢来到水井旁,一边乘凉一边玩弄自己心爱的金球。

有一次,小公主没能接住抛到空中的金球。结果,金球滚落到水井里去了。井水深不见底,小公主根本没办法取回金球。于是,她坐在井口伤心地哭起来。

突然,她听到有人对自己说:“小公主,你为什么而哭泣呢?”她抬起头,发现对自己说话的是一只吐着舌头的青蛙。

小公主对青蛙说:“我的金球掉进水井里了。好青蛙,只要你能帮我取回金球,无论你提出什么样的要求,我都答应你。”

青蛙回答说:“我不要你的金银珠宝,如果你愿意爱我,时刻都陪在我的身边,允许我使用你的餐具就餐,和我在同一张床上就寝,那么我就把你的金球从井底取出来。”

“好吧,只要你能取回金球,我就答应你的这些要求。”小公主虽然嘴上这么说,但是心里却另有想法:“我怎么可能去爱这么一只丑陋的青蛙呢?他只配待在水井里。”

青蛙在得到小公主的允诺后,便转头潜入了水里。不一会儿,青蛙衔着金球浮出了水面。小公主看到金球后,十分开心。她不顾青蛙的呼喊,拿起金球转身跑回了皇宫。青蛙看到这种情形,只得重新返回了水井里。

第二天,正当国王和小公主共进晚餐的时候,听到门外有人喊道:“小公主,快开门!”小公主打开门一看,发现待在门前的正是昨天那只青蛙。她立刻关上大门,神色慌张地回到餐桌前。

国王见状,连忙问道:“我的女儿,门外是谁?怎么会让你如此惊慌?是巨人吗?”小公主回答道:“不,是一只外貌丑陋的青蛙。”随后,小公主把昨天在森林里发生的事情告诉了国王。

此时,青蛙再次敲响了大门,它在门外喊道:

“美丽的小公主,

打开大门吧,

难道你忘记自己许下的诺言了吗?

美丽的小公主,

快打开大门吧。”

国王听到青蛙的话后,对小公主说:“既然你向对方许下了诺言,就应该照做,去开门吧!"

大门打开后,青蛙跟随在小公主身后,来到餐桌前,它要求坐在小公主的身边,和小公主共享盘中的美食。不过,小公主只是坐在那里,一动也不动,显然是打算无视青蛙的要求。直到国王亲自吩咐她,小公主才照做。

青蛙吃饱后,对小公主说:"我困了,我们到你的床上去休息吧!"听到青蛙这么说,小公主忍不住哭了起来。她讨厌这只青蛙,它不仅长得十分丑陋,而且皮肤冰冷滑腻,让人害怕。现在它还要和自己睡在自己可爱的小床上,这一切都让小公主无法忍受。

看到小公主的反应,国王变得很生气。他对自己的女儿严厉地说道:"既然它在你遇到困难的时候帮助了你,你就应该尊重它,履行你的诺言。"

于是,小公主只得用两只手指头拎起青蛙,把它带到了自己的寝室,放到了屋子的一个角落里,自己则躺倒在精致的小床上,准备休息。青蛙爬到公主的床前,说道:"请你把我带在身边,我应该和你一起在床上休息,否则我就去告诉你的父王。"

小公主生气了,她一边嚷着:"安静,你这只讨厌的青蛙!"一边拎起青蛙扔向了墙壁。

就在青蛙从空中落下来时,神奇的事情发生了。青蛙不见了,出现了一位王子,他那双美丽的眼睛中闪现着和善的目光。

原来,他是附近一个国家的王子,因为受到了巫婆的诅咒,变成了一只青蛙。巫婆曾经告诉王子,小公主是唯一能为他解开咒语的人。如果不能得到公主的帮助,他就只能以青蛙的模样待在水井里。

在国王的建议下,小公主嫁给了这位王子。幸福的两个人在告别了国王后,一起返回了王子的家乡。

狼和七只小山羊

森林边住着一只母山羊，她生养了七只小山羊。这天，母山羊要到森林中去寻找食物。临行前，她把七只小山羊都叫到身边，叮嘱他们说：“妈妈要去森林里找吃的，你们待在家里一定要小心狼那只坏东西。他为了能找到食物，通常会对自己进行一番伪装。只要你们留意他的声音和黑色的脚掌，就一定能把他辨认出来。”

在叮嘱完孩子们，并得到他们的保证后，母山羊便放心地出门了。

当小山羊们在屋子里玩耍的时候，外面传来了叫门声：“宝贝们，快开门，是妈妈回来了。”

“你撒谎，你才不是我们的妈妈呢！你没有妈妈那样柔嫩的嗓音，你是狼！”小山羊们叫道。

狼叫不开门，便到杂货铺里买来一团面粉吞下去，让自己的声音听起来不再那么粗糙。随后，他再次来到门外，叫道：“宝贝们，快开门，是妈妈回来了！”

小山羊们看到狼放在窗口的黑爪子后，叫道：“你不是妈妈，你的脚是黑色的，你是狼。我们不开门！”

于是，狼跑到面包房，要求面包师给自己的脚上涂上湿面。然后，他又跑到磨坊，威胁磨坊老板给自己的脚上撒上白面粉。

伪装好后，狼第三次来到门前，叫道：“宝贝们，快开门，是妈妈回来了，我给你们带回来了很多好吃的。”

小山羊们不相信狼的话，要求先看看他的脚。狼把已经伪装过的脚伸进了窗户里。小山羊看了，以为真的是妈妈回来了，就高兴地打开了屋门。结果，门外不是自己的妈妈，而是狼。

小山羊们在屋子里四处躲藏，桌子下、床里面、火炉里、柜橱里、洗脸盆下面以及厨房里都成了他们的藏身之处。狼进入房间后，把他们一个一个地找了出来，都吞进了肚子里。不过，最小的那只小山羊因为躲在了钟壳里,逃过了狼的魔爪。

狼在饱餐一顿后,便离开了山羊的家。他来到一棵树下,躺在那里睡着了。

没过多久,山羊妈妈回来了。当她走进家门时,发现大门敞开着,自己的孩子都不见了,屋子里一片狼藉。她开始呼喊孩子们的名字,直到叫到最小的孩子的名字时,才听到钟壳里传来的轻声回应。

小山羊被妈妈从钟壳里救出来后,把事情的经过全部告诉了妈妈。失去孩子的母山羊失声痛哭。她带着小山羊离开家,找到了正在树下熟睡的狼。母山羊发现,狼圆鼓鼓的肚皮下似乎有东西在动。她不禁想到:"难道我的孩子们还活着?"

于是,母山羊用剪刀打开了狼的肚皮。结果,小山羊们一只接一只地从狼的肚子里跳了出来。由于馋嘴的狼把它们整个吞进了肚子里,所以他们都好好的,没受一点儿伤。对于母山羊来说,这是多么欢喜的一件事啊!她不停地亲吻着自己的孩子们,以此来表达自己的喜悦。

路过的老山羊让小山羊们搬来一些石头,放入狼的肚子里。母山羊则趁机快速缝好了狼被剪开的肚皮。狼始终在熟睡,对所有的事情都一无所知。

狼睡醒了,觉得口很渴,便打算到井边找水喝。不过,当它走动时,听到肚子里发出呼呼啦啦的响声。他叫道:

"这里究竟是什么?
为什么会发出这种响声?
原来不是小山羊,
而是一堆石头块儿。"

当狼走到井边弯下腰要去喝水时,由于肚子里的石块儿太重,狼坠入井中。狼被淹死了。母山羊和小山羊们见状,便围着水井跳起了欢快的舞蹈。

莴苣

从前,有一对夫妇,他们感情很好,一直渴望拥有自己的孩子。终于,妻子怀孕了。

从夫妻俩住处的后窗户上,可以看到一座高墙围起来的花园,园中生长着美丽的花草。不过,由于花园的主人是一个可怕的巫婆,所以没有人敢私自进入那座花园。

这天,妻子在窗口看到了屋后园中的莴苣。她嘴馋了,总是想着如何能吃到新鲜的莴苣,但她深知根本无法进入那个花园。于是,妻子就在这种对莴苣的渴望中逐渐消瘦下来。

丈夫看到妻子憔悴的脸色,慌忙询问妻子原因。妻子忍不住把心底对莴苣的渴望告诉了丈夫。深爱妻子的丈夫打算满足她的愿望。傍晚时分,他悄悄地进入花园,在慌忙割下一把莴苣后便跑出了花园。妻子终于吃到了自己梦寐以求的莴苣,但美味的莴苣让妻子欲罢不能,她还想吃。丈夫没办法,只得在第二天的傍晚又偷偷地溜进了巫婆的花园。不过,这次丈夫没有偷到莴苣。因为巫婆就站在花园里等着他这个偷莴苣的贼呢!

巫婆非常生气,她恶狠狠地质问他:“你为什么要偷我的莴苣?我要惩罚你!”

丈夫向巫婆解释道:“请您原谅,我那位怀孕的妻子在看到您花园中的莴苣后,就非常想吃,要是吃不到,她会死的。”

听得出他告诉自己的是实话,巫婆不生气了,但是她向他提出了一个条件:“你可以随时来这里采摘莴苣,多少都可以。但是你的妻子生下孩子后,必须把孩子给我。我会像亲生母亲那样对待这个孩子,让孩子过上好日子。”

丈夫吓坏了,百般无奈之下只能选择答应了巫婆的条件。

几个月后,妻子生下了一个女孩儿。在妻子生产的当天,巫婆来到他们的家中，抱走了这个小女孩儿，起名叫“莴苣”。从此，莴苣就和巫婆一起生活。

时间一天天过去，莴苣长大了，越来越漂亮。在莴苣长到十二岁的时候，她已经是世界上最漂亮的小姑娘了。巫婆不想让其他人见到莴苣的美丽，便打算在树林里修建一座高塔，把莴苣藏起来。这座高塔没有门，也没有供人攀爬的楼梯。美丽的莴苣就住在塔顶一间只有一扇小窗户的屋子里。

巫婆每次去探望莴苣时，会站在窗下喊道：

“莴苣，莴苣，

我要上去，

快些放下你的长发。”

原来，莴苣有一头美丽的金发。又长又细，仿佛金色的丝线一般。每当听到巫婆的呼喊，莴苣就放下自己的头发，让巫婆顺着自己的头发爬进高塔。

就这样，莴苣在高塔上孤独地生活了好几年。每当莴苣感到孤单的时候，她就靠唱歌消磨时间。这一天，一位王子骑着马从树林里穿过，刚好路过莴苣居住的高塔附近。王子听到莴苣的歌声，便循着歌声来到了高塔之下。王子想拜访莴苣姑娘，却始终找不到进入高塔的方法。王子的心被莴苣甜美的嗓音打动了，始终无法忘怀。于是，王子每天都到树林里去，在高塔附近倾听莴苣唱歌。

这天，当王子又一次站在附近听歌的时候，看到远处走来一个巫婆。这个巫婆站在塔下喊道：

“莴苣，莴苣，

我要上去，

快些放下你的长发。”

只见莴苣从高塔的窗户里，垂下自己的长发。接着，巫婆就顺着发辫爬到高塔里去了。

王子见状，心想：这应该就是进入高塔的方法。如果是这样，我

一定要试一试。第二天傍晚,王子来到塔下高声喊道:

"莴苣,莴苣,

我要上去,

快些放下你的长发。"

没过多久,金色的长发果然从窗户里落了下来。王子赶忙顺着长发爬了上去。

除了巫婆以外,莴苣从没有见过其他人,所以当王子进入房间的时候,她既吃惊又有些害怕。不过,很快莴苣就不再害怕了,王子温和的语气安抚了她。王子告诉莴苣,她的歌声俘获了自己的心,他无论如何都要见她一面,并问莴苣能否嫁给自己。

看到如此年轻英俊的王子,莴苣心动了,她想:"与老妈妈相比,这个人肯定更爱我。"于是,莴苣把自己的手放入了王子的手中,答应了他的求婚。

为了能离开高塔,莴苣打算用丝线编织一个梯子。她同王子约定,在梯子完成前,每天晚上王子都要带一卷丝线来探望莴苣。莴苣告诉王子:"等我用丝线编织成梯子后,我就能下到地面,坐在你的马上,和你一起离开这里。"

一切进行得都非常顺利。由于巫婆从来都是白天才来高塔,所以她并不知道莴苣和王子见面的事情。直到有一天,巫婆来看莴苣时,莴苣对她说:"妈妈,您怎么需要那么久才能爬上来,王子只用眨眼间的工夫就能进到屋子里来了,可能是您太重了。"

听到莴苣这么说,巫婆知道莴苣见了自己以外的其他人,非常生气,她大叫道:"你这个不听话的孩子!我让你待在高塔里,就是不想让其他人见到你。结果,你还是撒谎,欺骗了我!"

生气的巫婆,一手拿起剪刀,一手抓着莴苣的头发,咔嚓几下,就把莴苣漂亮的发辫剪了下来。巫婆并没有就此罢休,可怜的莴苣姑娘被残忍的巫婆送到了一个非常贫瘠荒凉的地方,被迫过上了艰难困苦的生活。

就在当天晚上,王子又来探望莴苣。他像往常那样,站在窗户下喊道:

“莴苣,莴苣,

我要上去,

快些放下你的长发。”

巫婆听到王子的呼喊,便把从莴苣头上剪下来的头发挂在窗户上。当王子顺着发辫爬上去后,并没有看到他心爱的莴苣姑娘,等待他的是愤怒又恶毒的巫婆。

巫婆恶狠狠地对王子说:“你的心上人已经不在这里了。她被我送走了,你再也听不到她动人的歌喉了。我要挖掉你的眼睛,让你永远见不到你的爱人!”

听到巫婆的话,悲痛欲绝的王子直接从高塔上跳了下来。王子落在荆棘丛中,被刺瞎了眼睛。从此,双目失明的王子就在树林中游荡,每天只吃一些草根和各种野果,为自己失去心爱的妻子而哭泣。

就这样过了几年,王子在四处流浪中,竟然来到了莴苣居住的荒原上。此时,莴苣已经生下了王子的孩子,一个男孩儿和一个女孩儿。他们是一对双胞胎。莴苣和两个孩子在荒原上的生活非常艰苦。

当王子走进荒原时,一个熟悉的声音传进了他的耳朵里。他下意识地冲着声音传来的方向走过去。莴苣姑娘在王子靠近时,认出了他。莴苣姑娘和王子抱在一起,失声痛哭起来。当莴苣搂着王子的脖子时,她的眼泪落入王子的眼里。王子的视力恢复了,他又能看见东西了。

最终,王子带着莴苣姑娘和孩子们,返回了自己的王国。从此,他们开始了自己幸福的生活。

灰姑娘

从前,有一个有钱人。他和妻子只有一个女儿。

妻子生病了，病得很重。当她意识到自己很快就会死去的时候，她把自己的女儿叫到跟前，对她说："我的女儿，好孩子。即使我离开了，也会在天堂中一直注视着你，照看着你。你一定要做到善良、诚实。就这样，上帝才会保佑你。"很快，小姑娘的母亲去世了。

女孩儿失去母亲后，非常伤心。每天，她都会到母亲的墓前去哭泣。她一直牢记母亲临终前的叮嘱，是一个诚实又善良的好姑娘。

冬去春来，有钱人在第二年迎娶了另一个女人作为自己的妻子。

这个女人嫁给有钱人时，还带着自己的两个女儿。这两个女孩儿长得很漂亮，不过，与美丽的容貌相反，她们的心肠不仅很坏，而且十分恶毒。

自从失去母亲的小姑娘拥有了一个继母和两个姐姐后，她就过上了苦难的生活。两个姐姐不仅抢走了很多小姑娘的漂亮的衣服，而且不允许小姑娘在客厅里和大家一起坐下来吃饭。她们说："要想坐下来吃饭，就得付出劳动，你这个小丫头就到厨房里去干活吧！"

从此以后，小姑娘身穿破旧的灰色褂子，脚上穿着一双木屐，开始在厨房里干活。每天，天还没亮的时候，小姑娘就要起床，挑水、生火、做饭。除此以外，她还要洗全家人的衣服。坏心眼儿的姐姐们并没有就此罢休，她们会把豌豆和扁豆混在一起，倒在煤灰里，让小姑娘一个一个地挑拣出来，想尽办法折磨她。小姑娘过得非常辛苦。

当夜晚降临，劳累了一天的小姑娘需要休息的时候，她却没有能够让自己躺下来休息的床。没有办法，她只能躺在炉灶旁边，睡在煤灰里。因此，小姑娘的身上总是脏兮兮的，所以"灰姑娘"就成了她的名字。

这天，有钱人要到集市上去。临走之前，他问自己的两个继女，需要给她们带回什么样的礼物。一个说要漂亮的衣服，另一个说要珠宝作为礼物。他又问灰姑娘："我的女儿，你想要什么礼物？"灰姑娘对他说："爸爸，我不要漂亮的衣服，也不要华丽的珠宝。如果您在回家的路上，有树枝碰到了您的帽子，您就把它折下来，作为我的礼物吧。"

有钱人在集市上办完事后，便带着买好的漂亮衣服和珠宝回家了。在他回家的路上，需要穿过一片树林。当他骑马走到一棵榛子树下时，一根树枝碰到了他的帽子。于是，他折下这根树枝，放进了自己的口袋里。

等有钱人回到家中，衣服和宝石给了自己的两个继女，树枝给了灰姑娘。灰姑娘把这根树枝栽种在了自己母亲的坟墓上。灰姑娘太想念自己的母亲了，她忍不住趴在坟墓上痛哭起来。

那根树枝在得到了灰姑娘眼泪的滋润后，迅速地成长起来，变成了一棵榛子树，非常美丽。从那以后，灰姑娘每天都会到这棵树下，哭泣、祈祷。每天三次，从不间断。后来，每当灰姑娘祈祷的时候，都会出现一只浑身雪白的小鸟。只要灰姑娘对它说出自己的愿望，小白鸟就会帮助她实现。

过了没多久，国家内所有年轻漂亮的姑娘都接到了来自国王的邀请。原来，国王为了替自己的儿子挑选合适的未婚妻，决定在皇宫里举行一次大型的舞会。舞会将持续整整三天。灰姑娘的姐姐们在得知这一消息后，非常高兴，也非常兴奋。她们要求灰姑娘为自己梳头装扮，为自己装饰参加舞会的服装。灰姑娘按照姐妹俩的吩咐，全部照办了。

和两姐妹一样，灰姑娘也接到了邀请。于是，她不断地向继母恳求，希望她能允许自己和她们同行，一起参加舞会。不过，继母始终没有同意她的请求，认为脏兮兮的灰姑娘根本不配参加舞会。最终，继母对她说，如果灰姑娘能在两个小时内，把混在煤灰里的一碗扁豆全部挑出来，就准许她的请求。

灰姑娘来到屋后的花园里，对着天空祈求道："天上的鸟儿们啊，请你们帮帮我吧，帮我把这些扁豆从煤灰里挑拣出来吧！请把好的放在碗里，坏的直接吞进你们的肚子里。"

很快，从厨房的窗户里飞进了两只鸽子，从空中飞来了斑鸠和各种小鸟。它们落在煤灰上，开始一颗一颗地挑拣豆子。一个小时后，小鸟们在挑拣出刚好满满一碗的好扁豆后,就飞走了。

灰姑娘很高兴,心想自己应该可以去参加舞会了。于是,她捧着挑拣好的扁豆,来到继母面前。但是,没想到的是,灰姑娘的继母认为灰姑娘没有合适的衣服,拒绝了灰姑娘的请求。灰姑娘伤心地哭起来。

继母决定提出更苛刻的要求,来阻止灰姑娘。她对灰姑娘说:"这样吧,假如在一个小时内,你能从煤灰中挑拣出来两碗扁豆,那么我就带你去皇宫。"

灰姑娘再次来到花园里,祈求道:"天上的鸟儿们啊,请你们帮帮我吧,帮我把这些扁豆从煤灰里挑拣出来吧!请把好的放在碗里,坏的直接吞进你们的肚子里。"和上次一样,飞来了白鸽、斑鸠和各种小鸟,它们站在煤灰里,开始挑拣扁豆。半小时以后,它们在挑拣出两碗扁豆后,便又飞走了。

灰姑娘高兴地捧着两碗扁豆,再次来到继母的面前。就在她满心欢喜,觉得自己应该可以去参加舞会的时候,继母以灰姑娘没有漂亮的衣服作为借口,再次拒绝了她的请求。随后,继母就带着自己的两个女儿,急匆匆地前往皇宫了。

于是,家里只剩下了灰姑娘一个人。她来到母亲的墓前,对着榛子树祈求道:"亲爱的榛子树啊,请你动一动,送给我一件用金丝银线制成的衣服吧!"

随即,鸟儿们叼着一件金丝银线制成的衣服和一双配套的舞鞋,放在了灰姑娘的面前。灰姑娘穿上美丽的衣服和舞鞋,独自赶往皇宫,参加舞会。

当她来到皇宫时,看到了她的继母和两个妹妹。不过,她们并没有认出灰姑娘。因为灰姑娘打扮得太漂亮了,大家都认为她是一位来自外国的公主。王子走过来,邀请灰姑娘和自己一起跳舞。整个晚上,王子都和灰姑娘在一起,不愿再和其他姑娘跳舞,也拒绝了其他人对灰姑娘的邀请。

天已经很晚了,灰姑娘对王子说,自己该回家了。王子想知道美丽的灰姑娘是谁家的女儿,便要求灰姑娘允许自己陪她回家。不过,灰姑娘没有答应,直接逃走了。王子一直跟着灰姑娘,看到她消失在了她家饲养鸽子的房间里。王子决定站在原地,等待这家主人的出现。

后来,当王子等到灰姑娘的父亲时,把自己看到的一切告诉了他。灰姑娘的父亲心想,这个美丽的姑娘难道是灰姑娘?于是,他用斧子把鸽子房劈开,发现里面根本没有人。原来,灰姑娘早就从鸽子房的后窗户跳了出来,回到榛子树下,脱下美丽的衣服,让鸟儿把衣服收走。自己重新穿上灰色的褂子和木屐,回到厨房。所以,当继母和她的两个女儿回到家中时,看到脏兮兮的灰姑娘正躺在煤灰里睡觉呢!

第二天,等到父亲和继母带着两姐妹前往皇宫后,灰姑娘再次来到榛子树下,祈求道:“亲爱的榛子树啊,请你动一动,送给我一件用金丝银线制成的衣服吧!”一件更漂亮的衣服落在了灰姑娘的面前。当灰姑娘穿着这件衣服出现在舞会上时,所有人都为她的美丽而惊讶不已。

从舞会开始,王子就在等待灰姑娘的出现。所以,他一看到灰姑娘,就走过来,握住她的手,跳了整整一晚。等灰姑娘要离开的时候,王子又要送灰姑娘回家。不过,在半途中,灰姑娘又一次逃走了。她跑进了屋后的花园中,迅速地爬到了一棵树上。王子不知道她跑到哪里去了,只得又在门前等候。

等灰姑娘的父亲回来时,王子对他说,上次那位不知名的姑娘逃到你们家的梨树上去了。灰姑娘的父亲让人用斧头把树砍倒,发现树上根本没有人。原来,灰姑娘早就从树的另一面跳下来,回到榛子树下,脱下华丽的衣裙,穿上灰色的褂子,返回了厨房。当继母和两姐妹进入厨房时,发现灰姑娘已经躺在煤灰里睡着了。

第三天,等到家里没人的时候,灰姑娘再一次来到榛子树下,祈求道:“亲爱的榛子树啊,请你动一动,送给我一件用金丝银线制成的衣服吧！”鸟儿们为灰姑娘送来了一件更漂亮的衣服和一双纯金制成的鞋子。

当灰姑娘穿着这件衣服和金色的舞鞋出现在皇宫时，所有人都被她的美丽惊呆了。和前两个晚上一样，王子回绝了所有的邀请，只和灰姑娘一个人跳舞。

夜晚降临的时候，灰姑娘要回家了，她向王子告辞。王子要求陪同她一起回家。不过，灰姑娘很快又从王子的身边逃脱了。王子为了预防这一情况，早就做足了准备。他让人在宫殿的楼梯上涂满了柏油。当灰姑娘从楼梯上离开的时候，左脚的舞鞋被粘在了柏油上，留了下来。

仆人们把这只舞鞋交给了王子。王子看着这只小巧精致的金质舞鞋，决定通过这只舞鞋找到那位美丽的姑娘。

第二天，王子带着这只舞鞋来到灰姑娘的家中。他对灰姑娘的父亲说：“让你的女儿都来试试这只舞鞋，谁能穿上，谁就是我的新娘。”

两姐妹听到王子这样说，都非常高兴。她们认为自己长着美丽的双脚，肯定能穿上舞鞋。继母把舞鞋拿给自己的大女儿，让她先试穿。结果，她没法穿上舞鞋。鞋子太小，而她的脚趾太大。站在一旁的继母递给女儿一把小刀，让她把脚趾头割掉。她对女儿说：“没有脚趾也没关系，等你做了皇后，就不用走路了，割掉吧！”

女孩儿割掉了自己的脚趾，忍着痛穿上了舞鞋，来到王子的面前。王子看她穿上了舞鞋，便认为她就是舞会上的女孩儿。于是，王子骑上马，带着她离开了。不过，王子返回皇宫的途中，必须经过灰姑娘母亲的坟墓。当王子骑马走过榛子树前时，树上的两只鸽子高声唱道：“快看啊，快看啊，鞋子里有血，鞋子她穿太小了，她是假的，真的还在家里呢！”

王子听到鸽子的歌声，回头看看姑娘的脚，发现的确正在流血。于是，王子掉头回到灰姑娘的家中，说这不是自己要找的姑娘，要求让两姐妹中的妹妹试穿舞鞋。

和姐姐一样,妹妹穿不上舞鞋。她的脚趾虽然幸运地穿进了鞋里,但是脚后跟却穿不进去。她们的母亲也把小刀递给了小女儿,让她把脚后跟割掉一块儿。终于,女孩儿勉强把自己的脚塞进了鞋子里。她忍着疼痛,来到了王子的面前。王子以为这次应该是真的,就把她带上马,离开了。

可是,当他们走到榛子树前时,树上的鸽子又高声唱道:“快看啊,快看啊,鞋子里有流血,鞋子她穿太小了,她是假的,真的还在家里呢!”

王子下马,仔细看了看姑娘的脚,发现白色的袜子果然已经被鲜血染红了。王子掉头,带着假新娘,再次回到了灰姑娘的家中。王子对灰姑娘的父亲说:“她也不是我要找的那位姑娘。你还有别的女儿吗?”灰姑娘的父亲回答道:“我现在的妻子只有这两个女儿,可是我和前妻还有一个女儿,她叫灰姑娘。不过,可怜的灰姑娘不可能是你要找的那位姑娘。”

王子要求亲自见一见这位灰姑娘。继母连忙阻止道:“高贵的王子,她实在是太邋遢了,浑身脏兮兮的,根本不能见人。”不过,王子并没有理会继母的解释,坚持要见灰姑娘。继母没有办法,只得让灰姑娘走出厨房,来见王子。

洗净了自己双手和脸庞的灰姑娘出现在王子的面前。王子把金质的舞鞋交给了她,让她试穿。灰姑娘向王子行礼后,接过舞鞋,坐在凳子上,脱掉脚上的木屐,穿上了舞鞋。鞋子大小刚刚好,非常合适。王子仔细看着灰姑娘的脸庞,认出了她就是和自己在皇宫里跳舞的美丽姑娘。王子兴奋地叫道:“就是她,就是她,她就是我要找的新娘!她是真正的新娘!”

听到王子这么说,继母和两姐妹既吃惊又生气。灰姑娘被王子带到马上,返回皇宫去了。当他们路过榛子树时,树上的鸽子唱道:“快看啊,快看啊,鞋子里没有血,鞋子她穿正合适,她是真的,王子带着真的新娘回家了!”两只鸽子唱完,便从树上飞下来,落在灰姑娘的肩膀上。它们就这样一左一右的,永远地陪在灰姑娘的身边。

王子要和灰姑娘举行婚礼了。坏心眼儿的两姐妹也来到皇宫中,参加他们的婚礼。两姐妹希望通过巴结奉承灰姑娘,为自己捞点儿好处。不过,当她们出现在教堂里,站在灰姑娘的身边时,那两只鸽子分别啄瞎了她们的眼睛。从此,这对恶毒的姐妹只能是什么都看不到的瞎子了。

儿童的宗教传说

十二使徒

在基督降生前,有一个拥有十二个儿子的妇人。为了要养活自己的十二个儿子,她生活得非常辛苦。不管她怎样努力干活,还是没办法维持正常的生活。于是,她经常祈祷,希望得到上帝的帮助。不过,生活依然越来越艰难。最终,这位母亲没有办法,只好把自己的十二个儿子一个接一个地送走,让他们自己出去找吃的。

这十二个男孩儿中,最大的男孩儿叫彼得。他离开家,走了很远的路。当他来到一座森林里的时候,他迷路了。无论怎么走,都找不到出去的路,也找不到吃的。彼得越来越累,越来越饿。到最后,他连站着的力气也没有了,只好躺在地上。就在他以为自己会就这样死去的时候,他看到一个全身散发着金光的小男儿来到了自己的身边。

小男孩儿看起来很像一个天使,长得非常漂亮,脸上带着很和气的表情。小男孩儿拍了拍彼得,问他:“你在为什么而伤心啊?”彼得回答说:“我四处要饭,就是为了看到救世主的降生,可是我现在快要饿死了,无法实现我最大的愿望了。”小男孩儿对他说:“不要悲伤,你的愿望一定能够实现,跟我来吧!”

小男孩儿带着彼得来到一面悬崖峭壁面前,走进了崖壁上的一个山洞。这是一个非常大的山洞,里面堆满了黄金、白银和宝石,散发着诱人的光芒。在山洞的中央,并排摆放着一些摇篮,刚好十二只。

小男孩儿对彼得说:“到第一个摇篮里去吧,去睡一会儿,我会待在你的身边。”彼得按照他的吩咐,躺在了摇篮里。小男孩儿一边摇着摇篮,一边为彼得唱歌。彼得就这样睡着了。

接下来,彼得最大的弟弟也在自己的守护天使的陪伴下,来到了这个山洞。和彼得一样,他也在天使的歌声中,躺在第二个摇篮里睡着了。就这样,兄弟十二个依次来到这个山洞,分别在十二个摇篮中进入了睡梦中。

他们一睡就是三百年。当救世主基督降生的那天夜里,兄弟十二个同时醒了过来。因为算是和救世主一同降临人间,所以他们被人们称为救世主的十二使徒。

榛树枝

当救世主还是躺在摇篮中的婴儿时,发生了一件事。这天下午,圣母马利亚对在摇篮中熟睡的基督说:“我亲爱的儿子,你睡着了吗?好好地睡,我要到森林中为你采摘一些新鲜的草莓。当你醒来时看到鲜美的草莓,一定会非常开心的。”

于是,圣母马利亚来到附近森林中的一块草地上,那里生长着最好的草莓。当她弯下腰,打算采摘草莓的时候,旁边的草丛中突然出现了一条蝮蛇。受到惊吓的圣母马利亚,转身便跑。蝮蛇则一直在她的身后追赶。当圣母马利亚看到一棵榛树时,她停了下来,躲在树的后面,直到蝮蛇从旁边爬走,彻底消失不见。

当圣母马利亚带着采摘好的草莓离开森林的时候,她说道:“这一次,多亏得到了榛树的保护,以后榛树也要像这样保护其他所有的人。”

正是因为这个原因,从古至今,在抵御蝮蛇一类爬行动物的时候,最好的,也是最值得信赖的东西,就是绿色的榛树枝。

德国：一个冬天的童话

海因里希·海涅(1797—1856)，德国著名诗人。他能用平常的词汇、普通的语句构造出思想深刻又生动优美的诗篇，主要作品有诗集《青春的苦恼》《还乡集》《北海集》《德国：一个冬天的童话》等。

《德国：一个冬天的童话》是一部充满了政治讽刺意味的长诗，它讲述了作者在国外旅行十几年后回到故乡的所见所闻……

序

下面的诗，是我今年在巴黎写成的，在交给出版社出版之前，我把一些不适合德国气候的东西冲淡或删减了。但出版者还是提出了一些顾虑，让我考虑是否修改一下。为此，虽然我很讨厌，却不得不再一次进行修改工作，只得对一些赤裸裸的思想进行改动。但是，我在以后写的诗歌里会表达这个主题。

海因里希·海涅

汉堡，1844年9月17日

第一章

秋风萧瑟的十一月，
我踏上回德国的旅程。
近乡情更怯，
在德国的边界上，
听着熟悉的德语，
我的心跳动得厉害，
泪水开始往下滴。
啊！朋友,我要为你们制作
一首更美好的歌。
我们在这里建起天堂。
我们要快乐地生活，
我们再也不要挨饿。
我们有足够的面包，
玫瑰、常春藤和欢乐，
还有那甜豌豆。
我要谱写一首更好的歌！

第二章

普鲁士的关税员，
在搜查我的箱子。
你们什么也不能找到！
我随身带来的违禁品，
都在我的脑海里。

许多该没收的书籍，
都在我的大脑里。
我旁边的一个旅客说：
“普鲁士的关税同盟，
将会把四分五裂的祖国
联合在一起。
在物质方面，
它给我们外部的统一；
书报检查就可以使
精神的、思想的统一，
这是为了内部的统一。
向内向外都要一致统一，
统一的德国十分必要。”

第三章

亚琛街上的狗都感到无聊，
它们跪下恳求：
“外乡人，踢我一脚吧，
给我们一些消遣。”
我又看到普鲁士军人，
他们没有多少改变。
依然是红色的高领，
依然是灰色的大氅，
依然是那呆板的队伍，
他们的每个动转
仍旧是形成直角。

在普鲁士的国徽上，
我又看见那只鸟[①]，
它狠毒地俯视着我。
我的胸膛刹那间充满仇恨。
谁要是把鸟射下来，
我就把王冠和权杖
授给这个勇敢的人！
向他欢呼：“万岁，国王！”

第四章

夜晚我到了科隆，
莱茵河水在响，
德国的空气吹拂着我，
科隆的大教堂
阴森地高高耸起。
它是精神的巴士底狱。
德国人的理性将要
在这大监牢里毁灭！

第五章

我来到莱茵桥头，
在寂静的月光中

①鸟：这里指普鲁士国徽上的鹰。

看见流动着的莱茵河。
“你好,我的莱茵父亲,
您最近过得怎样?
我怀着渴望的心情
一直想见到您。”
可怜的莱茵父亲
哀诉着自己的不平。

第六章

每个人都有一个
永远陪伴自己的护身精灵。
夜晚我坐在书桌旁,
有时看见一个人站在我身后。
他的手中暗暗
握着一把刑刀。
这个奇异的伙伴
为什么跟着我?
他说:“你精神里设想的,
我就去实行,我就去做。
我是你思想的实践。”

第七章

我回到屋里睡下。
德国人的灵魂在睡梦中

解脱了一切束缚，
它自由了。
德国人的灵魂，
翱翔夜梦中，
它多么骄傲！
当它飞近群神，
众神都心生羡慕。
法国、俄国拥有大陆，
不列颠拥有海洋，
但是梦里的王国，
它拥有绝对的统治权。
当我进入梦乡时，
我梦见了那个奇异的伙伴。
他一刀砍碎了
德意志的一切枷锁。

第八章

我离开科隆去哈根
天气和路况都不好，
车子在泥泞里喘息。
我沐浴在故乡的空气里，
全身充溢这甜美的舒适。

第九章

这时我们到了哈根，

这里有许多美食。
碟子里有一只鹅，
满含深情地看着我，
那么忠实，那么伤感，
它有着优美的灵魂，
但它的肉质却有些硬。

第十章

哈根旅馆里的夜晚，
一个漂亮的女孩，
给我斟了一杯酒。
酒唤起了我甜美的回忆，
我想起亲爱的威斯特法伦人，
他们坚定、可靠而忠心，
没有任何炫耀和夸张。

第十一章

经过条顿堡森林，
我想起高贵的英雄赫尔曼[①]。
他打败了瓦鲁斯，
在这片泥沼里，

---

①赫尔曼：公元9年，赫尔曼率领日耳曼人，在条顿堡森林伏击了罗马的三个军团，几乎全歼罗马军团。罗马军队两万余人，只有百余人生还。这场战役也被誉为日耳曼民族的“立国之战”。

德意志民族胜利了。
若是没有赫尔曼，
我们都会成为罗马人，
也就不会有德意志的自由！
所以在德特摩尔城，
为赫尔曼立了纪念碑。

第十二章

夜晚的森林里，
车子在颠簸中前行。
车轮突然脱了轴，
意外让我们停下来。
四周一片嗥叫声，
这是狼粗犷的嗥叫。
它们火红的眼睛
在黑暗里闪烁。
对我们的到来，
野兽用声音表示欢迎。
我深受感动，
立刻对它们发表了演说：
“狼弟兄们，你们不要怀疑我，
坏蛋们向你们述说，
我已叛变到狗的一边。
但这完全是诽谤，
他们在欺骗你们。
我永远是一只狼，

我有狼的牙齿和良心。
我将要跟着你们永远嗥叫！
你们要信赖我,要自助，
自助者天助！”

第十三章

太阳照常升起，
它在干一件讨厌的事——
照亮了愚蠢的地球！
与此同时，
把地球的另一面转为黑暗。
晨雾慢慢散开，
我在曙光中看到耶稣塑像，
它被钉在十字架上。
每一次看见你，
我都满怀忧愁，
你曾要解救这世界！
你谈论教会和国家，
议会的高级议员们，
因此虐待、摧残你。
十字架上，
成为警戒后人的先例！

第十四章

修好的车子摇晃着前进，

"太阳,你控诉的火焰!"
我想起这首古老民歌[1]。
歌词里有一个凶手,
生活愉快、趾高气扬的他,
最后被发现吊死在一棵树上。
这是复仇者的秘密审判,
太阳是坚强的控诉者,
它给凶手定罪。
"太阳,你控诉的火焰!"
想起这首歌,
就想起我慈爱的保姆,
她会讲童话和民歌。
她说过王女的故事[2],
王女被迫充当牧鹅女,
孤独地坐在野外,
梳理着金黄色的头发。
傍晚,她赶着鹅穿过城门,
看见马头被钉在城门上,
她十分悲伤,深深地哀叹:
"啊,法拉达,你挂在这里!"

---

①这首民歌的歌词全文没有流传下来。内容大意是:少女娥悌里被凶手杀死,临死时曾喊道:"太阳,你控诉的火焰!"后来,那凶手被秘密审判的复仇者吊死在一棵树上。

②这是《格林童话》中《牧鹅女》的故事。一个王后有一个女儿,嫁给远方一个王子。王后叫女儿骑一匹能讲话的马去成婚,并有一个侍女护送,马名法拉达。在路上侍女威胁王女,把新娘的衣服骗过来穿在自己身上,冒充公主与王子结婚,并让公主到城外去放鹅。她下令杀死了能讲话的法拉达,把马头挂在城门上。没想到,马头还能讲话。当公主从城门走过,马头便和公主交谈。最后揭穿了侍女的罪行,公主与王子结婚,侍女被处死。诗中公主与法拉达的对话,和童话中的对话基本是一致的。

马头向着下边叫：
“啊！苦命的人走过这里！”
王女深深地叹息：
“我母后要是知道！”
马头向着下边叫：
“她一定会心碎的！”
“太阳，你控诉的火焰！”
保姆还给我讲了，
红胡子皇帝的故事。

第十五章

恍惚中我就睡着了，
我梦见了红胡子皇帝。
皇帝还有自己的士兵，
他带我观看了马匹。
皇帝说：“如果马匹足够，
我就会开战。”
我叫道：“开战吧，
马匹如果不够，
可用驴子代替。”
红胡子微笑着回答：
“开战完全不要着急，
不是一天就能打下罗马，
好东西都是等来的。
今天等不到，就等明天，
罗马帝国有一句谚语：

谁走得慢,谁就走得稳当。"

第十六章

我在昏昏沉沉中,
又做起红胡子的梦,
我跟他交谈起来。
他渴望我说给他听
这些年来人间的消息。
当我说到路易十六在规罗亭①,
跟王后安东尼特一起被处死。
皇帝张口结舌地说:
"上帝啊,什么是规罗亭上处死?"
我解释说:"规罗亭上处死,
是处死犯人的一种新方法。"
皇帝说:"尊严的国王和王后!
被捆在一起真是太不敬了。
你又是谁,怎么敢用'你'称呼我?
真是狂妄自大啊!
你不知道这是大逆不道和叛国吗?"
老人向我咆哮着。
我也爆发了,大声喊道:
"红胡子先生,你去睡吧!
你只是一个古老的神异,

①规罗亭:即断头台。在法国大革命时期,法国国王路易十六和王后安东尼特都被判死刑,于1793年先后在断头台上被处死。

没有你,我们也要解救自己。
你最好永远待在这里,
我们根本用不着皇帝。”

第十七章

我在梦里跟皇帝争吵,
当然只能是在梦里。
我说:“饶恕我,我高贵的皇帝!”
可是我的皇帝!
你若不满规罗亭,
那就恢复罗马帝国的方式。
你重新恢复它,
让我们回到腐朽的从前。

第十八章

在明登城堡我又做梦了。
我被捆在一座陡峭的岩壁,
我看见一只秃鹫,
很像是普鲁士的鹰。
它抓牢了我的身体,
啄食我的肝脏,
我在哀痛中惊醒过来。

第十九章

我来到汉诺威[1]，
这里的街面真清洁！
有许多令人惊叹的华丽建筑。
我的向导说："这里住着
恩斯特·奥古斯图[2]。
他习惯了大不列颠的生活，
因此经常诉苦说，
这职位是多么无聊，
他在这里就是受罪。
他觉得这里既狭窄又闷，
忧郁经常折磨他，
他甚至担心自己
有朝一日会自缢。
我曾看见他在壁炉旁，
失神地为他的病狗
煮一服泻药。"

第二十章

到汉堡已是满天星光。

---

①汉诺威：当时是一个国王，首都也叫汉诺威。

②恩斯特·奥古斯图：（1771——1851 年）英王乔治三氏的儿子，是英国托利党（后来的保守党）领袖，从 1837 年起充当汉诺威国王。由于王位的关系，从 1714 年至 19 世纪中叶，汉诺威曾与英国联合。

当我站在母亲面前时，
她快乐地喊道：
“是我亲爱的儿子！
啊！你一定很饿了，
你想吃什么？
有鱼、鹅肉，有甜美的橘子。”
在我用餐的时候，
母亲不停地问这问那，
有些问题很难回答。
“我亲爱的孩子！
这十三年在国外，
你是怎么过来的！
有人照料你吗？
你在那里的生活好吗？
能够生活得最好最美？
德国还是法国在你心中
哪个民族占优越的地位？”
我不知道如何回答。
母亲又端出来橘子，
味道非常甜美。
母亲又快乐地问：
“你是否还总是搞政治活动？
你现在是哪个党派？”
“妈妈，这些橘子都很好，
我吃掉它们甜美的浆汁，
却抛弃它的外皮。”

第二十一章

汉堡在大火中烧毁掉了一半，
现在的样子是重新修建的。
我以前熟悉的街道，
有些已经不见了。
我第一次吻我爱人的
那座屋子在哪里？
也消失不见了。
人们现在说到那场火灾，
还会面带恐惧地叹息。

第二十二章

汉堡变化很大，
这里的人变化更大。
他们心情忧郁，意志消沉，
像走动着的废墟。
孩子们都长大了，
那些瘦子更瘦了，
胖子也更胖了。
有些人已经死去，
伟大的灵魂脱离了躯体，
翱翔在上帝的宝座边
成为光明的天使。

第二十三章

在汉堡的大街上，
我碰到了汉莫尼亚，
她自称是汉堡的守护女神！
她嘲笑我：
“你不是勇敢的歌者吗？
你敢和我结伴而行吗？”
我大笑着回答：
“我立即跟着你——
哪怕是走进地狱！”

第二十四章

在汉莫尼亚的小屋子里，
她问我过得怎么样。
我回答说：
“思想常在内心深处冬眠，
它们常在不恰当的时候醒来。
我感觉过得还可以，
但内心深处却很忧闷。
一向轻快的法国空气，
渐渐使我感到压抑，
我开始思念德国，
我必须在德国才能不窒息。
我渴望看到一缕青烟

升起在德国的烟囱里，
渴望撒克逊的夜莺，
渴望山毛榉林里的静寂。
噢，我的女神！
我今天有些感伤，
这是乡愁一样的病。
你可以用一杯茶，
使我的灵魂清爽。”

第二十五章

女神给我沏好茶，
茶里加了些甘蔗酒。
她用温柔的语调说：
“我时常担惊受怕地想，
你住在伤风败俗的巴黎，
是没有人照看你的。
那里没有德国出版商
会忠实地告诫你。
那里轻浮的女子诱惑你，
不要再回去了，
留在我们这里。
我们这里在进步，
你住下来一定体会得到。
你若是能够保守秘密，
我把命运之书给你看，
在这里看能到将来的时代。

"啊！女神！我向你发誓！
我将永远保守秘密！"

第二十六章

女神指着一把旧椅子说：
"椅子上有个坐垫，
坐垫下有个圆洞口，
你从圆洞往下看，
就看得见德国的将来。"
我好奇地跑了过去。
我已经发过誓，
不能说出我看见了什么。
我闻到了令人作呕的气息，
好像从三十六个粪坑[①]里
清扫粪便一样。
上帝！真是可怕啊！
这德国将来的气息，
让我无法忍受下去。
我一下昏迷过去了！
当我再次醒来的时候，
发现自己躺在女神的怀里。
她把我拥抱在怀里，
如醉如狂地唱着什么。

①三十六个粪坑：指德意志联邦的三十六个封建领域。

第二十七章

伪善的老一代，
在说谎中逝去，
渐渐地沉入坟墓。
新一代正在成长，
完全没有粉饰和罪恶，
他们有自由的思想和空气，
我要向它宣告一切。
死去的诗人要尊敬，
活着的也要爱惜。
不要得罪活着的诗人，
他们有武器和烈火。
但丁描述的地狱，
你一定知道！
你要当心我们
把你向这样的地狱诅咒。

豪夫童话

威廉·豪夫(1802—1827),德国伟大的童话作家、小说家和诗人。他虽然英年早逝,却为世人留下了许多优秀的作品,被誉为“德国文学史上彗星式的人物”。他的作品主要有《豪夫童话》《月中人》《撒旦回忆录》《艺桥倩影》《皇帝的画像》等。

《豪夫童话》是威廉·豪夫的成名作,主要取材于德国及阿拉伯国家的民间传说。《冷酷的心》是其中最具有代表性的作品。书中的主人公是一个年轻人,他为了钱财而将自己的心卖给了魔鬼。在经历了一系列磨难后,他终于领悟到:只有勤劳、善良才能让人获得幸福。

冷酷的心

去施瓦本旅行的人,都应该去长满冷杉树的黑森林地区看一看。那里的居民长得膀大腰圆,一双明亮的眼睛里射出粗野而坚毅的光芒。总之,他们身上有着黑森林外的居民所没有的气质。此外,他们的穿着也很有特色。男人们头戴宽檐尖顶帽,留着小胡子,身穿黑色短上衣和有褶皱的灯笼裤,脚穿红色长筒袜,看着奇特而庄重。那里的人,一般以玻璃生产为生。

还有一部分居民做木材生意。他们把冷杉编成木筏,让它们沿河到达荷兰再卖掉。他们沿途也会停留一会儿,等着沿岸居民来买木头和木板。他们已经习惯了这种生活。他们上身穿黑色麻衣，胸前挂绿色背带，下身穿黑皮裤，裤袋里装着一把黄铜尺，脚蹬一双高过膝盖两拃长的靴子。

黑森林人认为，森林里住着两个精灵。其中一个是身高只有三尺半高的小玻璃人，另一个是巨人米歇尔。

据说，这两个精灵和黑森林里的一个青年，曾经发生过一段奇异的故事。

这个青年名叫彼得，他是一个机灵的小伙儿，很小就没了父亲，在母亲芭芭拉的引导下学会了烧炭。彼得整天不是烧炭就是卖炭，浑身又黑又脏，所以很少有人答理他。

彼得经常坐着烧炭，所以有的是时间思考。每当他想起自己的处境时，就难过得想大哭一场，并向往过上美好的生活。后来，他终于知道一切痛苦都是他低下的社会地位造成的。

“我只是个低贱的烧炭工！”彼得自言自语地说，“活得既累又不体面。如果我能穿上干净的衣服，一定有许多人都认不出我。”

彼得非常羡慕筏子手，羡慕他们华丽的服饰和神气的举止。有时，筏子手会大把大把地赌钱，转眼间就或输或赢很多银币。有些木材商一晚上输的钱，比彼得的父亲一年挣的都多。彼得看他们出手这样阔绰，既伤心又羡慕。

有三个人特别令彼得羡慕。第一个是胖子爱泽希尔，他是黑森林里最富有的人。他每年往阿姆斯特丹运两次木材，每次都能卖上好价钱。第二个是细高个儿施鲁格，他是黑森林里最高、最瘦、胆子最大的人。他在酒店里时，会一个人占四个人空间，却没有人敢说半个“不”字，因为他非常有钱。第三个是一个英俊的小伙儿，他是黑森林地区最会跳舞的人，人称“舞场王子”。他原本是个仆人，后来突然发了大财，接着就得到了人们的尊敬。

彼得经常会想起这三个人。虽然他们都贪婪而又无情，却非常受人尊敬，就因为他们有钱。

一天,彼得忧愁地对自己说:“我不能再这样了,得设法弄钱才行。可是,从哪儿才能弄到钱呢?”彼得绞尽脑汁也想不出办法。

忽然,彼得想到了那个民间传说。彼得父亲在世时,经常和穷人们一起谈论有钱人的发财史,并认为米歇尔和小玻璃人功不可没。彼得仔细回味着往事,想到了那首召唤小玻璃人的歌诀:“好几百岁的藏宝人,出没于绿色冷杉挺立之地……”

不过,彼得只记得这两句,曾经想过向人打听剩下的几句,又担心被人看穿心思。有一次,他母亲被他引着提到了小玻璃人,可她也只知道头两句。不过,她说只有在礼拜天十一至十四点之间出生的人,才有机会见到小玻璃人。彼得想,他是礼拜天中午十二点出生的,说不定能见到小玻璃人呢。

彼得想到这里,高兴得不得了,他坚信自己一定能够见到小玻璃人。这一天,彼得卖完木炭,就穿戴得整整齐齐地出了门。临行前,他对母亲说:“我去城里走一趟,请地方官征兵时照顾一下我们家。”

彼得没有进城,径直向黑森林中海拔最高的冷杉丘走去。冷杉丘方圆两小时的路程里都没有人烟,因为人们都认为那儿不安全。尽管冷杉丘上长着粗大的冷杉,却没人敢去砍伐,因为之前去那儿伐木的人不是受伤就是送了命。因此,冷杉丘上的树木长得又高又密,树林里长年都黑糊糊的。彼得走在幽静的冷杉林里,不禁有些害怕。

彼得走上冷杉丘的最高处,停在一棵粗壮的大冷杉树前,朝大冷杉树鞠了一躬,声音颤抖地说:“您好,玻璃人先生!”四周一片死寂。于是,彼得念起了那个歌诀:“好几百岁的藏宝人,出没于绿色冷杉挺立之地……”

就在这时,一个小矮人从大冷杉树后面一闪而过。那个小矮人头戴一顶小尖帽,身穿黑色短上衣,脚穿红色长筒袜,看上去既聪慧又文雅,跟传说中的小玻璃人一模一样。彼得既激动又着急,他迟疑了片刻,然后大声说:“玻璃人先生,我看到您了。”可回答他的,只有一阵沙哑的笑声。彼得刚开始不敢贸然行动,后来就不耐烦地大喊:“别跑,小矮人!我会抓住你的。”说着就一个箭步冲到了大冷杉树后面,却只看见一只小松鼠。

彼得想,小玻璃人不肯见他,也许是因为他没念完歌诀吧,可他实在想不起剩下的歌诀。那只小松鼠站在冷杉树的枝丫上注视着他。彼得看着那只小松鼠,越看越害怕,因为他觉得这只小松鼠时而像一只普通松鼠,时而又像一个头戴三角帽、脚穿红色长筒袜和黑鞋子的人。

彼得觉得冷杉林好像越变越黑,恐怖极了,于是一路狂奔,一直跑到有人烟的地方才慢慢镇静下来。彼得走近一座茅屋,发现这家人以伐木为生,这才意识到自己在慌乱中跑错了方向。彼得受到了这一家人的热情款待。

吃过晚饭,彼得就和主人一家围坐在烛火前消磨时光。外面传来暴风摇撼冷杉林的呼啸声,好像有树木连根断裂了似的。小伙子们想去外面看看,却被老人厉声喝止了:“都好好待着!因为米歇尔正在伐木,谁出去都会送命。”

小伙子们听完,就请求老人讲讲米歇尔的故事。彼得也曾听说过米歇尔,于是也好奇地向老人打听米歇尔。

老人说:“米歇尔是这座森林的主人。我爷爷说,黑森林人曾经是世上最诚实的人,可是一百多年前却开始狡诈、堕落起来。这都是米歇尔造成的。

“一百多年前的一天晚上,一个穿着打扮都像黑森林人的巨人来到一个木材商的门前,请木材商给他派一份差事。木材商见他身形高壮,就答应了。米歇尔果然力大无穷,一个人能干三个人的活儿。半年之后,他请求木材商说:‘您能让我乘木筏出去一趟吗?我想看看我砍的树运到哪儿了。’木材商回答:‘米歇尔,运木筏需要技巧。不过,既然你想见见世面,这次我可以破例让你去。’

“事情就这样决定了。在出发前,米歇尔又轻松地扛来八根粗大的梁木,把大家都吓呆了。木材商非常高兴,因为他知道这八根梁木很值钱。

“木筏撑走了。撑筏工原本以为木筏行进得会很慢,谁知木筏在米歇尔的控制下竟然快速而又顺利地前进,把沿岸的田地、树木和村庄都落在了后面。这样,他们就提前到达了科隆。这时,米歇尔对大家说:‘你们都是商人,自然懂得如何赚钱。科隆人买了咱们的木料,再以高价卖给荷兰人。为什么咱们不把木料直接以高价卖给荷兰人,然后自己拿外快呢?’

“很多人都赞同米歇尔的话,只有一个实诚人劝大家不要这么干。大家都没把他的话当回事儿,米歇尔却怀恨在心。很快,他们就到达了鹿特丹,并在那里以四倍的高价卖出了木料,这令他们高兴得简直快发狂了。米歇尔把钱分成四份,只留一份给主人,其余的都被他们挥霍掉了。那个实诚人则被米歇尔卖掉,从此下落不明。此后,黑森林的小伙子就把荷兰当成了天堂,并奉米歇尔为王。渐渐地,黑森林人就沾染了荷兰人咒骂、酗酒、赌博的恶习。

“此后,米歇尔就不见了,可他的幽灵却久久地徘徊在黑森林里。据说,这一百多年来,米歇尔用钱收买了很多人的灵魂。现在,他一定在到处挑选冷杉,接着就会把它们运到荷兰。任何一艘用米歇尔的木料制造的船只,都会沉没。如果我是荷兰国王,早就下令处死米歇尔了。这就是关于米歇尔的传说。”

这天晚上,彼得一会儿梦见米歇尔拿着一袋金币在他面前晃悠,一会儿梦见小玻璃人骑着一个绿瓶子在房间里来回跑。一个沙哑的声音:“荷兰有的是金子,花点儿工资就是。金子,金子!”接着,又有一个柔和的声音轻声说:“彼得你真笨,你竟然不知道押韵!”

天刚亮时,彼得醒了,他脑海里还残留着押韵的梦,可他连押什么韵都不知道,只好呆呆地凝视着前方。这时,门口传来一阵歌声:“我在山顶挺立,凝视着山谷中的你。”彼得立刻冲出屋子,一把抓住了唱歌的年轻人,大喊:“等等,您唱的是什么?”

“关你什么事?快放开我,不然——”

“不,除非你告诉我歌词!”彼得疯狂地大叫,手抓得更紧了。旁边两个年轻人见了,抡起拳头就把彼得痛打了一顿。彼得痛得只好放手,跪在地上说:“我已经挨了打,你们就告诉我歌词吧。”他们不解地笑笑,把歌词告诉了他。

“原来是‘你’,”彼得吃力地站了起来,“‘地’和‘你’押韵。”接着,彼得就一边默念歌诀一边走向冷杉丘。彼得走近冷杉丘时,看见一个身形巨大的筏子手向他走来。彼得立刻想到了米歇尔,不禁吓得双腿发软。

“彼得,你来冷杉丘干什么?”巨人凶狠地问。

“早上好,老乡,”彼得声音颤抖地说,“我回家路过这里。”

“你回家不用走这里。”

“是,不过走这里更凉快。”

“你撒谎!”米歇尔大吼,“我看见你去祈求小玻璃人了。”接着,米歇尔又温和地说:“你真愚蠢。那个矮子是个吝啬鬼,而且只会让人不快乐,好在你还不知道歌诀。彼得,你这么一个好小伙儿却穷得叮当响,真可怜。”

“我是很可怜。”

“不要紧,我可以一次给你几百个银币。”米歇尔说着,就掏出一个大钱袋抖了抖。彼得看着那个钱袋,心跳加速,身上忽冷忽热,不过他马上想起了老人的话,于是大叫:“谢谢您!我不想和您打交道。”然后拔腿就跑。

巨人追了上来,声音沉闷地威胁彼得说:“你会后悔的。前面就是边界了,你再听我一句话。”彼得一听,拼命跑向面前的一条小沟。米歇尔穷追不舍,并举起了篙子。好在彼得跳过了小沟。这时,篙子忽然碎裂,一片片落在地上。

彼得得意地捡起一块细长的碎片,准备扔向米歇尔,却发现它变成了一条大蛇。彼得急忙松手,可那蛇却缠住他不放。这时,一只大山鸡“嗖”地飞过来,叼着蛇头腾空而去,气得米歇尔直吼。

彼得既累又怕,可还是坚持走上了冷杉丘顶,他向那棵大冷杉树鞠了一躬,说:“好几百岁的藏宝人,出没于绿色冷杉挺立之地,只有礼拜天出生的人才能见到你。”

“彼得,就算你说对了。”一个纤细的声音温和地说。

彼得惊讶得向四周看了看,只见一棵冷杉树上坐着一个头戴一顶大帽子、身穿黑色短上衣、脚蹬红色长筒袜的小老头儿。彼得见他一脸和善,就走近了他,发现他的胡子细如蛛丝,穿戴都是用能够像布一样自如变形的彩色玻璃做的。

“刚才米歇尔吓着你了吧?”小老头儿说,“是我夺走了他的魔篙。”

“藏宝人先生,”彼得向小老头儿深深地鞠了一躬,“原来您就是那只大山鸡呀,刚才多亏您搭救。我来这儿,是因为我觉得做烧炭工实在没有奔头儿,想请您让我像爱泽希尔那样快速发迹。”

“彼得,”小老头儿表情严肃地把一口烟吐得老远,“别跟我提这种人。他们看上去走运,可将来会非常不幸。你祖孙三代都是烧炭工,你不能因为偷懒而鄙视烧炭手艺。”

彼得红着脸说:“我知道偷懒是万恶之首,但是烧炭工实在太卑贱了。如果我换个职业,也许能够得到一点儿尊重。”

“人真奇怪,”小老头儿说,“几乎都不满足于自己的出身和职业,总是这山望着那山高。好吧,如果你能好好工作,我愿意帮你改善处境。你可以说三个合乎情理的愿望,前两个我会无条件满足你,但第三个我有权拒绝。现在,说出你的愿望吧。”

“我的第一个愿望是把爱泽希尔和舞场王子都比下去。”

“傻瓜!”小老头儿气愤地说,“你真愚蠢。你去跳舞、赌博,对你们母子有什么好处呢?说出你的第二个愿望吧。记住,要提得合乎情理!”

“我要一个大玻璃工厂。”彼得迟疑地说。

“还有吗?”小老头儿忧虑地问。

“唔———一匹马和一辆车。”

“唉,彼得呀彼得,你真糊涂!”小老头儿大叫,把玻璃烟斗摔得粉碎,“你要的应该是理智！这样你自然就会有马和车了。不过,一座好玻璃工厂可以养活很多人,我可以满足你这个愿望。”

“既然理智如此重要,那我第三个愿望就要理智吧。”彼得说。

“你以后还会遇到很多困难,到时我允许你再随意提一个愿望。这儿有两千个金币,”小老头儿掏出一个小钱包,“够你用了,以后不许再向我要钱。明天清早,你去买一座大玻璃厂,然后好好工作。我会经常去提点你,因为你没跟我要理智。我老实告诉你,从来没有人能从酒店里得到好处,所以你要当心。”小老头儿说完,拿出一个崭新的乳白色玻璃烟斗,装上几颗干冷杉,用没牙的小嘴叼着,再用火镜点燃烟斗,之后就消失在一股具有正宗荷兰烟草味儿的烟云里。

彼得回到家里时,母亲正在担心他。彼得高兴地告诉母亲,他遇到了一位能够帮助他改行的朋友。母亲虽然习惯了烧炭的清苦生活,但听说儿子能改行,也变得虚荣起来:“如果你做了玻璃工厂主,那我们就是上等人了。”

彼得买下了玻璃工厂,让工人们日夜生产。起初他兴致很高,经常双手揣兜在工厂里指手画脚,不时引来一阵大笑。可没过多久,他就渐渐减少了来工厂的次数,转而去酒店鬼混。

彼得从冷杉丘回来后第一次进酒店时,爱泽希尔和舞场王子已经到了。彼得急忙去摸衣兜,发现里面果然装满了钱,接着他就不由自主地跳起舞来,而且比舞场王子跳得更好,令人们既兴奋又惊讶。人们听说彼得成了玻璃工厂主,又看他给乐师扔去一枚枚银币,更是惊讶不已,都非常尊敬他。这天晚上,彼得输了二十个金币,可他却高兴而骄傲,还慷慨地赏了一些钱给穷人。

彼得赢得了“舞场皇帝”的美誉,还把所有豪赌的人都比了下去。此后,彼得几乎每天都放纵自己去赌,最后变成了黑森林里最贪杯好赌的人。他的玻璃工厂也逐渐败落,因为他缺乏理智,只知道大量生产玻璃却不懂销售技巧，最后只好把玻璃以半价出售。

一天晚上，他一边忧郁地走出酒店，一边惊恐地想到自己快破产了。突然，彼得发现小玻璃人正跟着他，不禁生气地说：“车、马和玻璃工厂有什么用？我当烧炭工时，整天都无忧无虑的，可现在呢？我欠了一身债，早晚得倾家荡产！”

“是吗？”小玻璃人问，“谁叫你自己愚蠢，不懂销售技巧就想当玻璃商！你太不理智了！”

“我不理智？我聪明得很！小矮人儿，”彼得一把抓住了小玻璃人的衣领，“你马上给我二十万、一幢房子和——啊！”彼得大叫着甩开手，因为小矮人变成了一块火红的玻璃。

彼得被烫伤之后，也曾意识到自己的错误，可几天之后他就无所谓了：“只要爱泽希尔有钱就行，因为我总是比他有钱。”

彼得想得没错。可是，如果哪一天连爱泽希尔也没钱了呢？这种事情果然发生了。这一天，彼得坐车来到酒店门口，客人们议论纷纷，一位客人说：“听说彼得负了债，就要破产了。”

彼得自负而庄重地跟客人们打着招呼，然后大声问：“老板，爱泽希尔到了吗？”

“彼得，就差你了！”爱泽希尔在里面大喊。

彼得走进酒店，同时伸手去摸口袋，发现衣兜里又装满了钱，于是坐下来就赌。他赢了输输了又赢，一直赌到天黑人稀还不想回家。爱泽希尔说：“好吧，我先数数钱，再接着赌。”爱泽希尔还剩一百个银币，他先赢后输，输得只剩下五个银币时，大叫：“再来！彼得，如果我输了，你就借我一些。”

“好。”彼得满口答应。就在爱泽希尔摇骰子时，他们身后传来一个沙哑的声音：“好了，到此为止。”

彼得扭头一看，发现那人竟然是米歇尔，吓得把钱都丢了。可是爱泽希尔却没发觉，只顾向彼得借钱继续赌。彼得翻遍了所有的衣兜，却没有找到一文钱。

酒店老板和爱泽希尔都不相信彼得没钱,竟亲自动手去搜彼得的衣兜,自然也没找到,就说彼得用魔法把钱转移了。彼得百口莫辩,最后被他们推到了门外。

彼得伤心地摸黑向家里走去。一个黑影跟了彼得很久,然后说:“彼得,你完了!这就是你相信小玻璃人的结果。我很同情你,愿意帮你走出困境。如果你愿意,明天去冷杉丘找我,只要叫我一声就行。”彼得知道黑影是谁,吓得拔腿就跑。

第二天早上,彼得走进玻璃工厂,发现地方官和法警正等着他。地方官跟彼得打了声招呼,然后亮出一张长长的名单,严肃地问:“请您爽快地回答能否还清这些人的债务。”彼得根本没有钱,只好拿玻璃工厂抵债。在地方官和法警清点资产时,彼得想到了巨人,于是急忙奔向冷杉丘,直到到达上次的边界才停住,一边喘息一边大喊:“米歇尔,米歇尔先生!”米歇尔应声出现。

“你来了?”米歇尔大笑着说,“我知道你破产了。这一切都怪小玻璃人儿那个吝啬的伪君子。你去我家吧,也许我们能做成一笔买卖。”米歇尔说着,就转身走向冷杉林。

“跟我做买卖?”彼得心想,“我只会干活儿,没有值钱的东西能出卖。”可他依然跟着米歇尔走了。他们沿着一条林间小路走上了一个阴森而险峻的峡谷上。米歇尔纵身跳下山崖,然后就变得像楼房一样高,把彼得吓得都快晕了。他把一只长手臂伸向彼得,叫彼得抓紧他的手指,然后就带着彼得向深谷飞去。

深谷里非但不黑反而越来越明亮,照得彼得都快睁不开眼睛了。最后,米歇尔恢复了原形,带着彼得来到了一所普通的房子里。

米歇尔拿来一壶酒和几只玻璃杯,和彼得边喝边谈。米歇尔向彼得描绘了外面世界的美丽,彼得听得心驰神往。

“虽然你竭力想干一番事业,却担心自己的名誉会因此受损。最近的一连串打击令你很难受吧?这是什么造成的?”

“我的心。”彼得的心“怦怦”地跳。

“你呀！你把银币赏给那些下贱的人，得到过什么好处？没有，你被赶出了家门！为什么你会可怜那些下贱的人呢？因为你太容易被感动了。”

“怎样才能不感动呢？我总是控制不住自己的内心。”

“你当然无法控制它。你可以把它交给我控制，这会令你倍感舒服。”

“把我的心交给你？不行！”彼得吃惊地大叫，“我现在还不想死。”

“你不用死，因为我不会像医生那样取出你的心。你跟我来。”彼得跟着米歇尔走进一个房间，只见里面摆了许多装满透明液体的玻璃杯，杯子里装着人心，杯子外面贴着写有人名的标签，其中就包括爱泽希尔、舞场王子等方圆数百里内最有声望的人。

“你瞧！”米歇尔说，“这些人都把心交给了我。”

“那他们靠什么活呢？”彼得几乎快要晕倒了。

“就靠这个。”米歇尔说着，递给彼得一块心形的大理石。

“一颗冰冷的石头心！”彼得浑身竖起了汗毛。

“石头心虽然冰冷，却可以抵挡任何烦恼的侵袭。”

“我需要的是钱，不是这么一颗石头心！”彼得失望地说。

“我可以给你十万个银币。”

“十万？”彼得高兴得心都快跳出来了，“好！米歇尔，我们成交。”

“好。我们先去外屋干一杯，再开始交易。”米歇尔和善地说。他们一杯接一杯地喝。彼得醉得不省人事，醒来时发现自己正衣着华丽地坐在一辆豪华邮车里，才意识到到底发生了什么事。

现在，彼得既不会为自己离家那么久而悲伤，也不会可怜孤苦无依的母亲。总之，他对困扰人类的一切情感都无动于衷了。

彼得心想，这一切都要感谢米歇尔的石头心，如果再有十万个银币，就万事大吉了。接着，彼得在车里搜到了无数的衣服、银币和商票,于是舒服地坐着邮车向远方驶去。

彼得在外游荡了两年,欣赏过各种新鲜事物却无动于衷,只喜欢吃与睡。有时,彼得会想起从前与母亲在一起时的辛苦日子,那时虽然辛苦却很快乐。可是现在,他竟然连笑都不会了,只会机械地咧咧嘴。彼得就这样过了两年单调、乏味的生活,后来终于忍不住回到了黑森林。

彼得看着熟悉的风景,听着浑厚的乡音,不禁有些心动,却怎么也无法像他想象的那样激动。他知道,这一切都是因为他有一颗无情的石头心。

彼得去找米歇尔,说:“米歇尔,我看到了很多新鲜事物,可还是很无聊,整天活得一点儿意思也没有。你能让我的心不那么冰冷吗?如果你不能,就把我的心还给我吧。”

米歇尔听完,冷笑着说:“你今生没机会再拥有一颗真心了。你已经开了眼界,现在可以考虑成家立业,这样你就不会无聊了。”

彼得认为米歇尔说得也对,就决定好好工作赚钱。彼得临走时,又得到了十万个金币。

不久,彼得衣锦还乡的消息就传开了。人们都非常尊敬他。彼得名义上做的是木材生意,其实是在做谷物买卖和放高利贷。渐渐地,彼得成了一个大债主,连地方官都乐意为他效劳。穷人们围在他家大门口求他,他生气地放出几条大恶狗,把很多人都吓跑了。不过,有一个“老太婆”却令彼得很为难,她就是彼得的母亲芭芭拉。自从彼得把心卖掉之后,芭芭拉就一直过着孤苦无依的生活,她曾经颤巍巍地拄着拐杖来找彼得,却被彼得赶了出去。芭芭拉既难过又不甘心,每个礼拜天都会去找彼得。彼得想起母亲那干枯的双手和哀怨的眼神,丝毫没有怜悯之情,只是生气地叫仆人递给她六个银币。

后来,彼得有了结婚的念头,他找遍了整个黑森林也没找到一个他认为漂亮的女子。一天,彼得听说黑森林地区有一个漂亮、贤惠的姑娘,就来到姑娘家向她求婚。姑娘的父亲听说大财主彼得要做自己的女婿,立刻就答应了。于是,善良、温顺的姑娘丽丝贝塔就成了彼得的妻子。

丽丝贝塔做的每一件事,都无法令彼得满意。一天,彼得发现丽丝贝塔竟然施舍钱物给穷人,就生气地斥责她说:“你为什么把我的钱随便散给那些叫花子?如果你再这么做,我非揍你不可!”丽丝贝塔见丈夫如此吝啬、狠毒、薄情,伤心地哭了。此后,每当她看到门口有穷人乞讨时,就紧闭双眼,努力控制自己不去掏钱,因此人们都认为她也变吝啬了。

一天,彼得骑马出门了,所以丽丝贝塔非常高兴地坐在大门口纺纱。这时,一个小老头儿背着一个沉重的大口袋,气喘吁吁地向她走来,请求她给他一口水喝。丽丝贝塔非常同情地说:“老人家,您都这么大年纪了,不应该背这么重的东西。”

“是啊,可我只能靠干这种活计养家糊口。”

丽丝贝塔赶紧进屋倒了满满一壶水,又拿了一大杯酒和一块黑面包,一起递给了老人,说:“您年纪大了,喝口酒比喝水更管用。”

小老头儿感动得都快掉眼泪了,他喝完酒,说:“太太,我活了大半辈子,很少见到像您这样的好心人,您会因此幸福一辈子的。”

“是吗?”彼得在他们身后生气地大叫,“好哇,你竟敢把我的美酒和酒杯都拿给叫花子!我要你好看!”

丽丝贝塔吓得急忙跪地求饶,可彼得丝毫没有怜悯之心,拿着马鞭鞭柄照着她的额头就打,打得她当即就断了气。小老头儿说:“彼得啊彼得,你太残忍了。”

彼得面无血色地说:“您是藏宝人先生!事情已经无法挽回了,我希望您不要去法庭告我。”

“你应该受到更严厉的惩罚。没有心的东西!”小玻璃人说。

“这都是你一手造成的。”彼得大叫。

小玻璃人应声变大,用两只“鹰爪”一样的手提着彼得的脖子转了几圈再放手,把彼得痛得在地上直打滚。

“畜生!”小玻璃人大吼,“你本该受死的。我看在你亡妻的分上,限你在八天内改邪归正,不然我就让你粉身碎骨。”

傍晚时,几个过路人发现彼得躺在地上,就设法弄醒了他。彼得呻吟着睁开眼睛,然后就四处寻找妻子,却怎么也找不到她,这才意识到刚才的一切都是真的。彼得的心一下子乱了,因为妻子的死让他想到了自己的死。他想到了穷人们带给他的眼泪和诅咒,还有母亲、妻子的谴责……

夜里,彼得听见一个甜美的声音经常叫他弄一颗真心。彼得知道,这是妻子在告诫自己。这一天,彼得在酒店里碰到爱泽希尔,就和他天南海北地聊了起来。最后,彼得问爱泽希尔人死后会怎么样,爱泽希尔说:“尸体埋掉,灵魂升上天堂或打入地狱。”

“那人心呢?”彼得紧张地问。

“当然跟尸体一起埋了。”

“那么,没心的人会怎么样呢?”彼得接着问。

爱泽希尔一下子愣住了,瞪着彼得问:“什么?你认为我没有心?”

“当然有,一颗石头心而已。”彼得说。

爱泽希尔惊讶不已,小声地问彼得:“你怎么知道?难道你也和我一样?”

“你说,将来我们会怎么样呢?”彼得问。

“你没必要为这事儿犯愁,”爱泽希尔大笑着说,“只管逍遥自在地过完这一辈子就成。”

“我忍不住会想。虽然我现在不知道什么叫害怕,可我知道地狱非常恐怖。”

“嗯——我想我们不会有好下场的,”爱泽希尔说,“因为我们罪孽深重。"

"对,我一想起这件事就觉得自己冷酷无情。"彼得说。

当天晚上,那个甜美的声音又叫彼得弄一颗真心。彼得并不后悔杀死妻子,但他一听到妻子的告诫,就想到了小玻璃人儿。第七天,彼得起了床就骑马向冷杉丘奔去。

彼得拴了马,然后快步走上树木繁茂的冷杉丘丘顶,对着那棵粗大的冷杉念起了歌诀:"好几百岁的藏宝人,出没于绿色冷杉挺立之地,只有礼拜天出生的人才能见到你。"

小玻璃人应声出现,他身穿一件黑玻璃外套,头戴一顶缀有长黑纱的帽子,满脸悲伤。

"彼得,你找我干什么?"小玻璃人声音低沉地问。

"请您帮我实现一个愿望。"彼得看着地下说。

"我恐怕满足不了你,你已经得到了你所需的一切。"

"可我还有一个愿望没提。"

"好吧,说来听听。"

"请您还我一颗真心。"

"你应该去找米歇尔。"

"他不肯还我。"

"虽然你可恶至极,但你的愿望很合情理,我可以帮助你,"小玻璃人说,"现在,你去找米歇尔那个自以为是的蠢货,然后照我的话去做。"小玻璃人嘱咐了彼得一番,又给了他一个小十字架:"如果米歇尔伤害你,你就拿出这个十字架对着他祈祷。事成之后,你再过来找我。"

彼得照着小玻璃人的吩咐来到米歇尔的寓所,叫了三声"米歇尔",米歇尔立刻出现了。

"你杀了你妻子?"米歇尔笑着问,"对,就应该这么做。不过,就怕她家人会去闹事儿,你最好暂时出去躲一躲。你来找我,是不是想要钱出门避难?”

“是。我打算去美洲,所以需要很多钱。”彼得说。

米歇尔从一只装满金钱的箱子里取出一锭锭金子放在桌子,开始点数。这时,彼得说:“米歇尔,你真狡猾,你没有给我一颗石头心,你只是让我的心跳停止了。”

“什么?”米歇尔惊异地问。

“我的心还在。爱泽希尔也一样,他还说你骗了我们,因为你没有能力把人心安全地悄悄取出。”

“不可能,我保证你们原来那颗柔软的心都在我这儿。”米歇尔生气地说。

“你骗谁呀!”彼得大笑着说,“你的那些装着所谓‘人心’的杯子,它们都是蜡做的。我在旅行时见过这类玩意儿。”

米歇尔听完,火冒三丈地说:“看吧,那一颗心就是你的。它跳得如此剧烈,怎么可能是蜡做的?”

“人心不是这么跳的。你就是一个骗子。”彼得说。

“我没骗你!我可以证明!”米歇尔大怒,说着就一手拿起彼得的心,一手掏出彼得的石头心,又对着彼得的心吹了一口气,然后把它放进了彼得的胸膛。彼得立即有了心跳,高兴不已。

“感觉如何?”米歇尔笑着问。

“你说得对,”彼得一边回答,一边小心地掏出那个小十字架,“原来你真的会魔法。”

“这下你相信我了吧。好了,我现在要把石头心放回去。”

“等等!”彼得大叫着后退一步,拿着小十字架对着他祈祷起来。

米歇尔越变越小,最后倒在地上一边抽搐一边呻吟。与此同时,周围的人心也抽搐、跳动起来。彼得吓得狂奔出去,然后慌忙爬上峭壁,径直跑向冷杉丘。这时,空中突然电闪雷鸣,把彼得身边的冷杉击得粉碎,可彼得却安然无恙。

彼得平安地到达了小玻璃人的领地,他为自己的心能够跳动而欢乐,也为自己打死了妻子而深深地自责。这时,他想起自己因为吝啬而打死妻子的情景,不禁痛哭起来。

小玻璃人高兴地坐在冷杉树下抽着小烟斗:“你哭什么?难道你没能要回自己的心?”

“先生!”彼得叹了一口气,“一颗冷酷的石头心是不会痛哭的。现在,我回想起自己以前的种种恶行,难过得心都快碎了!”

“彼得!你的确是个恶人,”小玻璃人说,“这都是懒惰和金钱害的。既然你有心忏悔,我可以帮你赎罪。”

“已经来不及了,我作恶多端,不但不同情穷人,还虐待母亲、打死妻子,根本没脸活在世上。请您打死我吧。”彼得低着头伤心地说。

“既然如此,我就拿板斧成全你。”小玻璃人说着就收起了烟斗,慢慢地走到了冷杉树后面。彼得坐在草丛里边哭边耐心地等待小玻璃人给自己一板斧,接着就听见一阵轻轻的脚步声,又听见小玻璃人大喊:“彼得,你回头看看!”

彼得看见母亲和妻子正亲切地望着自己,不禁高兴得大叫:“原来你们都还活着!你们会原谅我吗?”

“会的,”小玻璃人说,“因为你真心悔过了。忘掉过去的一切吧,继续做你的烧炭工。只要你踏实肯干,自然会得到邻居的认可和尊敬。”

彼得一家表达了对小玻璃人的感谢和祝福,向家里走去。

彼得那座富丽堂皇的房子连同里面的所有财宝,都被雷电烧得精光。他们一点儿都不心疼,径直向母子二人从前居住的茅屋走去,却惊奇地发现茅屋变成了一座漂亮的房屋。

“这一定是小玻璃人儿的功劳。”彼得大声说。

“真好!”丽丝贝塔说。

彼得从此就变成了一个踏实肯干的人,他疼爱妻子、孝顺母亲、同情穷人，逐渐得到了人们的尊敬。

一年之后，丽丝贝塔生了一个漂亮的男孩，于是彼得来到了冷杉丘，请求小玻璃人做儿子的教父。可是，他念完了歌诀，却没见小玻璃人出来，只听到一阵风吹落冷杉果的沙沙声。彼得说："既然您不肯露面，我也只好走了。"说着，就捡起几颗冷杉果回家了。彼得回到家里，发现那几颗冷杉果竟然变成了四包银币！原来小玻璃人以这样的方式给小彼得送去了受洗礼物。

彼得一家一直快乐地生活着。彼得常说："贫穷而知足，总比有钱却冷酷要好。"

茵　梦　湖

特奥多·施托姆(1818—1888),19世纪德国著名的小说家、诗人,他和法国的莫泊桑、俄国的契诃夫生活在同一个时代,是举世公认的中短篇小说大师。

《茵梦湖》发表于1850年,是施托姆前期小说创作的代表作,堪称经典的感伤爱情名篇。小说描述了一个美丽的爱情故事:莱因哈特与伊丽莎白从小一起长大,青梅竹马,感情非常好。后来,伊丽莎白的母亲强迫伊丽莎白嫁给了家境富裕的埃里希。多年后,相爱的两个人在美丽的茵梦湖畔再度重逢……

一个老人

一位衣着讲究的老人在深秋的下午慢慢走着。从他的样子可以判断出,他可能是刚刚散完步,正向家里走去。他脚上穿着一双沾满了泥土的过时的搭扣鞋,头发已经全白了,但是一双眼睛却仍然充满了光彩。他不时地转过头向四周看看,有时也会看一下山下那座被落日余晖包围着的城市。最后,他停在一座高高的山墙房前,看了一眼山下的城市后进入了门厅。他按了一下门铃,铃响之后,一位老妇人为他开了门。“现在还早,还用不着开灯。”他说话的口音有点儿像南方人。门厅很宽敞,老人穿过门厅去了起居室。这里有很多高大的橡木橱柜摆放在墙的四周,橱柜里摆着各种颜色的瓷花瓶。他不疾不徐地爬上楼,来到房间内。这个房间面积不大,但却充满了宁静而舒适的气氛。一面墙上挂着几幅风景画和肖像画,另一面墙边放着书架;一张铺着绿台布的书桌,几本翻开的书随意地躺在上面。书桌前是一把放着丝绒靠垫的扶手椅,和书桌相比,这把椅子显得有些笨重。老人走到房间角落里,摘掉帽子放在那里,然后坐到扶手椅上休息。他就这样坐着,直到月亮升了起来,把光亮洒在墙上的几幅画上面。老人的目光随着明亮的月光移动着,移动到那张普通黑色镜框里的一幅小画像上才停下来。他轻声地呼唤道:“伊丽莎白!”他的这声呼唤一下子就把他带回到少年时代。

一对孩子

转眼间,一个大约五六岁的小女孩来到他的面前,她就是美丽可爱的伊丽莎白。她有一双褐色的大眼睛,在脖子上那条红色围巾的衬托之下,显得更加可爱。

“莱因哈特,我们放假了,今天和明天我们都不会上课了!”她对他喊道。

莱因哈特立即扔掉手里的东西,和伊丽莎白一起冲出家门,往花园那个方向跑去。两个小家伙很快就来到公园的草地上,这次意外的放假让他们高兴得忘乎所以。这里有一间为度过夏日黄昏而准备的小屋,是他们两个人一起用蓬草枝条搭建起来的。现在屋子里还缺少一条板凳。这是莱因哈特的活儿,他立即动手干了起来。在他干活儿的时候,伊丽莎白出去采锦葵籽去了。此时,莱因哈特终于把板凳做好了。他到屋外呼吸一下新鲜的空气,这时伊丽莎白已经走出去很远,走到草地的另一边去了。

莱因哈特大声地喊道:“快来看,现在我们的小屋里什么都不缺了。看你跑得满头大汗的,快进屋来感觉一下我新做的板凳。我还要给你讲故事呢!"

说着,他们进入小屋,坐在了莱因哈特刚刚做好的板凳上。伊丽莎白把刚才摘的锦葵籽从裙兜里拿出来,用长长的头绳穿起来。这时,莱因哈特的故事开始了:"话说从前,有三个纺织女……"

"这个故事我都听了不知道多少遍了,你能不能换个新鲜点儿的。"伊丽莎白说道。

莱因哈特被伊丽莎白说得很窘迫,于是就讲起了一个可怜人被扔进狮子洞穴的故事。"在一个夜里,"他讲道,"这个故事你听过吗?夜里狮子们都睡着了,它们打着哈欠,吐着血红的舌头,那个可怜人就在狮子的身边,他浑身颤抖着,想着可能出现的各种结局。这个时候天就快要亮了,可怜人以为自己就要死了。就在这个时候,他看到眼前出现了一个明亮的光圈,接着就看到了一个天使。那个天使向他招了一下手,就走到岩石里面去了。"

"天使?"伊丽莎白问道,"那他肯定长着翅膀吧?"

"长没长我也不知道,反正故事就是这样的,"莱因哈特回答说,"其实哪有什么天使呢!"

"莱因哈特!"伊丽莎白盯着他的脸问道。莱因哈特好像有点儿生气了,便瞪了她一眼。伊丽莎白没有理会他,继续说:"为什么妈妈、姑姑都这么说?还有学校里的其他人,也都这么说?"

"你去问他们好了,我可不知道。"莱因哈特回答说。

"那你说,到底有没有狮子?"

"狮子?怎么会没有呢!据我所知,印度就有。印度教派的僧侣把它们当成牲畜来用。等以后我长大了,我一定要去印度亲眼见识一下。我想把你也带上,你愿意和我一起去吗?"

"好啊!不过,我们的妈妈也要一起去。"

"那可不行。到时候她们都老了,不适合做长途旅行。"

"可是我妈妈是不会同意我一个人出门的。"

“到时候就会同意了。那时候你已经成为我的妻子了,别人可管不着你了。”

“那我妈一定会非常伤心的。”

“我们又不是不回来了,”莱因哈特生气了,他说,“你到底是愿意还是不愿意?要不,我自己去了,以后再也不回来了。”

伊丽莎白委屈得眼泪都快要出来了。她说道:“你别生气啊,我愿意和你一起去。”

听到伊丽涉白这样说,莱因哈特高兴极了。他拉着她的手跑到外面的草地上,然后一边拉着她转圈儿一边高喊:“去印度了!去印度了!”过了一会儿,他把伊丽莎白的手放开了:“你缺少勇气,所以我觉得这事没戏。”

这个时候,他们听到园门那边有人在喊他们。“我们在这儿呢,这就来。”说着,两个孩子拉着手向家里跑去。

在树林里

莱因哈特与伊丽莎白就这样生活在一起。只要有时间,他们总会待在一块儿,尽管他觉得她有时太过文静,而她则认为他经常显得很急躁。有一次,莱因哈特看到老师指责伊丽莎白后非常生气。他把算盘猛地往桌子上一摔,想借此转移老师的注意力,但是老师并没有受到他的影响。如此一来,莱因哈特也没有心情好好地上课了,于是就写起诗来。他把伊丽莎白比作一只洁白的鸽子,把老师比作一只乌鸦,把自己比作一只雏鹰。他写道:“雏鹰发誓,等以后翅膀长硬了,一定要找乌鸦复仇。”在那一瞬间,他觉得自己是世界上最高尚的人。回到家后,他赶紧找了一个没有用过的本子,把自己创作的第一首杰作抄在上面。

不久,莱因哈特转到了另一所学校,在那里他交了几个新朋友,他们年龄相仿,有很多共同话题。尽管如此,他依然和伊丽莎白保持着良好的关系。现在,他把那些以前给伊丽莎白讲过的,那些她最喜欢的故事都写下来。他并没有如实记录,而是把自己的想法也给加了进去。可是他没有成功,至于为什么会这样,他自己也不太明白。于是,他只能按照自己听来的如实写下来。他把写好的一页页文稿送给伊丽莎白,她把它们小心翼翼地收好。晚上,她经常把他写的这些故事念给自己的母亲听,这让他感到相当满意。

七年时间很快就过去了。莱因哈特因为升学要离开这座城市了。没有莱因哈特的日子,伊丽莎白不知道该怎样度过。莱因哈特考虑到了这一点,他不想让伊丽莎白难过,所以就对她说,他仍然会像以前那样给她写故事,而且还会把他所写的故事夹在给母亲的信里寄给她;无论她是否喜欢那些故事,都要写信如实地告诉他。眼看着离开的日子一天比一天近了,他又抓紧时间为她写了一些诗,那个小本子都快要写到一半了。虽然这些诗都是为伊丽莎白所写的,但是她并不知道这个秘密。

六月到了,莱因哈特还有一天就要走了。亲友们想好好地利用这一天的时间与他待在一起,于是决定到不远处的一处丛林郊游。到达目的地后,大家拿着装有食品的小篮子向树林里走去。在阳光的照耀下,这里的一切都闪着光泽,树叶也绿油油的,格外好看。一只小松鼠在人们头顶上的树枝上跳来跳去。大家走到一块空地上,坐下来休息,那里的山毛榉树冠都连在了一起。伊丽莎白的母亲把一个食篮打开,一位上了年纪的先生跑过来帮忙。他喊道:“孩子们,你们都过来。大家听好了,现在分给你们每个人两块干面包当早餐,黄油在这里;至于配菜,那就需要自己靠自己的本领去找了。这片树林里有很多草莓,找不找得到就是你们自己的事了。如果有人没有找到,那么除了干面包就什么也吃不到了。这就是天底下都一样的生活法则。你们懂了吗?”

“懂了!”年轻人大声回答说。

“很好，”老先生说，“现在我还有话要说，我们这几个老人都历经过无数艰辛，现在就留在这些大树下，为你们准备午饭。我们有很多活要做，比如说削土豆、生火、煮鸡蛋。所以你们必须让我们在饭后可以吃到甜果，也就是说，你们要说采到的草莓分给我们一半。好了，我没什么可说的了。你们现在出发吧。记住，绝不能反悔！”

年轻人都兴致勃勃地准备出发了。这时，老先生再次叫住了他们：“如果你们有人什么也没有找到，那就不用交份子了。但是，要想从我们几个老人这里分到东西，可是一点儿指望都没有。好了，你们已经受了很多教育，要是你们今天能够把草莓带回来，那你们今天都有不小的收获了。”

孩子们听完之后便成群结队地出发了。

“这边来，伊丽莎白，”莱因哈特说，“我可不能让你啃干面包，我知道在哪里能够找到草莓。”

伊丽莎白系上草帽上的绿色丝带，然后把草帽倒着拿在手里说：“好，我们走，我已经做好了装草莓的篮子。”

他们两个人往森林的深处走去。那里树木更加繁茂，四周安静极了，可以清晰地听见鹰隼飞过时发出的叫声。越往前走，树木的枝叶越茂盛。后来，浓密的灌木丛挡住了他们的去路。莱因哈特在前面开路，这边拨开一根野藤，那边折断一根枝条。他奋力地向前走着，不一会儿听到伊白莎白的叫声：“莱因哈特，你慢点儿走，等等我。”她喊叫着，却不见人影儿。莱因哈特很着急，大声地呼叫着伊丽莎白。一会儿之后，他看到她就站在离自己不远的地方。她被一些小树给缠住了，正在想办法从中挣脱出来。他退了回去，帮着她摆脱了灌木丛的纠缠，然后把她领到了一块空地上。这里像一个小花园，开着很多无名的野花，蓝色的蝴蝶在花丛中蹁跹起舞。莱因哈特看到她好像出汗了，小脸红彤彤的，于是就伸手去把她脸上的湿发掠上去，想给她戴上草帽。可是，伊丽莎白一点儿都不想戴，在莱因哈特的一再劝说下，她才戴上了。“我们走了这么久都没有找到草莓，你说的那个地方到底在哪儿呢?”她停下脚步问道。

“就是这里呀,我记得很清楚。”莱因哈特回答说,“或许是被其他小动物捷足先登了吧。”

“是啊,你看,这里还有叶子呢！走吧,我们继续往前找吧。”伊丽莎白说。

他们来到一条小溪边,莱因哈特抱着伊丽莎白蹚着水走了过去。他们继续往前走,很快就走出了密林,来到林中的一块空地上。

“这儿的空气闻着都是甜的,我想这里一定有草莓。”伊丽莎白很兴奋,但是找来找去,什么都没有找到。

“那不是草莓散发出来的气味,而是野草。”

莱因哈特说得没错。地上到处都是冬青和覆盆子,此外还有很多艾蒿和野草。伊丽莎白闻到的气味就是艾蒿发出的。

“这里可真静,怎么其他人没有到这里来?”伊丽莎白问道。

莱因哈特一心想着要找到草莓。他说:“风是从哪个方向吹来的呢?”说着,他把手伸到空中,但当时一点儿风都没有。

“安静,他们好像在那边,我听到他们的说话声了。你朝那边喊一下试试。”伊丽莎白说。莱因哈特把手放在嘴边,大声地喊了几下。那边好像有人在回答,于是伊丽莎白高兴地说:“他们回话了。”

“那不是回话,那只是回声。”

伊丽莎白紧紧地抓住了莱因哈特的手。他安慰她说:“别怕！没什么好怕的。这里的景色很不错,我们坐下来休息一下吧。相信我,我们会找到其他人的。”

伊丽莎白坐在山毛榉的树荫里仔细听着四周的动静。莱因哈特坐在离她不远的地方看着她。这是一天之中最热的时候。

“你听,钟响了。”伊丽莎白说。

“在哪儿?”

“就在我们身后,你还没听见吗?现在已经是中午了。”

“这么说,我们的背后就是城市了。我们按照这个方向走,就能够找到他们了。"

他们转身向钟声的方向走去。这时候,找草莓已经并不重要了。很快,他们就找到了伙伴,他们正在草地上吃东西。

老先生看到莱因哈特后对他说:"快过来,小伙子,让我们看看你的收获。"

"我们没有什么收获。"莱因哈特回答说。

"既然这样,那你们只能挨饿了。咱们有言在先,谁找不到草莓,谁就没有吃的。"他的态度虽然强硬,但是最后还是经不住大伙的劝告,只好同意让他们一起吃饭。

一天就这样结束了。草莓虽然没有找到,但是莱因哈特并不是一无所获。回到家里后,他又在那个小本子上写下一首诗。在这首诗中,那个受他保护的小姑娘,变成了他生命中最真、最纯的情感的象征。

姑娘站在路口

圣诞节前夜的傍晚,莱因哈特与几个大学生一起坐在市政厅底层的酒吧里。因为在底层,酒吧里的光线比较差,所以很早就点上了灯。客人不多,侍者也都显得无所事事。在一个角落里,一个漂亮的吉卜赛姑娘正在弹弦琴,她身旁坐着一个提琴手。

"嘭"的一声响,这是从大学生所在的桌边传来的开香槟的声音。一个气质不凡的年轻人递给姑娘一杯酒,说道:"喝吧,我的波西米亚美人儿。"

姑娘拒绝了他。年轻人喊道:"给我们唱歌吧!"说着,他向她的怀里扔过去一枚银币。姑娘态度很平和,用手轻轻地掠了一下头发。这时候提琴手对着她的耳朵说了几句话。姑娘好像对提琴手的话不以为然,她把头朝后甩了一下,说道:"让我为这种人唱歌,我才不唱呢!”

这时,莱因哈特拿起酒杯走向那个姑娘。她问道:“你想干什么?”

莱因哈特说想看看她的眼睛。“我的眼睛与你有什么关系吗?”“我从这双眼睛里看出了谎言,”莱因哈特说着,把酒杯拿到了嘴边,“为了你这美丽却充满了邪恶的眼睛干一杯。”

他喝了一口。姑娘被他逗乐了,说:“拿来!”她一边注视着莱因哈特,一边喝完了杯子里剩余的酒,然后她唱了起来。

一曲终了的时候,一个人来找莱因哈特,说:“莱因哈特,刚才我去接你,可是你已经走了。圣诞老人去了你的屋里。”

莱因哈特对此表示难以置信。那个人告诉他这是真的。莱因哈特听后准备离开,这时姑娘拦住了他:“你要干什么去啊?”

莱因哈特说去去就来,姑娘恳求他不要走了。莱因哈特犹豫一下之后还是决定要走,姑娘好像有些生气了,笑着用脚尖踹了他一下。但最后莱因哈特还是走了。

已经是深夜了,莱因哈特出来后感觉有些凉。圣诞节快到了,家家户户都做好了过节的准备,有人在家里弹起了圣诞之歌。莱因哈特没有心思去理会别人,他一心要赶回去。走进房间时,他立即闻到了一股甜丝丝的香味,思乡之情马上被勾引起来。这是以前圣诞节时母亲房间的味道。他看到桌子上有一个很大的包裹,就急忙打开,然后看到了伊丽莎白为他做的棕色圣诞饼、几件衣服,还有母亲和伊丽莎白的信。他先打开伊丽莎白的信看了起来。她在信中讲述了自己的近况,埋怨他没有按照约定给她寄故事。莱因哈特又读了母亲的信,之后把两封信叠起来放好。他在房间里轻轻地踱步,然后吟出了一首小诗:

他迷惑、彷徨,
找不到归宿;

姑娘站在路口，
为他指引故乡的方向。

之后，他拿了一点儿钱又跑出去了。此时街上已经不再像刚才那样喧闹了，人们都坐在家里与家人团聚，圣诞夜已经到了第二阶段。

莱因哈特来到刚才那个酒吧附近时，听到了吉卜赛女郎的歌声。这时地下室的门突然开了，他赶紧躲到一边。他来到一家珠宝店，买了一个红珊瑚十字架，然后就顺着原路回家了。

回到家里，他把火炉里的火拨得更旺一些，然后坐在桌前开始写信。他用了一夜的时间给母亲和伊丽莎白写信。冬天的阳光从结着冰花的玻璃窗照射进来，可是他仍然坐在桌前，他的脸显得既严肃又苍白。

回到家乡

莱因哈特在复活节时回到家里。他一到家就迫不及待地去见伊丽莎白。“你长高了！”他对着向他跑来的漂亮而苗条的姑娘说道。姑娘的脸一下子就红了，她显得很矜持，什么都没说。莱因哈特拉住她的手向她问好，但是他感觉到她想把手抽回去，这种事情过去是从不会发生的。他感觉到他们之间产生了一种陌生感，就算他天天跑去见她，这种陌生感也依然存在。他们一起去看植物，每个星期都要去林间或者田野玩，他们采集了很多绿色标本。

有一天下午，莱因哈特来找伊丽莎白。他看到伊丽莎白的房间里挂着一只镀金的鸟笼，笼子里有一只金丝雀正在叽叽喳喳地叫着。以前那儿挂的是另外一个鸟笼，里面放的是莱因哈特送给她的一只鸟。为此，他问道：“我那可怜的金翅雀怎么会变成金丝雀呢?”

坐在椅子里纺纱的母亲对他说，这只鸟是他的朋友埃里希从他的庄园里为伊丽莎白送来的。

莱因哈特觉得有些奇怪,问道:“谁的庄园?”

母亲说:“埃里希在一个月之前把他父亲在茵梦湖畔的第二个庄园接过来了。”

“我从来也没听您说过这件事啊!”

“您也没有问起过您的朋友啊,他可真是一个既懂事又讨人喜欢的好孩子啊。”说完,母亲就出去了。

伊丽莎白在给金丝雀搭小棚。“等一会儿啊,我马上就做完了。”她说道。莱因哈特什么都没说,好像有很多心事。伊丽莎白觉得有些奇怪,就回过头来看他。她看到他的眼睛里充满了哀伤。

“你为什么那么忧伤呢,不舒服吗?”伊丽莎白关切地问道。

“伊丽莎白,我觉得这只鸟太讨厌了。”他回答说。

她觉得他一下子变得很奇怪,于是就说:“你这人真怪!”

他握住她的手,她没有挣脱。母亲又回到屋子来了。莱因哈特与伊丽莎白到隔壁房间整理那些植物标本去了。伊丽莎白将采集到的标本分好类后,说:“这几天我们采集了很多标本,现在就差铃兰了。”

莱因哈特把一个白色羊皮面的小本子从口带里拿出来,说:“我这里有一枝铃兰,给你吧!”

“你又写了很多故事吧?”伊丽莎白看到那个本子每一页都写满了字。

“不是故事。”说着,他把小本子递给了她。

伊丽莎白接过来,打开本子一页页地看着,里面全是诗,大多数都不太长,最长的也没超过一页。她就这样翻着,清秀的脸越来越红。莱因哈特把这一切都看在眼里,他很想看看她的眼睛,但是她却一直低着头。最后,她把本子还给了他。

“你怎么就这样还给我呢?”他说。

于是,她从标本箱里拿出一枝棕色的花放在他的本子里,然后把本子递到他的手上。

假期很快就结束了。莱因哈特的出发时间是早晨。车站离伊丽莎白的家不远,她在得到母亲的允许后去车站送莱因哈特。走出门口时，莱因哈特把胳膊伸出来让她挽着，离车站越近，他越觉得有件事必须对她讲清楚，因为这件事事关重大，他未来生活的全部价值和幸福都系于此。但是他不知道该怎么向她说，他感觉有些害怕，脚步也就慢了下来。

“再不快点儿，你就要误车了。”

他心里装着重重的心事，又怎么能够快得起来呢！终于他忍不住开口说道：“伊丽莎白，我们下次见面就得两年之后了……到那时候，当我站在你的面前，你还会像现在这样喜欢我吗？”

她亲切地望着他，点了点头。“我还帮你说过话呢？”过了一会儿，她开口说道。

“是吗？什么时候？在谁面前？”

“昨天晚上，在我妈妈面前。昨天你走后我妈妈说你不如以前那样好了。”

莱因哈特拉着伊丽莎白的手，非常严厉地说道：“你一定要坚信，我还会像以前那样好。你相信吗？”

她做出肯定的回答。莱因哈特这才放心，松开了她的手，快步向车站走去。分别的时间即将来临，可是莱因哈特的脸色却越来越好。伊丽莎白跟在他的后面，但是他走得太快，她跟不上了。“莱因哈特，你怎么了？”

“我有一个美好的秘密。”他一边说，一边深情地望着她，“等两年以后我回来的时候，我就会毫无保留地告诉你。”

他们走到车站的时候，车马上就要开了。莱因哈特拉着伊丽莎白的手告别，并告诉她不要忘记这件事。她不住地点头，与他挥手道别。

一封信

两年时间很快过去了。莱因哈特坐在书桌前等着一位朋友来与他一起做功课。这时,房东太太给他送来了一封信。莱因哈特自从上次回家探亲之后还没有给伊丽莎白写过信,也没有收到过她的来信。从这信封信的字迹判断,这是母亲的手笔。信是这样写的:

我的好孩子,你正处在一个朝气蓬勃的年龄段,在挫折面前是不会一蹶不振的。我们这里发生了一些变化,我觉得你知道后一定会很伤心的。最近这三个月,埃里希向伊丽莎白求过好几次婚,但伊丽莎白每次都拒绝了他。昨天,伊丽莎白终于答应了他的求婚。以前她一直不知道该怎么做,现在她做出了选择。这都是因为年轻啊。他们很快就要结婚了,结婚后她的母亲去他们那里陪她。

茵梦湖

时光飞逝,几年时间又过去了。一个阳光明媚的春天的下午,一个年轻人在林间小道上沿着坡往下走。他黝黑的脸上神情非常严肃,眼睛眺望着远方,好像期待着什么。终于,从山坡下面慢慢地爬上来一辆大车。

年轻人急忙去问赶车的农夫,这条路是否通向茵梦湖。农夫告诉他一直往前走就能看到茵梦湖,这里距离茵梦湖已经不远了。

得到指引的年轻人急忙顺着林间小道向下走去,很快就看到了茵梦湖。来到湖边后,他激动地叫出声来。他看到了一座庄园,那就是他的目的地。在庄园门口,一个身材魁梧、穿着棕色大衣的男人正等在那里。那个人看到年轻人后急忙迎了上去,用洪亮的声音说道:“欢迎你,莱因哈特兄弟。欢迎你来到茵梦湖庄园!”

“埃里希,你好!”两个人走到一起,握住了对方的手。

“这真是你吗? 太让人难以置信了!”

“当然是我了! 埃里希,你一点儿变化也没有,只不过看上去更加快活了。”

“你说得对极了，莱因哈特兄弟。自从结婚之后，我就变得更加快活了，这事你都知道了吧！”他得意地说道，“这将是一个大大的惊喜！”

“惊喜？什么惊喜？你指的是谁？”

“伊丽莎白。”

“她不知道我要来吗？”

“她一点儿都不知道。她和她的母亲都没有想起过你，莱因哈特兄弟。这是我自己的主意，她们完全不知情。”

莱因哈特陷入深思之中，没有再说什么。埃里希带着他往院子里走去，很快就来到花厅。有一位穿白色衣服的少妇坐在花厅前的平台上，当看到莱因哈特时，她呆在原地。莱因哈特微笑着向她伸出手。

“天哪，莱因哈特，好久不见了！”她惊叫起来。

“的确有很久不见了！”他只回答了一句，就再也说不下去了，因为一阵隐痛袭上他的心头。他注视着她，她还是像以前那样苗条、温柔。

“伊丽莎白，你感到吃惊吧！哈哈。”埃里希开心地说。

伊丽莎白亲切地看了埃里希一眼，说：“谢谢你，埃里希，你太好了！”

“他一直在外漂泊，这次我们总算见到他了。我们可得把他留下来多住几天。你看他，现在多有气派，简直都快让人认不出来了。”

“这是因为我们分别的时间有些长了吧。”莱因哈特谦虚地说道。

这时，伊丽莎白的母亲走了进来。她也没有想到莱因哈特会出现在这里，显得非常激动。

久别相逢的人总有很多话要说，他们坐在一起聊了起来。

莱因哈特在庄园里住了下来。一天中，他只有晚餐前和一大清早待在自己的房间里，剩下的时间都是与他们一起度过。他一直致力于搜集民间生动的诗歌和民歌，现在正在整理搜集到的珍宝。伊丽莎白一直那么温柔亲切，对埃里希也特别关心。莱因哈特有时会想到，一个生气勃勃的女孩子怎么能够变成这样一个文静的夫人呢！

从住进庄园的第二天起,莱因哈特每天傍晚都会沿着茵梦湖散步。有一天,他在湖边发现一个穿白衣的女人,他认为那是伊丽莎白,就想走过去看看。但是那个人有意躲他。莱因哈特不明白这是怎么回事,他怀疑那个人或许不是伊丽莎白,但是他不敢去找她证实这件事。

母意难违

几天后的一个傍晚,大家像以前一样坐在花厅里聊天。莱因哈特下午收到一位朋友寄来的几首民歌,就给大家念了起来。念完之后,伊丽莎白问道:“这些优美的歌曲,是谁创作出来的?”

莱因哈特回答说:“这些歌谣不是哪个人能够创作出来的。它们是经过很多人的共同努力才会变得像现在这样优美。”说着,他拿起一张曲谱唱了起来:“我站在高高的山上……”

“我也会唱这首歌。唱吧,莱因哈特,我来给你伴奏。”伊丽莎白说道。接着,他们唱了起来。这首歌的曲调美极了,莱因哈特和伊丽莎白都陶醉其中。埃里希和伊丽莎白的母亲都静静地听着,仿佛也受到了感染似的。

唱完之后,莱因哈特微笑着说:“你们都听到了吧。这就是很多人努力的结果。”

“我在这附近经常听到有人唱这首歌。”伊丽莎白说。

“你说的是牧童卡斯帕,”埃里希说,“他放牛回来了。”

过了一会儿,莱因哈特取出一张纸,开始念了起来:

母亲让我另嫁他人,
以前的心上人,
只能彻底忘怀。
尽管我不愿意,

可是母亲的命令，
我又怎能违抗。
……

还没等莱因哈特念完，伊丽莎白已经无法听下去了，她默默地往花园走去。埃里希想出去看看，但被伊丽莎白的母亲给制止住了。

天已经黑了，莱因哈特从窗口注视着伊丽莎白背影消失的地方。过了一会儿，他收起稿纸，与埃里希和伊丽莎白的母亲道别之后，去了湖边。

伊丽莎白

第二天下午，莱因哈特与伊丽莎白一起去湖边散步。他们走了很久，最后伊丽莎白走累了，就坐在一棵枝繁叶茂的大树下休息。杜鹃在密林深处鸣叫，这让莱因哈特想起了以前的时光。他望着伊丽莎的脸，微笑着说："我们去找草莓好吗？"

"现在还没有到采草莓的季节。"

"不过也差不多了。"

伊丽莎白没有说什么。他们继续往前走，他经常故意落在后面，以便看到她美丽的身影。他们来到一块长满了野草的空地上，莱因哈特从野草上摘下一朵花，然后问道："你认识这种花吗？"

"这是石南花，以前我经常采这种花。"她回答说。

"以前我有一个本子，我会把各种各样的诗句写在这上面。不过那已经是很久以前的事了。在那个本子里也有这样一朵花，你知道是谁送给我的吗？"

她点了点头，眼睛一直注视着他手里的花。他们就这样站了很久，当抬起头来的时候，泪水充满了她的双眼。

“伊丽莎白，那是我们珍贵的青春啊。可是现在它在哪儿呢？”他说道。

他们都陷入到沉默之中。

回到庄园时，他们看到有一辆磨刀人的小车停在门口。磨刀人一边哼着小曲一边在卖力地干活。门廊里有一个小女孩，衣服虽然破破烂烂的，但她的气质却非常好。她伸手向伊丽莎白乞讨。

莱因哈特想要掏钱包，伊丽莎白在他之前把身上所有的钱都给了那个小女孩，然后转身向楼上跑去。莱因哈特听见了哭泣声。

回到房间后，莱因哈特坐下来准备工作。可是，他的精神怎么也集中不起来。于是，他就出去到外面走走，之后又回到了自己的房间。夜已经深了，但是他一点儿睡意也没有。他一直坐在桌前，一坐就是几个小时。当清晨响起云雀的叫声时，他写了一张字条，然后拿起帽子和手杖就下楼了。

在楼梯口，他看到了伊丽莎白。“你不会再回来了，我知道，你永远也不会再回来了。”她说道。

“是的，永远不会。”说完之后，他转身向外走去，走到门口的时候，又回头看了她一眼，然后大步向前走去，再也没有回头。

老　人

没有月光，屋里暗了下来。这个老人仍然坐在扶手椅上，凝视着房内的那个地方。他的眼前出现了一个大湖，里面是黑糊糊的湖水，湖水一浪接一浪地向前涌去。这个时候，房门开了，房间顿时亮了起来。

“您来得正是时候，布里吉特，请把灯放在桌子上吧。”老人说道。

随后，老人从书桌上摊开的书中拿出一本，认真地看起来。那是他年轻的时候就已经花大力气研究过的学问。

倔强的姑娘

保尔·约翰·路德维希·冯·海塞(1830—1914),德国作家,1910年的诺贝尔文学奖获得主。他一生创作了大量的小说、戏剧以及诗歌。其中,小说《倔强的姑娘》《尼瑞娜》《特雷庇姑娘》和剧本《拜尔堡》都是他的代表作品。

这部完成于旅途中的小说《倔强的姑娘》是海塞的成名作,奠定了他在文坛上的地位。小说反映了喀普里岛渔民的生活,描写了一段纯真的爱情。

太阳还没有出来,维苏威火山笼罩在一片灰色的浓雾之中。浓雾不断地升起,海边的几个小镇在浓雾之中若隐若现,显得很阴沉。此时,海面上没有一丝的风浪。在高峻的索伦多山崖边的一个狭窄的海湾里,有几个渔夫和他们的妻子已经开始忙着把粗大的绳子和渔网拉近小船里了。还有些人在整理三桅船,他们有的在准备张帆,有的从专门放渔具的岩洞里取出船桨和桅杆。大家都默默地忙碌着,没有人在一旁躲清闲,那些不能再出海的老人,都会过来帮忙拉网。老妇人们则在平坦的屋顶,有的纺线,有的照看孩子。

"拉克,快看那边,神父过来了!"一个老妇人对身边正在摆弄小纺锤的小孙女说,"他要坐安东尼诺的渡船到喀普里岛去。天哪,这位可敬的先生好像还在睡梦中呢!"她一边说着一边挥手跟和蔼的神父打着招呼。神父坐下来,然后小心地撩起黑色法衣的末端,把它放到木椅上。岸上忙碌的人们都暂时停了下来,注视着神父,神父则亲切地以点头致意回敬人们。

“奶奶,为什么他非要去喀普里岛呢?”小孙女问:“因为那儿的人没有神父,所以才非要跟我们借吗?”

“傻丫头,”老妇人说,“他们的神父多着呢,而且他们的教堂也很漂亮、很多,就连我们这里没有的隐士他们都有。不过,有一个贵妇住在那里,以前她住在索伦多的时候,生了一场很严重的病,人们认为她不能活下去了,就在人们已经放弃希望时,神父带着圣饼去看望她。圣母保佑,那晚之后,她的病就康复了,而且也恢复了活力,还能经常到海水里洗澡呢。在索伦多住了很长一段时间后,她迁居去了喀普里岛。她走时给教会留了一大笔善款,还做善事施舍穷人。听说,神父答应了她要去看她,聆听她的告解,要不然她还不想离开呢。因为她觉得神父很了不起,这里的人也认为,有他做我们的神父是我们的幸运。他的才能不比枢机主教差,有什么需要求教的,那些有名望的人都会来找他。愿他能得到圣母的保佑。”她正说着,那边神父的小船马上就要起航了,她向小船挥了挥手。

“嗳,天气一会儿能变好吧?”神父朝那不勒斯的方向望去,有点儿怀疑地问道。

“太阳还没升起呢!”摆渡的年轻人回答,“等太阳一出来,雾就会散去。”

“那我们启程吧,最好能在天热前赶到。”

安东尼诺正要准备出发,朝着从索伦多到小码头的那条小路上望去时,突然又停了下来。那是一条下坡路,路的尽头出现了个身影,一个苗条少女正大步地从石路上下来往这边赶。那个姑娘虽然穿得很寒酸,但却掩盖不了她那股高雅的气质,她那盘在额头上的头发好像是一顶王冠。她昂首挺胸,加快脚步,手里挥舞着一块布朝这边赶来,看上去有点儿狂野,她的腋下还夹着一个小包。

“我们为什么还不出发?”神父问道。

“那边又来了一个人,看样子也是要乘船去喀普里岛的。神父,我们能带上她吗?那只是一个小姑娘,她几乎连十八岁还不到,不会耽搁您的时间的。”

这时,少女已经沿着路走了过来。“是劳蕾娜!”神父冲她喊道,“她去喀普里岛有什么事吗?”

安东尼诺耸耸肩不置可否。少女看着这边,三步并作两步地来到码头。

码头上的几个年轻船夫大声喊道:“你好啊,骄傲姑娘!”因为要尊重在场的神父,他们没有一直喊,否则他们也许会喊起来没完。对于他们这种打招呼的方式,少女用不屑一顾来回应,这种态度好像让船夫们有点儿生气。

“早啊,劳蕾娜!”神父也向她打了一声招呼,“最近过得好吗?你也要去喀普里岛?”

“神父,我可以也乘这条船吗?”

“安东尼诺才是船主,你问他。就好像天主是我们的主人,对于自己的财产每个人都是主人。”

“我有半卡令,”劳蕾娜对安东尼诺轻声说,却没有看着他,“这些钱够得上渡船费吧!”

“你拿着这些钱用处会更大。”年轻人一边说着,一边将船上的几筐橘子往一块儿推了推,这样就有她坐的地方了。喀普里岛上多是岩石砂砾,自产的橘子不能满足旅客的需求,他就运些橘子到岛上去卖。

“我不愿占你的便宜白坐船。”少女抖动了一下乌黑的眉毛说道。

“上来吧,孩子!”神父说,“这个年轻人很忠厚、老实,赚了你这点儿钱也不会变得富有起来,来吧。”神父把手伸向少女。

“你就在我旁边坐下吧。你看,怕你坐着太硬,他把自己的外套都拿出来给你当垫子了。他可没这么细心地对我。谁让他是年轻人呢?就算照顾十个神父,也没照顾一个少女那么周到。行了,行了,安东尼诺,你不必解释。天主是故意这样安排的,把喜欢的东西都放在一起。”

这时，劳蕾娜已经上了船，她把夹克拿开，放到一边，坐下来什么也没说。不过，青年船夫倒也不在意，只是自言自语了几句。然后，他把船桨用力一撑，小船就像离弦的箭一样，朝狭湾驶去。

船还在海上行驶，太阳就出来了。“你的小包里装的是什么?”神父问。

“神父，这里头有丝、毛线还有面包。丝是岛上一个做缎带的女人买的，买毛线的则是另外一个女人。”

“这些东西都是你自己纺的?”

“对啊，神父。”

“你是不是也学过做缎带?”

“是，神父。不过我妈妈老毛病犯了，我得在家里照顾她，我们又没钱买织布机。”

“哦，病得更厉害了？复活节我去你们家时，她还坐起来了呢。”

“一到春天，她就会非常难熬。那次大风暴和地震过后，她的背痛就没停止过。”

“孩子，经常祈祷吧，同时要勤奋、努力，做个听话的孩子，圣母会听见你的祷告，保佑你的母亲的。”

停了一会儿，他又说：“刚才，你到岸边时，他们叫你‘骄傲姑娘’，为什么他们要这样叫？天主教徒的美德是慈善、谦逊的，这个名字很不文雅。”

少女脸红了，眼神有点儿闪烁。

“因为很少说话，也不像其他姑娘那样喜欢唱歌跳舞，所以他们讽刺我。他们不该这样对我的，我没有伤害过他们。”

“不过你可以对别人友善一点儿。别人生活轻松时，就喜欢唱歌跳舞。但即使是心里有忧愁的人，也应该在别人打招呼时，寒暄几句。”

她低着头向下看，眉头皱得更深了，紧蹙的眉毛好像要把一双黑眼睛藏起来。过了好一会儿,船上的人还是都没有说话。这时,阳光更加明媚了,维苏威山的山顶耸立云霄,而山麓则仍被云雾围绕着。索伦多平原上的房屋掩映在橘子园之间,发着亮光。

"劳蕾娜,那个想要娶你的那不勒斯画家,后来一直没消息吗?"神父问道。

她摇头作答。

"他那时来找你想要给你画像,为什么你要拒绝他?"

"有那么多比我漂亮的女孩,他干吗偏偏要来找我?何况,谁知道他有什么意图?我妈说,他也许是来对我施妖术,想要伤害我灵魂的,说不定他想要害死我。"

"不会有这种罪恶的事发生的,"神父说,很认真,"主会永远庇护着你,如果不是出自他的意旨,没有人能碰你分毫,不是吗?难道你相信他仅凭手里拿着一幅画,就能比天主还强?而且,你应该能看出来,他不是来伤害你的。要不然他就不会提出要娶你。"

她陷入了沉默。

"为什么你要拒绝他?在我看来,他相貌堂堂,人也不错,而且比起你现在只能靠纺纱绞丝维持生计,他更有能力照料你们母女两人。"

"我们很穷,"她有些激动,"我妈又久病卧床,跟我们一起生活他只会觉得有负担。再说,我跟他不相配。当他的朋友来看他时,我的存在只会让他觉得羞愧。"

"别胡说!我只是想让你知道,他这个人很好,而且愿意为了你搬到索伦多来。像这样的人可是不容易遇到的,他就像是上天赐给你们的贵人。"

"我永远不要结婚,永远!"她激动的语气里充满抗议,但好像那只是在生自己的气。

"你发过誓言?还是想要进修道院?"

她摇了摇头。

"别人叫你'骄傲姑娘',虽然不雅,但是用来说你的执拗倒是说对了。你知道这世界上不是只有你一个人,你这么固执,只会加重你母亲生活和疾病的痛苦。你这么坚决地拒绝别人的帮助,有什么理由吗?说给我听听,劳蕾娜!"

"没错,我有理由。"她犹豫地小声说,"但是,我不能说。"

"不能?就算对我也不能说吗?我是你的神父,平常你不是真心信任我吗?也许你真的不信任我?"

她点了点头。

"放心吧,孩子。只要你的理由合理,我会是一个认可的人。可是你现在还小,也没什么社会经验,如果因为自己奇怪的念头放弃幸福,有一天会后悔的。"

她羞怯地朝船尾瞟了一眼,安东尼诺坐在那里用力地摇船。他的帽子拉得很低,眼睛注视着船边的海浪,好像在沉思。神父顺着她的眼光望过去,然后把耳朵靠向了她。

"那是因为我父亲。"她面露忧郁的表情,小声说道。

"你父亲?在你还不到十岁时,他就去世了,愿他的灵魂得到安乐!不过,你这么固执和他有什么关系?

"神父,你不知道,我母亲之所以会生病,都是他造成的。"

"这是从何说起呢?"

"他虐待我的母亲嘛,对她拳打脚踢。我永远忘不了,好多晚上他都是怒气冲冲地回到家。她从来不责备他,什么都听他的。可他却总是打她,每到这时我都觉得心碎。我常常用床单蒙住头,假装睡了,其实我整晚都在哭。等她被打得躺到了地上,他又会突然变好,把她扶起来,热烈地吻她,直到她说无法呼吸了。母亲让我什么都不要说,但是她被伤害得太深了,虽然我父亲已经去世很多年,但她一直没有恢复健康。上天保佑,不要让她早死,但是如果她哪天死了,我知道凶手是谁。"

神父不断地摇头,好像觉得太不可思议了。终于,她开口说:"像你母亲做的那样原谅他吧。忘记这些悲惨的回忆,你就要迎来好日子了。”

“我永远忘不掉!”她打了一个寒战,接着说,“因为他,我不愿意嫁人,神父。不嫁人就不用依赖别人,也就不用遭受虐待后被爱抚。现在,我知道如何保护自己不受到侵犯。但我的母亲却不能,对他的殴打她无力反抗,可是因为她爱他,她也无法抗拒他的吻。我可不愿因为爱一个人而变得如此不幸。”

“唉,你到底还是个孩子,说的话对世事欠缺了解。并不是每个男人都会像你父亲那样,靠大骂妻子来发泄怒气。你没看到你的邻居中那些有着和谐生活的恩爱的夫妻吗?”

“没有人知道我父亲是怎么对待我母亲的,因为她爱他,她无论如何也不会跟别人说。如果因为爱就要在受到伤害时沉默不语,或是让自己失去反抗的力量,那我决不去爱谁。”

“孩子,你还小,不知道自己在说什么。不过,等爱来临的时候,你的心是不会问你是否许可的,到时候你那些念头就都不重要了。”他顿了一下说,“你确定那个画家也会很粗暴地对待你吗?”

“我认得他的眼神,和我父亲求母亲原谅、抱她时一样。有那样的眼神的人,也会无故殴打自己的妻子。那种眼神,我看见就觉得害怕。”

说完,她就执拗地什么也不肯说了,神父也不说话了。可能,他又想了些让人感动的话,想对她说,可是他发现听了劳蕾娜的那些话,年轻的安东尼诺显得很不安,便没再说什么。

船行驶了两个小时后,到达了喀普里岛的小港口,安东尼诺恭敬地把神父抱过浅水的地方,送到岸上。劳蕾娜没等他回来,就撩起裙子,拿着自己的鞋还有小包,自己蹚着水上岸了。

“今天我会在这儿待很久,可能明天才回去,所以你不用等我了。”神父说,“对了,劳蕾娜,回家后替我向你母亲问好,我会在这个周末之前去看你们,你会在天黑之前去吧?”

“没准儿。”少女一边说,一边整理裙子。

“不管怎样，我都是要回去的。”安东尼诺故作冷淡地说，“我可以等到晚祷的时候，到时不管你来不来，我都会走。”

“劳蕾娜，你一定得回来。”神父接话道，“你不能让你母亲一整夜没人照顾。你要去很远的地方吗？”

“我要到那卡普里岛去。”

“我要去的是喀普里岛。孩子，愿主保佑你们。”

劳蕾娜吻了神父的手，说“再见”。其实，她的再见是对神父和安东尼诺两个人说的。但是，安东尼诺没注意到。他向神父行礼，却没看劳蕾娜。

但是，当他们两人转身走后，他只看了神父一眼，就转过来盯着劳蕾娜的背影。她用手遮着强烈的阳光，走向右边的山坡。走到路快要转弯的地方，她停了下来，好像是要喘口气，然后回头看望。她已站在码头的上方，从这里看高山大海特别美丽，的确值得欣赏一下。她的眼睛有意无意地扫过安东尼诺的小船，正好看到安东尼诺正在看自己。两人同时做着道歉的样子，好像是发生了什么误会。然后，少女又一脸顽固地上路了。

到了下午一点，安东尼诺还在一家渔人酒店前坐着。他已经坐了两个小时，可是每隔几分钟就会跳起来朝两边通往岛上小镇的道路上眺望一下。刚才，他跟酒店老板娘说，有可能会变天。现在虽然还很晴朗，但是他很熟悉海的颜色和天色。现在的样子和上次刮起大风暴时一样。那次，他差点儿没办法把一家英国人送到岸上来。她应该还记得。

“不记得了。”老板娘说。

天气如果在天黑前变了，她就会记起他说过的话。

一会儿后，老板娘问：“你们那边有很多的客人吗？”

“开始时有。但是过去的这段时间，洗海水浴的客人迟迟不来，情况很不好。”

“今年的春天来得较晚。比起我们喀普里岛，你们那里是不是能赚更多钱?"

"如果我只靠摆渡赚钱,一周想要吃两次通心面都困难。但是,我还当信差给人送信,还有给那些想出海钓鱼的人划船,这是我所有收入的来源。不过,我舅舅是个有钱人,他有很多大橘园,他对我说:'安东尼诺,只要我还活着,就不会让你受苦,就算死了,我也能照顾到你。'就这样,在天主的保佑下,我度过了冬天。"

"你舅舅有孩子吗?"

"没有,至今单身。他常年住在国外,赚了很多钱,现在正打算经营大型渔业,想让我来负责管理。"

"这下你可要发达了,安东尼诺。"

年轻船夫耸肩道:"烦恼还是会有。"然后他再次跳起来,朝两边的天看了看,当然他明白只看一遍就可以知道天气了。

"我去给你拿瓶酒,你可以让你舅舅付账。"老板娘说。

"再给我一杯就行了,你这儿的酒劲比较强,我已经有点儿头晕了。"

"不要紧,你想喝多少就喝多少,我先生马上回来,你们可以一起聊聊。"

魁梧的店主真的回来了。他戴着帽子,扛着渔网从山冈那边下来,朝酒店走来。他刚才是到镇上给贵妇送鱼去了,那些鱼是用来招待从索伦多来的神父的。看见安东尼诺,店主马上就热情地打招呼,然后在他旁边坐下,跟他聊了起来。当他的妻子拿着第二瓶喀普里酒走出来时,海滨路上传来一阵脚步声,劳蕾娜正往这边走来。看到这情形,她有点儿局促地点了点头,然后停了下来。

年轻船夫跳起来说:"我得走了,这位姑娘是和神父一起从索伦多过来的,今晚必须回去,好照顾她卧病的母亲。"

"嗯,现在还不晚,不着急!"店主说,"让她也来喝一杯,嘿,太太,再来一个杯子。"

"谢谢,我不喝。"劳蕾娜说,还是站在离他们几步远的地方。

“倒上，太太，倒吧！她是有点儿害羞。”

“别倒了。”安东尼诺说，“她很倔强的，说不想喝就是天主也无能为力。”他匆匆道别后，就离开到船上去了，然后松了绳子等少女。劳蕾娜朝酒店方向挥挥手，然后有点儿犹疑地走向船那边。她看了看四周，似乎在等别的客人跟她同行。可是，小码头上一个客人也没有，早上过来的那些观光客要过些时候才会回去。没张望多久，在猝不及防的情况下，她就被安东尼诺抱到船上去了。然后，他自己也跳到船上去，摇着桨出海了。

劳蕾娜半侧着身子坐在船头，年轻船夫只能看到她的侧面。她双唇紧闭，小小的鼻子透着倔强，头发垂落了下来，那样子比平常更严肃。船悄无声息地在海上行驶了一段时间后，她觉得太晒了，于是取出包巾里的面包，用包巾罩住头，然后啃起了面包，这是她的晚餐，而她也一整天没吃东西了。

看她吃东西，安东尼诺马上从早上运橘子的筐里拿出两个橘子，说：“给，劳蕾娜，你吃这个解解渴吧。它们是从筐子里漏出来落在船上的，早上我放回筐子时发现的，我可没有特意为你留啊。”

“你留着吧，我吃面包就行了。”

“你走了那么多的路，吃点儿解解渴吧。”

“我喝过水了，不渴。”

“你随便。”他说着，随手把橘子丢回去了。

船上又陷入了沉默。海面非常平静，周围也没什么声音，甚至连海鸟都寂静地觅食。

“你可以留着这两个橘子给你母亲。”安东尼诺再次打破沉默。

“我们家还有，就算吃完了，我会自己去买。”

“那就算我请你替我问候你母亲的。”

“她跟你又不认识。”

“你告诉她我是谁不就行了。”

“我跟你也不认识。”

又一次,她否认自己认识他。一年前的某个星期天,那时那位画家刚来索伦多不久,安东尼诺和几个年轻人在街边的广场上玩滚球游戏。在那儿,画家第一次遇见劳蕾娜。当时头顶着水壶的劳蕾娜与画家擦肩而过,当时他只顾错愕地看着她了,都忘了再走两步以便不要妨碍别人玩游戏了。当滚球击中了他的脚踝时,他才意识到自己站得不是发呆的地方。他朝四周看看,好像是在等人来道歉。投球的年轻船夫很倔强,站在伙伴中间就是不说话,那个观光客就识相地走了。但很快人们都知道了这件事,特别是后来,他甚至公开向劳蕾娜求婚,人们议论得更厉害了。后来,画家问她是不是因为那个无礼的家伙才拒绝自己,她生气地说:“我跟他不认识。”不过,人们的传言她也听到了,自此之后,她总能一眼就认出安东尼诺。

现在这两人坐在船上,满肚子的气,好像仇人一样。平常温和的安东尼诺,气得满脸通红。他用力地划桨,水上溅起了泡沫,双唇颤抖着,好像就要骂人了。而她就好像什么都没看见,一副很神气的样子,俯身在船舷上,把手放到海水里。然后,她从头上取下包巾,整了整头发,好像船上除了她没有旁人了。不过,她的眉毛还在发颤,脸颊发热,她把湿淋淋的手放在脸上,想给它降降温,但好像起不了什么作用。

现在他们的船已经行驶到了大海的中央,周围一艘船都没有。船已经驶出小岛很远了,连海鸥都不会飞过来。环顾四周,安东尼诺打定了主意。突然,他脸色苍白地丢下桨,劳蕾娜不自觉地转过头来,紧张地看向他,不过她并不害怕。

“今天这件事一定要有个了断,”年轻船夫气呼呼地说,“我已经忍了很久了,奇怪我竟没被逼疯。你不认识我?难道你没看见我从你身边走过时有多激动,有多想跟你说话?可你却总是满脸的冷漠,不让人靠近。”

“有什么好说的?”她傲慢地答道。“我当然看得出你的心思,但是我不想嫁人,不愿别人传我的流言蜚语。不只是你,谁我都不嫁。”

“谁都不嫁？你不会一辈子都这样说的。是不是因为拒绝了那个画家你才这样说？你那时还小。将来等你觉得孤独的时候，恐怕遇上一个人就把自己嫁了，你真是疯了。”

“谁知道将来会发生什么事？或许到时候我会改变主意，但这和你有什么关系？”

“和我有什么关系？”他冲口而出，气愤地跳起来，使得小船都摇晃起来了。“和我有什么关系，你根本就是明知故问。但愿你能对别人好一点儿，让他不至于像我这么凄惨！”

“我有跟你承诺过什么吗？是你自己在那边发狂，我能怎么办？你有什么权力管我？”

“哦，”他大声说，“当然，法律没有赋予我这样的权力，但是我清楚：“只要我是真诚、认真的，便有这样的权力，就好像升入天堂也是我的权力一样。你以为我会眼睁睁地看着你和别的男人结婚，然后忍受别的女孩子奚落我的受辱吗？”

“你随便，我不会被你吓倒的，我想怎样就怎样！”

“你坚持不了多久的，”他激动得浑身颤抖，“我 一个男子汉怎能容许自己毁在你这样固执的人手里。搞清楚，现在你正处在我的掌控下，除了乖乖听话别无选择。”

她的身体稍稍动了动，眼睛看着他，慢慢地说：“如果你敢怎样，就先杀了我。”

“既然要做就彻底些。”他的声音柔和了一点儿，“大海的空间足够大，容纳我们两个绰绰有余。我不会去救你。”他好像是在说梦话：“因为我们两个都要下去，就在现在！”他突然喊叫着抓着她的胳膊，但很快右手就松开了。她使劲地咬了他，流出了血。

“我不会任你摆布！”她突然扭身推开他，叫道，“我这就让你知道，我是不是在你的掌控之下！”她说完就跳进了大海，瞬间便淹没在水里不见了。

很快，她又浮上了水面，裙子紧紧地包在身上，头发散落下来，贴着脖子。她的双臂用力滑动着，自己游向海岸。他被眼前的场景惊呆了，站了好一会儿，身体前倾目不转睛地看着她，觉得太不可思议了。然后，他抓起桨奋力摇动着去追赶她，血不断从他手臂上流出，染红了船底。

劳蕾娜游得很快，但还是很快就被他追上了。他在她的旁边叫道："天哪，上来吧！刚才我是失去理智，发疯了。我也不知道怎么会那样。我只觉得心里有一团火，我完全被烧得不知道自己在干什么了。劳蕾娜，我不勉强你原谅我，只求你快上来吧，不然你会没命的！"

她就当什么也没听见，自顾自地往前游着。

"现在离海岸还远着呢，你游不到的。想想你的母亲，如果你有什么不测，她也会活不下去的。"

她想了想，然后就闷声不响地向船游过去，然后抓住船舷。年轻船夫站起来拉她，船向一边倾斜的时候，他的夹克掉进了水里。她敏捷地爬上船，坐回原来的位置。见她上来了，船夫便抓起桨划了起来。她只顾把衣服上的水拧干，低头时看到了船底板上的血迹。她快速地瞟了一眼他的手，而他却好像没事似地还在划船。"喏！"她把包巾递了过去。他摇摇头接着划桨。

终于，她走向他，用包巾裹住了他的伤口。然后，不理会他的抗拒，从他手里抢过一把桨，坐在了他的对面。她看都不看他一眼，却盯着被鲜血染红的桨，用力地划着。两个人面色苍白，一句话都不说。当他们靠近海岸时，遇见几个准备夜里出海捕鱼的渔夫。他们大声叫着安东尼诺，还对劳蕾娜开玩笑，他俩都没有理会。

他们的船进了码头，太阳还高高挂在天上。劳蕾娜把皱在一块儿的裙子抖了抖跳到岸上。他们又遇到了早上出海时看到的那个老妇人。"安东尼诺，你的手出什么事了？"她站在屋顶上喊道，"天哪，船上都是血！"

"没事的，老太太，"船夫答道，"我被一颗钉子划破了，明天就能好。我就是这样，一碰就流血，好像多严重似的。"

“孩子,你等等啊,我这就下来给你敷点儿草药。”

“不用了,老太太。我包扎过了,明天就没事了。我很健康,很快就会复原的。”

劳蕾娜说了声“再见”就转身走了。

在她后面,青年没有看她,但喊了一声“晚安”。然后他收拾了一下船,就回家去了。

年轻船夫一个人在房间里来回踱着步。风从小窗子里吹进来,使他觉得很凉快,使他的孤独感稍稍缓解了一点儿。他久久地站在小小的圣母像前,虔诚地望着圣母像头顶的光圈,但是不知道该祈祷什么。他的希望破灭了,还有什么可祈祷的?

时间好像在白天停止了脚步。他太累了,真的希望天快点儿黑下来,他的血一直流,他没想到会这么严重。一阵强烈的疼痛感从手上发了出来,他坐下后,解开绷带,血又开始流了,伤口周围已经肿得很厉害了。他小心地清洗了一下,又在冷水中浸了一会儿。手从水里拿出时,伤口上劳蕾娜的齿痕清晰可见。他说:“她没做错,是我自作自受。明天让吉士皮把包巾还给她,我再也不要去见她。”他仔细地把包巾清洗干净,用牙齿和另一只手把伤口包扎好,然后把包巾晾在了太阳底下。接着便躺倒在床铺上,闭上了眼睛。

明亮的月光照进来,手上一阵疼痛感袭来,他醒了过来。他起来,刚想把手放进水里缓解疼痛,就听见门口有声音。“谁啊?”他喊着开了门,看到劳蕾娜站在那里。

她什么也没说,就走进屋里,把一只小篮子放在桌上。

“你是来拿包巾的吗?”他说,“其实,你不必跑这一趟的,因为明早我会让吉士皮给你送过去的。”

“我不是来拿包巾的。”她赶紧说,“我去采了一些止血的草药给你。你看!”

“真是麻烦你了。”他认真地感谢说,“你太费心了,其实我已经好多了。再说,就算不好也是我罪有应得。这么晚了,你干吗还来呢?

要是让别人看见了,你也知道会有什么闲言闲语,尽管连他们自己都不知道自己在胡说什么。”

“谁爱说什么就说吧,我不怕!”她有点儿激动,“我是来给你的伤口敷草药的,这件事你的另外一只手做不了。”

“我不是说不必了?”

“那我得看到,才相信没事儿。”

她不再说什么,就拉起他的手,他没有抵抗。她解开绷带后,看到他肿胀的伤口,被吓了一跳,叫道:“天哪!”

“只是有点儿肿,过两天就消了。”他说。

她摇着头说:“恐怕这一星期你都不能出海了。”

“我觉得后天就好了。再说,这点儿伤不碍事的。”

这时,她端来一盆水,重新帮他清洗伤口,他就像个小孩子一样很听话。洗完了,她将草药给他敷上,用自己带来的布条包好。他立刻就觉得没那么疼了。

包扎好后,年轻船夫说:“谢谢你。请你再帮帮忙,听我说,请原谅我发狂的言语和行为,并忘记今天所发生的一切。我也不知道自己是怎么了。你绝对没做错什么。以后我不会再那样冒犯你了——”

“该道歉的是我,”她打断他道,“如果我不选择冷漠,而是跟你好好地解释一下,就不会激怒你,害你受伤了——”

“你是想要保护自己,而那时我也正应该恢复理性。就像是我说的,这点儿伤不碍事的,不用请求原谅了。你帮我恢复理性,我该谢谢你。现在,你回去休息吧!还有,走时顺便把你的包巾带走。”

他把包巾递给她,可是她站在那儿没动,看得出来她内心很挣扎。终于,她开口了:“因为我,你的夹克也丢了,我知道那里面有你卖橘子的钱,这是我在回家的路上想起来的。我现在没办法还你这笔钱,因为我们没钱,就算有钱,也不是我的。不过,那个画家最后一次来我们家时,留下一条银十字架。本来我都不理会它的。当时,我的母亲说,这个还值点儿钱,你拿去把它卖了吧,或许可以弥补你的损失。如果还是不够,我就晚上纺纱赚钱还你。"

"我不要。"他把那光亮的十字架推还给她。

"你一定要收下。"她说,"你这只手还不知道什么时候才能再去赚钱。你拿着,我不想再看到它。"

"那你把它扔了吧。"

"这不是礼物,是我欠你的,你有权收下它。"

"权利?我没有那种权利。以后,你遇到我就当没看到,这样我就不会想起你记得我做的那些错事。好了,我没什么要说的了,晚安!"

他把包巾和十字架放进了篮子里,盖好盖子,然后抬起头。当他看见她的脸时,吓了一跳。泪水从她脸上滑落,但她并没有擦拭。

"天哪!"他叫了起来,"你哪里不舒服,全身都在颤抖。"

"没事,我要回去了。"她说完,就摇晃着往门口走去。在门口,终于忍不住小声地哭了,接着她前额靠在门框上,哭出了声音,浑身都在抽动。但是,没等他前来扶她,她突然转过身抱住了他。

她紧紧地搂着他,哭着说:"我忍不住了,我不想就这样满怀愧疚地离开。你打我、骂我吧!要不然,如果你真的爱我,就算我这样对待你,你还是爱我,就接受我吧!你想怎样都可以,就是别这样把我赶走。"她出了口气,又哭了起来。

他抱着她,好久说不出话来,终于他喊道:"你爱我吗?老天!你不会觉得受这点儿伤我的心意就变了吧,难道你没感觉到,我的心因为爱你在剧烈地跳动吗?如果你那样说,只是为了试探我,或者怜悯我,那请你走吧,我会把刚才的事都忘了。你没有必要有愧于我。"

她抬起头,满含泪水地看着他的脸,坚定地说:"不,我爱你。我这样固执地抵触你,是因为怕自己爱上你。可是,现在当你在街上从我身边走过时,我会忍不住去看你。现在,我要吻你,我只会吻那个将要娶我的人。"

吻了他三次后,她放开手:"亲爱的,去休息吧,晚安。照顾好你的手,不用送我,除了你没有人能让我害怕。"说完,她走了,背影很快消失在墙的影子里。但是过了好久,他还站在窗边,看着海上跳舞的星星。

劳蕾娜在忏悔室跪了很久以后,神父才微笑着从里面出来。他自言自语道:“真没想到,这颗奇怪的心这么快就得到了天主的怜惜。我还自责没有好好地劝解这个固执的小丫头。愿天主保佑他们,也但愿我能活到他们的孩子继承父亲的摆渡船的那一天。唉,这个‘骄傲姑娘’!”

沉　钟

盖尔哈特·霍普特曼(1862—1946),德国著名剧作家,1912 年诺贝尔文学奖得主。一生创作了四十二个剧本,二十多本长短篇小说,还有十多部诗歌和童话,是德国文学史上罕见的多产作家。代表作品有剧本《织工》《日出之前》《群鼠》和《沉钟》。

《沉钟》是一出神话剧,讲述了铸钟工匠同一位精灵少女之间坎坷的感情经历,他们的感情最终以悲剧收场。

剧中人物

海因利希——铸钟匠
玛格达——海因利希的妻子
他们的孩子
邻家女
牧师
教师
理发师
威蒂恒——森林婆婆
劳登莱茵——精灵少女
尼格曼——水精

树精——相当于牧羊神
精灵们
六个侏儒

故事发生在山上以及山脚下的村庄。

第一幕

山中有一片绿草地,草地边有一间小木屋,屋子前面右侧有一口古井。一个像小孩又像少女的精灵坐在井边,她叫劳登莱茵,正在一边赶走纠缠自己的蜜蜂,一边梳理自己的头发。

劳登莱茵:金色的小蜜蜂,你从哪里来?不要再打搅我,我不是株花,要是再梳不好头发,回去就要挨骂!去小溪那边的草原上看看吧,那边正在百花齐放。(蜜蜂飞走)终于飞走了——(劳登莱茵把头发梳平,然后俯身朝着井内喊)尼格曼!快上来!我太无聊了,上来跟我说说话吧,森林里的老婆婆出去捡松果了。我会送你一只鸡作报酬的。尼格曼,快出来消除我的无聊!(尼格曼从井中露出半个身子)

尼格曼:(老水精。头发像芦苇一样乱,拖着悠长的鼻息,浑身滴着水,因为不适应阳光,眼睛不停地眨)你不要太骄傲,你要知道我是谁!你这个乳臭未干的小丫头!

劳登莱茵:你再这样,我就去跟别人跳舞了。我的朋友可是很多,只因我年轻又漂亮!树叔叔,我们来跳舞吧!

树精:(长着山羊角,留着山羊胡,滑稽地跳起舞来)我不擅长跳舞,不过可以跳给你看。我还懂别的跳法,跟我去小树林玩吧!(色迷迷地说)

劳登莱茵：跟你？简直是开玩笑！瞧瞧你那副样子吧，赶紧回到你太太身边去！（高傲地走回屋里）

尼格曼：这是一个轻浮的娘们儿！

树精：俘获她真不容易！

尼格曼：你家那边怎么样？

树精：可恨的人类，挖土、碎石，要建教堂、寺庙。钟声响起，让人心悸。

天暗下来，树林中传来沉重的叹息声。海因利希拖着疲惫的身子登场，尼格曼沉入水中，树精回到森林。

海因利希：（三十左右，铸钟匠，脸色苍白）屋里的人，请救救我，我掉入谷中，已经不行了……（昏倒在小木屋门前的草地上。）

老妇人威蒂恒背着篮子从森林中出来，蹒跚走近。

威蒂恒：快来帮忙！太沉了！天就快要下雨了。咦？这是谁？为什么躺在这里？难道死了吗？这下完了。年轻人？你能听见我说什么吗？（劳登莱茵从屋里走出来，不知道眼前发生了什么）快去拿捆干草来！（劳登莱茵拿了一捆干草出来，跪在海因利希身边，海因利希睁开双眼）

海因利希：这是什么地方？我怎么会在这里？

劳登莱茵：这是山里，应该是你告诉我你怎么会在这里。不过，现在还是好好休息吧，你需要休息！

海因利希：我想知道到底发生了什么？

劳登莱茵：这有牛奶，喝一点儿会感觉好很多。（递给他一碗牛奶）看样子你是住在山下的人，你一定是不小心从悬崖上掉下来了。我去打点儿水给你洗一洗血迹和尘埃。

海因利希：（哀求状）不要走！求你了，用你谜一样美丽的眼神看着我，请你留在我身边！你纯净的声音是上天的恩赐！我想一直静静地听下去。从山谷掉下来我才明白，生就是死，死就是生。我要将你动听的声音铸进钟里，那将是我最伟大的作品。但是，现实中我总是失败。你是童话里的精灵，吻我吧！

劳登莱茵：（吓了一跳，赶紧起身，急忙呼叫）婆婆！快来呀！这个人要死了！

威蒂恒：（出现在门口，手中拿着牛奶）可惜这附近没有长半根药草，这人注定要死掉，我们也无能为力，就把他扔在那里吧。

（唤猫）咪——咪——咪——快来呀！你们去哪儿了？

（从树上滑下十个小精灵，摇头晃脑，急步从森林中走向奶盆）

喏，这是给你的。

喏，这是给你的。

你们这群小鬼真闹人！

今天就到这里，

回去吧！回去吧！（男女精灵退回到森林里，树精站在岩石上向婆婆汇报情况）

树精：老婆婆，你看，有朋友朝你这边走来了！他们是一个理发师、一个教师、一个牧师，一共三个！

威蒂恒：谁让你把他们招来的？你等着，我以后再好好收拾你！（对劳登莱茵说，她正在注视着躺在地上的海因利希）快到屋里去！熄灯睡觉，快！

劳登莱茵：不！他们会将他带走的，不能让他们这样做！

威蒂恒：那就让他们带走吧！你是怎么了？孩子，你必须学会舍弃人类的感情，别再犯傻了！（走进屋里）

劳登莱茵：（折下花枝，围绕海因利希画了一个圆圈，口中念着咒语）小花枝画的圆，学自婆婆的魔圈，在你面前，谁也无可奈何！不管是男人、女人，还是幼子、老年。（慢慢退到暗处，牧师、理发师、教

师从森林中出来)

牧师：我看见灯火了，谁能告诉我这儿到底是什么地方！看看我脸上的血、脚下的泡，我再也走不动了。

理发师：别开玩笑啦，赶紧离开这里是正事！不然就有你好看的，这里离威蒂恒婆婆的小木屋甚至不到一百步！

牧师：可是我真的一步也走不动了！

教师：拜托你了，看看这里的魔火！魔女也可能出没，要知道魔女可是会致命的啊！咦？什么声音？谁在呻吟？

牧师：啊！居然是我们在找的海因利希师傅！

理发师：不错，真的是海因利希师傅，铸钟的师傅！

三人一起扑向海因利希，却被魔圈阻挡回来。

牧师：哎呀！

理发师：哎呀！

教师：好痛！

理发师：肯定是魔女！

牧师：(高举十字架，走向小屋)很显然，将铸钟师傅和钟推下谷底的一定是魔女，铸钟师傅和钟都是为神服务的。我们是上帝的属下，所以要勇敢地去和魔女斗一斗！(敲门)

威蒂恒：(开门)谁呀！什么事？

牧师：基督信徒！你知道，你是整个教区的憎恨对象！劝你赶紧将这间小木屋烧掉！就在今晚！

威蒂恒：(慢慢退到海因利希身边)你们可以将这个奄奄一息的人抬走，他现在还活着，不过，能活多久就看他的造化了。我也不管他是不是什么名匠，他铸的钟再动听，我也听不见！

海因利希躺在担架上，理发师和教师将他抬起。

牧师：你难道没认识到自己罪孽深重吗？这个疯婆子！下地狱吧！

威蒂恒：停止你的说教吧！你那一套我都懂，什么星星是小洞，太阳是大洞。仿佛没有牧师世界就会毁灭一样。在我眼里上帝不过是个稻草人罢了！快给我滚！（“嘭”地将门关上）

理发师：快走吧！要是这个老太婆发火那就麻烦了！

牧师、教师、理发师抬着海因利希退回森林，劳登莱茵出场，站在草地中央沉思。

尼格曼：（从井中探出身来）你为什么站在那里发呆？

劳登莱茵：水里的叔叔，我好难过，你看我的眼里流出来的是什么？（把沾着泪珠的手给尼格曼看）

尼格曼：真是太漂亮了！比钻石还珍贵！它是一切痛苦和快乐的源泉，人类管它叫眼泪！

劳登莱茵：我想离开这里。你想一个人生活吗？（眼中含满热泪，凝望远方）

尼格曼：（极力从井中探出身子）你要去哪里？不会去人类那里吧？他们一半是我们的朋友，另一半则不是，你难道忘了被他们嘲讽的往事了吗？

劳登莱茵：婆婆说你是贤者，你应该明白，就连小溪最终都会弯弯曲曲地流到人类的土地中去，我为什么不能？

尼格曼：你真的要去人类那里？

劳登莱茵：是啊！我要到人类的大地上去！（高挥手臂）

落幕

第二幕

铸钟匠海因利希家。传统的德国起居室，室内有床铺、桌子和几把椅子。桌子上有面包、牛奶、杯子，桌子旁边是水桶。

海因利希的两个儿子，一个五岁，一个九岁，坐在桌边，对着牛奶。妻子玛格达手持一束樱草花上场，时间是清晨，天渐亮。

玛格达：孩子们，后院开满了漂亮的花，我们用它来做装饰，今天是你们父亲大喜的日子。

孩子Ⅰ：给我……

孩子Ⅱ：我也要……

玛格达：每人五枝，快点儿吃面包，喝牛奶，到教堂的路又远又难走。

邻家女：(在窗口)太太，起来没有？

玛格达：当然起来了，你要不要跟我们一块儿去教堂？

邻家女：您丈夫昨晚没回家吗？我觉得有些奇怪，如果钟安放好之后，塔上就会竖起白旗，可到现在还没有。

玛格达：不必大惊小怪，工匠们肯定筋疲力尽，白旗很快就会竖起来的。

邻家女：可是……大家都在传一个不好的消息，据说……载着钟的车子毁了，具体情况还不清楚……

玛格达：麻烦你帮我照看一下孩子，我要赶去看看究竟。

传来人群喧嚣的声音，还有玛格达的尖叫。牧师进入房间，慌张地拿起了床罩往外走，教师和理发师抬着海因利希上场。门口挤满了人，玛格达被两个人扶着，海因利希被放到床上。

牧师：(向玛格达)太太，振作起来，医生说他还有救。就算是没救了，他也是为了上帝牺牲的，也是伟大的。

玛格达：牧师，有你这样安慰人的吗？我先生当然会平安无事的。你们这群人不懂照顾别人心情，就知道看热闹，都给我滚出去！

牧师：当时应该是钟要掉下去，你先生极力撑住，最终……你要到现场去看看，你就知道你先生现在还活着简直是个奇迹！

玛格达：都给我出去！

海因利希：给我一点儿水喝！

牧师、教师、理发师耸耸肩，无奈下场。

玛格达：（急忙端水）你醒了？海因利希。

海因利希：（喝水）你是母亲，所以你要坚强，即使我不在，你也要活下去！

玛格达：（扑在他身上）我爱你超过一切！我该怎么办！

海因利希：我真是个不幸的人！现如今我的孩子也要自幼丧父了。难道这就是命运？请原谅我，玛格达。

玛格达：如果爱我，就不要这样说。自从你娶了我，我就变成了另外一个人，是你造就了我，还要我原谅？

海因利希：我死了也好，就当作是上帝的恩典。我现在已经不再年轻，变得腐朽，所以上帝才惩罚我跟没有铸好的钟一起滚落谷底。没有铸好的钟是没有资格安放在山上的。

玛格达：工艺上的事情我不懂，可你的手艺是大家交口称赞的。你已经铸造了几百口钟，每一口上面都刻有你的名字，人们都说你的钟声如同天使合唱……

海因利希：你不明白，我铸的所有钟都没有这一口好。但是这一次注定是失败的，所以当车拉着钟爬上山的时候，我跟在后面感到很痛苦。当钟滚落山谷，沉入湖中的时候，我知道自己即使用尽后半生的时间也不可能再铸出更好的钟了，于是我便追随钟一起跳

进了湖中。我原本想死去,没想到却苟延残喘地活了下来。我已经无法再工作了,就让我死去吧!(昏过去)

牧师:(出场)太太?情况怎么样了?

玛格达:情况糟透了,他已经被折磨得不成人形。

牧师:有一个牧羊人的寡妇,她从丈夫那里学了许多祖传的秘方,村民们说效果很好,我们可以将她请来,你去不去?

玛格达:好,马上就去!

劳登莱茵装扮成女佣上场,手持草莓。

玛格达:你是谁?有什么事?

牧师:她是蜜雪儿山上的安娜姑娘,温柔可爱,可惜是个哑巴,真可怜。

玛格达:我们快去请人来给他治病吧!(马格特、牧师下场)

劳登莱茵:(一转身由害羞的女佣变成忙碌的人,口念咒语)

灶里的小火苗,跳起来吧!(灶里的火苗燃烧起来)

锅子摇动,煮开了,沸腾了,变成鲜美的汤!

再加点儿新鲜蔬菜!喝了身体定会强壮!(海因利希睁开眼睛,看着劳登莱茵)

海因利希:(吓得有些结巴)你……你……是谁?

劳登莱茵:(打起精神,天真地说)我?我是劳登莱茵呀。

海因利希:我感觉自己在梦中见过你。

劳登莱茵:只要你喜欢,我就一直待在这里。

海因利希:是不是梦都无所谓了,反正我的生命已经走到了尽头,我已经筋疲力尽。

劳登莱茵:我在这里是因为我喜欢你,我不知道自己来自哪里,据说小时候是婆婆将我捡回来,然后用鹿奶喂大的。森林、高山、沼泽都是我的故乡,我喜欢在风中打转。我还喜欢恶作剧,生气了就会咬人。不过,我喜欢你,肯定不会给你带来麻烦。你难道不想跟我一起到山里去吗?我会尽力照顾你,绝不会无礼。

海因利希:亲爱的姑娘,你是上天送给我的一枝花。要是在以前,我定会将你拥抱在胸前。看你的一头金发多么漂亮,如同梦幻一般。(沮丧)唉!可惜我离死不远,已经听到死神在对我召唤,光很快就会消失,然后我的胸腔变得冰冷……

劳登莱茵:(施魔法)休息吧,铸钟师傅!

当你再醒来时就会是我的人!

我要在睡眠中治好你。

(对海因利希做魔法手势)

一,二,三,重生吧!自由吧!

海因利希:发生什么了?我刚才睡了一觉?我感到身体里面又充满了力量!(玛格达进屋)是你吗?玛格达,你在哪儿?

玛格达:(高兴)你醒了?你觉得怎么样?

海因利希:(百感交集)我觉得很好,我又可以活下去啦!

玛格达:我亲爱的海因利希!这真是太好啦!

(劳登莱茵站在一边,眼中含泪)

落幕

第三幕

山中的玻璃厂,一片荒废破败的景象。有冶炼炉、烟囱和风箱,从打开的门中可以遥望到远处的山顶、断崖和树林。

工厂外,树精搬了一根树根到柴垛上。树精进门,水精尼格曼从水槽中探出身来。

树精：原来是你？他们走了没有？

尼格曼：应该走了，不然的话会在这里的。他说什么没有？

树精：说不喜欢总听见你发出咕咕的声音，说你整天像哭泣一样，好可怜。

尼格曼：看我不扭断他的脖子！我要让这个铸钟的人跟他的钟一样沉在湖底，我要用他的钟做骰子桶，用铸钟人的骨头做骰子。

树精：那样的话就太好了！

尼格曼：真让人奇怪，这个家伙居然完全康复了，又开始挥动铁锤！（哭泣）还送饰品给姑娘，时而调情，让我忧伤。

树精：他还指着我的脸骂我，真想杀死他，可是他们已经讨得婆婆的欢心，受到婆婆的庇护，我们只能耐心等待。

劳登莱茵：（现身）你们好啊！水里的叔叔，帮我冲洗金子没有？树精，树根搬来了吗？累死我了，我拼命奔跑，看我收集的金子和钻石。

树精：那位师傅在干什么？我知道他以前是位铸钟匠。你们白天工作，晚上就在接吻吧？你做他的情妇，没什么前途，反正也生不出救世主！

劳登莱茵：他在创作一件作品，不过你再这样出言不逊，小心我让你变成瞎子。你我都是被诅咒的人，师傅昼夜敲响铁锤，正是在为解除我们身上的魔咒而努力。

牧师：（身着登山装，脸色已变，喘着粗气出现在门前）理发师，快一点儿，就在这里！只有我这个牧师才能找到这里，才能找到师傅。（走进车间，看到劳登莱茵）原来是你在这里！不出我所料！

劳登莱茵：（不客气的口气）你为什么会出现在这里？

牧师：我就知道他在你这里，你这个魔女，用魔法和迷药引诱了海因利希师傅！他是一家之主，是虔诚的教徒，这简直就是耻辱！

劳登莱茵：（扬扬得意）你看那是谁来了？他的步伐整齐有力，双眼如太阳一般放出光芒！他就是国王！哎！师傅，你回来啦！

海因利希穿着工作服，手拿铁锤出场。劳登莱茵上前搂住他的臂膀。

海因利希：牧师，你好。

牧师：上次见你时，你一副快要死去的模样，现在却是如此强壮！山下的人都说你变了，我看你一点儿也没变！

海因利希：我确实更加强壮了，让我用这里的葡萄酒来招待你，我的朋友。

牧师：太感谢了。我祝你身体越来越健康！

海因利希：（边走边说）我不仅感觉自己康复了，我感觉整个世界都重生了。我满心欢喜，心里在引吭高歌；浑身充满力量，尤其是臂膀；我现在一心只想工作，我是一个全新的自己。

牧师：你这样说我很高兴，不过，你要记得，这一切都是上帝的旨意！

海因利希：我当然要感谢上帝，他将我推向谷底，又将我救起，所以我满怀感激，虔诚祈祷！他让我还能铸钟，还能成为名匠，这一切的一切，都要感谢上帝！

牧师：你说你在铸钟，不知道是为哪所教堂所铸？

海因利希：我不为教堂铸钟，是一棵树向我发出的命令。你的那座小教堂已经破烂和坍塌，我要在较高的地方建一座新教堂，现在正在忙着打地基。

牧师：师傅！我觉得事情有些不对头，请问谁付给你报酬？

海因利希：你是问谁是出资人吗？我只能说这口钟不同于以往任何一口，它春天般的声音将传遍整个牧场。它的钟声会让教堂的钟声沉默，它预告着光明降临这个世界，到处都将是永恒之光！所有人都将喜极而泣，他们将放声高歌，故乡的歌、小时候的歌，每个人心头的怨恨和报复都会被瓦解，化作热泪从心口流出！我们将会含泪奔向十字架，迎接重生的救世主！

海因利希因为说得激动，来回走动。劳登莱茵被海因利希所迷倒，双眼含泪，跪倒在他脚下。牧师面色苍白，假装平静，开始说话。

牧师：师傅，大家都在替你担心，现在我证实这种担心没有错。你的这些话和将要建造的自鸣钟都证实了这一点。你现在是在梦中，可怕的梦，如果上帝不将你救出，你终究会被毁灭。

海因利希：我深陷痛苦？我可不这样认为！

牧师：你这是在狡辩，这没有任何意义！你已经显露出了异端的特性！请不要忘记，你还有妻子和孩子！你在山里这几个月，家中的妻子寂寞孤独，孩子整夜含泪入睡！

海因利希：（沉默了一会儿）我是多么想擦干他们的眼泪，可是我不能！我很清楚，我无法安慰他们，我的酒倒进他们的杯子里就会立刻变成毒药，我的手抚摸在他们脸上就会变成鹰爪！上帝呀！请帮帮我。

牧师：你这是疯子和异端的表现！快快醒过来，做一个虔诚的基督教徒！现在醒来还不算晚，快将这个魔女赶出去，跟妖魔断绝来往，他们散去，你便得救！

海因利希：我濒临死亡的时候，是她救了我，还治好了我的病。无论你怎么想，我在死之前是不会背叛我的救命恩人的。

牧师：看来你是没救了，已经病入膏肓！不过，你记得，你已经与天堂无缘，迎接你的将会是地狱。你现在已经成为异端，民众将会因为憎恨和自卫而来围剿你。到时候，你将被无情摧毁！

海因利希：（沉默半晌）听我说，我是不会被你这番话吓倒的！你在欺骗自己，却将谎言和罪行加在我身上，借着神的名义来玷污我！我有自己的决定，我将敲碎所有用世俗、偏见、卑鄙铸起的钟。它们只会发出一个声音，那就是：愚蠢！

牧师：那就随你去吧！我的任务已经完成了，要铲除你的罪恶已经非人力所能及，希望你学会忏悔！当你受到惩罚的时候，自然会想到我。

海因利希：说起吓唬人，牧师，我比你更在行。我不会受到惩罚，就像沉入湖中的钟也不会响一样。

牧师：它会再响的，你最好听我的话！

落幕

第四幕

场景与第三幕相同，玻璃厂内，左边一个冶炼炉，炉内有火，一边有风箱、铁砧。海因利希用火钳夹着一块通红的铁片在铁砧上。身边有六个侏儒，矿工打扮。侏儒Ⅰ手握火钳，侏儒Ⅱ用大锤锤打铁片，侏儒Ⅲ在拉风箱，侏儒Ⅳ在一边关注着工作进展，侏儒Ⅴ手持木棍，时刻准备着，侏儒Ⅵ头戴皇冠，坐在宝座上。地上到处散落着铁片、铸件和图纸。

海因利希：快点儿打呀！你们这群懒虫！我是不会因为低声哭泣就可怜你们的，谁要是不努力，我就将他用炉火烤焦！我可是说到做到的。

侏儒Ⅰ：不行了，师傅，手都僵硬了！

海因利希：平时让你们好好训练，你们不听，他妈的！你们现在连一个马蹄铁都做不好，更何况，我们现在要你做的是一件举世杰作！快点儿打！愣在那里干什么？难道没听说过趁热打铁吗？（拿起刚刚冶炼好的铁，坐下来查看）不错！最近的作品让我很满意！

大家都走吧！今天的工作结束了，回去好好休息，积蓄能量，明天再大干一场。

海因利希躺在床上，伸直躯干，陷入梦中。门口飘来一阵白雾，雾散后，尼格曼出现在水槽边。

尼格曼：他就像蛆虫睡在厕所里一样，什么都听不见，什么也看不见！他看起来像是很冷的样子，冬天的寒冷已经渐入骨髓，睡梦中的他还不忘白天的工作。现在你已经到了极限，变得非常脆弱！（海因利希呻吟着翻身）

你奉献得再多也无济于事，上帝是不会将祝福赐给你的。罪就是罪，你无法将它转化成为功劳，更不可能是赏赐。魔鬼已经集结，他们已经知道自己的猎物在哪里，终将会冲上山来，将你压碎！

海因利希：魔鬼的诅咒让我痛苦，劳登莱茵，救救我！（梦中醒来）这是什么地方？有人在吗？

劳登莱茵：（出现在门口）你叫我吗？你怎么啦？

海因利希：没什么……我在梦中感到没有精神和力气，心脏也逐渐衰弱……黑魔想要杀死我……现在好多了，他们是不会得逞的。

劳登莱茵：可怜的人，你肯定是发烧了！

海因利希：没有，只是有点儿冷。请抱紧我。

劳登莱茵：你是光神，是太阳，是英雄……

海因利希：你说的是真的吗？我是光神？你让我的灵魂感到陶醉，没有陶醉就没有自信，就做不好任何事情。

劳登莱茵：我飞遍群山和大地，向所有山川、河流和花草起誓，绝不会让你离开这里，让你去面对黑魔带来的威胁！因为你是善良的人。

海因利希：我的作品在等待建筑物的建成，让我们出去看看那座刚刚完成的教堂吧！拿起火把，快一点儿！敌人肯定在暗中搞破坏，当师傅的不能让他们得逞。

谷底传来许多人的叫喊声。

劳登莱茵：是人的声音！他们在朝你怒吼，海因利希！（飞来一块石头，击中劳登莱茵）婆婆！快来救我们！

海因利希：原来梦中的都是真的，我可不怕你们！劳登莱茵，不要害怕，我到高处去守护你们！（出去）

劳登莱茵：婆婆，快来救我们！尼格曼，快来救我们！

尼格曼浮现。

尼格曼：你让我救这个男人，给我什么报酬？我可是一直瞧他不顺眼！

劳登莱茵：你想要什么？

尼格曼：我想要你！

劳登莱茵：做你的梦去吧！你看他作战多英勇！你永远得不到我。

尼格曼：那就让他去死吧！

尼格曼退下。海因利希上场，战斗让他激愤，狂笑。

海因利希：那些狗一样的家伙狗一样地进攻我，我把它们全部赶下山去。木头、花岗岩、石块，我将它们通通砸到那些狗身上，它们落荒而逃！战斗让我不知疲惫！战斗让我拥有十个人的力量！我要光、爱和你，风一样的精灵！你是我灵魂的翅膀，我要跟你结婚！

劳登莱茵：侏儒们！精灵们！都出来庆祝吧！

海因利希：过来，我要喝你嘴唇上那杯鲜红的酒。

两人长时间接吻。

劳登莱茵：我好怕。

海因利希：不要怕。休息去吧！（向外走去，忽然停住，往回看）你看看下面那是什么……看见没有？

劳登莱茵：没看见。

海因利希：看见没有？越爬越高了……

劳登莱茵：那是谁？

海因利希：两个裸着身体的小男孩，轮流往山上搬运一个水壶……他们头上居然还有光圈……啊……他们来了……

海因利希跪下。两个男孩上场，正穿着衬衫，搬着一个水壶。

孩子Ⅰ：（万分悲戚）爸爸！妈妈向你问好！

海因利希：啊！原来是你们！妈妈还好吧？

孩子Ⅰ：（悲伤、缓慢、有力地说）妈妈很好。

谷底传来低沉的钟声，声音很小。

海因利希：你们带的是什么？

孩子Ⅱ：咸的东西。

孩子Ⅰ：苦的东西。

孩子Ⅱ：是妈妈的眼泪！

海因利希：天哪！妈妈在哪里？

孩子Ⅱ：睡莲深处。

谷底传来沉闷的钟声。

海因利希：钟响了……水底的钟响了……谁在敲钟？是我的妻子，是孩子的母亲。上帝！救我！（对劳登莱茵）我恨你！你这个魔女！

淫荡的女人！我恨这里！该死的工作！我们都会受到诅咒！上帝！救我！（站起来，又倒下，踉踉跄跄下台）

劳登莱茵：快点儿醒过来！振作起来！不要走……

落幕

第五幕

场景同第一幕。山中的草地，小木屋。白雾散去，劳登莱茵从山上走下来，看上去筋疲力尽。坐下，接着又站起，走向水井。声音气若游丝。

劳登莱茵：婚礼上别人递给我酒杯，里面没有酒，只有血！
喝干酒杯，胸口窒息，一定要让心冷却！
戴上头冠，我是那水里人的新娘，心必须变得冷冰冰……
三个不同颜色的苹果，这是新郎送给我的礼物。
这个姑娘已经死去，已经死去。
请水里的主人打开门，死去的姑娘送给你……

走入水井，树精从森林中走出，朝着井内喊叫。

树精：水中的家伙快出来！我有重要的消息要告诉你！果然不出我所料，他抛弃了那个姑娘。那个姑娘，可是你一直都喜欢的呀。

尼格曼：（狡猾地眨着眼皮，从井中探出身子）她被抛弃了？我怎么会喜欢这样的女孩子？

树精：那我们也应该找到她的下落，我找了一夜，问过所有动物，都没有找到她的下落。

尼格曼：我知道了，竟然为了这样的事情打扰我。我还知道更可怕的事情，你们见过水底的那个女人。看看她是怎样使得那口沉在湖底的钟发出声音。当她用手碰到钟的时候，钟便朝着师傅发出如雷般的声响。溺水的女人头发散开，枯瘦如柴，满脸痛苦，我都觉得害怕。

树精：哎呀！真是可怕，让我想起了一个死在沼泽里的女人！

跳着滑稽的舞步退场，老婆婆威蒂恒从木屋中出来。

威蒂恒：清晨的空气真是好，昨晚太吵闹！

海因利希出现在小木屋上的岩石上，脸色苍白，衣衫褴褛，手握一块石头准备随时还击。

海因利希：劳登莱茵！你难道不在这里吗？（朝着后方）有本事你们就爬上来吧！你们这群无耻的家伙，是你们把我妻子推下山谷的，不是我！（扔下石头，继续往高处爬）

威蒂恒：休息一下再走吧！

海因利希：我不能休息，不过我要喝口水。

坐到井边喝水，井下传来劳登莱茵的声音。

井下传来的声音：亲爱的海因利希！

坐在我的井边。
我是多么爱你，
却不能回到你身边。
再见，再见……

海因利希：老婆婆，是谁在喊我？声音这么熟悉。老婆婆，你是谁？你在这干什么？

威蒂恒：一会儿你就知道了。

海因利希：我要走了，去寻找我的姑娘！

威蒂恒：我可以帮助你实现愿望。寻找那个姑娘就是你的愿望吗？好吧，你面前有三杯酒，喝下第一杯白酒，就会恢复力量；然后再喝下第二杯黄酒；第三杯……千万不要喝！一定要记住，不要喝……

海因利希喝下两杯酒，劳登莱茵缓缓从井中升起，坐在井边，身躯疲惫，表情坚毅，用微弱的声音独唱。

劳登莱茵：半夜，我独自梳理金发，
这是曾经漂亮的劳登莱茵。
我这颗可悲的心，
现在的我，已经成为可怜的泉水姑娘。
月下梳头发，想起我那个他，
唉！下去吧，到水中去吧，出来太久了。
（正要下去）谁在呼喊我？

海因利希：是我呀！你走近一点儿看一下。

劳登莱茵：我不认识你，你赶紧走吧！

海因利希：难道你不认识我了？

劳登莱茵：我从来没有见过你。

海因利希：天哪！难道你忘记了我吻你的滋味吗？

尼格曼：（从井底传来声音）劳登莱茵，快进来！

劳登莱茵：马上！

海因利希：那是谁？

劳登莱茵：这口井的主人，我的丈夫！

海因利希：原来如此，啊！我快要死了，不要离我而去，请救救我！

劳登莱茵：我该怎么做？

海因利希：到我身边来！

劳登莱茵：不行，我要走了，再见。

海因利希：你要去哪儿？

劳登莱茵：远方。

海因利希：请把杯子递给我……你的嘴唇就是盛红酒的酒杯，我为你祝福！

劳登莱茵：我不是你的爱人。曾经是，但现在不是！

海因利希：劳登莱茵！

劳登莱茵：再见！再见！

海因利希：带我走吧！黑夜即将降临，谁都无法逃避！

劳登莱茵：（扑向海因利希，两人抱紧，亲吻。不一会儿，劳登莱茵把即将死去的海因利希缓缓放下）海因利希！

海因利希：太阳的钟声在高空中回荡！太阳升起……黑夜将无比漫长。（曙光）

落幕

布登勃洛克一家

托马斯·曼(1875—1955),德国当代著名作家。1901年因为创作《布登勃洛克一家》一举成名。之后,他又创作出不少好的作品,比较有名的有《魔山》《绿蒂在魏玛》等。托马斯·曼于1929年被授予诺贝尔文学奖。

《布登勃洛克一家》描述了一个家族在四代人之间由兴至衰的过程。其中人物性格鲜明,老一辈的精明能干以及后代的虚荣和浪荡,都被刻画得淋漓尽致。

在吕贝克没有人不知道布登勃洛克一家。约翰·布登勃洛克白手起家,他的公司包括粮栈、轮船和地产,遍布全城。人再强大终究战胜不了死神,约翰夫人过世之后两个月,约翰也病倒了。可能早就料到了这一切,约翰在妻子去世之后就把全部生意交给了儿子小约翰。

"你要帮助你的父亲!"约翰对托马斯说,托马斯是他的长孙。

"你要做一个有用的人!"约翰对克利斯蒂安说,他是托马斯的弟弟。

说完之后,老约翰又望了周围的人一圈,然后把头转向墙壁,死了。就这样,小约翰成了这个家族的支柱和希望。

除了这两个儿子以外,小约翰还有两个女儿,分别是安东妮和克拉拉。四个孩子性格各异,其中最让小约翰省心的还是托马斯。

托马斯十六岁那年离开学校,此时他已经显得非常成熟,模样上更是和祖父非常相像。父亲将他带到公司,一一介绍给公司的工作人员,其实他们以前都认识,不过今天的介绍是以同事身份进行的。就这样,托马斯进了公司,成了小约翰的得力助手。他的作风像他的父亲,将工作看作一件神圣的事业,全身心投入。

相反,二儿子克利斯蒂安则让小约翰头疼不已。十四岁那年,还是小学生的他就懂得给戏院后台的女演员送花。当他昂首阔步地捧着一束鲜花走向后台,交给女演员,并煞有介事地说出"小姐,您表演得非常好"的时候,在场的人都笑疯了。这个笑料一夜之间传遍了全城,小约翰气得大吼:"没错!一点儿都没错!我早就看出来了,这么点儿年纪就知道给卖唱的女人献花,他的天性就是不正经,一辈子如此!"

安东妮也不是一盏省油的灯,长大的她不再像小时候那样可爱,而是变得傲慢和浮夸,仿佛对什么也不屑一顾。这让小约翰感到担心。后来果然不出所料,十五岁的安东妮就开始和中学生互传情书。当这件事传遍全城的时候,小约翰不得不把她送到寄宿学校中去。

唯有年幼的克拉拉是让人省心的,当然,还有托马斯。

六月的一天下午,全家人在花园里喝咖啡和谈论舞会,有人递上名片,上门拜访。这是一位来自汉堡的代理商,名叫格伦利希,三十出头,中等身材,说话彬彬有礼,一见面就是:"请原谅我,原谅我打搅了你们的诗性,你们有人在聊天,有人在看书——哦!一定要原谅我。"

安东妮对这副油腔滑调的嘴脸感到厌恶,但是小约翰夫妇却非常喜欢他。他表示自己是来谈生意的,但是当谈起汉堡,谈起任何事情的时候,他都显得更擅长。并且,他专挑小约翰夫妇爱听的讲,但是这种恭维隐藏得很深,每一句都像是发自肺腑的不经意的流露。

"我觉得他是个不错的人,和蔼可亲。"小约翰夫人说。

"他很有教养,并且通情达理。"小约翰补充道。

"我觉得他很蠢,装腔作势,非常自我,并且专挑好听的来讨好你们。"当安东妮说完自己的意见之后,小约翰夫妇大吃一惊。少不了对这位已经十八岁却整日无所事事的姑娘进行一番责备。

在小约翰夫妇的招待下，格伦利希在吕贝克住了下来，安东妮则尽量躲着他，她不喜欢甚至厌恶这个人。但是，生活总会有惊喜给你。这天早上，小约翰在餐桌上认真地同她谈论起问题来，这是很罕见的一件事。

“安东妮，有这样一件事我要跟你商量。我们都认为格伦利希先生是一位诚实可信的人，这段时间他对你很仰慕，现在写信提出求婚，你怎么看这件事？”

安东妮把身体靠在椅背上，低着头，慢慢转着手上的银镯，默不作声。突然抬起头来，眼睛里已经含满了泪水，声音嘶哑地说道：

“我哪里得罪他了？他干吗要耍我？”

接下来便是小约翰夫妇的轮番劝说，在他们眼中安东妮不过是个孩子，不懂得什么叫真爱。要长时间相处，才能体会到格伦利希身上的优点。

事情就这样僵持着，格伦利希甚至跑来跪在安东妮的脚下，苦苦哀求。而这只能增加安东妮对他的厌恶。小约翰夫妇怎么也搞不明白自己的女儿为什么不喜欢格伦利希——他人不但非常绅士，而且家底也不错。格伦利希曾经把自己的账本拿给小约翰看，小约翰还私下里打听过对方的生意，得到的反馈是格伦利希在汉堡的生意非常兴隆，并且前途无量。要是错过这么好的一个姑爷，那将是非常遗憾的一件事。

安东妮要去海边度假，一扫在家里积攒下的怨气，再就是躲避可恶的格伦利希。在海边她认识了莫尔顿，一位害羞的大学生。他是领港员的儿子，这次安东妮的海边之旅就借宿在他家里。安东妮有点儿喜欢这位腼腆的大学生，和他在一起快乐又没有约束。谁知一个雨天里，格伦利希冲进了领港员的家中，严肃地告诉对方安东妮已经答应了自己的求婚，让他儿子离安东妮远一点儿。

安东妮回到家之后就决定同格伦利希结婚，是妥协，也是赌气，总之事情就这样定下了。安东妮带着八万马克的嫁妆跟随格伦利希去了汉堡。

三年过去了,安东妮整日穿着睡衣,住在汉堡郊外的一幢房子内。生活已经令她麻木,唯一的欣慰是自己三岁的女儿依瑞卡。她有时会想起三年前的自己,极力抵抗这门亲事,现在看来没什么大不了的,当时真是幼稚。

结婚后格伦利希对她的态度就变了,现在每天晚上在她身边坐一会儿,顺便看看报纸就算是陪她了。她不敢再奢望什么,但是当她想为他们的女儿请一个保姆的时候,格伦利希发火了,他怒不可遏地冲她吼道:“你是不是想让我倾家荡产!”

想想自己陪嫁过来的八万马克,再看看现在生活的境况,安东妮猜测格伦利希是不是生意亏损了?这个疑问最终得到了证实,她偶然听到了自己的丈夫在低三下四地哀求一位银行家,请求对方宽限自己几日。她明白,自己的丈夫破产了。

格伦利希原本就是个骗子,要不是安东妮带来的八万马克,他早就破产了。现在他又希望岳父帮自己一把,但是安东妮从来没有爱过这个人,小约翰又怎会继续在他身上花一分钱?他记得三年前自己女儿也说过不爱对方。最终,小约翰带着自己的女儿安东妮和外孙女依瑞卡回到了吕贝克,这桩婚姻解除了。

往往诚实、正直的人总要失去一些生意,这一点在哪里都一样。父亲传下来的生意在小约翰手中没有继续扩大,反而变得清淡。而小约翰仿佛厌倦了这种生活,把生意交给大儿子托马斯打理,自己则沉浸在宗教中。这天全家决定去游艺园散步,大家在楼下等小约翰换衣服,时间仿佛有点儿长,空气中一片沉闷,这是下雨前的征兆。女仆惊慌失措地从楼上跑下来,语无伦次地向大家说小约翰死了。

大家折算了一下家产,但是并没有分家,全部遗产都记在小约翰夫人的名下。而托马斯也名正言顺地成为了家族公司的负责人。

第二年,克利斯蒂安回到了阔别八年的吕贝克,这些年他一直在汉堡。兄弟二人不和,这一点随着年龄的增加越来越明显。托马斯精明能干,处事果断,而克利斯蒂安唯唯诺诺,一事无成,总让托马斯看着心烦。不过,不管怎样他们都是兄弟,身上都流淌着布登勃洛克家族的血。托马斯安排克利斯蒂安出任公司经理,不求他有什么成就,能安安稳稳不惹出什么麻烦就行。

托马斯接手公司之后,公司便呈现出一种进取的精神,不但生意上红红火火,托马斯还当选了市里的议员。人们都知道布登勃洛克一家发了财,这个家族的经济实力和影响力又重新回到了老约翰在世时候的水平。

小约翰夫人因为丈夫的去世更加皈依上帝,她不但组织家人读经书和唱赞美诗,还组织了教会学校和一个名叫耶路撒冷之夜的晚会,并让自己的子女必须参加。托马斯和克利斯蒂安对此兴趣不大,安东妮甚至有些厌恶,唯有克拉拉同母亲一样沉迷于此。

一天,一位名叫蒂布修斯的牧师来拜访小约翰夫人。他在德国中部布了几年道,正在回家的途中,经人介绍顺便来访问夫人。没想到在这里住了几日之后,他竟然喜欢上了这家的小女儿克拉拉。此时的克拉拉已经是一位十九岁的窈窕淑女,身材高挑,表情严肃,但是又透露出一股别样的风韵。两人因为上帝走到了一起,克拉拉痛快地答应了蒂布修斯的求婚。

没过多久,托马斯从阿姆斯特丹寄回来的信中提到自己喜欢上了一位姑娘,她的名字叫盖尔达。第二天他直接到对方家求婚,盖尔达的父亲同意了这桩婚事。当然,在信的结尾他没有忘了提一下自己的这位岳父是一位百万富翁。这样的话,对方带来的嫁妆将是一笔不菲的资金,这让托马斯感到很骄傲,也很幸福。

无论是家族还是公司的事情都一切顺利,唯有兄弟二人之间的感情越来越恶化。克利斯蒂安和女人之间的传闻令托马斯感到心烦,他更加鄙视这位兄弟,抓住一切机会讽刺他。而克利斯蒂安则仍旧是唯唯诺诺,在托马斯面前像只老鼠。两人之间的关系仅剩下自己无法决定的血缘,如果可以的话,两人会在第一时间结束这种关系。最终克利斯蒂安离开吕贝克,去了汉堡。

四月的时候安东妮到慕尼黑去待了一个月,是去散心。原因是她觉得自己整天待在家里快要腐烂了。可以想象,年龄不大的单身女人整日同一帮太太和夫人在一起念经、唱诗,这种日子不算是好过。

从慕尼黑回来之后安东妮心情好了很多,可没过几天就有一位叫佩尔曼内德的先生便来拜访。他来自慕尼黑,是追随安东妮而来,当然他不能这样说,他给出的理由是来谈酿酒厂生意。佩尔曼内德先生四十多岁,四肢很短,身体却很胖,长得有点儿滑稽,但是看上去非常善良。在赢得了全家人的好感之后,佩尔曼内德住进了布登勃洛克家中。

现在佩尔曼内德缺的就是一个机会,一个向安东妮求婚的机会。这一天终于到来了,全家人一起去郊外游玩,佩尔曼内德和安东妮走到了一起。当两人谈到依瑞卡的时候,不自觉地提到了她的父亲格伦利希。安东妮痛苦地讲述了自己的第一次婚姻经历,佩尔曼内德自然不会放过这个机会。

“这个浑蛋,简直就是禽兽,哪天要是落到我的手里,我要让他好看……”

安东妮则表示自己已经原谅了格伦利希,这更让佩尔曼内德觉得她仁慈和宽容。他又试探着询问道:

“那么……现在……你是不是对婚姻生活有戒心了呢?是不是永远不再想结婚了呢?”

“真笨!”安东妮心中暗骂,但是她表面上不得不装出一副对婚姻恐惧的样子,说:“我必须承认,这种决定终身的事情不能马虎,你得保证对方是一个诚实、可靠、善良的人。”

“那我是这样的人吗?”佩尔曼内德问道。

“你是这样的人。”安东妮回答道。

接下来,佩尔曼内德向小约翰夫人提婚,托马斯首先暗中打探了他的经济状况，他确实在一家酿酒厂中有股份，虽然算不上是富豪，但也不算差。小约翰夫人趁着去波罗的海度假，顺便去慕尼黑回访了佩尔曼内德，以证实对方没有说谎。到了八月中旬，这桩婚事正式定了下来，安东妮带着嫁妆和女儿依瑞卡去了慕尼黑，开始了自己的第二次婚姻生活。

表面上布登勃洛克一家风平浪静，但是托马斯知道事情并非如此，眼下就有几件令他烦恼的事情。首先是克利斯蒂安，他的合伙人突然去世，继承人抽走了资金。托马斯劝弟弟不要继续经营下去，但是他不听，要将整个公司接手过来，前景不会很乐观。如果失败的话，那将是一场惨败。还有克拉拉，婚后她一直没有生育，并且身体越来越差，年轻时候的头疼已经转化成了周期性发作。更令托马斯烦恼的是自己的妻子至今没有给自己生下孩子，这将决定着家族未来的继承问题。小约翰夫人也为此着急，到处找人打听偏方。

当然，没有人注意到此时安东妮也陷入了困境，人们都以为新婚的她没有什么烦恼。回到慕尼黑之后，佩尔曼内德表示自己想过一种安稳、舒适的日子，靠着酿酒工厂的股份和楼下的房租完全可以保证这种生活。用他的话说就是：

“我已经过够了卖命的日子，我们靠着股份和房租就可以过上舒适的日子，保证每顿饭里都有猪肉。我们不用讲什么排场，晚上我就去皇家酿酒厂喝上两杯。我不想过挥金如土的日子，我也不想过拼命赚钱的日子，从明天起让我们享受生活……”

安东妮为此跟他大吵了一架，因为她发现自己的丈夫如此没有进取心。此后的生活也证实了这一点，佩尔曼内德每天的生活就是去酒厂喝酒和陪朋友们玩牌。这群朋友也是那种靠着利息和房租过日子的人。依瑞卡每天去上学，而安东妮则百无聊赖，有时候自己去剧院看一场戏。这种日子一天天重复，从来慕尼黑的第一天开始她就觉得生活没有了乐趣，也不再抱有什么希望。

可是希望终究还是来了，安东妮又要准备做母亲了。她怀上了孩子,并满心欢喜地等待着他的降临。这个孩子不仅是自己的希望,也可能唤醒佩尔曼内德的责任感。但是命运再一次捉弄了安东妮,孩子出生后没几天就夭折了。由此她陷入了悲观和绝望之中,甚至开始怀疑上帝。但这还不是最糟糕的事情。

这天夜里安东妮从睡梦中醒来,发现佩尔曼内德不在身边,继而迷迷糊糊地听到了走廊上传来了暧昧的声音。她感觉血液一下子冲到了头顶,心里怦怦直跳,她已经预见了将会发生什么样的事情。她踮着脚来到了门外的走廊上,果不其然,佩尔曼内德正在调戏家中的女仆。起初佩尔曼内德还一个劲儿地道歉,表示自己今晚喝多了。但是看到安东妮不依不饶之后,便将体内的酒力转化成了谩骂,而被激怒的安东妮则不再哭哭啼啼和胆怯,把所有难听的话都加在了佩尔曼内德身上。最后,一个电报发回吕贝克,她没过几天就收拾东西回家了。可怜的安东妮结束了自己的第二次婚姻。

回到家之后的安东妮对什么都提不起兴趣,仿佛看透了世间一切,将唯一希望寄托在自己的女儿依瑞卡身上。

托马斯终于有了自己的儿子,全家人都沸腾了。这个儿子来得实属不易,首先让人苦等了这么多年,再就是刚生出来的时候身体非常虚弱,甚至不会啼哭,让人想到了安东妮的第二个孩子。好在医生最终保住了这个孩子的命,全家人都非常高兴。孩子的洗礼办得非常隆重,甚至八十多岁的市长都亲自前来祝贺。人们给这个孩子取名叫汉诺,尽管刚刚出生,但是他的身上已经寄托了这个家族的希望。

这一年的生意格外好,这也就意味着托马斯要付出更大的精力来管理公司。才三十七岁的他显得有些衰老和疲惫,医生劝他休息一下,但他总想在达到一定高度之后再彻底放手,好好休息一下。这年夏天,托马斯突然想建造一所新房子,说干就干,他亲自买地皮,买材料,他是那种干什么事情都井井有条的人。至于为什么突然要建一座新房,全城人都在猜测,但是谁也不敢确定。有人说这是"虚荣心"在作怪,也有人认为托马斯想改变一下生活。用一次大迁移、搬家、新家具来创造新生活的环境，把老宅中陈年累月积累下来的污垢全部摈弃。

“您根本就没把我放在眼里，这么大的事情都不跟我商量一下。”托马斯很长时间没有这么激动了。

“难道我做得不对吗？”小约翰夫人又吃惊又委屈。

两个人在争论克拉拉遗产的事情，可怜的克拉拉最终还是去世了。这么多年来头疼一直折磨着她，其实是脑结核。出于对这个小女儿的疼爱，小约翰夫人给了女婿蒂布修斯十二万马克。当托马斯得知这件事情之后怒不可遏，小约翰夫人显然不知道这十二万马克对于家族的生意来说意味着什么。家族的生意慢慢变得清淡，而母亲却将这么大一笔钱不假思索地赠予别人，这让托马斯又恨又恼。

“当女婿的都没有好东西，多半是骗你的嫁妆和分你的遗产。”安东妮在一边冷冷地说。显然，这方面她最有发言权。

托马斯的话中甚至带着一股哭腔：

“这些年，安东妮被骗走了八万马克……克利斯蒂安不仅挥霍掉了自己的五万马克，已经开始预支另外三万……他现在不但没有收入，还要支付医疗费……盖房子花去了十万马克……最近生意越来越不顺……就这样的情况，您还送出去十二万马克！”

生活就这样平平淡淡地过着，日复一日，转眼依瑞卡已经成了一位二十岁的大姑娘。她高大丰满，端庄靓丽，这让安东妮很满意。这是她唯一的寄托，这几年来她一直在为女儿的前途操心。可以说，她是想在自己女儿身上把自己失去的找回来。她想让女儿有一个幸福的婚姻，衣食无忧，光宗耀祖，千万不能像自己一样。

胡果是市火灾保险公司的经理，也是安东妮为自己女儿挑选的丈夫。虽然对方已经年近四十，甚至头上的头发已经开始发白，不过，他有一个令人敬仰的职位和一万两千马克的年薪，这一点令人颇感欣慰。依瑞卡对母亲给她挑选的丈夫没有意见，甚至还觉得胡果是个有魅力的男人。在胡果向安东妮提出提亲之后，他就算是这个家里的男人了。

安东妮有时候会想是不是命运这东西也会遗传,自己已经两次栽在男人手里了,原本想在女儿身上翻身,没想到女儿也继承了这一点。这一天,安东妮来到了托马斯的办公室,恳求他拿出两万五千马克的保释金,原因是自己的女婿被抓起来了。托马斯帮她分析了一下情况,最后的结论是这笔钱完全可以不交,因为这对于最后的结局一点儿作用也不起。

一周后,胡果被判三年零六个月有期徒刑,罪名是欺诈和贪污公款。审判结束之后,法院进行了一次拍卖,胡果的所有资产都拿来抵债了。依瑞卡陪嫁的钱早就花光了,这些年他们也没有攒下一分钱,况且她和胡果还有了一个孩子。想起这些安东妮就觉得要疯掉了,她们不得不搬回了布登勃洛克家来住。

生意越来越惨淡,这还不是唯一让托马斯感到心烦的事情,突然一天小约翰夫人病倒了。医生委婉地说:

"我们估计……肺部有些发炎……右部一侧……"

"你是说我的母亲得了肺炎?"托马斯明白医生在说什么。

过了没多久,小约翰夫人的病情就急转直下。她眼前经常出现幻影,看到自己死去多年的丈夫小约翰先生。一天,她说了一句:"我来了,亲爱的。"之后就再也没有说过什么,经过临死前痛苦的挣扎,最后终于解脱了。

克利斯蒂安从汉堡赶回来。小约翰夫人去世不到两天,确切地说只有二十八个小时,她的子女已经开始商议如何分家产了。托马斯、克利斯蒂安、安东妮坐到一起,托马斯来主持。

"礼物应该归还原主,这是老规矩。"托马斯说道。没人提出异议。

首先分的是屋子里大件的东西,托马斯将用得着的东西划到自己名下,他的理由是自己要继承这座房子,所以理所当然要一起继承这些不可缺少的家具和摆设。这一点克利斯蒂安和安东妮没有什么异议。每当托马斯犹豫这件东西该不该要的时候,安东妮就会说:"好吧,这件东西我愿意要。"她要尽量多的为自己和自己的女儿、外孙女争取东西。克利斯蒂安则表示无所谓,因为他知道这不是重点,重点在后头。所以尽管他只分得了几件家具、一台座钟和一架风琴,他还是显得很满意。

但是等到分银器、餐具和床单的时候,克利斯蒂安则显得有些疯狂。

"我的呢?你们不能这样,为什么不管我?这个我也要!"

"谁不管你了?不是已经分给你一整套茶具了吗?还有一个银托盘。那些节日用的餐具我们成家的人才用得到……"托马斯对弟弟的计较有些恼火。

"那套不太好的就给我吧!"安东妮插了一句。

"我也要一部分餐具……你看我什么都没分到……"

"亲爱的弟弟,你能不能告诉我你要它们干什么?还要我跟你说多少遍?这些东西都是有家室的人才用得到的!"

"当作纪念品总行了吧!看到它们我就想起了母亲。"克利斯蒂安显得不服气。

托马斯不耐烦地说道:"亲爱的弟弟,我们不是在开玩笑,你在餐具上面少分一点儿,可以在其他方面多拿一点儿,因为这些东西对你来说没有用……"

"你怎么知道没有用?"

"那你能不能告诉我,你打算用来干什么?"

"我打算结婚。"克利斯蒂安说完就沮丧地坐到了凳子上。

"可是咱们的母亲刚刚过世……"

"是你们逼我的!你们不同意我跟那个女人来往……"克利斯蒂安咆哮道。

"绝不可以!你已经把自己的财产挥霍掉了,母亲的遗产决不允许你再挥霍。这笔财产由我替你保管,除了每个月的生活费,我一个子儿也不会多给你!"

托马斯显然也愤怒了,兄弟二人隔着桌子剑拔弩张。安东妮略显尴尬和委屈地说:

“别这样,母亲还没入殓呢。”

最终不欢而散。

托马斯要把老房子卖掉,这一消息一传到安东妮的耳朵里,她就忍不住跑到哥哥那里去哭诉。她认为卖掉父母留下的房子简直就是耻辱,这里有他们一家人的回忆。托马斯何尝不是这样认为呢?可是现在生意急转直下,这笔钱远比一所房子对自己重要。之后,每当走过这栋房子,安东妮都会悄悄抹泪。

1873 年春天,胡果被提前半年释放。依瑞卡对他已经没有了感情,两人选择了离婚。这样,依瑞卡和她母亲一样成了单身女人,带着自己的小女儿小伊丽莎白跟母亲安东妮住在一起。自从分到了一些家具之后,安东妮就迫不及待地租了一处房子,把家具放进去,结束了寄人篱下的日子。

托马斯和盖尔达结婚已经十八年了,十八年前托马斯三十岁,盖尔达二十七岁。当年这桩婚事是一件美谈,尤其是盖尔达带来的陪嫁多达三十万马克。令人奇怪的是,十八年过去了,两人的外貌都显得跟自己的年龄不符。托马斯还不到五十岁就已经憔悴、衰老,身体发胖;而盖尔达则依旧年轻,红色的头发,洁白的皮肤,窈窕的身材,年龄在她身上仿佛失效了。

出于音乐的爱好,盖尔达和一位年轻少尉交上了朋友。起初他还是盖尔达和托马斯共同的朋友,后来,托马斯感觉自己逐渐被忽略了。自己依旧年轻的妻子和一位少尉走得很近,谁都知道发生了什么。托马斯常常坐在办公室里发呆,有时候会看到少尉的仆人背着乐器走向自己妻子的房间,他就一直盯着他看,直到那扇门关上。他开始变得爱回忆往事,回忆自己的家族历史。他总在想,这个家族要完了,现在只差一件事,那就是自己成为大街小巷谈论的笑料。

尽管只有四十八岁,但是他感觉到自己快要死了。身体一天比一天差,食欲不振、失眠、头晕……都在折磨着他。更让他担忧的是家族的命运,托马斯对自己的儿子汉诺越来越失望,无论是事业还是毅力方面,他一点儿都不像自己,不像他的祖父。

他开始阅读叔本华的书,思考死亡的意义,甚至有一天他决定给自己立遗嘱。他请来一位律师,让儿子汉诺给他把守办公室的大门,不允许任何人进来。每当有人来找公司的经理、市里的议员,他都会认真地跟对方说:“谁也不允许进去,爸爸在立遗嘱呢。”

托马斯正在参加市里的一个会议,牙疼让他坐立不安,于是便来到了街上。他原本想出来透透气会好一些,没想到街上的嘈杂让他更加心烦意乱。最后他来到了一家牙医诊所,医生诊断这颗牙齿非拔不可。但是在拔的时候齿冠断了,必须用钳子把留在牙床上的四根断掉的牙根拔出来。一想到要承受四次痛不欲生,托马斯心有余悸,医生也劝他回家休息一夜,明天再来。就这样,托马斯来到了街上。可是他越走越觉得恶心,最后感觉像是被人从后脑勺狠狠敲了一棍,随即就晕倒在了大街上。被抬回家之后不久,托马斯就死去了。

这下子克利斯蒂安不用再担心托马斯对自己的约束,他很快就搬去了汉堡,并在那里同早就看好的姑娘结了婚。这门亲事之前一直被自己的母亲和哥哥极力反对,现在没有人再指手画脚。当然了,随着克利斯蒂安一起去汉堡的还有他的所有资产。

托马斯死后,他的遗嘱开始起效。首先是清理生意上的来往,然后是关闭公司。当这些遗嘱的内容被公开,并开始执行之后,人们都被惊呆了。尤其是安东妮,她甚至很长一段时间反应不过来:“他自己不是还有一个儿子吗?不是还有汉诺吗?为什么他不把家族的产业留给自己的儿子?”她感到很失望,也很痛苦,传了几代的公司现在竟然倒闭了,而且还是在有合法继承人的情况下。

尽管如此,安东妮仍然没有对自己的家族失去信心。她每次到嫂子家中的时候,都会将汉诺拉到一边,给他讲布登勃洛克家族的历史,讲他的曾祖父怎样坐着马车周游全国,讲他的祖父和父亲在世时家里的舞会是何等热闹……总之,汉诺就是全家的希望,也是家族的希望。

从汉堡传回来的消息看,克利斯蒂安的生活过得并不怎么样。他的身体本来就有很多病,原希望结婚能改善一下病情,结果刚好相反。他的病情又开始加重,眼前常常出现幻影,精神也变得恍惚,最后妻子和医生将他送进了一家精神病疗养院。通过他寄回的信来看,疗养院对待病人并不怎么好,他在信中表达了迫切想离开疗养院的想法。可是,这对他的妻子来说是个很好的办法,既不用亲自照顾他,还不会受到道德的谴责,自己有时间过一种独立的生活,无拘无束。

每天汉诺都按部就班地去上学,可是学习成绩让人不敢恭维。在他身上,人们看不到半点儿布登勃洛克家族精明的特征。他在学校里的表现可以用“浑浑噩噩”来形容,学校、同学、老师都与他格格不入。他不多的喜好之一便是弹奏乐器,这一点肯定是受他母亲影响。盖尔达失去了鲜艳的外表,仿佛一下子变老了。她隐隐约约知道托马斯为什么不把公司继承给汉诺,好像又不知道,难道是因为自己与少尉军官的事情?她不知道答案,因为唯一知道答案的人已经死了。现在的她就像是只剩下了一具空皮囊,每天守着自己的儿子过日子。可就连这唯一的希望,现在她也即将失去。

汉诺死了,因为伤寒。盖尔达准备离开,回到自己在阿姆斯特丹的家中,同自己的老父亲一起住,这里已经没有什么让她留恋的了。安东妮对此没有阻拦,但是很气愤,如果她不走的话,还可以给布登勃洛克家族撑一下门面。现在她带走了属于自己的一份财产,也是布登勃洛克家族的最后一部分资产。

安东妮已经是个五十岁的老妇人,对她来说,只要还活着,就会把头高高抬起来。因为她是布登勃洛克家族的人,他们曾经富甲一方,她的祖父曾经乘马车周游全国……

荒 原 狼

赫尔曼·黑塞(1877—1962),德国作家、诗人,1923年加入瑞士籍,1946年获诺贝尔文学奖。他最初以诗集《浪漫之歌》进入人们的视野,终生都在漂泊、孤独地生活。黑塞深受德国浪漫主义诗人的影响,被称为“德国浪漫派的最后一个骑士”。

《荒原狼》是一部具有表现主义色彩的小说,充满了狂暴和幻想。小说先是虚拟了一个出版者对哈勒的手记的叙述,对哈勒这个人物的形象和行为特征进行了描述,然后以哈勒的手记形式展开叙述,细致地再现了一个中年知识分子的内心世界。

哈立·哈勒年近五十,是一位被叫作“荒原狼”的怪人。他几年前租过我姑妈家的阁楼,不到一年就搬走了。像他自称的那样,他确实是一只狼,沉默寡言,不爱交际,仿佛来自另一个世界,充满野性而又十分胆怯。他脸上布满着智慧的光芒,虽然保持着温柔的表情,内心世界却毫不平静。他比一般人爱好思考,对世界万物极尽冷静。像他这种人是没有任何虚荣心的,从来都是躲在角落,不希望抛头露面,成为焦点。

我注意到他的与众不同,开始想到这个人可能患有某种精神病或忧郁症。他离开这座城市的时候,几乎没人知道。走之前,他付清了所有欠款,然后就杳无音信了。我从他那里得到一份手稿,读过之后才发现,他的精神病其实是这个时代的通病,并非他一个人的奇思怪想。

下面是他的手记：

像平时一样，一天的时间又过去了，这是一种没有特殊痛苦和忧虑、没有真正苦恼和绝望的日子。很多人或许认为，这样过很快乐。遗憾的是，这种平静的生活快让我忍受不住了，对强烈感情的渴望时刻折磨着我。

这些缠绕于脑际很久的问题，让我在潮湿的街道上不停地想着，我穿过本城一个最安静、最古老的城区。我刚要踅进一条黑暗的胡同，突然从那里走出一个人，吓我一跳。这个步履沉重的夜归者，孤独地走着，头戴帽子，身穿蓝色衬衣，肩上扛根杆子，杆子上挂一张广告，像集市上的商人那样，一个敞开的小盒子挂在肚子前的腰带上。他没有回过头看我一眼，拖着一副疲劳的躯体，从我面前无力地走过。他要是看我一眼，我或许会向他打招呼，送他一支烟。一盏路灯把他手中的牌子微微照亮，那挂在杆子上端的红纸上写着什么？我想看看，可是那张纸一直在左右摇晃，我始终没有看清。于是，我喊了他一声，请他让我看看那张广告。他停下脚步，把杆子拿正，这时我才看清，那些由跳动的字母组成的字是：

无政府主义者的晚间娱乐！
魔剧院！
普通人不得……

我跟上了，跑过去试图喊住他：“别走！您的小盒子里装着什么东西？能卖我一点儿吗？”那人没有停下来，边走边机械地从小盒子里拿出一本小书递给我。我把这本慌忙中接过的书放进了口袋。回家后,我从大衣中掏出那本书,书名是《论荒原狼——仅供狂人阅读》。这本小册子的主人公和我同名,也叫哈立,全篇论文都在毫无掩饰地勾画我郁郁寡欢的人生。读过论文后,我忽然想起,就在不久前的一天夜里,我写过一首关于荒原狼的诗。在一大堆稿纸中我找到这首诗,朗诵起来:

……
啊,难道生活的乐趣
都已从我身旁溜走?
尾巴上的灰白的毛发,
暗淡无神的双眼,
与娇妻已生死相隔几个春秋。
我孤独行走,渴望麋鹿,
我渴望野兔,孤独行走。
冬夜的狂风灌进我的耳朵,
雪飘进我的喉咙即被灼化,
去见魔鬼,带着我可怜的灵魂。

一天,为了寻找那个身背广告牌的人,我走遍街道、广场。有一扇隐藏着大门的墙壁,我多次经过的时候,都仔细倾听里面的动静,但是没任何收获。在郊外的马丁区,我遇见了一队出殡队伍。送葬的人悲伤痛苦,在灵车后边缓步前进。看着他们的脸,我想着:谁的死能给我造成损失,在这个城市,甚至这个世界上?这个人现在何处?这个人也许是我的情人埃利卡。但是,我们既没有分手,也没有在一起,很长时间没有见面,也没有争吵。现在,连她住在哪里我都不知道了。她会偶尔来我这里,我也偶尔去找她,我们同样是不合群的孤独者,很难和别人相处。我们有很多相同的地方,不止在彼此的灵魂里,也在心病方面;尽管有种种问题,我们之间还保持着某种联系。可是,她要是听说我死了,肯定会松口气,像扔掉一个沉重的包袱。我的这种感觉是否真实,也不得而知。或许只有根据常情推测,人才能对此类事情有一些了解。

我加入出殡队伍,跟着那些送葬的人信步走向墓地。这里有设备齐全的火葬场,是一个现代化的水泥墓地。死者还没有火化,在一个简单的墓穴前,棺材被放下了。我看着牧师和其他殡仪馆的职工正逐项履行职责,他们竭力使仪式显得悲哀肃穆。活动总算结束了,站在最前面的两个基督徒兄弟姊妹和演说人握手,在最近一块草地的镶边石上刮去沾在鞋上的湿泥。他们刚把死者放进水泥墓穴里,脸色就恢复了常态。突然,一个似曾相识的人出现在我眼前,是的,我的感觉没错,他就是那个背广告牌的人,那个塞给我小册子的人。

"今天做何消遣?"我问道,试图让气氛变得随意点儿,向他眨了眼睛,就像秘密的知情人互相示意那样。

"晚间消遣?"那人嘟哝了一句,不知所云地看着我,"如果您高兴的话,就到黑老鹰酒家去吧,老兄。"

说实话,这样一来,我倒很难确定他是否就是那个人了。我在街上徘徊,被痛苦驱使着。来之前我去了一位好人家里,在那里亵渎了他客厅里的装饰品,这太不应该了,太不体面,太不礼貌了。可当时我也是没有办法,这种温顺却充满谎言的生活我再也忍受不了了。另外,看来这种孤独的生活我再也不能忍受了,我所处的社会已经变得面目可憎,让人作呕,像是个真空的地狱,我在里边无法呼吸,手忙脚乱地挣扎着。你看,出路究竟在哪里?没有出路了。噢,父亲,母亲;噢,我的青春之火遥远而圣洁;噢,我的生活充斥着万千欢乐、工作和理想!这所有的一切都无影无踪了,连悔恨也都荡然无存,剩下的只有厌恶和痛苦。我似乎感觉到,在这一刻,好死不如赖活着比以前任何时候都让我痛苦。

就这样,我晃悠到了郊区的一家小酒店里,在这偏僻的地方休息一会儿,喝了点儿水和法国白兰地,然后又在城里胡跑乱撞,身后仿佛跟着一个魔鬼,被追逐着穿过老城区弯曲的大街小巷和火车站前的广场。一个念头突然闪过我的脑海：离开此地！我走进火车站,仔细看了看墙上的列车时刻表,喝了点儿酒,试图好好想一想。看着那魔影越靠越近,变得更加清晰,我非常恐惧。这魔影无非是想让我回家,让我回到我那狭小的房间中,让我绝望透顶又只能默不出声地等待！我是无法逃脱这个魔影的,就算是再逛上几个小时,我最终还是得回家。我不得不回去,走近旁门,走到放着书籍的桌旁,走到上面挂着我爱人照片的沙发旁。我逃避不了那一瞬间：拿出刮脸刀,割断自己的喉管。眼帘展现着的这个景象越来越清晰,我的心止不住怦怦乱跳,对死亡的恐惧,让我越来越清晰地感觉到,它是最可怕的恐惧。面对死亡,我剩下的只有恐惧。虽然视线之内已经没有出路,虽然堆积在我周围的只有厌恶、痛苦和绝望,虽然吸引我的东西已经无法找到,没有什么能给我欢乐和希望,可是一想到死,想到将死的最后一刻,想到自己的肉体被凉飕飕的刀片切过,一种无法形容的恐怖之感便从心中升腾起来。

逃脱这可怕结局的出路在哪里？绝望与胆怯每天都在斗争,就算今天胆怯战胜了绝望,明天绝望照样会重新站在我的面前,天天如此,而且绝望会由于自我蔑视而变得更强大。我不得不无数次地拿起刮脸刀,又无数次地把它放下,直到最终我下得了手。既然如此,我今天就干吧！我把自己当作一个胆怯的孩子,然后理智地进行劝说;可是孩子听不进去,他跑开了,他想活下去。我抽搐了一下,被一股看不见的力量拉扯着在城里乱跑。在我住宅周围绕个大圈子,我始终想着回家,又始终踌躇着。我不时地赖在某个小酒馆里不想出来,喝点儿小酒,然后又继续游荡,围着目的地、刮脸刀和死神绕着大圈子。我身心俱疲,偶尔在长凳、井沿或门前的挡车石上稍坐片刻,心脏激烈的跳动声犹在耳边,擦去额上的汗珠,死亡的恐惧不断放大,求生的欲望又让我继续跑动起来。

就这样一直到了深夜,我逛到不太熟悉的地方,这里是偏僻的郊区,我进了一家酒馆,节奏明快强烈的舞曲从酒馆的窗户传出。我往里走的时候,看见门上挂着一块旧牌子:黑老鹰。今天,这里挤满了人,看样子是要通宵娱乐,烟雾和酒气喧闹不止,后堂的舞曲振聋发聩,有很多人在里边跳舞。前厅都是些普通的顾客,有很多穿着很破旧的人,而后面舞厅里大多是穿着讲究的体面人。我坐在他们中间,被挤到柜台旁的一张桌子上。靠墙的长凳上坐着一位漂亮但脸色苍白的姑娘,她身穿薄薄的袒胸舞衣,头发上插一朵枯萎的花。见我走近,她便友好地打量起我,眼神显得很专注。她微笑着往旁边挪了下,给我让出一个位子。

"天哪,你从哪儿来?你的样子给人感觉像是从巴黎徒步而来。怎么会穿这种鞋来参加舞会!"

我没有回答,随她怎么说,只是微笑一下。我对她很有好感,这真奇怪,我向来是回避这类年轻的姑娘的,看她们的眼光也充满不信任。而此刻,她的一点儿关心对我来说是非常合适的,恰好满足了我的需求,从此她无时无刻不这样对待我。我需要她的呵护,也需要她的嘲讽,这些她都给了我。她用命令的口吻让我吃下一份涂黄油的面包,这是她特意为我点的。她想让我喝酒,并斟满了酒杯,只是提醒我不要喝太急。随后,她称赞我很听话。

"你真听话,"她鼓励我,"没有让人感到为难。我相信,你很久没有听人指示去做事了。是不是?"

"对,您赢了。您怎么知道的?"

"这并非艺术。服从就像吃饭喝水,对长时间缺少它的人来说是最重要的东西。对吧,你愿意听我的话吗?"

"很愿意。您什么都知道。"

"你真够爽快。朋友,我或许可以告诉你,等在你家里的是什么,你害怕的是什么。不过你自己也知道,我们用不着谈它了,是吧?简直是胡闹!一个人想要上吊,那么他就去上吊好了,他总有自己的理由;要么就活着,这样,他就得为生活操心。哪里还有比这更简单的事情。

“哦，”我脱口喊道，“要有这么简单就好了。说实话，生活让我很疲惫，可一点儿也改变不了。上吊可能是件难事，我不知道。而活着要难得多！天知道，这有多难！”

“好了，你会看到，活着是很容易的。我们已经做了第一步。你擦了眼睛，吃了东西，喝了酒。现在我们走，去刷一刷你的裤子和鞋子，它真该刷一刷了。然后我们跳个西迷舞。”

她就这样突然闯进我的生活，一个活生生的人，把我与世隔绝的污浊的玻璃罩彻底打碎，然后向我伸过一只手，一只善良的、秀美的、温暖的手。我突然觉得，又有了一些跟我有关的事情了，我愉快地、忧虑地或紧张地回想起这些事情。突然，一扇门敞开了，生活迈过门槛向我走来。我是不是又能生活下去，又能成为一个人了？

我原本冰冷僵硬的灵魂现在又开始呼吸了，鼓起了那微不足道的翅膀。一位姑娘嘲笑了我，把我当作孩子，叫我吃饭、喝酒、睡觉，所有的一切都是那么友好亲切。她——奇妙的女友——把圣人的事讲给我听，还不停地开导我：你并不孤独，就算有点儿古怪乖僻，也并不是病态的异乎寻常的人，还有人能理解你，你还有知音。我还能见到她吗？是的，肯定能见到她，她值得信任。

这个奇特的姑娘接受了我的邀请，将在周二晚上和我一块儿吃饭。中间的这段时间真是太难挨了。等到星期二终于来临，我才意识到，和这位素不相识的姑娘的关系对我来说已经重要到如此可怕的地步。她充斥着我的整个心灵，承载着我的一切希望，即使这其中没有一丁点儿爱恋的成分，我也愿意跪倒在她的脚下，为她做任何事。

她如约前来，看到我手中的兰花，开心地笑了。“你太好了，哈立。你想送我一件礼物，是吧？而你又不知道该送什么，你不是很清楚；你可以赠我很贵重的礼物，又担心我会感到受辱，于是你就买了兰花，这只是些花罢了，可是很贵。谢谢你！不过，我得立刻告诉你，我不愿接受你的馈赠。我靠男人生活，可并不包括你。你完全改头换面了，都让人认不出来了！不久前你是那样……不堪入目，像是刚被人从吊绳上解下来似的；现在你又像个活蹦乱跳的人了。”

不知道该怎么回应她，我只问了她的名字，她沉默地看了我一会儿。

“你应该能猜得出。你要喊出来，我就太高兴了。你注意，好好看着我的脸！难道你没有注意到，它有时像个男孩？比如现在。”

不错，她的话没有错，我现在仔细观看她的脸，这的确是一张男孩脸。我凝视了一分钟，这张脸开始对我说起话来，让我忆起我的童年，想起当时的朋友，他名叫赫尔曼。有一会儿，她似乎完全变成了赫尔曼。

“如果你是个男孩，”我惊讶地说道，“那你肯定叫赫尔曼。”

“谁知道，也许我就是赫尔曼，我只是男扮女装罢了。”她像是在逗我。

“你叫赫尔米娜？”

我猜中了，她欣喜地点点头，非常兴奋。我们喝起刚上的汤，她恍惚间成了一个孩子，神情间满是快活。她身上有很多东西使我着迷，其中最美妙最奇异的是，她可以严肃，也可以瞬间变得非常高兴快活，使人觉得好玩；间或从兴高采烈一下子变得严肃起来。有一点是从来不会变的，她的举止始终像个有才华的孩子。现在她快乐了一会儿，用狐步舞跟我打趣逗乐，甚至用脚碰我，对饭菜大加赞赏。我在穿戴上花的工夫全被她挑拣出来，外表也被她连加指责。

第二天，在巴朗斯旅馆里，茶和威士忌一样不缺，一个小乐队在演奏音乐。我企图向赫尔米娜献点儿殷勤，给她糕点，想尽法子让她喝一瓶好酒，但她一直没有赏脸。

“你今天到这里不是来玩儿的，今天是上舞蹈课！”

没办法，音乐一响，我们就去跳舞，这样进行了两三次。间歇的时候，在她的介绍下，我认识了萨克斯管演奏师。这是一位西班牙或南美洲血统的年轻人，皮肤黑黑的，长得挺标致。据她说，他会演奏所有乐器,会讲世界所有的语言。这位先生很有礼貌,并且和赫尔米娜相识已久。他换着吹奏两根萨克斯管——就在他面前放着,大小长短都不一样。他快活地逐个儿打量跳舞的人,那双黑眼睛炯炯有神。不知为什么,我感到很诧异,这位无辜的漂亮的音乐家让我产生一丝嫉妒。

在这种场合,我通常会放不开,这一点被赫尔米娜狠狠地加以指责。她问我这里的哪个女孩子让我心动了。我指给她看两个姑娘中漂亮的那一位,她正好就站在我们附近。她穿着天鹅绒短裙,棕色短发,皮肤很细腻,那么迷人可爱。赫尔米娜一定要我马上走过去请她跳舞,我表示了抗议。

“这可不能!”我有点儿垂头丧气。“如果我的长相还算英俊,再年轻一点儿的话还有得说,我这样一个笨拙的老东西,连舞也不会跳,肯定会在她面前出丑的。

赫尔米娜满含鄙视地看着我,毫无通融。音乐再次响起,我忐忑不安地站起来,走向那位漂亮的姑娘。她好奇地看着我,一双大眼睛水灵灵的,见我过去便说道:“我本来已有舞伴。不过,他可能还要在那边的酒吧里待一会儿。好,来吧!”

我伸出手搂住她的腰,跳了头几步。她没有把我打发走,这让我很惊讶;不过,我拙陋的舞技很快就被她发现了,于是她带我跳。她跳得很好,完全感染了我。舞曲结束的时候,我还意犹未尽,穿天鹅绒衣服的美丽女郎走了。一直在看着我们跳舞的赫尔米娜突然站到了我的旁边。

“你发现了吧?”她的笑容里略带赞许,“女人的腿不像桌子腿那样死板。你现在学会了狐步舞,好极了,明天我们就可以学波士顿华尔兹舞了,再过三个星期就可以到格罗布斯大厅参加化装舞会了。”

“精神的东西在你身上显得很发达,而细小甚微的生活技能却几近于无。思想家哈立一百岁了,而舞蹈家哈立才刚刚出生。现在我们要看护好舞蹈家哈立,让他成长,帮助所有跟他一样小、一样笨、一样未成年的小兄弟。”她继续说道。

赫尔米娜告诉我这个和我跳舞的姑娘叫玛丽亚。她说要让我学会恋爱,仿佛一种崭新的东西从四面八方涌来,有着瓦解一切的可怕力量。

有时我在云中,有时又在地狱,而大部分时间我是在两者的交融之中苦苦煎熬。在那些时刻,新旧交替,痛并快乐,惧怕夹杂着欢快。老哈立和新哈立在激烈争吵与毕恭毕敬的两端来回摇晃。有时,老哈立好像已经死了,被埋在地下,突然他又在面前,发号施令,飞扬跋扈,什么想法都不容置疑;新哈立感到难为情,只好躲在后面沉默不语。而在另外一些时候,新哈立又抓住老哈立的脖子,和他拼命,两人的殊死斗争,常常制造出不绝的呻吟声。

幸福通常会藏在痛苦的浪头中向我打来。比如在一个晚上,离我第一次公开跳舞没几天时间,我走进卧室,发现自己的床上躺着一个美丽的女人,正是玛丽亚。各种感觉扑面而来,不止惊奇,还夹杂着恐慌和喜悦。我略微向她弯下腰,她突然伸出两只厚实的大手,捧住我的头往下按,吻了我好久。我并没有为玛丽亚的爱抚感到不知所措,她就像我白天听到的音乐,让我完全沉醉其中,让我体验到音乐无法带来的触觉。我轻轻地拿开美女身上的被子,吻遍她全身的肌肤,一直到脚上。我低下身,躺在她身边,她亲切地看着我,脸庞像鲜花一样美丽,似乎知晓一切。这天夜里,我在玛丽亚身边睡的时间并不长,却像孩子那样睡得特别酣畅。我们醒了几次,她那美好的青春让我尽情地享受。我们低声交谈,她讲了好多关于自己和赫尔米娜的事情。

在这奇妙无比的一晚和随后的日子里,我从玛丽亚那里学到很多东西,不止有我从未体验过的感官游戏和情欲之乐,还有很多对爱情新的态度。对我这个孤独者和美学家来说,由茶楼酒肆、舞厅酒吧等娱乐场所构成的世界,到底是含有低级趣味、违背道德、有损体面的东西,而对玛丽亚、赫尔米娜以及她们的女伴们来说,这就是她们的整个世界,无所谓好坏,既不值得去追求也不值得去憎恨。只有在这个世界里,她们那短暂的、充满渴求的生活才会实现价值,她们才会感到熟悉和亲切。

我没有成为玛丽亚唯一情人的荣幸,我只是她众多情人中的一个,也没有得到她的特殊宠爱。她和我相处的时间很短,有时只有短短一个小时,一块儿睡觉的机会就更加少了。我常常在想,谁才是玛丽亚的真爱?吹萨克斯管的帕勃罗?或许就是他吧。这个音乐家有着一双黑眼睛,时常露出失神的光芒,手指纤细嫩白,透露出高贵和伤感。

我没有在我们常去吃晚饭的地方找到玛丽亚。这里是郊区,我坐在安静的小餐馆里等她,桌子上摆好了餐具,思想却无法从那次谈话中收回。对于和赫尔米娜之间的思想交流,我觉得是那么熟悉,那么亲切,像是从我自己的神话和图画世界中汲取出来的。这些不朽者失神地生活在脱离时间的空间中,变成了图像,被水晶似的透明的永恒包围着。我忽然想起莫扎特的《畅游曲》和巴赫的《平均律钢琴曲》中的段落,这种音乐是某种凝固时间的东西,在它无边无际的上空笼罩着超人的智慧,飘荡着永恒的、神圣的欢笑。

玛丽亚来了。我们愉快地吃了饭,然后走进我们的小房间。今天,她比以往任何时候都漂亮,让我尝到了各种柔情和温存的方式,我觉得这是对人表示热心的极限了。

“玛丽亚,”我说道,“你今天像神一样慷慨大方。别把我们两人弄得精疲力竭。明天可是化装舞会哟。你明天的舞伴是个什么样的人?我怕,我亲爱的小花儿,他是个童话中的王子,你会被他拐走,再也回不到我的身边。你今天这样爱抚我,就像情侣们在告别,在最后一次见面时那样恩爱。”

她把嘴唇紧贴我的耳根,轻声对我说:

“别说话,哈立!每次都可能是最后一次。如果赫尔米娜把你拿走,你就不再来找我了。也许她明天就把你拿走了。”

这种爱情的游戏让我们默默地沉溺,比任何时候都深切地感到彼此属于对方,而与此同时,我的灵魂告别了玛丽亚,告别了她使我迷恋的一切。她教会我在生命结束以前像孩子一样享受表面的游戏，去寻找瞬间的快感，在纯洁的性爱中享受人作为动物的本性。

一夜缠绵，我第二天又补睡了一天。躺到床上，玛丽亚、赫尔米娜、化装舞会都没有跑进我的思想。傍晚的时候，我起了床，离舞会开始还有一个钟头，这时我正在刮胡子，想着我将参加生平第一次的化装舞会。

时间还有的是，我来到大街上闲逛，经过一家电影院，霓虹灯光和彩色巨幅招贴画在眼前闪烁着。我没有立刻进去，而是继续向前走了几步，才掉头走进去。我可以在这里静静地坐到十一点钟，享受黑暗的包围。领座员用遮暗的手电筒引路，带我穿过门帘，进入大厅，我找到一个座位，突然发现放映的是《旧约全书》中的故事。这种电影，据说并非为了赚钱才拍摄的，耗费了巨资只为一些崇高而神圣的目的。电影看完后，我变得兴奋了，但是内心的怯懦和对化装舞会的害怕一点儿都没减少，反而变本加厉，虽然我并不愿意承认这个事实。是赫尔米娜让我鼓起勇气的，一想起她，我心中那个年轻的哈立就站立起来。我下了个狠心，乘车去格罗布斯大舞厅。到了那里，我不做任何犹豫的动作，直接跨进了舞厅。这时候已经很晚了，舞会正往白热化逼近，我没来得及脱衣服，就被戴着假面具的狂欢人群拉扯进去。

今天，各行各业的人在这里聚集，有艺术家、记者、学者、商人，当然，最不可能缺席的是那些花花公子们。帕勃罗先生坐在一个乐队里，他认出我时，大声唱了句歌以表致意，然后继续激情地吹奏着他那根装饰着丝穗的萨克斯管。我陷入人群之中，在楼上和楼下来回挪动，被裹挟着进入各个不同的房间。艺术家们把地下室的一条过道装饰成地狱的样子，一支小乐队在那里使劲儿击鼓，他们打扮得就像魔鬼。我开始到处寻找赫尔米娜和玛丽亚，有好几次都想挤到主厅去，可要么是被挤了出来，要么就是走错了地方。午夜之后，我没有跳一支舞，没有找到一个人，全身却已经开始发热，头晕了，我连忙在身边的一把椅子上坐下，周围都是陌生人，我让别人斟了酒，深刻地感到像我这样的老人就不该参与这样喧闹的节庆活动。我想喝酒以振作精神,可是这么难喝的酒,没有让我产生喝下第二杯的欲望。我感觉到,荒原狼站在我的背后,慢慢地伸出舌头来。我没出什么事,这里不是我来的地方。我在这里无法兴奋起来,虽然抱着很大希望。周围那喧腾的快乐,那阵阵欢声笑语,那整个大楼的狂欢,在我眼里显得那样讨厌做作。

刚到了一点钟,我已经非常失望和恼火了,想穿上大衣悄悄地离开,便潜回到存衣处。我彻底败下阵来,这样一来,我又重新沦为荒原狼,赫尔米娜肯定不会原谅我。现在我到了存衣处,一位彬彬有礼的先生站在衣柜前,伸出手来接我的存衣牌,我伸手到背心口袋里掏存衣牌——见鬼,存衣牌不见了!怎么又碰见这种事!先前,我每次伸手到口袋里,都会摸到那块又圆又扁的牌儿,现在它却不见了,什么事都跟我作对。那时候,我悲伤地在各个大厅转悠,坐着喝那没有什么味道的酒,进行着思想斗争,想下决心离开。

"存衣牌丢了?"我旁边一个穿着红黄衣服的小孩尖声问我。"伙计,那你可以拿我的。"他一边说一边把他的存衣牌递过来,我还没来得及多想,就机械地接过存衣牌,在手指间翻来翻去,一眨眼的工夫,这个机灵的小鬼就不见了。

这并不是什么存衣牌,而是个马粪纸片,我拿近仔细看了下,上面写着几个潦草的蝇头小字。存衣处的工作人员还在伸手等着,我走开到最近的一盏灯下。上面的字迹很难辨认,歪歪扭扭地涂着几行:

魔剧院今晚四点开演——
专为狂人而演——
一入场就要失去理智,
普通人不得入内。
赫尔米娜在地狱里。

我走进一个低矮的小房间里，这里是酒吧。我坐下来，要了一杯威士忌。我一边喝着酒，一边注视着旁边年轻人的侧影。我对这人有种熟悉的感觉，他很招人喜爱，像一幅古典油画，蒙着一层静静的灰尘，因时代久远而弥足珍贵。我内心忽然颤抖了一下，这人不就是我年轻时的挚友——赫尔曼吗！

"赫尔曼！"我迟疑一会儿，还是叫了出来。

他微微一笑。"哈立？你找到我了吗？"

原来是赫尔米娜，她仅仅是化装打扮了一下，身上穿着时髦的高领，苍白的脸上散发出智慧的光芒，眼睛漠然地看着我，白色的衬衣袖口从过于宽大的黑色礼服中露出，一双小手更显得娇小秀美，她下身是长长的黑裤，纤纤小脚露了出来，穿着黑白相间的男丝袜。她抽着烟，神情完全就是个男子，侃侃而谈下显得才华横溢，话语中常常带点儿讥嘲，但是，她的举止之间无不显露着性爱的光泽。在我看来，这一切都是迷人的诱惑。

我曾经以为自己对赫尔米娜已经了如指掌。而今天夜里，她却以完全陌生的面貌出现在我面前！她用无比的轻柔在我周围编织了一层网，满含戏谑地像水妖那样喂给我甜蜜的毒汁，这是我渴望已久的东西。

现在看来，我只有亲手结束她的生命，才能爱上她。我整个心灵被一个恐惧而黑暗的巨浪覆盖。突然，痛苦和茫然又扑面而来，眼前涌现出关于死亡的一切，我想到了墓地。我只剩下绝望，只能把手伸进口袋，企图取出棋子，变点儿魔法，把棋盘的摆法全部打乱。可是，口袋中空无一物，除了一把刀。我掏出它后却吓得要死，在走廊里奔跑起来，穿过一道门，面前突然出现一面大镜子。我向镜子里看去，里面是一只漂亮的大狼，跟我一般高，安静地站着，羞怯的目光从那双不安的眼睛里射出。它就这样，用炯炯有神的眼睛看着我，咧嘴一笑，露出血红的舌头。

我回到帕勃罗的小剧院，进入地下室，里边有很多房间，人类灵魂各个神秘的侧面都在这里的房间中得到映照。在最后一个房间内，我看见一张简洁而美丽的画：地毯上躺着两个赤身裸体的人，是美丽的赫尔米娜和英俊的帕勃罗。他们正在熟睡中，身体贴在一起。两人都已筋疲力尽，相信相爱的游戏看似毫不懈怠，实际上却很快就让人腻味。两个俊美的身体摆出妙不可言的姿势。一颗颜色发暗的印记在赫尔米娜右边乳房下，这是帕勃罗美丽洁白的牙齿留下的爱痕。我对准这个位置，把刀插进赫尔米娜的身体，刀子进入了，直到不能再深一点儿，这个白嫩的躯体上流出殷红的鲜血。若不是这种情况，我会把鲜血吻干。现在我没有吻，只是看着血怎样流出。她的眼睛充满了痛苦，微微睁开一会儿，显得十分惊奇。“她为何惊奇？”我想。随后，我觉得应当把她的眼睛合上了，但还没伸出手，她的眼睛就已经闭上了。她稍微转了一下头，靠在了另一边，一片跳动的黑影出现在我眼前，从她的胳肢窝到胸脯，显得细小而柔和。它是不是在提醒我？但我该回忆起什么呢？没有！然后，她躺在地上，没有了一点儿动静。

我不知道，在帕勃罗的小剧院里，我到底经历了什么。这些经历，哪怕是其中的千分之一，都很难用言语表达。我拥有了所有我爱过的女人，从每个女人那里得到只有她们才能给予我的东西，也给了她们一点儿只有她们才懂得取用的东西。爱、幸福、欢乐、迷惑和痛苦，我通通感受到了。在这梦幻的时刻，我的花园里开出灿烂的花朵，它们代表着我生活中所有延误的爱情：有的洁白娇嫩，有的火热耀眼，有的毫无光泽，有的已经凋谢枯萎了；它们各自象征着炽烈的欢乐、热切的梦幻、灼烧的忧伤、充满恐惧的死亡和光彩夺目的新生。

西线无战事

埃里希·马里亚·雷马克(1898—1970),20世纪享誉世界的德国作家,最重要的战争小说家之一。《西线无战事》奠定了他在德国乃至世界文学史上的重要地位。

《西线无战事》是雷马克的第一部成功之作,出版后引起了极大的轰动,先后被译为多种文字,年总发行量超过五百万册,被誉为"古今欧洲书籍的最大成就"。小说以自传体的形式,讲述了一个被迫辍学参军的年轻人在"一战"中的亲身经历。西线战场,他身边的战友一个个倒下,最后只剩下他一个人了,突然一颗子弹飞来,他也倒下了。整个战场顿时安静起来。就在当天,前线军队指挥部的战报向全军通告:西线无战事。

我叫保罗·博伊默尔。当第一次世界大战爆发时,我还在上中学。在班主任坎托雷克的鼓励下,我们全班所有的人都一起去区司令部报名入伍。起初,我们中间确实有人迟疑不决,不肯一起参军。但后来,他们还是被说服了。因为他们不想被叫作"胆小鬼"。

就这样,我们班级的同学三人一群、四人一伙,被分散在部队里,开始自己的征战生涯。我和同班同学克罗普、米勒、克默里希都分在第九班。

阿尔贝特·克罗普很喜欢思考问题,别看他有时候骂骂咧咧的,但他是我们中间头脑最清醒的一个人;米勒有些呆,他还随身携带着课本,梦想着突然的考试。因此,在炮火轰鸣中,他还在死背物理学定理。

弗兰茨·克默里希跟我一起长大。他长着孩子一般的面孔,皮肤白皙,看上去有几分像姑娘。但他是我们几个中间唯一能在单杠上做大回旋动作的人。不幸的是,他在一场战斗中竟然被子弹打伤了腿,而且还做了截肢手术。

当克罗普、米勒和我到医院去看望克默里希时,他的情况已经很差了。他脸色蜡黄,毫无血色,脸上还出现了一条从未有过的皱纹。经历过许多场战争以后,这样的皱纹对我们而言已经不陌生了,这些纹路正是死亡的征兆!

我突然想起了临行前克默里希母亲对我的嘱托。她一再抓住我的胳膊,恳求我在外面多多关照他。当然,我打心眼儿里也很想这么做。可是,一旦到了战场,一个人怎么能够去关照别人啊!

我们一个劲儿地安慰克默里希,告诉他等伤好以后,他就可以回家了。但我根本不敢细看他那双像蜡一样的手。那双手的指甲里还留着战壕里的脏东西,蓝黑色的颜色让我想起了毒药。

次日,我如约又去看望克默里希。他的身体更加虚弱。我试图找些话语去安慰他,可是,当我看到他越来越难受的情形时,就知道自己的话语有多么愚蠢!一个小时之后,我眼睁睁地看着一个十九岁的生命离开了。这是我经历的最悲伤、最让人不知所措的一次离别。

在上战场之前,我们接受了一次为期十个月的军事训练。在此期间,我们受到的改造可比学生时代的十年更具有决定作用。操练场上的每项军事训练,只要可能,都会要求我们去做,我们经常气得吼叫起来。我们中的一些人也因此生了病,甚至还有一个人得了肺炎死去。

渐渐地,我们由最初的愤怒、惊讶转变为冷淡。因为我们意识到,起决定作用的不是精神、思想、自由,而是制度和操练。但我们没有就此屈服,而是变得冷酷无情,一心只想复仇。这样也好,假如没有经过这段时间的训练,直接将我们送往战场,也许我们中的大多数人都会疯掉的。

负责训练我们的班长是希默尔施托斯。他算得上练兵场上折磨士兵最残酷的一个家伙。他尤其喜欢跟克罗普、恰登、韦斯特胡斯和我过不去,他感觉我们在默默地反抗他。

我们确实很不喜欢他,甚至还会对他出言不逊,或者找机会整治他。因为他总喜欢借训练之名,采取各种残酷手段试图折磨新兵,试图让其屈服,可他最终还是失败了。我们没有就此垮掉,而是适应了下来。最重要的是,经历了这些困难,我们跟身边的人产生了一种强烈的、具体的、休戚与共的感觉,这种可贵的同志关系逐渐成为战争过程中最美好的东西。

开赴前线的头一天晚上,我和克罗普、恰登,还有韦斯特胡斯在希默尔施托斯去小酒店回来的路上,用床单将他蒙起来,轮番对其进行猛打,对他之前的暴行做了初步清算。

恰登在入伍之前是个钳工,年纪跟我们相仿,是全连队里饭量最大的一个人。海埃·韦斯特胡斯也跟大家同年,是个泥炭工。经常跟我们在一起的还有一个人,他就是德特林。农民出身的德特林总是忘不了自己的农家院落和老婆,即使他身旁炮火漫天飞舞,他依然对自己的老婆念念不忘。

老兵卡特钦斯基是在一次补充兵员时加入我们行列的。卡特钦斯基是个非常精明的人,他什么手艺都懂,也总是能在很短的时间内找到一点儿吃的东西。他就如同受指南针指引一样,可以径直奔向一个地方,然后找到东西。他甚至可以找到各式各样的东西,天冷的时候,他能找到小炉子、干草、桌子和椅子,但首先是吃的东西。我们无法想象他是怎么做到的,只好相信他是用法术将东西变出来的。

然而,后方的这种舒适的日子没过多久,我们被调去前线修筑工事。前线的空气里充满火药味,置身其中觉得舌头也是苦的。第一次听到榴弹的轰鸣声时,我感觉自己猛地倒退了数千年,仅仅在靠着自己的本能维持生存,凭着自己的直觉躲避子弹的袭击。如若没有这种本能,也许我们早已变成一堆肉酱。

一天夜晚,我们又被卡车运送到前线修建防护网。几个小时以后,我们修好了防护,但接我们回去的卡车还没有来。于是,我们中的一些人就躺在地上休息了。我也加入了他们的行列。也不知睡了多久,我突然被惊醒了。

“你一定被吓了一跳吧?那不过是一个引爆装置,它掉进灌木丛里了。”我的朋友卡特钦斯基说道。当时,我觉得特别孤单,幸好还有卡特在。

没过多久,我们后面被炮弹击中了。几分钟后,炮击一次比一次近。我们尽可能快地匍匐着躲开。爆炸声的间歇,我们听到了一阵凄厉的号叫声。那可怕的哀鸣从四面八方传进耳朵,吓得我冒出一身冷汗。

卡特告诉我,那是受伤的马发出的声音。在此之前,我没有听过马的号叫。此时,这种剧烈的充满恐怖的痛苦呻吟实在令人终生难忘。德特林是个庄稼人,他非常喜欢马。这声音让他伤心透了。

凌晨三点,天空稍许亮了一些。我们走过交通壕去既定的位置乘车。这里的每一寸土地对我们而言,已经再熟悉不过了。穿过草地,那边就是小树林。草地附近有一个猎人公墓,里面的坟丘上树立着一个个黑色的十字架。

就在我们接近这个地带时,身后突然响起了爆裂声和雷鸣般的轰隆声,跟随而来的是榴弹发出的猛烈爆炸,将一切炸得粉碎。此时,除了公墓和坟丘,我们再找不到可以隐蔽的地方了。于是,我们在黑暗中跌跌撞撞地走进了公墓。

大地像是被炮弹炸得爆裂了,土块如同雨点一样洒落下来。我感觉自己被什么碰了一下,衣服也被一块弹片撕裂了。不过,暂时没有疼痛,但我并不放心。伤口总会在后来才会痛的。所以我下意识地摸了一下自己的胳膊,幸好胳膊还在,只是被擦破了皮。就在这时,我的头部被弹片猛击了一下,若不是它从很远的地方飞过来,恐怕我的钢盔已经被打穿了。我擦了擦眼睛上的泥土,在心里告诉自己一定不要昏倒!

为了躲避炮火,我呻吟着,从一堆死尸身上爬向一个弹坑。当我接近弹坑时,卡特朝我大声呼喊起来。炮火暂时停熄的瞬间,我听到了他的喊话内容:“有毒气,把话传过去!”于是,我一边抓起防毒面具,一边告知距离我不远处的那个人……

等炮击停止的时候,公墓已经变成一片废墟,棺材和尸体随处可见。这些死者又被杀死了一次。可是正是这一具具被炸得粉碎的尸体救了我们的命。墓园的篱笆全部被毁坏了,一边的轻便铁路路轨也被掀了起来,它们形成一个个高耸的拱形伸向天空。

这一次,我们的损失比想象得少,有五人死亡,八人受伤。其中的两个死者就躺在被掀开的墓穴里,我们只需要挖些土把他们埋起来就行了。受伤的人则需要被送往医疗站,负责照料伤员的人带着号码牌和姓名卡跑来跑去,受伤的人在那里不断地哭泣。但哭泣的不止是他们,还有老天。

我们爬上回程汽车时,天开始下雨了。车里比来的时候松散多了,雨水顺着雨篷滴到我们头上,同时也滴进我们的心里。

来到前线不久,负责训练我们的班长希默尔施托斯也被派到了前线。据说,他在训练新兵的时候太过暴虐,但不幸的是,那批新兵里面,正好有一个人是州长的儿子,他因此倒了大霉。

希默尔施托斯出现在我们面前的时候,我们正在兴高采烈地憧憬和平时代的生活。不过,所有人一看到他的到来全都陷入了沉默。他原本想继续在我们面前施展威严的,只可惜前线不是练兵场。他不仅没有得到应有的满足,反而受到了恰登的一番奚落。于是,他恼羞成怒,跑到上司那里状告恰登。

大家都为恰登捏了一把冷汗,害怕他因此遭受到什么责难。但他本人是个乐天派。在他看来,根本不存在什么值得担心的事情;在他看来,最差的处罚也不见得比上前线更糟糕。最终,恰登被罚三天普通禁闭,而克罗普也因为出言不逊,受到了一天禁闭的处罚。

听到这个消息,我们还是比较欣慰的。普通禁闭的地点是从前的鸡舍,那里还算是相对舒适的。两个人关在一个鸡舍里,还允许他人前去探望。现在,我们受到的待遇比以前人性化多了。我们还曾经被捆绑在树上,如今这样的处罚已经被明令禁止。

恰登和克罗普被关到铁丝网禁闭室的一个小时后,我们就动身去看望他们了。动身之前,卡特和我去一个团级司令部偷来了一只大肥鹅,并悄悄地爬到一个废弃的旧仓库里将鹅烤熟。

夜半时分,当卡特和我带着香喷喷的鹅肉出现在鸡棚时,克罗普和恰登把我们看成了海市蜃楼。随后,他们吃着鹅肉,将自己的牙齿咬得格格作响。

人们传言要发动进攻了。于是,我们提前两天开往前线。途中,当我们经过一所被炮弹轰击过的学校时,看见里面堆放着两排尚未抛光的新棺材。这些棺材还散发着树脂、松木和树林的气味。这让我们的心情异常低落。

前线就像一只鸟兽笼子,待在里面的人只能焦躁不安地等待着即将要发生的任何事情。一切都是茫然未知的,充满了偶然性。一个人在前线被炸死炸伤,或者是依然存活,都纯属偶然。也许,他会在隐蔽的战壕里被压得粉身碎骨;也许,他在空旷的战地上经历数小时的炮火攻击后毫发未损。每个士兵都相信这种偶然性的存在。因为在战场上,一个士兵只有经历了很多次偶然性才能算活着。

有一段时间,战壕里的老鼠繁殖得特别快。这些老鼠个个长得特别肥大,它们不仅偷食我们的面包,更可怕的是,它们还会吃尸体。这些老鼠曾经在紧挨着我们的一段战壕里袭击了两只很大的猫和一条狗,并把它们咬死啃光。

虽然敌人大规模的进攻还没有开始,但炮击却一直持续着。我们所在的战壕已基本被炮火夷为平地。很多地段只剩半米高,到处都是弹坑和小山一样的土堆。在这期间,一颗榴弹在我们的坑道前面发生了爆炸。顿时,坑道里一片漆黑。所有人全被泥土掩埋起来,坑道的入口也被堵塞了。

当我们恢复了坑道的畅通时,连长爬了进来。他告诉大家,我方的两个掩蔽壕已经全被炸毁了,但他会想办法给我们弄点儿吃的。这句话听起来的确令人欣慰。然而,事情并没有那么容易。几批人外出之后,依旧无功而返,就连无所不能的卡特,此刻也无法施展自己的神通了。因为,没人能穿过如此密集的炮火。

天刚蒙蒙亮,坑道里发生了骚动。一大群老鼠冲进入口,拼命地爬向坑道的墙壁。每个人都叫喊着,咒骂着,猛烈地追打这些不速之客。这下子,大家将积压在心头数小时的狂躁和绝望全部发泄出来。每个人的脸色都很难看。

好一阵子,围攻终于停止了。所有人都挥动着胳膊击打,差点儿出现了自己人攻击自己人的事情。这一突发事件让每个人都累得精疲力竭。剩下的事情依旧只有一件,那就是等待。

中午的时候,我担心的事情终于发生了。一个新兵突然发作了。他的牙齿不停地动着,拳头紧紧握成球形。我观察他很久了。之前,他仅仅是表面平静而已。此刻,他如同一棵腐朽的树木,马上就要倒塌。

当外出遭到阻拦时,他立即变得癫狂起来,只顾乱打乱踢。他满口唾沫,说出的全是半吞半吐、毫无意义的单词。这就是掩蔽壕恐惧症,像这样的情况,我们已经不是第一次遇到了。如若我们放任他们到外面去,他一定会因为精神错乱,到处瞎跑乱撞。

这件事情发生以后,坑道里原本就让人窒息的空气,变得更加令人难以忍受。我们感觉自己就像坐在自己的坟墓里,只等着被掩埋起来。

夜幕降临的时候,密集的炮火已经停止,取而代之的是猛烈的掩护炮火。大规模的进攻开始了。

没人相信这片被炸得坑坑洼洼的不毛之地还会有人。不过,当我们带着钢盔从战壕里露头的时候，距离我们五十米处的地方已经架起一挺机关枪，开始向这边扫射。

为了存活，我们必须变成疯狂杀戮的野兽。因为死神正端着机枪，拿着榴弹对准我们。如果我们不消灭他们，一定会被他们消灭。当敌人的形象落入我们的视线时，我们几乎不能自控地变成了毫无感情的死人，心中只有两个字——杀戮！

一个偶然的机会，我在战壕里看到了希默尔施托斯。当时，所有人都俯着身子走进一个掩蔽壕。大家肩并肩靠着躺着，等待着冲锋的到来。

就在我迅速跳回战壕寻求掩护的时候，发现希默尔施托斯正躺在一个角落里，一脸的恐惧不安。他只是被子弹擦破了皮，却假装受了很严重的伤。直到增援的年轻新兵都冲到外面时，他依然待在战壕里不肯出去。看到这些，我气得火冒三丈，怒吼着让他出去。可任凭我怎么撕拽，他都执意蜷缩在战壕的角落里。最后，一支从战壕前面经过的队伍帮他解了围。当他听到队伍里喊着“前进，一起走！”的口号时，随即跟着队伍一同离开了。

前线猛烈的连珠炮火、掩护炮火、阻击火力连同地雷、坦克、手溜弹的轰鸣，让整个世界充满了恐怖的色彩。我们亲眼看到一些人头盖骨被炸飞，两只脚被炸碎，甚至还看到一些没有嘴巴、没有下巴、没有脸庞的人。在这里，生命已经到达极限：一个士兵走向急救所时，他的肠子突然从破开的肚皮里滑到自己的手上；另一个人因为害怕失血过多，连续几个小时用牙齿紧紧咬住自己胳膊的一条动脉。

最后，我们的朋友海埃·韦斯特胡斯也没能幸免。他的背部被炸裂了。每当他呼吸的时候，别人便可以通过伤口看到他肺部的跳动。而我能做的只是紧握着他的手。

我们换防了。当初出来的时候，我们一共有一百五十个人，等转移到下一个战地兵站时，只剩下了三十二个人。

这是一个更远的兵站。来到这里后，我们连需要补充一百多个士兵，进行重新改编。两天过后，希默尔施托斯也来到了这里。自从上次在战壕相遇后，他那副狂妄的嘴脸消失了，表示愿意跟我们和睦相处。当他代理食堂大厨的职务时，立即给我们大家两磅糖表示自己的诚意。他甚至还设法分派我们去厨房帮忙，并特意把军官的伙食端给我们。

在这里，我们想要的幸福很简单。只要吃得好、睡得好，我们就已经非常满意。生命如此短促，我们只能用幽默和麻木来抵抗前线的恐怖。但是在很多时候，这样的方法并不奏效，眼看着伙伴们在我们身旁死去，我们无法彻底忘记，因而我们的幽默也一次更比一次辛酸。

我们宿营的房屋附近有一条运河。河岸附近居住着一些占领区的妇女。一天傍晚，我们在运河里游泳时，三个法国女人正好从这里经过。尽管语言不通，我们还是比画着跟她们约定好晚上见面。等到夜色深沉以后，我们将准备好的礼物塞进长筒靴里，穿过重重关卡，游到河对岸去。很快，我们找到她们居住的房子，并在那里度过了一个美妙的夜晚。当时的情形跟在军人妓院的情况是截然不同的，毕竟在那里是需要排着长队等候的。

这次艳遇后不久，我意外地得到了一个为期十几天的休假，而且休假期满后，不必马上回前线，而是去一个野外营地参加培训。大家都很羡慕我，因为我可以暂时离开前线去跟家人团聚了。但我的心情并不轻松。我不确定回来以后的情形会怎样，是否还能再见到这里的每一个人。事实上，海埃·韦斯特胡斯和克默里希已经不在了。

跟这些同生共死的伙伴们逐一告别后，我踏上了回家的列车。故乡的一切还是那么亲切，那么熟悉。等听到姐姐呼喊我的名字时，我本想微笑着回答她。谁知，我不仅一个字没说出来，还忍不住流泪了。接着，我见到了母亲。她得了重病，已经卧床好几个月了。

我跟母亲的谈话很短，她几乎什么也没有问。在她看来，自己的儿子能够平安地回来，已令她非常欣慰。父亲则完全不同，他坚持要我穿着军装去见他的那些熟人，并一再要求我讲述前线的情况。

事实上,因为他经常有这样的要求,我跟他之间的关系已经不太融洽了。虽然我很想尽力讨好他,但要是讲出前线的所有实情,我的处境会变得相当危险。

然而,这种状况很难得到改善。回到故乡以后,但凡遇到认识我的人,他们总会不断地向我询问前线的情况。这个问题恰恰是我最不想面对的。

除去回答这些询问,还有一件事情是我必须去做的。我需要去见见克默里希的母亲。这个可怜的母亲颤抖着、抽泣着,要求我告知儿子临死前的情形。但是,我永远不可能将真相告诉她。这太残酷了,她根本无法接受。于是,我只好说了谎话。

假期一天天过去了。母亲每天都在数着日子。每天早晨起来,她总是很伤心。因为我在家的日子又少了一天。转眼已经到了最后一个晚上,家人都非常沉默。我抓起枕头,假装早早入睡。夜深人静时,母亲强忍着疼痛,佝偻着身躯坐在我的床前。等到天快亮时,我实在忍不住了,假装从睡梦中醒来,要求母亲回去睡觉。可是,母亲的回答让我无言以对,她说:“以后,我还有足够的时间可以睡觉。”

接下来,我来到野外营地接受连队训练。这个营地对我而言并不陌生,因为希默尔施托斯曾在这里教育过恰登。不过,这里的人我几乎一个也不认识。我跟他们的接触仅限于每天晚上说一些废话,或者是打打纸牌。

我们的营棚旁边有一所很大的俄国战俘营。我经常被派去看守那些俄国人。一段时间后,我发现这些俄国战俘比我们更友善,也更有人情味。但是,命令却将这些默默无言而又无辜的生命变成了我们的敌人。我想,假如我对他们再多一些了解,知道他们的愿望,知道他们为何心情沉重,也许我的内心会充满对他们的同情。

训练结束以后,我搭上一列轻便军车去寻找自己所在的团。度过了几天餐风饮露的日子后,我得到了确切的消息。于是,我当即回去报到。

直到一天清晨,我见到自己久违的弟兄。但不知为什么,我看到他们就觉得自己有罪。临睡前,我拿出剩余的土豆煎饼和果酱给他们分享。

“这东西是你母亲做的吧?”卡特边啃边说。

听到这话,我再也控制不住自己几乎要哭出来。幸好现在又跟卡特、克罗普他们在一起了。我是属于这里的。

经历过一次检阅,我们再一次奔赴战场。这一次战势更为惨烈。沿途不时地可以看见挂在树枝上的死尸。为了弄清敌人的具体位置,我们需要派一个巡查队出去侦查。我觉得自己休过假,就主动要求参加。

不幸的是,当我们刚刚穿过铁网防护,开始分头行动时,正好赶上了敌军的一次进攻。我迅速躲进一个弹坑里。到处都有照明火箭升空,致使我无法移动。我只好蜷缩着身子躺在里面,这时候我的两条腿直至肚子的部位都泡在水里。当进攻开始的时候,我就装成死人,尽可能地把脸埋进污泥里。

一批批沉重的脚步声从我身旁走过。当我正想挪动一下身子时,一个人体忽然“扑通”一声掉进了弹坑里,并滑下来压在我身上。我什么也没多想,发疯似的拿着匕首朝对方刺过去。那人身体微微颤动了一下,随即瘫软下来。这是我亲手杀死的第一人。当我眼睁睁地看着他死去的时候,我感觉,我也将自己杀死了。

一些天过后,我们奉命撤离一个村庄。在行军的途中,敌人的一颗榴弹落到了最后面的队伍里。紧接着,我感觉自己的左腿好像被鞭子抽打了一下,同时,我也听到了身旁克罗普的喊叫。我们发现自己躺在空旷的地上,周围毫无东西遮掩,我们两个趁着炮轰的间隙,连滚带爬地躲进了一个小小的掩蔽部里。

克罗普一下子跌落在地。我给他包扎伤口的时候才发现,他膝盖上方的部位被子弹射伤了。而我的裤子上也沾满了血,一条胳膊变得血淋淋的。我们这时才意识到,自己竟然用着伤残的肢体奔跑了很久。

我们被一辆装满伤员的车子送到野战医院。晚上,我们将被拖到

"屠宰场的案板"上进行一场手术。野战医院动不动就给人做截肢手术已经是一个众所周知的事实。当伤员如潮水一般涌来时,截肢手术当然比复杂的修补工作要简单得多。

突然,我想起了克默里希。所以无论如何,我不会让他们用麻醉剂把我麻醉。医生拿着医疗器械在伤口里检查了一番。他一边在伤口里乱戳,一边嘴里还骂骂咧咧的。疼痛难忍的我奋力挣脱出一只胳膊。当我正准备用这只胳膊去击打医生时,却不幸被他看见了。他跳到一边,愤怒地要求给我麻醉。

因为不想被麻醉,我只好安静下来,用手使劲地握住把手,尽量不让自己发出喊叫声。这样的行为终于博得了医生的好感。他从伤口里夹出一块弹片,之后又细心地给我上了夹板。

夜晚,我用一些上好的雪茄贿赂一个上士军医,要求次日在运送伤病员的时候,把我和克罗普安排在一起。因为雪茄的作用,我们如愿以偿了。

然而,到了列车上之后,我们的处境不容乐观。克罗普开始发烧,我也不得不忍受着绷带下虱子的叮咬。尽管瘙痒难耐,但我无法去挠。

我们迷迷糊糊在车上昏睡了几天后,护士告知我们,克罗普将在下一站被抬下车,因为他一直高烧不退。火车的终点站是科隆。假如我和克罗普中途分开的话,以后想要见面是相当困难的。于是,我只好在体温计上做了手脚,假装发烧。这样一来,我和克罗普一块儿被抬下了车,送进了一家天主教会医院,住进了同一间病房。

之后,我动了手术,接连呕吐了两天。医生助理解释说,这是骨头尚未愈合所致。克罗普的情况更糟,他做了截肢手术。在这以后,他变得少言寡语。

日子在疼痛、恐惧、呻吟和临终的呼噜声中一天天过去。总是不断地有人死去,医院的临终病房已经不顶用了。于是,经常会有人死在病房里。但前线还在继续送伤员过来。渐渐地,我们的绷带已经不是布料了，换成了白色的绉纹纸。

等到我的伤势好得差不多时，再一次得到了短暂的休假。这时候，阿尔贝特·克罗普那条被截断的残腿也恢复得差不多了。他将被送到假肢部门去。他说话的时候，依旧喜欢突然中断，独自出神。但是，他已经度过了最糟糕的时期。

跟克罗普的告别，让我难受了很长时间，不过，这种事情在军队里是常有的。时间一长，我也习惯了。

我回家看望过母亲以后，再一次奔赴前线。母亲的身体更加虚弱了，她坚持不让我离开，可是军令难违。

战势变得越来越不利于德国。我返回战场的时候正值冬天，那时候炮弹炸开的冻土几乎跟弹片一样危险。我们的生活不停地在前线和棚屋营房之间交替变换。这种生活让我们将战争看成了一种死亡的原因，一种如同癌症和肺结核一样的致命原因。只不过，战争的死亡频率更为频繁，式样更多，也更残酷。

每时每刻，每一颗手榴弹和每一个死去的人都在不断触动我们脆弱的神经。终于有一天，农夫德特林崩溃了。一次从前线回来的途中，他的思乡之情被开着白花的樱桃树一下子激发出来，从此一发不可收拾。

接着，他不声不响地离开了。一个星期后，他被战地的宪兵逮捕，送进了军事法庭。从此以后，我们失去了他的消息。

不久，米勒也死了。一颗照明弹从近距离射进他的肚子。虽然我们已经将米勒掩埋，不过，他大概不可能在不受干扰的情况下安眠太久。因为我们的战线正在后撤，而英国和美国的新生军队正在不断地向我们逼近。

后来，我们的连长也阵亡了。在此之前，不管有任何危险的情况，他总是出现在最前面。自从带领我们作战的两年多以来，他从没有负过伤。但到了如今的局面，出事终究是在所难免。

转眼到了 1918 年夏天，这是德军流血最多、形势最严峻的一个季节。经过一次大进攻后，我们再也没有能力发动进攻了。我们已经没有足够的兵源，也没有足够的弹药了。然而，战争依旧在持续，死亡依旧在继续。

夏末的一天，在卡特和我去领饭的途中，他突然倒下了。他的胫骨被打碎，子弹刚好落在他的骨头上。我赶紧背着他赶往急救所。榴弹不时地呼啸着朝我们袭来，卡特的血不断地滴在地上，我必须疾步前行。

途中，我们休息了两次。因为这样背着他走，使他的伤口疼得厉害。于是，我换成稳重的慢跑，这样会让他受伤的腿不至于摆动得太过厉害。

可是，我怎么也没有想到，当我满心欣慰地将卡特送到卫生站时，一个卫生兵告诉我，卡特已经死了！

我怎么也不能相信这个事实，十分钟前，我们还在说话呢！我冲过去抓住朋友卡特的肩膀，用茶水擦拭他的身体。当我的手指从他后脑勺向上抽起的时候，我看到了满手的鲜血！

原来在半途中，卡特的头部又中了一块弹片，可我当时没有注意到。尽管那只是很小的一块流弹碎片，但也足以要了卡特的命。

秋天来了，剩下的老兵已经越来越少。最后，我们班级的七个人，只剩下了我一个。所有的人都在谈论着和平与休战，所有人都在等待。

因为吸进了一些毒气，我又一次得到了休假。这一次为期十四天。这些天里，我一直坐在花园里晒太阳。

花园的树木在阳光底下闪耀着色彩斑斓的金色亮光，花楸的浆果红艳艳地挺立在叶子中间，公路宛如一条白色的带子一直通往地平线的那边，一切都传递着和平的信息。曾经一度，我也相信，马上就要停战了，我们很快就可以回家了。

然而，在1918年10月的一天，我也在前线阵亡了。临死之前，我面带微笑，安详地向前倒去，这一切终于结束了，我终于可以安静地休息了。

这一天，整个前线是如此平静，如此沉寂，军队指挥部的战报上只有这样一句话：西线无战事。

铁 皮 鼓

君特·格拉斯(1927—2015),当代德国最重要作家之一,1999年诺贝尔文学奖得主。他涉猎广泛,在诗歌、戏剧、小说创作上都取得了很大的成就。1959年问世的长篇小说《铁皮鼓》使他享誉世界,与《猫与鼠》(1961)、《狗年月》(1963),合称为"但泽三部曲",三部作品都以作者的出生地——但泽地区为时空背景,形成了一幅描绘德国社会生活的庞大画卷。

《铁皮鼓》是欧洲魔幻现实主义文学的代表作品。负责评选诺贝尔文学奖的瑞典学院认为,它用"嬉戏般的黑色寓言揭露了历史被遗忘的面孔"。

第一篇

我叫奥斯卡·马策拉特,被他们指控为一件人命案的嫌疑犯。现在,我待在一个疗养和护理院里。其实我知道,这就是一个疯人院。

到了每周一次的探望日,我在白漆金属栏杆之间编织起来的寂静就会被打断。这天,那些要救我的人全来了。他们以爱我自娱,并以此来珍重和认识他们自己。他们太过于相信自己的博爱精神。但是,在此之后,他们又重新发现了生存的乐趣,便会离我而去。他们一走,我的护理员便把窗户打开换一下空气,然后把捆扎礼物的线绳收集起来。空气流通后,他总是能找到时间,坐在我的床边,房间的寂静会随着他解开线绳结的过程扩展开来。直到我把寂静当作布鲁诺,把布鲁诺当作寂静。

布鲁诺·明斯特贝格,是我的护理员的名字。他给我买过五百张打字纸,现在,我又让他买五百张清白的纸。回来的时候,他说女售货员听到他的要求时,羞得满脸通红。我不想听他没完没了地谈论下去,便一直保持着沉默。等到病房里只剩下我一个人时,我从这五百张纸中抽出十张,拿起钢笔,开始思考我的故事该从哪里开始。

我的外祖母安娜·布朗斯基,在十月里的一天傍晚,穿着几条裙子,在一块土豆地边坐着。我想详细描述一下她的裙子,因为我深知自己该如何感激这种衣服。她穿了四条裙子,不是一条裙子加三条衬裙,而是四条裙子,一条套着一条,并且很规律地每天都进行里外倒换。这些裙子都偏向土豆色,和她极为相称。除了颜色,外祖母的裙子尺寸都特别大。坐下来的时候,四条裙子会聚拢在她的周围。约瑟夫·科尔雅切克,我的外祖父,在那天钻进了她的裙子下,而之前他们并不相识。

在四条颜色相似的裙子底下,在浓烟、恐惧、叹息、细雨和圣者名字的痛苦呼喊声中,科尔雅切克使安娜·布朗斯基受孕,怀上的正是我的妈妈阿格内斯。后来,科尔雅切克因为纵火而被追捕,他独自一人漂洋过海,到了美国。或许在做木材生意的科尔雅切克如今已经是百万富豪,但是他已经厌倦人生,正在自己的摩天大楼里玩火柴呢!

外祖母的哥哥叫文森特,他有个四岁的儿子,名字叫扬。扬身体瘦弱,动不动就爱哭。他不但放鹅,还收集彩色小图片和邮票,这么小的年纪就集邮,真是不祥之兆。约瑟夫·科尔雅切克也有一个哥哥,叫格雷戈尔。他在火药厂工作,是一个对任何事情都要穷根究底的人,所以,从来没有人看到被他喝过的酒瓶会有一滴剩余。约瑟夫消失在木筏底下之后,格雷戈尔成了我妈妈的继父,直到1917年,他因患流行性感冒而一命呜呼。家中少了一个酒鬼,妈妈和外祖母的杂货铺才稍许有点儿赚头。后来,二十岁的扬 · 布朗斯基搬进了那个空出的房间。他从卡特豪斯中学毕业后,进入了但泽邮政总局,担任中级管理人员的差事。这个体质羸弱、有点儿驼背的年轻人却有着很漂亮的鹅蛋脸和一双碧蓝的眼睛,足以使年方十七的阿格内斯爱上他。

扬经过四次体检,还是被挤出了军区司令部大门。阿格内斯那时在奥利瓦附近银锤陆军医院做助理护士,在 1918 年夏天认识了阿尔弗雷德 · 马策拉特,他当时由于大腿被子弹打穿住进了这所医院。阿尔弗雷德具有莱茵兰人的乐天性格,还有充满热情的厨艺,使他很快把感情转化成了浓汤。战后,他留在了但泽。

在整个波兰,人们含糊其辞地签订了合约,为日后的战争制造了新的起因。维克赛尔河入海口周围地区成为了自由邦,由国际联盟管辖。在原来的市区,波兰得到一个自由港、包括军火库在内的韦斯特普拉特、铁路管理局和设在黑维利乌斯广场的波兰邮局。扬进了另一个工作机构,选择了波兰国籍。1923 年,阿尔弗雷德娶了我母亲,证婚人之一是扬。

两只六十瓦灯泡放射出我最初见到的这个世界的光,我属于那种拥有超人听力的婴儿,只听到妈妈说:“等小奥斯卡到了三岁,我就给他买个铁皮鼓。”于是,我过早地懂得了女人的逻辑。我当时正观察和倾听着一只正在追逐那两只灯泡的飞蛾,它喋喋不休,仿佛要赶紧把自己知道的事通通从肚里倒出来,仿佛它从此不会再有同光源交谈的时间,仿佛它们之间的这场对话是飞蛾所做的最后忏悔,而根据灯泡赦罪的方式来看,是不允许它再作孽和放荡了。到今天,我可以简单地说,飞蛾在击鼓。

我在电灯泡下躺着,孤单又无助,估计事情将继续这样下去。直到六七十年代以后,一次一劳永逸的短路使所有的光源断了电。因此,在我开始过灯泡下的生活前,就已经失去了对它的乐趣。当时,唯有那面遥遥在望的铁皮鼓才使我没有更加强烈地表达重返娘胎头朝下的位置的愿望。况且,助产士已经剪断了我的脐带,一点儿办法都没有了。

三岁生日很快到了,阿格内斯送了我一面铁皮鼓。我不想加入成年人的世界,便从楼梯上翻滚下来,身高停止在了九十四厘米。我发现大人们虽然都有眼睛,却只用来无视我和我的愿望。于是,我大叫一声,把吊灯上的四只灯泡全部震碎,让他们置身于创世前的黑暗。那些成年人,他们手足无措的样子好像是渴望回到光明中,其实,很快他们就习惯了黑暗。

马策拉特,这个我一直不承认的父亲,在1934年的时候就加入了纳粹党,他逐渐凑够全套党服,带着我去参加了纳粹集会。而我,奥斯卡,只是一个鼓手,只喜欢躲在演讲台下擂着我心爱的铁皮鼓。演讲台是干什么用的?建造它的时候,没人会考虑将来登台的会是谁,站在台前的又是谁。

到周六的时候,妈妈会带我去圣心教堂。初次看到这位开膛破肚的耶稣,我当即断定,这位救世主酷似教父、表舅和假想之父扬·布朗斯基。至于耶稣有没有割包皮,我也不再深究。我想让他有鼓可敲,便踩着基座把自己的鼓挂在了他头上,把鼓棒插入他的拳头缝里。这样,他就成了一个完美无缺的奥斯卡,我们很可能是一对孪生兄弟。我等待奇迹的出现,他一定会敲鼓聚众,如果他不敲鼓,他就是假的,而真耶稣便是奥斯卡了。

受难节到了,阿格内斯、扬和马策拉特带上我,向波罗的海的防浪堤走去。一个装船工从海中捞上一个黑马头,一匹昨天还在嘶鸣今天就被宰掉的马的脑袋。他动手从马嘴里抠出一些很粗的鳗鱼。阿格内斯直勾勾地看着这一幕,不一会儿她就把吃过的早饭全部吐了出来。后来几天,她开始暴食:厨房里的油浸沙丁鱼,吃剩的罐头里的橄榄油,巨量的煎鱼、熬鱼、熏鱼,似乎都无法填满她的深渊。很快,妈妈就被送进了医院,医生们说她得了黄疸病和食鱼中毒,还怀有三个月的身孕。整整四天,妈妈都处于极度的恶心状态。在吐出最后一丝气息后,她领取了死亡的证书,再也不会因为体内的恶心而损坏她的美了。我可怜的妈妈被葬在了布伦陶一处幽静的小公墓里。那晚,哭到失声的外祖母让我钻进她的裙子底下,我在四条裙子底下睡着了,待在与阿格内斯起源近在咫尺的地方。我睡得和妈妈一样安静,只是不像她躺在一口小棺材里不再呼吸了。

我快满十四岁了,喜欢孤独,唯一的伴侣是鼓,现在已经很难敲两下。妈妈死去后,没人会给我买新的鼓皮了。我喜欢散步,遇到过贝布拉,这个具有皇室血统的人是我的朋友和师傅,也是一个侏儒。他向我介绍了罗斯维塔·拉古娜,那不勒斯的梦游女,有很多皱纹的皮肤却显得很光滑,她那双樱桃黑的地中海眼睛让我周身麻木。他们邀请我加入他们的杂技团,我拒绝了。

赫伯特是一名侍者,在"瑞典人"酒店工作。当我需要有人做伴时,便到三楼敲他家的房门。他是特鲁钦斯基大娘的儿子,有三个弟妹,分别叫古斯特、弗里茨和玛丽亚。自从赫伯特失手打死一位拉脱维亚船长后,他就不再去上班了。没过多长时间,赫伯特穿上了深灰色的制服,成了航海博物馆的管理员。航海博物馆的珍宝陈列在一座古老的、本身就可以进入博物馆的贵族宅第里。收藏品中最为瞩目的是一艘佛罗伦萨大帆船的船头雕饰,它是一尊绿色的木雕裸体女像。这个被称为"尼俄柏"的小姑娘给周遭人们带来了不幸,凡是染指它的人都会灾祸临头。如果我们觉得太阳是历史性的,那么阳光就是博物馆的一项陈列品。假如我们开始怀疑阳光和尼俄柏的琥珀眼睛在搞什么阴谋的话,那也是不足为怪的。因为,很快赫伯特也死于她身上了,他死的样子说明,他当时想和木雕交配。我们的波兰是不是也会像这个木雕一样,给它的入侵者带来沉重的代价呢?

1938年11月的"水晶夜",纳粹党徒打砸抢烧犹太人的住宅、商店和会堂。一群由玩具商马库斯、音乐家迈恩、钟表匠劳布萨德等天主教徒组成的乐队,高唱着"有信有望有爱"进入消亡。犹太人马库斯在他的玩具店被毁后自尽,再也没人给我——鼓手奥斯卡——免费提供鼓皮了。

第二篇

1939年9月1日，丧心病狂的德国佬开始入侵波兰，但泽的纳粹党徒们进攻波兰邮局，邮局的爱国主义者们组成了反抗力量，整个邮局成了激烈的战场。当时我和扬·布朗斯基正在那里，我的这位假想之父虽然脑子里充满女人式的幻想，但对战争的看法却很现实，简直没有一点儿想象力，因此他很难，甚至根本不可能鼓起勇气来。冰凉的枪把所带来的痛苦感觉从手指传到他的血液中，在已经残废的邮局看门人科比艾拉连骂带劝的鼓励之下，他才颤抖着走到了自己的射击孔。

战斗结束后，送汇票的维克托·维卢恩帮助我们架走了失血过多的科比艾拉。他们幼稚地谈论着英法军队的援助，而我想到的则是：在波兰邮局和整个波兰遭到攻击的时候，英国本土舰队隐蔽在北苏格兰某处港湾内；庞大的法国陆军还在吃午饭，他们派出几支小部队到马其诺防线附近搞些侦查活动，就算是履行法波保证条约了。为了战胜恐惧，我们在二楼的信件存放室玩起了施卡特牌。直到敌人使用了喷火器，所有人都被熏出来。扬·布朗斯基被俘了。在那段时间，我犯下了第二桩大罪过，先是葬送了我可怜的妈妈，之后又将扬·布朗斯基——我的表舅和父亲送进了坟墓。

我在市立医院没待多久就出来了，一边为失去护士感到伤心，一边立刻开始拼命地敲鼓。在扬被葬在萨斯佩公墓的那天下午，我更是使出双倍的力气，只想把那个目睹我同民兵勾勾搭搭的证人消灭掉，就是这面鼓。

眼看着日子越来越难过，自从妈妈死后，我家的小货铺被经营得一塌糊涂。我过于矮小，加上自己拒绝做买卖，于是，马策拉特请玛丽亚管杂货店和照看我。勤快能干的玛丽亚把店铺料理得整整齐齐，对我也关怀备至。这时我已经十六岁了，身体和三岁小孩没有差别，对玛丽亚来说,我就是一个孩子,和我相处,她不需要任何戒心。玛丽亚带我去波罗的海海滨,在女更衣室里当着我的面脱掉衣服,顿时,玛丽亚毛茸茸的三角形使我大吃一惊,我认识它的本来面目。我向玛丽亚扑去,我把脸凑上去,追寻香草味的发源地。玛丽亚惊讶地说:“你这个小淘气,就知道瞎闹,你又不懂这是什么东西。”

当马策拉特要参加地区党部聚会时,便让我到特鲁钦斯基大娘家过夜。我一直都不想去,并且否定了让玛丽亚每周两次到我家来的主意。玛丽亚只好每周两次把我的睡具抱到她的卧室,但是她对我的身体一直是无视的,很快就先入睡了。一天夜晚,我们竟然在不知不觉中发生了关系。玛丽亚怀孕了,生了一个叫库尔特的男孩。就在玛丽亚怀孕两个星期后,我在我家的沙发上撞见了玛丽亚,她没有睡着,而是张大嘴忙着吸气,在她身体上躺着一个男人,正是马策拉特。

马策拉特听从妈妈的女友格蕾欣·舍弗勒的劝告,决定娶我的情人。我父亲娶了我未来的妻子。之后,我把我所爱的、散发香草味的玛丽亚认作继母。他要求我把我的儿子库尔特叫作弟弟。从此,在这个世界上,再也没有比香草味更让我快活和悲哀的东西了,柔和的香草味散开,把我团团围住,使我陷入玛丽亚的气味之中。我无法忍受这种折磨,从儿童椅上滑下来,抓住了旁边格雷夫太太的裙子,她散发出特有的难闻气味,这股气味立刻把香草味消灭殆尽,我坚持迎向这股酸味,直到我确定一切和香草味有关的记忆都被麻醉掉为止。我昏厥了,并且打算每天都把昏厥带给格雷夫太太。如果说玛丽亚在具有幼稚的诱惑力的香草雾里劝说我运用小技巧的形式,使我熟悉了诸如汽水味和采蘑菇之类抒情诗体,那么,在格雷夫太太的酸性强的、多层次结构的云雾圈里,我学会了作那种宽广的叙事诗式的呼吸,这使我有可能在今天把前线的战果同床上的战果相提并论。

1942 年 6 月,我的弟弟和儿子库尔特一周岁。1942 年 10 月,蔬菜商格雷夫在一座形式完备的绞刑架上自缢。我一直把这次自杀列为最庄重的死亡,并且我还成功地在铁皮鼓上奏出一首经过修饰的格雷夫之死的改编曲。当护理员布鲁诺问及这首曲子的标题,我随口把它定为:《七十五公斤》。他把绞刑台搭成一个天秤,另一边放上和自己体重完全相等的土豆,重量都是七十五公斤。这估计是最适合他的死法了,他生前经常因为水果和蔬菜的重量称得不准确而被计量局找麻烦。

1943年6月12日,我离开了但泽,首先拜访了格蕾欣·舍弗勒,读完了她仅有的几本藏书,然后穿过弗勒贝尔草原,到达已经被改成空军营房的裴斯塔洛齐学校门口。在这里,我碰到了贝布拉,还有被他手臂挽着的梦游女罗斯维塔·拉古娜。他们刚结束在但泽—西普鲁士军区的最后一场午后演出,现在要去洛特林根,然后去法国。我的师傅贝布拉向我提议,加入他的杂技团。我想着法国,想着巴黎,如果拉古娜都诱惑不了这位鼓手冷酷的心,那就让巴黎来诱惑您吧!

出发之前,我告别了我的儿子,我曾经的情人玛丽亚,还有马策拉特。火车开过柏林,开过克隆,目的地是梅斯,一个罗马人修建的古老城市。在柏林我们停留了五个小时,正遇上空袭警报,整个杂技团成员跟着前线士兵们躲进了托马斯地窖。杂技团在士兵们临时搭成的舞台上表演起来,而我,鼓手奥斯卡,伴着伟大的梦游女拉古娜压轴出场。我轻缓交加的鼓声和她的连珠妙语赢得了经久不息的掌声。炸弹落在我们头顶,地窖被掩埋住了,拉古娜拉住我的手,想得到胆量。奥斯卡的胆量已经积攒了十八个年头,我给了她胆量,得到了她的拥抱。但是,奥斯卡只能保持沉默,因为他不知道第一次为他提供同自己身体尺寸相符合的拥抱的,究竟是个有胆量的老妪,还是一个由于害怕而百依百顺的女孩。

巴黎没有让我失望,罗斯维塔和我头一回站在艾菲尔铁塔下。我们接吻,举首仰望,第一次意识到我们的伟大和独一无二。贝布拉现在成了纳粹宣传部长戈培尔手下前线剧团的上尉团长。我们随着剧团前往了西线,一场接一场的劳军演出。而"内心流亡"的贝布拉同密谋反希特勒的军官联络,前往卡堡以西的炮兵连。这里不是温柔的波罗的海,不是像酒瓶一样绿的、像少女一样轻轻啜泣看等待我的波罗的海。这是大西洋,这是诺曼底。我们很快看到了水泥地堡。它像一只平背的乌龟,在两座沙丘之间躺着,名叫“道拉七号”。上士兰克斯从地堡中钻出来,向中尉赫尔佐格和上尉贝布拉报告。大自然很快激发了我们的食欲,在中尉的建议下,我们在水泥壁垒上吃了早餐。赫尔佐格像希特勒一样,是个胡思乱想的家伙,他命令兰克斯用机枪扫射在海边捡螃蟹的修女们;兰克斯也像希特勒一样,以前当过画师。这个神秘、野蛮、无聊的水泥结构,倾斜着,多像这个混乱的世界。

很快,加拿大部队就从奥恩河口登陆了。我们收拾好行李,准备同团部一起撤离巴文特。一辆热气腾腾的军餐车停在诺曼宫院里,罗斯维塔没有吃过早饭,她让我给她拿一杯咖啡。我有点儿不耐烦地拒绝了她,害怕会赶不上我们将要乘坐的卡车。罗斯维塔便自己拿着小锅,蹬着高跟鞋向餐车走去。结果一颗炮弹和梦游女同时到达了那里,我再次失去了爱人。到了柏林后,我就和贝布拉分手了,他派手下把我送到但泽车站,还把剧团的五面鼓送给了我。这一天是 1944 年 6 月 11 日,是库尔特三岁生日的前一天。我回到了故乡,这座城市还保留着原貌,没有被破坏。

玛丽亚对我的归来感到很亲切,但态度非常冷静,问了我很多问题。马策拉特则像一个真正的父亲那样,我的平安回家让他的快乐溢于言表。库尔特在他生日那天得到了一件毛衣、一只皮球、一条帆船、鞭子和一个陀螺,而我要送他的是一面红白相间的油漆铁皮鼓。我当时有个伟大的梦想,在击鼓的父亲旁边必须有个击鼓的儿子,要有两个矮小的鼓手自下而上地观察大人们的所作所为,然后建立一个有生殖力的鼓手王国,我的事业要一代代地传下去,敲着红白相间的铁皮鼓。但是,很快他就把这面鼓弄得粉碎,还拿起鞭子抽我。后来玛丽亚抱起了我,吻着我肿起的眼睛和裂开的耳朵,舔我的血和鞭痕道道的双手。如果她能认出挨揍之人是孩子的父亲,在我的每一道伤痕里看见她的情人,那该多好啊!

六月底,玛丽亚的哥哥弗里茨为元首、人民和国家而阵亡了,特鲁钦斯基大娘得了中风,一直没有好转。玛丽亚开始变得虔诚起来,她去圣心教堂祈祷,我也带着鼓跟去了。在这里,我再次走到祭坛前,被十字架上的那个男人吸引住。我呵斥他,他却像一个耐心的老师一样,不停地问我:“你爱我吗,奥斯卡?”还交给我一个任务:“你是奥斯卡,是岩石。在这块岩石上,我要建起我的教堂。继承我吧!”我想用声音对付教堂的窗户,但它没有装上炸药。耶稣有了继承人,奥斯卡也有了第一批门徒,他们是撒灰者。

那是八月底的一天,我没有来得及赶到教堂,便绕了一大段路,把每个路口的第三盏路灯唱碎,让阿道夫·希特勒街的步兵兵营的沿街窗户躺倒,让一辆有轨电车失去了涂暗的玻璃。为了消解怒火,我还准备去波罗的海巧克力厂寻找美食。就在路上,我被十二名半成年人盯上了。他们把我围住,用奇怪的名字相互称呼。他们就是被人们谈论了几周的撒灰者,一个由中学生组成的青年团伙,他们反对一切,要把希特勒青年团的执勤处洗劫一空。他们的头儿叫施丢特贝克,什么时候撒灰由他决定。他连续问了两次我的名字,我平静地答道:耶稣。第二次回答的时候,空袭警报响起来了,他们不得不对我的沉着应对产生了恐慌。我,奥斯卡,耶稣,要为他们表演唱碎玻璃的本领了。整个巧克力工厂没有剩下一块完整的玻璃,黑暗中一架轰炸机被歼击机击中,它燃烧着,掉进了耶施肯山谷的森林。施丢特贝克把一块手表从自己手上取下交给了我,承认了我耶稣的身份。撒灰者的另一派别也在施丢特贝克的介绍下,成了我的帮众。这群小伙子非常信仰我,他们跪在地上,开始望弥撒。

1945 年 11 月底,但泽被俄国人包围了。就在俄国人攻下但泽的那天,马策拉特和他的家里人及邻居们躲在了地窖里。纳粹党大势已去,希特勒大势已去,马策拉特把党徽摘下,像塞糖果一样放在了我手上,我把党徽接过来捏在自己的手中。三个俄国士兵进入了地窖,我看到一个卡尔梅克人胸前也挂着许多枚徽章,因此,我又把那个刺我手心的党徽交给了马策拉特。马策拉特接过党徽后吓得不知所措，除了他的口腔之外，他没能找出第二个更好的藏匿之处。这个无疑自杀的行为，让党卫军小队长吃尽了苦头。难以下咽的纳粹党徽使马策拉特手舞足蹈起来，惊慌的卡尔梅克人在他被噎死之前开了枪。

这一回继俄国人之后，来的不是普鲁士人、萨克森人、瑞典人或法国人，来的是波兰人。我家的殖民地商品店被一个名叫法因格德的波兰人接收，他雇用了玛丽亚为售货员。后来，他们把马策拉特葬在了萨斯佩。在埋葬马策拉特时，我把我的铁皮鼓和鼓槌一并埋在墓穴里。与此同时，库尔特用石子掷中我的后脑勺使我掉进墓穴里。不久后，我开始了持续一年的长个阶段，直到身高停在一点二一米，几乎萎缩的脖子上挂着一颗大脑袋，即使是在正常人身上都显大。我还变成了一个鸡胸驼背的人，胸腔突出，后背隆起。法因格德试图用消毒水给我治病，但是一点儿效果都没有。玛丽亚也拒绝了法因格德的求婚，带着我和库尔特前往迪赛尔多夫，她的姐姐古斯特在那里生活。古斯特嫁给了一个名叫克斯特的饭店领班，他们愿意收留我们三个，到那儿之后我就被送往了医院。

第三篇

我出院后，去比尔科区找我的儿子库尔特和特鲁钦斯基家的两姐妹。整个公寓的三楼都成了玛丽亚和库尔特经营的黑市商品中心。玛丽亚做的主要是人造蜂蜜买卖，古斯特虽然对黑市生意表示憎恨，但是她爱喝人造蜂蜜换来的真咖啡。库尔特则是当地长四条街、宽六条街的地盘内唯一的火石供应商。在此后的几年中，我几乎分文不费地在受教育，报名各种业余大学的课程。我和所有这些人一样，感受到了自己的罪恶。他们当时想的是：我们现在承担罪责，那么事情就会过去，将来情况好转时，我们就不必感到内疚了。

今天,这些对我来说都成了往事,我懂得了战后的醉酒状态始终不过是一种醉酒状态而已,它必定带来宿醉的痛苦。1947 年春天,我放弃了全部的课程和聚会,我想念已经失去的三岁孩子的身材。此时,自我在马策拉特坟墓旁边决定长个以来还不到两年,我已经觉得成年人的生活是如此一成不变。科涅夫的墓碑手艺引起了我的兴趣,而且他同意教我,雇我为实习生。虽然,我没有足够的力气干粗凿的活,但是在刻字上,我的才干甚至超过了科涅夫。1949 年,西德通过了基本法,基督教民主联盟的阿登纳出任总理。很快,币制改革过早到来了。在科涅夫解雇我之前,我就辞了职,这使本该成为正派生意人的奥斯卡在向玛丽亚的求婚中遭到了拒绝。

我独自在公园的凳子上坐着,像木头人一样。一个胖姑娘带着两个瘦小伙子过来和我搭讪,他们在为艺术学院寻找模特,我答应了他们,不只是艺术的诱惑,还夹杂着报酬。搞艺术让我赚了不少钱,我还推荐女裁缝乌拉给画家们当模特,她身高有一米七八,苗条的身材,不胜娇媚。在画师齐戈和拉斯科尼科夫的摆布下,我和乌拉摆出双裸体的造型。乌拉充当圣母,我是坐在她汗毛柔软的左边大腿上的耶稣,一个畸形的童子。这幅被命名为《四九年圣母》的超现实主义绘画经过了多次展出,后来被玛丽亚看到了,她骂我靠做肮脏的事赚钱。我决定搬迁,不过在玛丽亚的请求下,我没有去汉堡或更远的地方,只在附近找了一个房间。房东蔡德勒告诉我,旁边住着一个护士。从那一天起,护士的奥秘一直在试探和占据着我,女护士使我患病,并且是不治之症。后来布鲁诺也声称:真正能成为病人看护的是男人,病人让女护士护理自己的欲念,本身就是一个征兆,女护士会引诱病人走向康复或者死亡,她们能轻易地使死亡具有性爱的意味,趣味无穷。我是一个本性难移的美学家,终于有一天打开了她乳白色的玻璃门。在这位道罗泰亚嬷嬷的房间里,对每一个物件进行幻想。当我关掉那个一直注视我的四十瓦灯泡走出来时,全身都被一种满足感铺满了。我太疲惫了。

科勒普是一个长笛手和爵士乐单簧管手。那天我在走廊,科勒普,即闵策尔先生请我帮他取水。我敲门进去,科勒普特有的酸甜味扑鼻而来。他是一个又懒又胖、不能动弹、不洗澡、一直将死不死的人,身上从来都有一股死尸味。但是,我需要有人为我分忧,科勒普正是这种人。他谈论政治与音乐,还给我煮面吃。后来,他演奏起长笛,和我的鼓声很合拍。几小时的合奏后,他从床上一跃而起,打开水龙头,开始洗身。他,科勒普竟然开始洗了,这不是洗身,而是洗礼。他把我抱起,从胸腔中爆发出笑声。我明白,科勒普复活了,奥斯卡的鼓也复活了。我们决定组一个爵士乐队,我要当乐队的打击乐手。

很快,我们的"莱茵河三人团"爵士乐队就成立了,除了鼓手奥斯卡、长笛手科勒普之外,还有吉他手梭勒。我们经常在莱茵河右岸的施托库姆上面排练乐曲。酒馆老板施姆则带着他的小口径步枪在河岸斜坡的灌木丛中寻找麻雀。他是一个好射手,也是一个好人,他口袋里不仅装着子弹,还装着喂鸟的饲料。

在一个凉飕飕的清晨,施姆大声对我们说:"你们的音乐赶跑了小鸟,叫我怎么打鸟呢?"在科勒普的周旋下,施姆不仅开始欣赏我们的音乐,还给了乐队第一份工作,晚上九点到凌晨两点,在洋葱地窖演奏。这个夜总会的客人大多是被称为知识分子的人们,他们来这儿的目的只是切洋葱,弥漫在空气中的辣味让他们泪如雨下,但并不是因为他们的心是充满眼泪的。有些人永远不会这样,尤其在最近的或者说已经流逝的几十年间。因此,我们这个世纪日后总会被人称作无泪的世纪,尽管处处有这么多的苦痛。正因为没有眼泪,能够花得起这份钱的人就到洋葱地窖来,创造这个世界和这个世界的苦痛不创造的东西:滚圆的人的泪珠。

一天,为了帮助施姆控制地窖的混乱状况,我进行了一次铁皮鼓独奏表演。在场的所有人都尿湿了裤子,变成无忧无虑的孩子。于是,乐队被解雇了,因为施姆不能忍受在没有洋葱作用的情况下让客人流泪。

后来,科勒普开始不同意我处理铁皮鼓的新方式,他说我是爵士音乐思想的叛徒。现在唯一向我敞开的小门是丢施博士的音乐会。后来我才知道这里的老板正是师傅贝布拉。贝布拉瘫痪了,他给了我一份工作合同。从此,鼓手奥斯卡成了明星,我的唱片像面包一样畅销。贝布拉死后,留给奥斯卡一大笔财产。

我牵着狗到处散步,意外地捡到一根戴戒指的无名指,它本来长在道罗泰亚嬷嬷的手上,她被情敌谋杀了。我把这根手指浸在盛酒精的瓶子里,对着它朝拜忏悔。我让朋友维特拉到警察局报案,护理和疗养院里白漆栏杆的病床才是我需要的净土,我是耶稣,我想追忆和思考往事。

奥斯卡过了三十岁生日,为了抬高维特拉控告的价值,我应该从护理和疗养院逃跑。但是我该逃往何处?或许唯一的希望就是逃到外祖母的四条裙子下。

儿时的童谣在我耳边盘旋:

厨娘总站在我身后,真黑。
现在她又走向我,真黑。
翻在外的大衣里子和腔调,真黑。
在黑市里做买卖,真黑。
就算要唱歌,孩子们也不唱:
黑厨娘,你在吗?在啊,在啊!

分裂的天空

克里斯塔·沃尔夫(1929—2011),民主德国著名女作家,善于捕捉现实生活中的重大题材,主张文学作品就是要表现个人、认识自己、发现自我的过程,在西方被称为“现代派文学的先锋”,曾获得民主德国国家奖、亨利希·曼文学奖等。代表作品有《回忆克里斯塔·T》《童尔的楷模》《六月的下午》《一只公猫的生活观》和文学评论集《读和写》等。

《分裂的天空》是沃尔夫的第一部长篇小说,深刻揭示了民族分裂局面给德国人民特别是年轻一代带来的不幸。故事的主人公丽塔·赛德尔意外受伤住院后,开始回顾自己走过的人生道路。她逐渐认识到只有把自己融进社会主义大家庭中才能找到自我、实现自我。为此,她义无反顾地离开了相恋多年的男友,留在了东德。

1961年8月的最后几天,丽塔·赛德尔在经历一次不幸的事故之后,躺在了医院的病床上。醒来以后,她开始回忆两年来的生活。

两年前,因为大战带来的贫困,无法找到在前线失踪的父亲,丽塔和她的母亲来投奔居住在德国中部乡村的姑妈。十七岁的时候,丽塔在一家县属保险公司做职员,无聊的生活让她感到非常失望。但是,与曼弗雷德·赫尔富尔特的相遇改变了她的生活。曼弗雷德是一个受过高等教育的化学家,当时正在做博士论文,他比丽塔大了整整十岁。

圣诞节时,曼弗雷德来找丽塔。他从口袋里掏出一只窄窄的银手镯递给她。丽塔觉得曼弗雷德的动作简直笨拙得可笑,她把双手从厚厚的毛手套里抽出来,放到他冰冷的双颊上。他站在原地,注视着她,一直看了很久才转过头去。

“放心大胆地看吧!”丽塔轻声说。

“可以吗?”他问道。

“当然了!”丽塔说。

于是,他的目光一下子变得充满了无穷的力量,把她看得整个晚上都躲躲闪闪的。当他发现这一点的时候,便冲她微微一笑。丽塔和他在一起时显得非常活跃,姑妈和母亲却不像她,她们以前从来没有体验过这种爱情的滋味,现在就更不会了,她们只担心肉烤得怎么样。

一起吃饭的时候,大家互相举杯祝贺。

母亲对曼弗雷德说道:“祝您顺利通过考试!”

姑妈则试探着说道:“祝您亲爱的父母长寿!”她一直不太了解这个年轻人,所以才会这样说。

曼弗雷德用单调而乏味的话音回答了她们的祝福。当时他已经二十九岁了,要想做一个讨人喜爱的女婿,基本上是不可能的。随后,他向在场的人讲起了昨天晚上做过的梦。

有一次,他们在星期天约会。她问他说:“讨你喜欢的第一个女人不是我吧?”她显得很难为情,不断地扯着他上衣的纽扣。这是他第一次听她自称“女人”,为此他很受感动。

“不是第一个。”他严肃地说道。

在一阵沉默之后,她用满不在乎的口气问道:“你以前有过很多女朋友吧?”

这个问题让他很为难,最后他承认以前有过好几个。

“那好吧,这样以后再出现各种情况我都能习惯了。”她说道。

“我希望你能够答应我,千万不要把那些不可能的东西变成自己的习惯,好吗?”他说。

她依偎在他的肩头，任由他抚摸自己。她还在啜泣着，但是心里却充满了安慰。

他们每个星期只能见一次面，所以在他们眼里，每个星期都显得非常漫长。尽管这种漫长的等待会让她感到痛苦，但是她觉得自己从来没有像现在这样幸福过。

曼弗雷德是一个阅历丰富的人，他经历过各种各样的爱情，也认识过很多不同类型的女人，所以爱情的特点是什么，他比丽塔要清楚得多。以前他与别的女人相处的时候，心里可能还会想着另外一个女人。但是如今不同了，丽塔的一句话就让他降服了。他觉得自己已经无法自拔了，尽管有时他尝试着摆脱这种感觉，但是他发现这并不容易做到。他是一个多疑的人，总是用各种办法来考验丽塔。她每一次都成功地通过了考验。尤其让他气愤的是，他已经埋葬的希望被她重新唤醒了，而她还要献身于这种希望。

他对她说："真是太可惜了！你是一个孩子，而我已经是一个老头了，我们是不会有好结果的。"

她并不认同他的话："别人都以为我是这个世界上最笨的人，但是我知道我还没有笨到放跑刚刚诱骗过我的男人的程度。"

"你考虑过后果吗？我会毁了你的。"他说。

"我是注定要被人毁掉的，但我希望那个人是你。"

后来，有一位"招聘教师的全权代表"埃尔温·施瓦策巴赫来到丽塔所在的县。他改变了丽塔多年来的生活习惯，把丽塔带到了大城市哈雷，使丽塔获得了读大学的机会。丽塔非常开心，因为她不仅过上了城市的生活，获得了读书机会，而且还能与曼弗雷德有更多接触。后来，她与曼弗雷德同居了。

丽塔为了兑现向施瓦策巴赫许下的诺言，在曼弗雷德父亲的帮助下，去机车车辆厂实习。在一年四季都在忙着生产的工厂里，她接触到了很多人，其中对她影响最大的有木工组组长艾尔米施、厂长德兰德、工长梅特纳格夫以及年轻的小汉斯。在这些人身上，丽塔逐渐认识了自我，发现和领悟到了人生的真谛。

丽塔白天在工厂里干活，晚上和曼弗雷德一家一起吃饭。每次开饭时，赫尔富尔特先生都会非常隆重地揭开菜碗的盖子，然后郑重其事地祝大家胃口好。丽塔感觉自己能和赫尔富尔特先生合得来，但是，曼弗雷德和父亲的关系好像并不好。曼弗雷德的母亲在丽塔面前总是表现出一副酸溜溜的傲慢样子，这让丽塔感到有些不知所措。

一天，赫尔富尔特先生感觉很不错，不停地唠叨着，其他人只能点头表示赞同，可是最后大家听到的只是欧洲的天气或者是今年的收成。赫尔富尔特太太对此却不以为然，她总是说些尖刻的话来讽刺丈夫。她不能公开与丽塔作对，因为她在很多时候需要丽塔的帮助。但丽塔不但没有从中获益，反而更加不得安宁。

赫尔富尔特太太叹息着说道："从前，年轻的姑娘在结婚前一直待在寄宿学校里。现在则不同了，现在她们被塞进工厂去，和一大群素不相识的男人朝夕相处……"她是一个很讲究的人，无论是从衣着打扮还是平时做家务时都可以看出这一点。她很瞧不起丈夫，除了关心他是否能够跟自己一块儿出去见人外，基本上不把丈夫放在眼里。由于怨恨和猜忌，她的面容变得轮廓分明，表情也非常僵硬。她经常会跟着广播所放的体操乐曲做做操。

因为有丽塔在场，赫尔富尔特先生无法对妻子的人身攻击置之不理，他轻声地喊了一下妻子的名字，希望她能够有所收敛。可是妻子并不理会他，反而表现出一副不分出高低誓不罢休的姿态。赫尔富尔特先生说了几句纠正妻子的话，尽管这几句话说得十分恰当，但是却没有收到预期的效果。赫尔富尔特太太只是看着丈夫，任凭他说话，等到他说完后，她就会感到垂头丧气，然后带着既满足又失望的心情继续吃她的饭。她说一些话故意气丈夫，赫尔富尔特先生好像有一套充耳不闻的本领，根本不去理会妻子的无理取闹。

随着时间的推移，丽塔对工厂越来越熟悉，她再也不是当初那个"新来的"了。在工厂实行国营化十五年的那天，生产计划第一次得到全面完成,为了庆祝这个有纪念意义的时刻,市政委员会特地举办了一场庆祝晚会。经过几个月的艰辛努力,每个人都渴望能够享受到欢乐。

在丽塔的再三请求下,曼弗雷德终于答应了陪她一起去。曼弗雷德之所以不愿意前去,一是因为他认为自己不适合充当女王的丈夫这一角色,另外,他觉得招待会相当无聊。

“对我来说可不是这样。”丽塔一边为参加晚会做着准备一边回答说。

在晚会门口,曼弗雷德和丽塔遇到了梅特纳格尔和他的妻子。他们寒暄了很久,握了好几次手才走进了大厅。进入大厅后,大家发现小汉斯就站在大厅中间。他身上穿着一套礼服,旁边站着一个非常漂亮的姑娘。这位姑娘至少比他大两岁,她妩媚动人,显得非常快活。

梅特纳格尔说:“我想这个姑娘一定是他从明信片上剪下来的。”这位姑娘可是活脱脱的美人儿,她叫安妮塔,此时正被小汉斯带着离开大厅。丽塔用异样的眼光看着她,然后又把目光转到小汉斯身上。他显得有些激动,或者是自豪。

“我喜欢他这样一个女王的丈夫。”曼弗雷德说道。

曼弗雷德像一座灯塔那样站在丽塔的身边,有人向丽塔打招呼,他就点点头,他没想到有那么多人认识丽塔。

“我的小姐,你可真受欢迎啊,你是这个晚会的女王。”曼弗雷德说。丽塔好像也注意到了这一点,所以显得有些难为情。

她穿着一件金黄色的衣服,特别引人注目。大家都想一睹她的芳容,所以很多男人都在明目张胆地搜寻她。她有些狼狈,想故意隐藏起自己的光芒。曼弗雷德看着她说:“不知道为什么,我怎么感觉晚上很无聊呢?”

这时候,主席台上传来了讲话的声音。尊贵的人一本正经地从上衣口袋里掏出演讲稿,然后煞有介事地读了起来。参加庆典的人们都假装很认真地听着,听到那些演讲者精心准备的笑话时也不会及时笑出声来。

小汉斯听得认真极了,连耳朵都变成了紫红色。曼弗雷德觉得他非常有意思,丽塔踩了他的脚一下,他故意装作什么事都没有发生。当吃饭的信号发出后,小汉斯一下子就变成了另外一个人,动作敏捷地跑到餐桌前盛起食物来。他一边吃着东西一边说:“节庆的演说者可不容易,没有一定的功夫是应付不了的,尤其是那些以此作为副业的人,他们白天是某个部门的领导,而晚上就变成了一个演说家。这时,他们会遇到一些意想不到的事情。”

“这正是人们喜欢的。”丽塔说。

“喜欢?他们把话讲得枯燥乏味,一点儿意思都没有。他们平时说话会是这个样子吗?”

“没有几个人会像你这样无礼的。”丽塔说。

“的确是这样,”曼弗雷德说,“小汉斯不是。”

“我和梅特纳格尔都不是。”丽塔说。之后,他们就岔开话题,不再谈论这件事了。

音乐声从旁边的大厅里响了起来。大家都有一种宾至如归的感觉,正是这种感觉使得在场的每一个人都感到轻松愉快。人们都往大厅的中央聚集,拿着瓶子和杯子的服务员很难从那里通过。只有少数几对年轻人还留在舞厅里。丽塔现在对于别人的目光已经不像刚才那样感到难以适应了,这一点也让曼弗雷德颇为佩服。她挽着他的胳膊,像一个公主那样优雅而自豪地走进舞池。她从很多面镜子前经过,但是没有向哪面镜子看一眼。她心里明白,只要她稍微做出某种表示,就会招来很多欣赏的目光。

曼弗雷德陪着丽塔跳了很长时间,此时他已经四肢僵硬了。但是她仍然乐此不疲,在下一支舞曲响起的时候,有好几个人凑上前来,想请她跳舞。她得意非凡,同一个又一个男人跳舞,最后没人请她跳舞了,她就把小汉斯拉进了舞池。

小汉斯运气不好,不过这种事情大家早就预料到了。安妮塔成了别人的猎物,也许那些人比小汉斯更适合她。后来,在丽塔的一再追问下,小汉斯终于坦白了。原来安妮塔是他朝一个朋友借来的,她是他朋友的女友。丽塔不但没有安慰小汉斯,反而还大骂了他一顿,说他这样做太不像话了。

只要丽塔有一刻空闲,曼弗雷德都要走到她的身边,这时候,丽塔会命令他继续陪着自己跳舞。由于这里太吵了,他们只能用微笑和眼神同对方交流。

庆祝活动很快就要结束了。跳舞的人都累得筋疲力尽了,于是就坐到大厅角落的椅子上休息。丽塔也累得不行了,她把眼睛闭上休息了几分钟。当她睁开眼睛的时候,她的面前站着恩斯特·文德兰德。她看到文德兰德从曼弗雷德面前经过时,脸上的表情出现了很明显的变化。他的脸色不大好看,脸上写满了怀疑的表情。她觉得发生了什么事情,于是就抬头看了文德兰德一眼,这让她不由得大吃一惊。她非常聪明,很快就明白了这是怎么回事:在过去的几个小时里,文德兰德忙着同在场的每一个人握手,同每一个人碰杯。而且最近几个星期以来,他的思想一直处于一种紧绷的状态,因此,他非常累。他很想休息一下,想看丽塔跳舞。文德兰德走到丽塔身边,恭敬有礼地请丽塔跳舞。她站起身,向曼弗雷德看了一眼。而此时,曼弗雷德正在用一种厌恶的表情看着丽塔。这让她很生气,毫不犹豫地答应了文德兰德的请求。

当舞曲终了的时候,丽塔和文德兰德一起走到了曼弗雷德身边。文德兰德很有礼貌地向曼弗雷德鞠了一躬,曼弗雷德只好站起来回礼,只是他鞠躬时明显带着一种嘲讽的神情。文德兰德从一个托盘里拿来三杯咖啡,于是他们坐下聊了起来。

曼弗雷德故意对文德兰德冷嘲热讽,当时文德兰德已经累得筋疲力尽了,就没有和他争论。

事后,当丽塔回想起这件事情的时候,完全不明白这是怎么回事,因为她当时被女性的虚荣心给蒙蔽了。她只知道当时曼弗雷德在文德兰德面前不厌其烦地论证着自己的观点:人类历史建立起来的基础就是漠不关心。他充满激情地自说自话,完全没有注意到根本没有人在听他讲。

丽塔想,他为什么要这样装腔作势呢?她不知道究竟是为了什么,但是她知道,自己此时必须要保持冷静,否则他可能会更加激动。

文德兰德说道:“按照统一的规格?这有可能,如果不涉及各种理智发展程度不同的话……”

曼弗雷德对此表示不屑一顾。他大笑起来,说:“您这是开玩笑吧!形成历史的因素里从来就没有理智这一条。人们有了理智就感到幸福的时代是何时开始的呢?这根本一点儿指望都没有。”

文德兰德笑了笑。这一笑使得丽塔都为曼弗雷德难为情。“因此,你们就将所有的希望通通都放弃吧!”文德兰德说。

“也许用幻想这个词更为合适。”

听到曼弗雷德这句话,丽塔恍然大悟。她明白了,原来他们的谈话,完全是由嫉妒和被损伤的自尊心引起的。

晚会结束前,丽塔让曼弗雷德陪她跳了最后一支舞。之后,他们便回家了。他们对晚会都感到满意。

后来,丽塔和曼弗雷德的关系变得越来越复杂。他们的追求也发生了巨大的变化,他们之间产生了一个难以逾越的鸿沟。丽塔对生活充满了热爱,她从接触到的人身上学到了很多生活的道理。曼弗雷德对现实生活很不满,他为此经常与同事甚至上级发生各种矛盾。尽管这样,他始终认为自己所走的路才是最正确的。他把一切希望都寄托在发明成果上,可是,他的发明成果却遭到了拒绝。这对他来说无疑是一个非常重大的打击。因此,曼弗雷德觉得陷入绝望的境地之中。他已经疲惫不堪了,但仍然向丽塔叙述着他和他的同学马丁遭到的不公平待遇。那些让他们充满希望的人,最后都变成了冷血动物。之后,曼弗雷德得了流感,在家里躺了两个星期。这对他来说是一件好事。在这段时间里,他读了很多东西,特别是海涅年轻时所写的作品。

曼弗雷德说:“就算海涅再强大,也没有办法对付善良的德国人。”

“你说得不对,不是他对付不了德国人,而是德国人拿他没办法。”丽塔说。

曼弗雷德像成年人取笑小孩那样笑了笑。他现在经常这样做。丽塔没说什么,因为她当时觉得没有什么好担忧的。可是她不知道,曼弗雷德已经暗中决定要把他们两个人都毁掉。

曼弗雷德的身体康复后,又回到了工作岗位上。不久后的一天,他接到文德兰德邀请丽塔和他一起去参加新型轻质结构车的试车仪式。曼弗雷德为此犹豫了很久,觉得文德兰德邀请的是丽塔而不是自己,可是最后他还是决定要去。

试车的那天很快就到了。丽塔和曼弗雷德一大早就坐车到工厂去。那是一个寒冷的早晨,丽塔故意把一只手伸进曼弗雷德的大衣里面,想通过这种方式告诉曼弗雷德自己很冷。他们肩并肩,一起向前走着。有一个小伙子骑着摩托车从他们身边呼啸而过,伴随着摩托车引擎声的是一声大叫。丽塔身上产生了一种异样的感觉。她深吸一口气说:“春天又要来了,真是太好了!”

“这有什么好奇怪的吗?”曼弗雷德问。

丽塔只是点了点头。至于她头脑里想到的一切,她并没有说出来。刚才她想到的是:像现在这样强烈地渴望辽阔、温暖和运动的感觉,她从未有过。她的生活总是那样一成不变,她可不想因此而失去思考的能力。

“一个无法满足的愿望现在又出现在你的头脑中了。”曼弗雷德说。

“是的,”她说,“能够穿得漂漂亮亮的远走高飞,真是一件美妙的事情。”

“而且不带着我。”他又加上一句。

曼弗雷德的这一招让丽塔感到害怕。她不想让他把自己的抱怨当成谴责,于是,她选择了沉默。他们沿着厂区的公路向前走着。走了几步之后，曼弗雷德打破了沉默："难道我们之间就没话可说了？"

丽塔想要说点儿什么，却被曼弗雷德制止了。他说："算了吧，我明白。"

"你明白？你明白什么？"

"我明白我已经无法继续忍受下去了。"

"你总是喜欢自以为是……"她犹豫着说。

"我明白，"他重复道，"我并不会对此感到高兴，我明白我的处境可能不太妙……"

"只有在童话里才有幸运的人，"她说，"而且那些拥有幸福的人也是在经历一番痛苦之后才收获幸福的。"

"没有什么不可能，只是童话并不适合现在来说。你也应该明白这一点。我不想和你说这些，你身上有令我满意的东西，难道我应该亲手摧毁它们吗？"

这是一句用很多眼泪也无法抹去的话，她也应该能够想到。他们两个人站在过道上，耳边充斥着机器的轰鸣声。

"吻我一下吧！"丽塔说。曼弗雷德虽然感到有些奇怪，但还是用他那双大手捧着她的脸，吻了她。当他们注视着对方的时候，丽塔温柔地说："我们真是天造地设的一对儿。你那双手、你的嘴，都刚好合适。"

他笑了，像以前那样敲着她的鼻子，这是年龄让他养成的习惯。他们沿着过道向前走着，丽塔的鼻子非常灵敏，它已经感觉到一股熔焊金属的气味。过了一会儿，她开始满意地吸这种气味了，尽管她本来并不喜欢这种气味。她把车间里正在做的事讲给曼弗雷德听，她努力想让曼弗雷德明白，完成生产车辆的第一道工序的锻造车间的情况有多么糟糕。

拐了一个弯后，他们已经看到了铁轨。一辆试验用的列车停在离他们大概一百米的地方。深绿色的车厢在晨光的照耀中熠熠放光。这是两千多人劳动了很多天的结果。在这些车厢中，新型轻质车厢和其他车厢在外观上并没有什么区别。

丽塔感觉到人们都非常激动,尽管他们三五成群地聚在一起抽着烟,谈论着一些无关紧要的事情。她已经离开这里很久了,所以那些人里没有一个她认识的。正当她为此感到窘迫的时候,有一个人抓住了她的袖子。她赶紧回头看了一下,原来是梅特纳格尔。

丽塔显得很高兴,说:“你瘦了。”

梅特纳格尔也笑了起来:“你也是。”

这时,恩斯特·文德兰德从人群中走出来,向他们问好之后,告诉他们随时可以登上列车。丽塔像以前那样跳上了列车高高的踏板,尽管她已经离开这里很久了,但是她还没有忘记该怎么做。她打开了通向车厢过道的门,向里面看了一眼之后说:“里面太空了!”

他们沿着过道往里走,在穿过三个包房的门后,来到了第四个包房。那里面散发着塑料、颜料和泡沫橡胶的混合气味。“为什么我们要管自己叫木工呢,我看制作工更合适。”梅特纳格尔说。其他人都摸了摸软垫的保护层,然后坐了下来。

外面下起了阵雨,站在外面的人都被赶进车来。检验组开始了他们的检验工作。为检验无线电装置,广播里响起了流行音乐。七点钟的时候,列车徐徐启动,很快离开了城市。

在车厢里,文德兰德问曼弗雷德说:“您父亲对他的新工作还满意吧?”

曼弗雷德被问得莫名其妙,他不知道赫尔富尔特先生在四个星期前就做总会计了。

听到文德兰德的介绍后,曼弗雷德半信半疑地问道:“这么说,他降级了?”

文德兰德没想到曼弗雷德还不知道这件事,于是他说:“不是每个人都必须不顾一切地等待他不能胜任的工作来累死他的。不过,我就不能不等待。我想,您父亲现在好一些了吧?”他想给曼弗雷德搭一个台阶,使他不必如此难堪。可是,曼弗雷德为父亲的降级而伤心难过,并没有接受他的好意。

“啊,原来是这样。看来律师尽了他的责任……”他想问问文德兰德,今天这种广为流传的怀疑或者称为警惕性的东西有什么好处。

“您弄混了不同的东西。”文德兰德说得很委婉。

“我弄混了,好吧,或许科学思想里的客观精神是我所缺乏的。但是我并不缺乏对某些矛盾的刺激性的感觉。”

文德兰德对他的话表示赞同。他说:“要使两者完全统一是相当困难的……”

“那您就干脆说‘这有可能’不就行了,”曼弗雷德打断他的话,“每一个人都有诚实的品质。”

“你也是!”丽塔激动地说。

曼弗雷德努力控制住自己的情绪,坐在座位上向她鞠了一躬,然后冷冷地说了一句“我会尽力去做的”。之后,他又对文德兰德说:“在这里,我觉得别人把我当成控告者了。再说了,把大量幻想和精力浪费在不可能的事情上,这可真让人感到惋惜。把道德带给世界吧!这是你们希望的事情,对吗?”

“这可非同小可,它关系到人类的生存问题。”文德兰德说。

“是啊,”曼弗雷德说,“这可是最后的希望,但是,谁能保证它不落空呢?关于这一点,总有一天你们会心甘情愿地承认。”

“您要这种掩护干什么?”文德兰德声色俱厉地问道。

“我不明白您说的是什么。我刚才所说的是人性方面的经验,问题的关键就在这里,人性要是逝去的,不是吗?”

“我们只会让仇恨长期保留在我们的心里。”文德兰德说。

“那爱情呢?”丽塔问。

不知道为什么,文德兰德的脸红了,他没有对这个问题做出回答。

“我可管不了伟大的感情方面的事,”曼弗雷德站起来粗暴地说,“这些伟大的感情、没用的空话……通通远去吧!我不需要这些没用的东西。”

丽塔听到曼弗雷德的话后呆若木鸡,她觉得他已经深深地伤害了自己。

后来,曼弗雷德去柏林参加一个化学家大会。丽塔以为他两三天就回来。可是,几天之后丽塔等来的却是不幸的消息。一天晚上,赫尔富尔特太太来找她,递给她一封曼弗雷德的来信。丽塔打开信看了很久,却一句话都没有看懂。曼弗雷德的母亲说:“他终于做出了正确的选择,他留在那里了。”这个女人为自己的杰作感到心满意足。她对丽塔说:“您继续住在我们这里,一点儿问题都没有。”她觉得自己应该同情丽塔,当然她完全有能力这样做。

曼弗雷德的离开对丽塔的打击很大。她谁也不理,用沉默进行自我防守。很多时间,她都好像丢了魂儿似的,别人让她干什么,她就干什么。有时候,她的脑海会闪过一种惊奇的感觉:人们夹杂在别人当中,一个一个地死去,而且没有人知道……每当接触到别人的时候,她都会感觉到痛苦,因此,她选择避开所有人。她再也没有跨进过赫尔富尔特家的寓所一步。

赫尔富尔特太太把儿子的出逃,看成是给自己发出的信号,于是她要求丈夫赶紧放下所有的事,准备尽快逃走。赫尔富尔特先生对此并不理解,他想知道为什么要逃走,逃到哪里去。赫尔富尔特太太告诉他,父母应该属于自己的孩子,自己的孩子在哪里,父母也要到哪里去。赫尔富尔特先生拒绝了太太的逃走计划,他不愿意离开自己的祖国。

不久后的一天,赫尔富尔特先生来找丽塔,对她说赫尔富尔特太太在夜里猝然逝世了。此后,丽塔又搬回了赫尔富尔特家里,与老人过着相依为命的生活。

八月份的第一个星期天,丽塔坐上了开往柏林的火车。她身上有一封信,信中写道:“时机已经成熟,我天天盼着能够早点儿看到你,千万记住……”

她一个人生活,所以没有人知道她去哪里,更没有人知道她是否会回来,因为她自己对此都不太清楚。在火车上,她幻想着以后的生活。突然间,她醒悟过来。虽然曼弗雷德写信让她去,但是她并不喜欢那里，她做出决定，当晚就要返回东柏林。

在柏林，丽塔见到了曼弗雷德。他坐在挨着窗户的书桌旁看书，听到有人进门时，他坐在那里一动也不动，好像是在抵抗什么。最后，听到打招呼后，他才转过身来。丽塔从他的脸上看到了冷漠无情、心不在焉的目光。虽然没有说什么，但是这种目光已经向丽塔讲述了他在这里的生活。

他用满是怀疑、惊慌又充满希望的眼睛看着丽塔，然后举起一只手臂，好像要放在丽塔的肩膀上，轻声地呼唤着丽塔的名字。丽塔为他脸上那副非常轻松的表情而感到痛苦，虽然如此，她还是对他抱以微笑，然后抚摸着他的头发。

"你变了。"曼弗雷德说。丽塔坐在椅子上，只是微微一笑，什么都没说。他们好像一下子找到了彼此相爱的理由。丽塔心里明白，让人难以决断的白昼和充满巨大痛苦的夜晚在一瞥之中、在两个人的手接触的一刹那，立即灰飞烟灭了。

在房间里坐了一会儿之后，他们向外走去。当前厅的门在他们身后关上的时候，他们心有灵犀地对视了好几秒钟。曼弗雷德抓住丽塔的手，牵着她来到外面。

"看看你的四周吧，自由的世界向你发出恳求呢。"曼弗雷德用略带嘲讽的口气说。尽管曼弗雷德十分希望丽塔能够留下来陪在他的身边，但是丽塔最终还是忍着失去恋人的巨大的痛苦回到了东柏林。

在处于生活低谷的时刻，丽塔又重新回到了工作过的工厂。在那里，劳动和同事们的关心让她重新获得了生活的热情。

8 月 13 日那天，广播播放了一条震惊世界的消息：民主德国在东、西柏林之间筑起了一道柏林墙，以保证边境的安全。这个消息让整个德国人民失望至极，他们心间都笼上了一层民族分裂的阴影。

丽塔躺在病床上休息。医生告诉她，第二天下午就可以出院了。当天，同事埃尔温·施瓦策巴赫来探望她。在和同事聊天的过程中，丽塔回忆着生活的艰辛和爱情带给她的痛苦，并与他一起探讨人生的真谛。

朗　读　者

本哈德·施林克(1944—),德国小说家、法学家,在推理小说方面颇有建树,代表作有《快刀斩乱麻》《自欺》等。

《朗读者》并非推理小说,但成就和评价远高于他的推理小说。世界各地对《朗读者》的评论可以归结为一句话:“这正是我们不知不觉中期盼已久的书。”《朗读者》讲述的是,十五岁的少年白格爱上了一个三十六岁的独身女人……

第一部

我十五岁的时候得了黄疸病,所以身体很虚弱。

十月里的一天,我在放学回家的路上呕吐了。我这几天感觉到身体特别虚弱,每迈一步都很吃力,仿佛一生中从未那样虚弱过。早晨醒来口干舌燥,浑身难受。吃饭的时候也没有食欲。在我的一生中,那样的呕吐还是第一次。我手捂着嘴,尽力想把嘴里的东西咽下去,但嘴里的东西还是顺着手指喷了出来。我靠在墙上看着脚边的污秽物,呕吐起白沫来。

有个女人几乎是粗暴地把我扶了起来,她领着我来到一座院子里。院门旁有一个水龙头,那个女人先给我洗了手。然后,又帮我洗了脸。她看见我在哭,惊讶地说:“小家伙!”她把我搂在了怀里。在这样紧的拥抱中,我闻到了自己呼出的难闻的气味和她身上新鲜的汗味。我停止了哭泣。但是,我不知道应该把两条胳膊放在什么地方。她送我回了家。

不知什么时候,我向母亲提起了那个女人。我母亲说应该去看看她,感谢一下人家。

我犹豫不决地站在了楼下门口的门铃前,手持一束鲜花。我不知道那个女人叫什么名字,该按哪一个门铃呢?这时一位先生把我领到了四楼的史密茨女士家。

我也记不得我是怎样和史密茨女士打的招呼,我像背书一样把事先想说的话说了出来。她把我带到厨房里。

我也不记得我们在厨房里都说了些什么。史密茨女士在熨衣服。熨到她的内裤时,我不想看,但又按捺不住。她把金灰色的齐肩长发用发夹束在了颈后,穿着一件无袖的蓝底带有浅红色小花的围裙。她裸露的胳膊是苍白的。她拿着熨斗熨几下,又放下,把熨好的衣服叠好,放在一边。她的手的动作很专注,很慢,转身、弯腰、起身的动作也同样很慢。她当时的面部表情我现在已经不怎么记得了,大概是两只浅蓝色的眼睛,高额头,高颧骨,上下的两片嘴唇均匀而丰满,一副平淡的、冷冰冰的女人面孔。我曾经觉得她很美,因为当时我认为她很漂亮。

当我站起来准备要走的时候,她对我说:“等一下!我也要出去,一起走吧。”

我在楼道里等她,门开着一条小缝,我看见她在厨房里换衣服。我目不转睛地盯着她,目光游移在她的脖颈、肩膀、屁股、光滑的大腿。

她套上丝袜的时候,感觉到了我的目光,她把脸转向我的眼睛。我不知道她是怎样注视我的:疑问、惊奇,还是谴责?我不禁面红耳赤,站了一会儿后我实在坚持不住了,跑出了那座房子。

我刚才为什么不能把目光从她身上移开?她的身体很强健,富有女人味儿,比一般的姑娘要丰满。要是在游泳池看见她的话,我不会注意她。她也不像游泳池见到的姑娘和妇人们那样裸露。她比我梦想的姑娘们年纪要大,有三十多岁!

后来我才明白,是她的姿势和动作让我目不转睛,并不是因为她的身体本身。我请求我的女友们穿长筒袜,因为发生在厨房与门廊之间的那一幕令我迷惑不解,但我不想解释我的请求。一旦我的这种请求得到了满足,它也是以一种卖弄风情的姿态出现,并非那种让我目不转睛的姿态。

我只记得她的身体动作有时显得有点儿笨重,但她并没有卖弄风情。可那是她让自己回到了内心世界,那不是真的笨重,那是她完全忘却了外部世界的存在,那是她不让由大脑所支配的任何命令来干扰她这安静的生活节奏。她穿长筒袜的姿势和动作很诱人,但诱惑人的不是屁股和大腿,而是吸引你进入她的内心世界而忘却外部世界的一种力量。

一个星期以后,我又站在了她的门口。

我不知道哪儿来的勇气让我去了史密茨女士那儿。如果贪婪的目光像肉欲的满足一样恶劣,如果主动想象和幻想行为一样下流的话,那为什么不选择肉欲的满足和幻想的行为呢?我清楚自己无法摆脱这种邪念。我决定把邪念付诸行动。

她不在家,我决心见到她,一定等她回来。

她回来了。她穿了一身制服、夹克衫和裙子,从穿着上看得出她是有轨电车售票员。发现我来了,她好像没生气,也没有惊奇。她看上去很疲惫,让我到楼下地下室帮她提煤球上来。

我进来的时候,看到她手里拿着一杯牛奶,坐在厨房里的桌子旁。她看到我不禁笑了起来。她指着我说:“小家伙,看看你现在的样子!”我照镜子才发现自己脸上全是煤屑,不禁和她一起笑了起来。

“你不能这个样子回家,你要在这里洗个澡。”我有些迟疑地脱掉了毛衣和衬衣,但又开始犹豫起来。

“小家伙,你想穿着鞋和裤子洗澡吗?我不看你。”但当我把内裤脱掉之后,发现她在静静地、仔细地打量我。我脸红着走进了浴盆。

“把你的头发也洗洗,我去给你拿浴巾。”我躺在浴盆里,感觉很舒服,舒服得令我兴奋,我的阴茎不禁硬了起来。

她手里拿着一条大浴巾，对我说道："来！"她用毛巾从后面把我围了起来，从上到下帮我擦干。她站得离我很近，我不敢动，我的后背感觉到了她的乳房，我的屁股感觉到了她的腹部。她搂着我。

"你不就是为这个才来的吗！"

"我……"我不知道该说什么，转过身来，看到她是没有穿衣服的。我被她的裸体征服了，不禁说道："你真美呀！"

"啊，小家伙，你在说什么呀！"她笑着搂住了我的脖子，我也拥抱着她。

我害怕，怕接吻，怕抚摸，怕我不能令她满意。但是，当我闻到她的体味，感觉出她的体温，一切就都很自然了。我用手和嘴探索着她的身体。我双眼紧闭，努力控制着自己，但那一刻来临的时候，我不禁大喊起来。她赶紧用手捂住我的嘴。

第二天，我发现我爱上了她。我睡不着，老梦见她。我感觉自己在抱着她，醒来才发现，我抱的是枕头或被子。昨天，我把嘴都吻疼了。我想和她在一起。

那一夜之后，我总会产生一种感觉：我被宠爱了。为此，我必须要报答，以爱的方式报答她，报答我所处的世界。

当我从她那儿回到家的时候，爸妈和兄弟姐妹已经在吃晚饭了。"怎么这么晚才回来？你妈妈都为你担心了。"爸爸的口气听上去有些担忧，但更多的是生气。

我说自己迷路了。

"你可以搭车啊！"我妹妹偶尔搭车，但我父母不允许她这样做。哥哥和姐姐也很好奇。

在随后的几天里，我每天都会逃掉最后一节课，坐在她房门前的楼梯台阶上等她。我们淋浴、做爱，然后我匆匆地穿上衣服离开。

我有时候不想洗澡，可她像有洁癖一样，早晨起来就洗澡。我喜欢闻她身上新鲜的汗味，洗完澡后的香水味。我给她身上打香皂，我喜欢她湿淋淋的、打了香皂的身体。她教我不要难为情，要自然而彻底地去占有她。做爱时，她会自然地采取主动，从我身上获得情欲的满足。我不是说我没有得到乐趣，但在我学会去占有她之前，她只顾及她的感受和乐趣。

我年轻，很快就能达到高潮。当我的体力慢慢恢复后，我们又接着做爱。她有时候会在最后一刻使劲抓着我，抬起头发出一种抽咽般的喊叫声。我开始的时候被她的这种叫声吓坏了。后来，我开始期盼听到她这种声音。之后，我们都精疲力竭了。

"你叫什么名字？"在第六天或第七天的时候，我问她。她在我怀里刚刚睡醒。

"你为什么想知道？"她有些不信任地看着我说。

"我们……我知道你的姓，但不知道你叫什么。我想知道你的名字，这有什么……"

"小家伙，这没什么不对的。我叫汉娜。"她笑说。

"我叫米夏尔·白格。"

"你是个中学生，多大了？十七？"

她把我说大了两岁，我感到很自豪。

"十七岁了，你长大了会当一个著名的……"她犹豫着。

"我不知道我要当什么。"

我告诉了她我逃学的事儿。

"滚！"她掀开被子，"从我的床上滚出去！如果你功课不做好的话，以后也就别来了。你认为学习无聊？你以为我卖票、验票很有趣吗？无聊？你知道什么是无聊？"

我不禁呆了，没想到她发这么大的火。"我可以不逃课，可以试着好好学习，但如果你不允许我再见到你的话，我就做不到。我……"我想说"我爱你"，但却没有说。也许她说的有一定的道理，但她没有权力要求我去做更多的功课，也没有权力把我做功课的情况作为我们能否相见的条件。"我不能不见你。"

她——从现在起我应叫她汉娜。

我问她的过去。她十七岁来到柏林，曾在西门子公司做过一段时间女工，二十一岁去参军。战争结束以后，她几乎尝试过所有可能的工作。她已经干了几年有轨电车售票员的工作了,喜欢那套制服和这种往返运动,但并不喜欢这份工作。她三十六岁还没有成家。汉娜讲述这些的时候,仿佛讲的是另外一个她不熟悉、与她无关的人的生活,而不是她自己的生活。她对未来的态度也是如此,她甚至连复活节的事都还没想。

汉娜给了我很多自信。如果现在我见到一个三十六岁的女人,我会认为她很年轻;但如果我现在看到一个十五岁的男孩,我会认为他还是个孩子;我的学习成绩在不断上升,这让老师们很是惊喜;我在女孩们面前也不再胆怯,她们也喜欢我这样。

在我们交谈之后的第二天,汉娜想知道我在学校都学什么。于是,我向她讲述了《荷马史诗》、西塞罗的演讲和海明威的《老人与海》。

"你还学德语吗?"

"这是什么意思?"

"你是只学外语呢,还是自己的母语——德语也要学?"

"我们上课的时候会念课文。"我们班读了《爱米丽雅·迦洛蒂》和《阴谋与爱情》,并规定要写一篇读后感。我每次都是在做完其他作业之后,才开始阅读它们。这样使得我阅读过的东西很难记住,第二天我必须重读一遍。

"读给我听听!"

"你自己读吧,书在书包里。"

"小家伙,我不愿自己去读,宁愿听你朗读,你的声音特别好听。"

"哦,是这样!"

第二天,当我吻她时,她躲开了:"你得先给我朗读!"她是认真的。

在她让我淋浴和上床之前,我要为她朗读半个小时的《爱米丽雅·迦洛蒂》。我来时的性欲在朗读时消失了,因为需要集中精力朗读一段课文,才能绘声绘色地把不同的人物形象表现出来。我的性欲又来了。

朗读，淋浴，做爱，然后一起躺一会儿，已经是我们每次约会必须做的。

我在朗读的时候，她的注意力很集中。她紧张地跟随着情节，不论愤怒或者赞赏还是她嗤之以鼻，都可以表明她是集中精神来听我朗读的。她认为爱米丽雅像露伊丝一样，都是愚蠢的、没有教养的女孩。因此，她有时会很焦急，要求我继续念下去。我朗读的时间只好变长，但我为的是在黄昏时与她上床。

复活节第一天，我四点钟就起床了。汉娜上早班。我赶上了她工作的那趟无轨电车。汉娜在第一节车厢，我在第二节车厢，我想给她一个惊喜。但她却没有理我，只是和司机说笑。

我不知道自己是什么时候下车的。她的态度令我很伤心，我恼怒地坐在她房门前等她。

“你又逃学了？”

“我放假了，今天早上是怎么回事？”

她打开房门，我跟进去。

“为什么装作不认识我的样子？我想……”

“我装作不认识你的样子？”她转过身来，冷冰冰地说，“你明明看见我在第一节车厢，而你却上了第二节车厢，你根本不想认识我。”

“我在放假第一天早上就乘坐你上班的那趟车，就是想给你个惊喜，我以为你会高兴的。我上了第二节车厢……”

我们和好了，她一威胁我，我立刻就会无条件地投降。我把所有的过错，都揽到自己身上。当她的态度冷淡和严厉的时候，我乞求她重新对我好，原谅我，爱我。我有时候感觉到，她似乎也为自己的冷淡无情而苦恼，也渴望得到我的温暖、我的道歉、我的保证和我的恳求。有时，我想她太轻易地就征服了我，可是我没有选择的余地。

复活节过后的那周，我们骑车出去旅行了几天，这次的旅行让我很激动。夜晚降临的时候，我们做爱、睡觉、再做爱、再睡觉……

旅行中的一天，我很早就醒了。我想把早餐端上来，也想给汉娜买一枝玫瑰。我给她在桌上留了一张字条：“早上好。我去把早餐拿来,一会儿就回来。”

我回来时发现她站在房间里,脸色苍白,愤怒地发抖。

“你怎么能这样!一声不响就走了呢!”

我把早餐和玫瑰放在桌子上,想把她搂在怀里。“汉娜……”

“别碰我!”她手里拿着扎连衣裙的细皮带,对着我的脸抽了过来。我的嘴唇被她打得鲜血直流。我吓坏了,这时她又举起了手臂,但她没有再打下来,她哭了。我还从未看见她哭过。她的眼皮哭得红肿,脸变了形,面颊上、脖颈上泛着红斑,发出沙哑的喉音。她站在那里,含泪看着我。

我应该把她搂在怀里,可我当时不知道该做什么。她向我走近两步,扑到了我的怀里,紧紧地抱着我,用拳头捶我。她深深地喘了口气,紧紧地依偎着我。

“到底是怎么回事?你为什么那么气愤?”

“怎么回事?你总是问愚蠢的问题!你为什么不打招呼就走了?”

“可是,我给你留了一张字条……”

“一张字条?”

我看到放字条的地方什么都没有。我站了起来,到处找都没有找到。“我搞不明白是怎么回事,我记得明明给你写了张字条的。”

“你写了吗?我没有看到字条。”

“你不相信我吗?”

“相信你,可我确实没见到字条。”

我们不再争吵了。“小家伙,读点儿什么吧!”她紧紧地依偎在我怀里。

我拿出了艾兴道夫的《无用之人》,接着上次读的地方开始读。汉娜喜欢里面的诗,喜欢主人公在意大利时所穿的服装。她又跟随着情节紧张起来,她喜欢梦想成真,喜欢混淆不清,喜欢追逐。但同时她认为主人公可恶,因为他没用,而且他还甘于没用。

我们做爱的方式也不一样了。以前都是她指挥我,她采取主动。现在我也学会了采取主动,在这次旅行的时候,我就开始这么做了。

不知不觉中到了夏天,我们的爱情开始有些危机。我们保持了例行公事式的朗读、淋浴、做爱、躺在一起的习惯。我朗读了《战争与和平》,汉娜还是一如既往地、紧张地关注着故事情节的发展。我们相互给对方编造了昵称,她开始不仅仅叫我"小家伙"了,而是用什么青蛙、蛤蟆、小狗、鹅卵石和玫瑰称呼我。

我的生活不仅仅只有她,还有学校和学习。下午去她那里时,我常常是游完泳才去。在游泳池,男女同学聚集在一起,一起做作业,踢足球,打排球,一起嬉闹。我的生日是在游泳池庆祝的,但过得很遗憾。那天汉娜筋疲力尽、心情很不好,她的情绪令我生气。我希望离开这儿,去游泳池我的男女同学们那儿,去和他们轻松地聊天说笑。当我也想发火时,我们就开始争吵。当汉娜不理睬我时,我害怕失去她,又开始向她赔不是,直到她把我搂到怀里。但是,我却有些怨恨。

有好几天,汉娜的情绪都不稳定,问她是什么事情使她如此痛苦,她却不理睬我。我不知如何是好,我不仅感觉到她对我的训斥,也感觉到了她的无助。我尽量去陪伴她,同时又尽量少打扰她。有一天,这种压力不见了,我想汉娜又和从前一样了。我们朗读完《战争与和平》之后,没有马上开始朗读另一本书。这一次,我带了很多书,让她挑一本读。

但她不想挑:"让我来给你洗澡,小家伙。"

她没有穿内裤。在潮湿的空气中,她身上汗淋淋的,这让我兴奋不已。当我们做爱时,我感到她要让自己尽力满足我,直到我不能承受为止。她还从来没这样为我考虑过,那情景就好像她要和我一起溺死一样。

"现在去你的朋友们那儿吧!"她说。告别之后,我就走了。第二天,当我再去她家时,她的邻居告诉我,她搬走了。后来,我去了居民登记处,才知道她注销了这里的户籍去了汉堡,但没有留下地址。

第二部

我难受了许多天。我思念着汉娜，由于我的这种不理不睬的态度，她离开了我，这是对我背叛她的惩罚。我还想见到她，但是，一切都晚了。

在阅读或随便翻阅书籍时，我会问自己哪些书适合朗读；我还记得，我在课堂上魂不守舍；哥哥多次在饭桌上开我的玩笑，说我在睡觉时叫喊着汉娜。不知过了多久，我才习惯没有汉娜的日子。

我养成了傲慢自大、目空一切的习惯，表现得对任何事情都不闻不问，无动于衷，也不会产生疑惑。我不参与任何事情。在我刚上大学时，我很容易就赢得了我的同学索菲的欢心。但当我们在一起之后，她发现我根本不在乎她。

我本以为再也见不到汉娜，但我又见到了她，这次竟然是在法庭上。

有一次，法庭审判纳粹犯罪分子。我们学校研究关于纳粹问题的那些人都去看了。我听到有人传唤一个叫汉娜 · 史密茨的女人。随后，我认出了她，但我什么感觉都没有。原来，汉娜曾参加过党卫队。汉娜解释说，党卫队在西门子和其他工厂征聘女工做替补看守，她就报了名，并被录用了。虽然她说自己不知情，但人们无法改变对她的看法。

我对此感到震惊，汉娜曾做过党卫队员。我认为逮捕汉娜是自然的和理所当然的，这倒不是因为我想对此抱有怀疑态度，我以前是毫不知情的；而是因为把她关在单人牢房里，她就会从我的生活中消失，从我的世界中消失。我想离她远远的，让她不知道我在哪儿，让我们的过去成为我生活中的一部分，让它变成一种记忆。如果辩护律师成功的话，那就意味着我必须为再见到她做好准备，我必须使自己清楚我是否见她和如何见她。

在审判汉娜时，我知道她有委屈，但这到底是什么委屈，我一时也不清楚。终于我发现了她的秘密,她既不会读也不会写,原来她是个文盲,不然的话,她的案子很容易成功,因为这个可以作为证据。其中最关键的是一份指证她的报告,她为了不暴露自己是个文盲,宁愿承认那是自己签名的。

我这才明白,她为什么让我给她朗读,为什么在旅馆里发现我的字条时大发雷霆,她害怕自己出丑。但是,比起暴露自己是个罪犯,她更害怕暴露自己是个文盲吗?她认为做一个文盲比做一名罪犯更丢脸吗?

最后,她放弃了争辩,只想尽早把事情了结。我也感到厌倦了。但是,我却不能把事情置于脑后。对我来说,审判刚刚开始。我可以去找审判长,对他说汉娜是个文盲,她并不负有主要责任。这样的话,她的罪责将会减轻,尽管她要坐牢,但是会早点儿放出来。

但是,她不愿为了获得自由而暴露出自己是个文盲,也不会愿意我为了她在监狱里少待几年而出卖她。为了她的自我价值,对她来说,多坐几年牢也值得。

但是,这对她来说真的值得吗?如果把用于掩饰谎言的精力用于学习,她早就能学会读和写了。她从这种虚伪的、束缚她的、使其无法施展才能的自我价值中得到什么了?

我到底还是去找了审判长。我不想去找汉娜,但我也不想不管不问。我一定要主持公道,阻止一场错误的判决。但是,见到审判长之后,我只是和他简单地聊了一下这个案子,最终还是没有说出来。

在回来的路上,我觉得自己对什么都没有感觉了。我不再为汉娜的抛弃而伤心,不再为她对我的欺骗和利用而伤心,我也不必再对她做什么了。在参加法庭的审理的过程中,对那些骇人听闻的事情,我感到麻木。现在,我注意到这种麻木不仁在过去的几周里,对我的感觉和思想产生了影响。是我完全解脱了吗?也不全是,但我认为这样的麻木是对的,这样才有可能让我重新回到日常生活中,并在这种生活中继续生活下去。

法庭宣布了审判结果,汉娜被判处终身监禁。

那天，我坐在位子上，等着汉娜，看她是否会看我一眼。但她明知道我在那里，却目不斜视，就像看穿了这世界一样。那是一种绝望的、高傲的、无限疲惫的、受到伤害的目光，一种任何人都不想看的目光。

第三部

大学毕业之后，我做了一名候补官员。没过多久，我就结婚了。妻子是格特露德，我大学时法律系的同学。格特露德聪明、忠实、勤奋。不久，女儿朱丽雅出生了。我们住在市郊一处新建楼房的三居室里，这就是我们的生活。与格特露德在一起时，我一直无法停止把她和我的共同生活与我和汉娜的共同生活进行比较。每当我们拥抱在一起时，我总有一种异样的感觉。当她接触和抚摸我的时候，那地方不对，气味也不对。而我也没有以前的感觉了。我想摆脱汉娜，这种感觉随着时间的流逝会慢慢消失，但这种不对劲儿的感觉却从未消失过。

我们在女儿朱丽雅五岁时离婚了，我们两人都无法再忍受下去。我们离了婚，但没有一点儿痛苦，令我痛苦的是我们不能给予朱丽雅安全感。当我和格特露德亲密无间、彼此都有好感时，朱丽雅在我们的怀抱中生活得很快乐。当我和妻子之间关系紧张或即将发生争吵时，小朱丽雅就从我们的一方跑到另一方，她向我们保证，她爱我们，我们都很可爱。她希望有个小弟弟或更多的兄弟姐妹。

她在很长时间内都没有明白离婚是怎么回事。当我去看她时，她要我留下来，每当我离开她时，她都扒着窗户往外看。当我在她那伤心的目光注视下上车时，我感到心里很痛苦。

我试图再建立一个较好的婚姻关系，我不得不承认，我要找的女人要有点儿像汉娜，有像她那样的接触和抚摸，这样我们的共同生活才不会有不对劲儿的感觉。而且我会跟她讲我和汉娜的事。但是，我发现这很困难。

和妻子离婚之后，我又重读了一遍《奥德赛》，并把它录了下来。我怀疑汉娜是否对《奥德赛》有足够的兴趣，于是，在录完《奥德赛》之后，我又给她录了施尼茨勒和契诃夫的短篇小说。然后，我打听了汉娜服刑监狱的地址，把录音机和录音带一同打进邮包，寄给了汉娜。

我继续为汉娜朗读，读我自己也正想看的书。朗读的缺点是花费的时间较长，但正因为如此，它才能使朗读者把内容深深地铭刻在脑子里，我对一些内容至今仍记忆犹新。

我在录音中没做个人的评论，没有问汉娜的情况，也没有讲我自己的情况。我只打开录音机朗读书名、作者名和书的内容，把它录下来。

就这样过了四年，她寄来了一个问候："小家伙，上一个故事特别好。谢谢。汉娜。"

我读着她的问候，心里充满了喜悦："她会写字了！她会写字了！"第一眼看上去，人们可能会认为这是一个孩子的字体。在日常生活中，文盲在找路或在饭店点菜，是很需要帮助的。文盲等于不成熟。汉娜鼓起勇气去学习读写，意味着她已经脱离蒙昧，走向成熟了。我仔细观察汉娜的字，我为她感到自豪。

自第一封问候信之后，她就不断地寄来信件，总是寥寥几行字，或一份谢意，或一份祝福，或不想听了，或想听同一位作者的其他作品，或对一位作者、一本小说中的人物评论几句，或在监狱里看到一件什么事。我从未给汉娜回过信，但是我一直在为她朗读。朗读是我与她交谈的一种方式。她的字体也有所改变。起初她努力把字母写得好看一些，但却很不自然，后来就轻松自信多了，但她的字从未达到熟练的程度。不过，她的字却有某种严谨的美，看上去像是一生中很少写字的老年人所写。我把她所有的信都保存了起来。

我从未想过汉娜有一天会出狱。我完全可能让这种状态持续下去，问候信和录音带的交流是如此正常和亲密，使我感到她既近在咫尺又远在天边。我知道这很舒适，也很自私。

但是，女监狱长寄来了一封信：

几年以来,史密茨女士与您一直有书信往来,这是史密茨女士与外界的唯一联系。尽管我不知道您与她关系的密切程度,但我只好求助于您。

史密茨女士再次提出赦免申请。明年,赦免委员会会批准她的申请。她已经被监禁了十八年,不久将要被释放。我们可以尽量为她找房子和工作,但依她的年龄来看,尽管她的身体仍旧很健康,找工作却会比较困难。但是,如果亲属或朋友在她出狱之后,把她安排在他们附近,让她迈进老年的生活有着落,比我们做要好得多。

我不喜欢我所面临的事情。但是,我必须为她找房子,找工作,而且我也真这么做了。一些朋友愿意把出租的小住宅廉价租给汉娜,一家希腊裁缝店也打算雇用汉娜。

我想去监狱里看看她,对她说外面的一切都安排好了,但不知道为什么,我一直没有去。汉娜在一周之内就能出狱了,女监狱长问我现在是否能过去一下。

那是我第一次探监。在大门口我受到了检查。在往里面走的时候,许多道门被打开,又被关上。建筑是新的,很明亮宽敞。里面的房门都是敞开的,女囚犯们可以自由来往。在走廊的尽头,有一扇大门通向外面,那儿有一块儿生机盎然、布置有长椅的小草坪。我四处张望寻找,带路的女看守指了指附近树荫下的一条长凳子。

长凳子上坐着一个满头白发的女人,满脸深深的皱纹,一副笨重的身躯。这是汉娜吗?她意识到有人在注视她,她把脸转向了我。

她认出我时,满脸的喜悦。我看出她期望的神情,当我走近时,她用委屈的、不自信的目光打量着我。我看到她脸上的光彩逐渐消失了。当我走到她身边时,她疲惫地笑了笑:“小家伙,你长大了。”我在她身边坐了下来,她握住我的手。

以前,我特别喜欢她身上的气味,她身上的气味闻上去总是那么清新。我现在坐在汉娜的身边,闻到的是一位老年妇女的味道。这种味道,我从祖母和老姨妈们那儿闻到过,养老院房间和走廊到处都是这种味道。我不知道这味道是怎么形成的,但这种味道对汉娜来说未免太早了点儿。

我注意到刚才我让她失望了。现在,我想补救一下:“你就要出来了,我很高兴。”

“是吗?”

“是的。我把你出来之后的住处和工作都找好了,你会住在我的附近,我感到高兴。你看书看得多吗?”

“还可以,能听到朗读更好。”她看着我说。

“我下周来接你,好吗?”

“好。”

“要不要搞得热闹一点儿,还是悄悄地?”

“还是安静一些好。”

“好吧,我就悄悄地来,不喝香槟,不放音乐。”

我站了起来,她也站了起来。我们相互凝视着。她打量着我的脸,我拥抱了她,但她看上去有些异样。我就这样告别了。

汉娜已经是位老妇人了,她看上去、闻上去都像一位老妇人。但我完全没有注意她的声音,她的声音依然很年轻。

就在汉娜要出狱的那天早上,她死了。她在黎明时自缢了。

女监狱长说:“她在这里靠自学学会了读和写。我们为她订了一些书,还有您给她的录音带。”过了一会儿,她又说:“她是多么希望您给她写信。每次收到您的邮包,她都会问‘有没有我的信?’她是指真正的信件,不是那些只装有录音带的包裹。为什么您从来都不给她写信呢?”

我沉默了,只想哭。监狱长递给我一张类似汉娜遗嘱的纸条,上面什么都没有说,只是让我把她的一些钱捐给“犹太反盲联盟”,并让我好好活着。

那年秋天,我终于把汉娜的钱以她的名义捐了出去,并收到了一封短信。信中对汉娜·史密茨女士的捐赠表示感谢。我揣着那封信开车去了汉娜的墓地。那是我第一次,也是唯一一次站在她的墓前。

香 水

帕特里克·聚斯金德(1949—),德国作家,被称为文坛奇才。1984年,他完成了第一部小说《香水》,这部堪称需要用鼻子来品读的名著,轰动了整个德国文坛。这本小说现已被译成三十种文字。

《香水》讲述了一个香水杀手的故事,深刻地抨击了当时黑暗的社会。小说的主人公是一位弃儿,他出生在腐臭的世界里,却拥有超乎常人的敏锐嗅觉。尤其是在香水的制造上,他异于常人的天赋更是令人震惊。无意间,他闻到了少女的体香。这种香味让他痴迷不已,为了占有这种没有生命的"香味",他谋杀了二十六名少女……

在18世纪的法国,弥漫着各种令现代人难以想象的恶臭。街道、楼梯、厨房、厂房、屠宰场等等都散发着各种臭气,人的身体也有种干酪、酸牛奶的腐臭气味。

巴黎作为法国的首都,更是臭气熏天。就是在这儿,一个天才怪杰诞生了。他出生的日子,是一年中最炎热的一天,腐臭蒸发后的气体混合着各种腐烂味。他的母亲在污秽的宰鱼台下生下了他。这个年轻的女人前四次生下的都是死胎,她以为这次生下的东西也是死的。在分娩阵痛开始后,她拿着宰鱼刀,割去脐带,把血淋淋的胎儿和死鱼发臭的内脏丢在一起。后来,人们意外地发现了这个婴儿,他居然没有死。而遗弃婴儿的生母,因为杀婴罪,被处以死刑。

婴儿被警察局交给了圣梅里修道院。他在那里受到洗礼后,取名巴蒂斯特·格雷诺耶。修道院找了一个叫让娜·比西埃的乳母喂养他。他的身上没有任何婴孩该有的气味,这让乳母感到非常恐惧。她照顾过十多个婴儿,能清楚地识别他们的味道,唯独巴蒂斯特·格雷诺耶,她闻不出来。格雷诺耶就是个恶魔。乳母像送瘟神一样,把这个婴儿交给了圣梅里修道院的泰里埃长老——一位学识渊博的老者。长老很不屑于乳母这种神经质的想法,他觉得,人的气味是一种由肉体散发的气味,那是一种罪恶的味道,婴儿怎么会有这种气味呢?抱在他怀中的婴儿醒来了,先是鼻子轻轻地抽动了一下,然后别的器官缓缓有了动静。婴儿的鼻子好像能嗅出长老的一切,那种从嗅觉中发散出的穿透力,让长老毛骨悚然,他好像整个人都赤裸地暴露在了这个婴儿的眼前。他想尽快摆脱这个魔鬼,于是把这个婴儿转交给了住在夏鲁纳大街的加尔拉夫人。

加尔拉是个没有嗅觉的女人。小时候,她被父亲用火条打在鼻根上方,从那之后,她不光没有了嗅觉,人生冷暖也让她感到麻木。她办的育婴所收留了小格雷诺耶。在这里,他异于常人地茁壮成长,就像难以消灭的细菌一样顽强。他得过很多传染病,如霍乱、痢疾,还曾经不小心落入六米深的井里,这导致他的脚有些畸形。加尔拉是个灵魂和嗅觉都枯竭的人,对于她来说,小格雷诺伊没有任何的杀伤力。与此相反,其他小孩觉察到了格雷诺耶的非同一般,他们尝试了很多方法想把格雷诺耶弄死,却都没有成功。格雷诺耶长得有点儿丑,他看上去有点儿自闭,从来都不主动和别人说话。小孩们嗅不出格雷诺耶的气味,这让他们感到很不安,都很害怕他。

格雷诺耶是一个具有嗅觉天赋的人。在他五岁时,这种与生俱来的天赋,被一堆木柴散发出的气味完全激发出来。此后,他储藏了很多种特殊的气味并加以分类。他脑海里关于气味的收集,就像一个词汇库。经过这次强烈的嗅觉体验后,在格雷诺耶六岁时,他就能通过嗅觉掌控他周围的一切。他能透过纸、布料甚至是厚厚的墙壁等,看到里层的东西。当然,这些都不是通过他的眼睛看到的,他的鼻子能越过一切障碍物,搜寻到他想要的东西。有一次,加尔拉夫人忘了自己把藏好的钱放哪儿了,找了很久都没有找到。格雷诺耶花了不到一秒钟,就准确地知道了钱藏在非常隐蔽的横梁上。他的这种嗅觉天赋,让加尔拉夫人感到恐慌。

格雷诺耶八岁时,加尔拉夫人找了个理由,把他送到了一个制革匠那里。那个制革匠叫格里马。格里马看上去很凶悍,格雷诺耶能嗅到他那股冲天的杀气。格雷诺耶每天工作在鞣革这样肮脏的环境里,他安静、隐忍并且任劳任怨,与其说这是人干的工作,不如说是畜生的生活。在那里干了一年后,他得了炭疽病,这是一种职业病,得了这种病的人都必死无疑。格里马不指望他能活着了,想寻找更廉价的劳动力。令人诧异的是,格雷诺耶居然没有死,而且对这种疾病产生了抵抗力,他的劳动价值高于了常人,格里马对他稍微好些了。

时光飞逝,格雷诺耶渐渐地成长起来,依旧执着地狩猎气味,贪婪地吸收着整个巴黎城的味道,不停收集新的气味,让他的气味库变得更加庞大。他把这些混合、错综复杂的气味形成紊乱结构,组成基本的气味轮廓。

一次偶然的机会,让格雷诺耶离自己成为香味国王的梦想更近了一步。法国的香水大师巴尔蒂尼濒临破产,不再像年轻的时候那样充满灵感,他的嗅觉和创新都已接近枯竭,只能靠复制和盗用竞争对手的产品来维持生计。巴尔蒂尼试图仿制一瓶名为"阿摩尔与普绪喀"的香水,却苦于无法知道香水的原料。他曾在制革匠那里订做了一张山羊皮,这天,格雷诺耶按照师傅的吩咐,给巴尔蒂尼送货。香水大师无意间发觉了格雷诺耶异于常人的敏锐嗅觉,格雷诺耶在巴尔蒂尼的家中配出了超越"阿摩尔与普绪喀"的绝妙香水。如果说"阿摩尔与普绪喀"香水是一首单调的小提琴曲,那么格雷诺耶的香水,就是庞大的交响乐章。当格雷诺耶把牛刀小试的作品摆在巴尔蒂尼面前时,这位曾经的香水大师完全迷醉了。他闭上了眼睛,仿佛徜徉在广袤的玫瑰花丛中,任由香味把内心最细腻的记忆细胞全部唤醒,年轻美丽的黑发女人轻轻地呢喃"我爱你"的话语,美妙的声音萦绕在他耳旁。巴尔蒂尼浑身汗毛都竖起了,心灵颤动不已,等到香味散发过一段时间,甜蜜后的平静占据了他的身心。

巴尔蒂尼花了二十利佛尔,把格雷诺耶从制革匠格里马那儿赎了出来。他认为今生最好的交易,就是得到了格雷诺耶。他教会格雷诺耶制造各种气味的奇妙技术,这个魔幻般的天才,让他的事业死灰复燃,他们生产的商品,一投入市场就被抢购一空。格雷诺耶不按常规制作香水,他用压榨和蒸馏的方法取得物体的香味,并以他自己独有的方式,创造出大批让人惊艳的香水。这份工作,使格雷诺耶更加迷恋香味了。他掌握了各种香料的名称和分子式,并在配制香水过程中发现:香味能支配人的感情,控制了人的鼻子就能控制人类。他决心做一个香水之国的"国王",征服人类,用以回报他在童年经历的种种不幸——母亲对他的抛弃,加尔拉夫人的敌意与不屑,格里马的凶悍和剥削……他认为,这些都是不公正的待遇,他需要征服所有的人类!

巴尔蒂尼想打开高级定制香水的门路,得到王室的特权。就在他的生意有了新的扩展时,格雷诺耶——这个对香水制作有极大天赋的少年——突然病了,他得了梅毒性疱疮和化脓性麻疹,全身正在腐烂,就像一具尸体,医生对此也无能为力。巴尔蒂尼很生气,他悲叹,就在自己的事业即将达到巅峰时,这个在气味知识上取之不尽的少年,居然得了绝症!为了得到格雷诺耶制作香水的知识和奥秘,他一直殷勤地照顾着快死了的格雷诺耶,可是格雷诺耶只字未说。大家都以为他会死去,可是奇迹出现了,格雷诺耶并没有死,他的疱疹枯萎了,伤口在愈合。不到一个星期,他的身体完全康复了。

巴尔蒂尼依靠着格雷诺耶的帮助,成功地打开了高级香水的销路。巴尔蒂尼原本只是想穷困潦倒地安度晚年,却在自己七十岁高龄时,成为了欧洲最大的香水专家和最富有的人之一。而这一切的财富,都是来自于格雷诺耶嗅觉的天赋。格雷诺耶学满三年后,打算去格拉斯谋生。那个时候,找工作的学徒必须有满师证书。为了获得这个证书,他答应了巴尔蒂尼的要求:告诉他不少于一千种香水的配方。5月的一个清晨,格雷诺耶获得了自由,他离开巴尔蒂尼那里时,身上只带着简单的行李和一些香肠及别的食物。

格雷诺耶在赶往格拉斯的途中,路过了奥尔良。当他走在路上时，鼻子仿佛在牵引着他远离人间烟火。越远离城市喧嚣，周围的空气就越清新洁净，那种宛如解脱的感觉，令格雷诺耶感到很舒适。一路上，他有意地躲避城市和村庄，他渴望到达荒无人烟、几乎全无气味的地方，让自己的嗅觉休眠，他的行进全依赖于自己的鼻子。

1756 年 8 月的一天，格雷诺耶来到了奥夫涅中央山脉，他爬到了其中最偏僻的一个名叫康塔尔的火山山顶上。这座山峰异常陡峭，周围都是一望无际的高原。在这座山顶上，他享受着死寂带给他的宁静，他不会再受到外界的一丝干扰。当他发现，用自己的鼻子什么都不能再嗅到时，他彻底地呼吸到了最少、最纯粹的气味，他的精神快感极致地迸发出来，为此欢呼雀跃。

格雷诺耶做好了在山上长久居住的准备，依靠水、苔藓、浆果、游蛇、蝾螈等维持着自己的生存。他像一具尸体一样躺在山洞里的岩石墓穴里，几乎不用动弹，远离世界一般独自生活着；而内心的香味帝国，却在平静了几天后的格雷诺耶心中，彻底放荡不羁地膨胀着。格雷诺耶就是这个芳香帝国的国王，他无比地尊贵、英俊和威猛，他统领所有的芳香精灵，所有的气味都屈服于他。

日复一日、年复一年，七年的时间就这样过去了。倘若不是一次灾难把格雷诺耶推回到现实的世界里，他会一直沉浸在自己的芳香王国里，直到他死亡。而这次的灾难，仅仅是因为他做的一个关于气味的梦：他已经嗅不到外界的气味了，这个地方只剩下他自己；他自己的气味，形成了一股雾气，等着自己去嗅。他不能接受这点，他不想湮没在自己的味道里。

他披上了自己的粗羊毛毯，准备离开康塔尔山，向南方走去。他脱离了外界七年，外表就像野人一样，模样很可怕，头发如同杂草，疯狂地长到了脖子处，指甲长得就像鸟爪似的，衣衫褴褛。当他走到皮埃尔福市附近的时候，发现人们都吓得四处散开。他编造了谎言，说自己在漫游时遇到强盗，被绑架后，关在洞穴里七年之久，他见不到任何的阳光，最后找机会逃脱出来。事实上，人们对他的述说深信不疑，市长也做了记录，把这个情况汇报给了上级。

经历了七年的山顶生活,他在皮埃尔福市议员的帮助下,顺利抵达了格拉斯市。这个城市并不壮观,没有豪华的城堡,也没有耸立在房屋之上的大教堂。但这个城市却是数世纪以来香料、化妆品、精油生产和交易的中心枢纽。这个城市就是芳香的帝国,吸引了所有的香水行家慕名而来。格雷诺耶冷静地来到这里,并不是仅仅为了拓展所谓的香水事业,而是让自己成为香水王国的统治者。他知道,没有比这里更好的地方能让他学到生产香水的技术了。

一整天,他都在这个城市游荡。整个城市很凌乱脏污,但是各个行业却很活跃,生意都是爆满。有数不清的小酒店、香料店、肥皂作坊等等。他能用嗅觉透过最厚的墙详尽地知道每样东西……他停在了一座不引人注目的宫殿前,这个建筑物位于德鲁瓦大街的起始处,是个装修豪华的建筑,它低调地矗立在小方格形居民房屋的背面,有着郁郁葱葱的棕榈和花坛,中间有一个美丽的喷泉。他仔细地嗅着对面这个建筑物里充斥着的气味。首先是醋和葡萄酒的味道,其次是财物的气味,像纯金的汗水一样从墙壁蒸发出来。最后,是花坛里的香味,浓郁的木兰、风信子、杜鹃花……这儿散发出的花香,还夹杂着好闻得要命的气味。这种气味,他这辈子从未闻过——或许,是他只闻过一次却没有留住的气味。慢慢地,他朝这个香味靠近。他很想径直穿过大门进入庄园,但是发现有很多人在庄园里做事,他这样贸然地进去,肯定会引起人们的注意。于是,他悄悄地回到街道,摸索着从另一个侧面进去。他沿着道路走到了德鲁瓦大街起点处的城门。没走多远,他嗅到了花园的气味,香味越来越浓烈。他知道,他已经靠近了宫殿的花园,花园与城墙毗邻。

他被阵阵袭来的花香弄得晕眩了,其中夹杂着一种珍贵香味的轮廓,那种美轮美奂的味觉,让格雷诺耶的血液迅速地奔腾。那种特殊的香味,强烈地进攻着他的鼻子。他确定,就是这儿。这个香味,和当时在 1753 年 9 月的马雷大街他掐死的那个红发少女的香味极其相似。如今,他找到了同样的味道,他的泪在眼眶里打转,他回想起来那个红发少女,她的乳房几乎还没有发育,周围长了小雀斑,乳头是粉嫩的，整个人散发出稚嫩和纯洁的气息。她的气味并不很独特，犹如一朵正在迅速成长的花。红发少女还是孩子，毋庸置疑。

他知道此时闻到的气味，是朵含苞待放的花，一旦尖形花瓣全部盛开，必然会成为这个世界最生动美妙的香水。格雷诺耶想，现在的气味，比红发少女的气味更雅致、更吸引人，也更自然。不是特别的浓郁，却给人从未有过的幸福感。但是再过一两年，这个气味一定会成熟，它将散发出神奇的魔力，征服所有的男人和女人。到那个时候，它必定会让所有的人束手无策。人们用眼睛的局限性，看到的是这个少女的异常美丽，气味是她特有的，毫无瑕疵的美丽，会让所有人倾倒。其实他们迷恋的并非绝美的外貌，而是她无与伦比的香味。香味，能占有每个人的心。而他，这个香水国王，必须占有这个香味，而不是像红发少女的气味一样，只能吸入自己的体内，他需要真正的掌控。他现在所要做的，就是认真地扑到工作上，完善自己的香水制作技能。他还有两年的时间，足够了。

在卢浮大街，格雷诺耶找到了一家小香水作坊，准备在那里干活。老板是一个约摸三十岁的黑发女人，她的丈夫阿尔努菲香水师傅去年死了，她作为遗孀，依靠一个伙计的帮助，独自经营这家店。老板是个过着富裕生活和具有精明头脑的女人，帮助她的伙计叫德鲁。在这里工作，格雷诺耶学会了油脂离析法，他把新鲜的花瓣倒进锅里，用热油包裹着这些花瓣搅拌、过滤。热油是用猪油和牛油融化而成的，类似奶油一样。在这个过程中，他要不停地往锅里加入新鲜的花朵，直到油脂已经饱和，不能再继续吸收香味了，再把留在锅里的芳香，融入缓慢凝固的灰白色油脂里，最后还要过滤一次，把它们装进陶制坩埚里，凝固成散发美妙气味的香脂。格雷诺耶一直从早到晚地工作，任劳任怨，他就像个奴隶一样温顺。虽然他做着看上去很琐碎机械的事情，但是他的注意力，始终没有离开过工作的任何环节。他不断地学习这种在他看来是无价之宝的香水制造法。

老板阿尔努菲夫人，亲自把那些坩埚封好，涂上一层漆，放进地下室的阴暗处，对这些香脂进行冷却。过一段时间，她取出保存好的香脂,放在密闭的罐子里,掺入优质酒精加热。搅拌和分离的工作,就是由格雷诺耶负责完成,酒精从正在凝固中的油脂中析出,花的芳香通过各种方法,已经转移到另一种媒介上了。从某种程度上说,这就是香水。不过整个工序还没有全部结束,因为此时的液体浓度还很高,需要用纱罗巾彻底地把最细小的油脂细屑滤除,然后把剩下的液体放进小蒸馏器里,用文火慢慢地把它蒸馏出来。酒精挥发后剩下的少量液体,就是纯正的香水成品了,而这些香水,是价值连城的。阿尔努菲夫人把这些香水装进小瓶子里,用磨得极为合适的玻璃塞将它们塞紧,再用熔化的蜡把塞子封住,最后把小瓶子放在垫有棉花的小盒子里,拿到地下室封存起来。

格雷诺耶通过自己对香水制作的悟性和不懈努力,悄悄地研究出了属于自己的冷油脂萃取法。这个技术比离析法更胜一筹,是获得香味最巧妙有效的手段。当然,格雷诺耶的老板是不知道的。老板和德鲁都认为格雷诺耶做事很仔细也很能干,在香水操作上,是个名副其实的专家。但是他又是个地地道道的笨蛋,因为格雷诺耶从来没有利用自己的才能赚过钱,他只是傻里傻气地工作,按照老板和德鲁的吩咐做任何事情。所有的工人们都认为格雷诺耶是个不爱吭声只会埋头干活的人。他成功地让人们觉得他没有抱负,而且认为他是个很乏味的人,他正希望如此。

在作坊工作期间,他已经偷偷地制作了一种香水,是仿造人的基本气味制成的。格雷诺耶看上去很矮小,给人很弱势的感觉,但是在有些场合,他需要让自己的外形看上去强大粗鲁一些,他就为自己配制了气味浓烈、略带汗味的香水,让别人不敢小看他。他还制造出能激起人们同情的香水,哪怕他穿着整洁的大衣,胡子拉碴,用了这种香水后,别人眼前的他,就成了穿着破旧大衣、脸色苍白的穷小子。这种味道闻起来像干净的软木和稀牛奶,会让闻到香味的人出现错觉,即使是最吝啬的摆摊小贩,也会免费给他食物。如果格雷诺耶想独处,他会用些剩下的残羹与酒精浸煮在一起,又得到了一种气味,这种气味散发着腐臭的气息,会让别人觉得厌恶,所有闻到这个气味的人,都会避而远之。就这样，他按照自己的需要，就像换衣服一样变换着气味。

很快，格雷诺耶已经不再满足于无生命的香味的提取，如花香、木头、盐，等等，他开始转向研究有生命的对象。他捕获幼虫、老鼠、小狗，把这些动物浸在热油脂里。但是这些小动物们在被捉前，面对格雷诺耶时，都在随时准备着反抗。他必须以最快的速度杀死它们，否则他无法冷静地研究动物的香味。他杀死了一条小狗，萃取了它的气味，然后他用离析法，制成了香水，香水散发出新鲜油脂的香味，还有少许狗毛皮的刺鼻气味。为了纪念第一次成功地从活物中提取精华，他把这瓶用狗的气味制成的香水随身携带了很久。一种邪恶的满足感，使他像吸毒者毒瘾发作一样感到颤抖和入迷。他觉得自己很快就能成为这个社会中凌驾于人类和世界的芳香国王了。

渐渐地，他把人作为研究的对象，开始试图在安全距离内捕捉住人的气味。但是他发现，人的香味并不是多么重要，他完全可以用替代品来仿制它。他真正需要得到的，是某些人的香味——那些香味，能激发出人们最原始的纯美爱情。

不知不觉，格雷诺耶在格拉斯大约有一年了，在鲜花盛开的 3 月，他决定回到那座刚到达这儿时让他不能忘记的城堡，里面有最美妙的香味在等待着他。他刚走在去城墙边的半路上，就嗅到了它的气味，他的血液瞬间沸腾起来。时隔一年，这个无比美妙的植物已经越过冬天，散发出最让他期待的花香了，那种香味变得更加浓郁。回想一年前，它还有一点儿柔弱和分散，如今已经汇成了浓密的香河，汹涌地朝他袭来。它的源泉会越来越大，只要再过一年，他就可以在最合适的时候，捕捉它无比强大的芳香。

格雷诺耶——这个不大好看的怪物，腿部有些畸形的少年，深深地享受着爱情的幸福。他慢慢地走近了花园，他的鼻子嗅到了那个充满迷人香味的少女，此时她正在小房间里。当然，他不是爱上了这个少女，而是爱少女散发出的香味。他像婚约一样肃然立下了誓言，一年后，他必须占有那个香味，带它回家。他愉快地离开了那个地方，回到了自己的小屋里,继续他机械式的生活。

同年5月,人们在格拉斯小镇的一块玫瑰园里,发现了一个十五岁少女赤裸的尸体,她被人用棍棒从背后袭击,打中后脑勺而死。这个少女异常美丽,她非常年轻,四肢显得光滑有力,乳房柔滑细腻,神秘的下身一览无余,她的轮廓是略带稚气却又很迷人,脑袋是光秃秃的,头发已经被凶手剪下来带走了。少女的尸体是被一个农民发现的,他颤抖地看着如此美丽的少女,久久都缓不过神来。人们怀疑是制作假发的工匠把她杀害了,但是在他们那里,没有搜索到被害少女的头发。后来人们怀疑过犹太人、修道院的好色僧侣、烧炭工人,然后是乞丐,最后是道德败坏的卡布里什侯爵,因为他已经第三次结婚,曾经在地下室举办过放荡的弥撒,为了提高自己的性能力畅饮过少女的血。而实际上,在调查的过程中,谁也没有看到这场凶杀的过程,警察局也没有证据判定任何人的罪。几个星期后,警察局长停止了调查。

在茉莉花开始收获的季节,又发生了两起凶杀,受害者都是如诗如画的少女。像五月死亡的那个少女一样,少女们的衣物不见了,赤裸的身体躺在花田里,她们的头发被剪去,后脑勺上有被钝器击中的伤口。这一次,人们依旧找不到任何线索,消息像炸开了锅似的传开,恐怖感笼罩着整个格拉斯,每个人都很惊恐,他们对外地迁来的人都产生了敌对情绪,觉得那些人里面肯定有凶手。但是,后来警察发现,两个死去的少女都是意大利人,她们的父亲都是从外地来到这里的雇工。

人们吓得不知所措,执政者增加了各个城门的戒备和岗哨。夜里,小镇的每个区域都安排人巡逻,禁止少女天黑出门。但是这一切手段,都显得无济于事。就在两个少女被害后没几天,人们又发现了一具少女的尸体,她死在了大城门前的一个大水池附近,同样是赤裸的身体,没有头发,面容美丽。以后每周都会有一名少女丧生。这些受害者都是处于正在发育期的女孩,她们都非常美丽,身材稚嫩而丰盈。凶手就像是有某种癖好一样,到处在追踪和搜寻着这样的少女。有个木匠的女儿死在了她的闺房里,当时家人们没有听到楼上有任何声响和异样的动静,也没有听到自家的狗吠叫。凶手就像一个幽灵一样,没有任何痕迹。

很多人以为,凶手杀害少女并且脱光她们的衣服,目的是为了奸污她们。如果是这样的话,大家至少能够了解他杀人的动机。但奇怪的是,这些死去的少女依旧是处女。人们对此束手无策了,这个小镇的每个人,尤其是家中有少女的家庭,都绝望地向上帝祈祷着,祈求平安。

在格拉斯小镇就这样莫名其妙地死去了二十四位少女。不过奇怪的是,日子在人们的恐慌中一天天过去,凶案再也没有出现了,人们在这个小镇平静地度过了两个月。这时,有消息传来,在格勒诺布尔抓住了一个杀害少女的凶手,活动曾很猖獗,他把少女掐死后,粗笨地扒光少女所有的衣服,把她们的头发一缕一缕地扯下来,杀人手段很拙劣。格拉斯小镇的人们愿意相信,两地的凶手是同一人。人们感动地在胸前画着十字架,组织了火炬游行活动。整个小镇宣布放松安全防范措施,取消了禁止妇女夜间出行的禁令。

所有的人都相信杀手已经抓住了,只有一个叫安托万·里希斯的人,对此事感到怀疑。安托万·里希斯是市府参议,居住在德鲁瓦大街起始处的一个庄园里,是这一带很富有的市民。

他有个女儿叫洛尔,这是他最珍贵的宝贝,今年十六岁,她有暗红色的头发和绿色的眼睛,是这个小镇里最美的姑娘。3 月里的一天晚上,里希斯做了一个怪梦,这个梦和洛尔有关。他梦到女儿死了,在梦里,洛尔赤裸着身体,头发被剪去。他被这个噩梦吓醒了,立即冲到了女儿的房间,发现她安然无恙。他有一种彻骨的恐惧感,全身吓得发抖。他回想起那些丧命的少女,她们都很美丽出色。可见,凶手的审美能力很强,而且自成体系,他仿佛是在拼凑一幅宏伟的画,而这个作品的灵魂部分,一定是最珍贵的。自己的女儿是小镇里最美丽的姑娘,凶手怎么可能放过她呢?一想到这些,他立即毛骨悚然。他确信,凶手追求的目标一定是洛尔。而其他的一切凶杀,只是最重要的一次凶杀的附属品。

里希斯迅速地下达命令，准备举家搬走，他想把女儿送到安全的圣奥诺拉修道院。他们父女离开格拉斯时，格雷诺耶正在工作室制作长寿花香水。在外面的小屋里，一只垫了棉花的小盒子里放着二十四小瓶香水，那是由二十四名少女的香气制成的。他用冷香脂萃取法，从少女的身体里取得香精。最后一种香味，就是他最后也是最重要的猎物，如果这一切都成功的话，它就能散发出世界上最好闻的香味。

当他配好香水，走到外面想呼吸一下空气的时候，发现了一丝不对劲，他嗅不出洛尔那清晰的香味了。他立即跑到城门前的广场上，从城市气味的西风中，发现了他梦想的香味，虽然那种香味变得很微弱，他依旧能判断，那是从卡布里什方向——西南面吹来。他跑回自己的小屋，准备了油脂、剪刀等等，背上旅行袋，跟随自己灵敏鼻子的指引，急切地向南边启程了。

他很快就赶上了里希斯父女。下午的时候，格雷诺耶到达了他们所住的旅馆。格雷诺耶在旅馆的畜牧栏里躺着，里希斯去畜牧栏拿东西时，看到了角落里这个其貌不扬的人，他并没有在意。夜晚，格雷诺耶将一切准备就绪，用梯子爬进了少女所住的房间。在格拉斯，她的房子戒备森严，而在这个旅馆，她周围没有女仆。他推开窗扇，悄悄地进入了房间，少女俯卧在床上，头深埋在枕头里，头发散发着迷人的香气，格雷诺耶用棍棒击中了她的后脑勺，发出低沉的响声。洛尔死了，苍白而疲软。

洛尔被杀的消息传来，全城都轰动了。这个时候，恐惧已经深入到了人们的灵魂里。不过，这一次格雷诺耶却被抓住了，因为老板和马夫认出了他。人们搜查他住的小屋，找到了洛尔的睡衣、红头发，人们掘开地面，也发现了其他二十四名少女的衣服和头发。证据确凿，格雷诺耶对归罪于他的凶杀案供认不讳。人们都不敢相信，这个其貌不扬、矮小阴暗的年轻人，居然是杀害这些美丽少女的凶手。

1766 年，法院很快做出判决：格雷诺耶应在两天之内，被押到城门的十字架上，用铁棍猛击，一直到死。行刑时间定在下午，看台上挤满了人，人们都想看看这个魔鬼的末日。他坐着警察局长的华丽马车被押送到了刑场,人们想象着他在十字架上被处死的样子,都急切地想看到这个杀人魔头的下场。

然而,难以置信的奇迹出现了。当格雷诺耶出现时,所有刚开始憎恨他、把他视为魔鬼的观众都认为,他不是杀人犯。顷刻间,他就像人们心里的梦中情人,人们喜欢他,所有的人都变得温柔起来,刽子手举不起铁棍,里希斯参议抱着他叫“儿子”,女士们疯狂地迷恋他,为他号啕大哭。总之,格雷诺耶是人们想象中最美丽、最完美的人。格雷诺耶——出生在世界上最臭的地方,只是用了一滴香水,就征服了这些人。他用二十五位绝美少女的气味制成的香水,激发了人类最原始的爱和被爱的本性。

结果,处决罪犯之日变成了盛大欢庆的节日。妇女们撕开自己的胸衣,露出她们的乳房,裙子向上撩起,男人们用自己的身体进入女人们的体内,空气中弥漫着充满情欲的甜蜜气味。万人做爱的场景,宏伟壮观。格雷诺耶站立在十字架中央,嘴角是冷笑。他成功了,他的魔力可以凌驾于整个世界之上了。格雷诺耶最终被法庭宣判无罪赦免。而香水店里另一名伙计,却在严刑拷打之中,被判处了死刑。

对于刑场那场闹剧,格雷诺耶仅仅用了一滴香水,剩下的足够迷惑全世界的人。可是他的威力有一样缺憾,这个缺憾他无法弥补:香水不能使他嗅到自己的气味,格雷诺耶不知道自己到底是谁。他赶到巴黎时,天已黑了。他朝着阿朗和圣婴公墓走去,准备在弗尔大街的拱廊里住下来。这时,午夜已过了,流氓、盗贼、杀人犯、持刀殴斗者、妓女、逃兵、走投无路的年轻人正活跃在这里。当格雷诺耶出现的时候,他们就被他身上的香味吸引住了,他们由敬畏变成了无限渴望,由惊异变成了欢呼,他们大呼:这就是天使。格雷诺耶揭开瓶子,面无表情地把香水全倒在了自己的身上,这些人都向他冲了过去,把他摔在地上。每个人都想摸他,向他要一点儿东西。他们撕下他的衣服,剥去他的皮,拔光他的头发,用手抓和用牙齿咬他的肉,把他吃得干干净净,一根头发也没剩下。